I0575735

www.ingramcontent.com/pod-product-compliance
Lightning Source LLC
Chambersburg PA
CBHW020629110726
47899CB00002B/711

رحمت الهی

نویسنده

هیلر بلوک

مترجم

دکتر بهرام آزاده

رحمت الهی

فصل اول

الرّفسة یعنی: لگد

در زمان عبدالرحمن که در زمره خلفای زیرک و جلیل‌القدر بود، تاجر سالخورده‌ای در شهر بغداد زندگی می‌کرد با ثروتی چنان هنگفت که کمترین اظهارنظرش بازارهای فرات را به وضع بسیار نگران‌کننده‌ای به تلاطم می‌انداخت.

این تاجر که نامش محمود بود، برادری داشت در رده‌های متوسط اجتماع، مشهور به الحکیم که حرفه‌اش جراحی بود. بارها به این برادر گفته بود که تصمیم قطعی گرفته است که هیچ ثروتی برای او به جا نگذارد. او می‌گفت به عقیدهٔ من مسئولیت اولیهٔ هر مردی در درجهٔ اول باید در قبال فرزندان خودش باشد و گرچه خودم صاحب فرزندی نیستم اما این قاعدهٔ کلی را باید رعایت کنم. هروقت هم که به اقوامش می‌رسید خیلی علاقه داشت این مطلب را شرح و بسط بدهد و گاه‌وبی‌گاه استدلال‌های تازه‌تر و حتی بهتری هم درباره تصمیمی که گرفته بود کشف می‌کرد. برادرش دورنمایی را که بازرگان ثروتمند به او عرضه می‌کرد بانزاکت بسیار تحمل می‌کرد. اما یک روزی که از صدها بار تکرار تصمیم ریاکارانه و تا حدودی کسل‌کننده او حوصله‌اش سر رفته بود، گفت: محمود، گرچه توقع ارثیه از تو برای هر کدام از هفت پسر من، امری است پست و حتی خلاف تقوا، مع‌هذا در صورت امکان اجازه بفرمایید که این پسرها شمه‌ای از روش انباشتن این ثروت عظیم را که اکنون به حق از آن برخوردارید، از زبان خودتان بشنوند.

محمود که همیشه برای شرح نبوغ و موفقیت‌های خود آماده بود گفت: حتماً. کوچولوها را فردا بفرست سراغ من، مقارن همان ساعتی که اعدام‌های

درملأعام در جلو قصر صورت می‌گیرد، چون‌که در آن موقع من ناشتا کرده‌ام و آمادهٔ پذیرفتن آن‌ها خواهم بود.

جراح با تشکرهای پر آب‌وتاب از برادر خود خداحافظی کرد و رفت تا این خبر خوش را به هفت پسربچه‌اش برساند که مرتب و به حال احترام (که در مشرق‌زمین نسبت به والدین مرسوم است) به ترتیب قد و برحسب سن از هشت تا شانزده سال، جلوی او ایستاده بودند.

بنابراین، روز بعد، هفت پسر جراح، خیلی جدی، چهارزانو، به‌صورت نیم‌دایره در محضر خویشاوند مورداحترام خود نشسته بودند. او پس از چند لحظه که در سکوت و با نگاهی طنزآمیز آن‌ها را برانداز کرد و درحالی‌که به چپق بزرگی پک می‌زد، دهان گشود و چنین گفت:

برادرزاده‌های عزیزم، پدر شما در شگفت است که این ثروتی را که من از آن برخوردارم ازچه راهی به دست آورده‌ام؛ زیرا مبالغی که برای من پشیزی بیش نیست، در وضعیت آبرومند ولی کم درآمد خودش باج‌وخراج پادشاهان به‌حساب می‌آید. به نظر من مخصوصاً برای شماها که عائلهٔ زیاد او هستید اهمیت مضاعفی هم دارد که بایستی راه رسیدن به ثروت را یاد بگیرید. اما همین حالا به شما پسربچه‌های عزیزم بگویم که من هیچ قانون یا طرحی را نمی‌شناسم که بشود به‌موجب آن کالاهای فاسدشدنی این دنیا را به‌سرعت در دست مؤمنین انباشته کرد. نه؛ بر فرضی که چنین قانونی هم وجود داشت، من مطمئنم تابه‌حال در چنان سطح وسیعی منتشر شده بود که همه‌ی آحاد بشر آن را می‌دانستند و درحالی‌که متفکرانه به چپقش پک می‌زد اضافه کرد: که در آن صورت معادله خنثی است و نتیجه‌ای به دست نمی‌آید. زیرا برای جوانان زیرکی مانند شما لازم به توضیح نیست که ثروت‌های عظیم به دست نمی‌آیند مگر به هزینهٔ دیگران.

گرچه آن قوانینی که پدرتان در نظر دارد و به همان منظور هم شما را نزد من فرستاده است نمی‌توانم به شما عرضه کنم، اما می‌توانم جزئیات کارهایی را که درنتیجه آن ثروت فعلی من به دست آمده، برایتان شرح بدهم و هرکدام از شماها برحسب ذکاوت خود می‌توانید دریابید که چه پیشامدهایی ممکن است به ازدیاد ثروت منجر بشوند. اگر صاحب این دانش شدید در طول زندگی برای تفریح و سرگرمی به دردتان خواهد خورد، ولی خیلی تردید دارم که برایتان ثروتی فراهم بیاورد. زیرا روش یا حتی فرصت‌های اکتساب هوشمندانه نیستند که به ثروت‌های عظیم منجر می‌شوند

بلکه دو عامل دیگر که بایستی توأماً با هم جمع گردند: اولاً، اشتهایی سیرنشدنی برای ربودن و انباشتن، از همگان و در هر شرایطی. ثانیاً آن سِرِّ ژرف یعنی رحمت الهی.

زیرا مشیت مطلقه الهی بر بعضی اخم می‌کند و بر بعضی لبخند می‌زند. گروه اول را به خفت، ذلت، طلبکاران بی مروت، صورت حساب‌ها، محکمه‌های قضائی، تغییر مسکن‌های ناگهانی و حتی سیاه چال محکوم می‌کند. گروه دوم را به وسایل نقلیه‌ی مجلل، شربت‌های خوش‌طعم و خانه‌های بزرگ مانند خانه‌ی من، خشنود می‌سازد. مشیت او خلل‌ناپذیر است.

یکی از رفقای عزیز من به نام ماشه در بصره مال دزدی می‌خرید، تا آنکه خدا جانش را گرفت، بیست سال از این اتفاق می‌گذرد. از او دو پسر به جا ماند؛ هر دو به یک درجه باهوش و درنده‌خو بودند. یکی پس از خفت و خواری‌های بسیار از گرسنگی در ارمنستان هلاک شد. دیگری که مهارت بیشتری هم نداشت، امروز حاکم الجزایر است و با خزانه دولت هر آنچه و هر گاه که اراده کند، می‌کند. مکتوب.[1]

ناخدای پیر صنعت، سر در جبین و غرق در مراقبه بر «مشیت الهی» لحظه‌ای مکث کرد، سپس درحالی‌که برمی‌خاست گلایه کرد که داستان زندگی‌اش را خیلی به تأخیر انداخته است، و بلافاصله ادامه داد.

*****

عموی مهربان درحالی‌که برادرزاده‌های وظیفه‌شناسش او را با چشمانی حیرت زده نظاره می‌کردند، سخن آغاز کرد: برادرزاده‌های عزیزم، من در کودکی پسربچه‌ای بودم کم رو، کثیف، نادان، تنبل و خودرأی. هر دستوری که والدین و معلمین به من می‌دادند، من فوراً نقشه‌ای می‌کشیدم که از انجام آن سرپیچی کنم. از هرگونه فعالیتی، جز آنچه به فسق و فجور مربوط می‌شد بیزار بودم. با وجودی که به طور دسته‌جمعی و بدون غلط، آیات قرآن را همراه با سایر پسرهای هم سن و سال تلاوت می‌کردم ولی در جهل کامل از آن کلام روح‌افزا بزرگ شدم. به‌طوری‌که امروزه جلیل‌القدرترین نام را به دلیل ناآشنایی با فرمی که نوشته می‌شود با صامت

---

[1] کارامسال به رونق ز توهم پارشده است زانکه مکتوب قضا رأی تو کرده است زبر، ابن یمین، نقل از دهخدا

مشتق شده[۲] تلفظ می‌کنم. مع‌هذا خوشحالم بگویم هیچ‌گاه در انجام واجبات دینی اهمال نکرده، نمازهایم را مرتب و با شور و شوق به جا آورده و ایمان فوق‌العاده‌ای به لطف و عنایت خدای خود داشته‌ام.

هفده‌ساله شده بودم که پدرم که خلق و خوی من و این که قابلیت‌هایم را صرف چه کارهایی می‌کردم را به دقت زیر نظر داشت به من چنین خطاب کرد:

محمود، من بد تو را نمی‌خواهم، تابه‌حال خوراک و پوشاک تو را تأمین کرده‌ام زیرا خلیفه، حفظکم الله! [۳] حکم فرموده اشخاصی را که نسبت به فرزندان جوان خود مسامحه می‌کنند، به شدت کف پایی بزنند. حالا من می‌خواهم تو را دنبال کاروبار خود بفرستم. در نظر دارم (و در این موقع پدر عزیزم کیف پول کوچکی بیرون کشید) مبلغ مختصری که در حد امکانات من است به تو بدهم، تا اگر صدمه‌ای به تو رسید، مأموران گوش به زنگ محکمه نتوانند آن را به‌حساب مسامحه‌کاری من بگذارند. خواهش می‌کنم به هر سمت که دلت می‌خواهد برو، فقط به ترتیبی که از درب‌خانه من به خط مستقیم باشد. آنگاه که این ارثیه پدری‌ات را تماماً خرج کردی، اگر خودت را بکشی، خودت را مقصر می‌دانم. بیشتر خوشحال خواهم شد بشنوم که به بردگی رفته‌ای یا از هر راه دیگری امرارمعاش می‌کنی. اما آرزو می‌کنم که دیگر هرگز از تو هیچ نشنوم. با این سخنان، پدر من (پدربزرگ شما بچه‌های عزیز) شانه‌هایم را گرفت مرا به سمت در چرخاند و با یک لگد از صمیم قلب، مرا به جلو پرت کرد تا منظورش را بهتر فهمانده باشد.

این‌چنین بود که به سپیده‌دم دوران مردی پرتاب شدم تا ماجراهایم را با این جهان بیازمایم. وقتی‌که در طول خیابان شهر به راه افتادم، دیدم صد دینار داخل کیفم موجود است که پدر دوراندیش من از ترس قانون که او چقدر بااحساس آن را توصیف کرد، برای من گذاشته بود. به خودم گفتم می‌توانم با این سرمایه بزرگ چند روزی زندگی کرده، خود را در خوش‌گذرانی‌های موردعلاقه‌ام رها کنم و هر وقت هم تمام شد، به‌قدر کافی وقت خواهم داشت که نقشه بکشم آن را چگونه جایگزین کنم.

---

۲ یستنشق الساکن
۳ که خدایش نگاه دارد

در این هنگام بزرگ‌ترین برادرزاده، مؤدبانه و درحالی‌که سرش را کج گرفته بود گفت: "ببخشید، عمو، یک دینار چیست؟

بازرگان با خنده‌ای شاد پاسخ داد: پسر جانم، اعتراف می‌کنم برای فردی در موقعیت من پاسخ به سؤال تو غیرممکن است. فقط این‌قدر می‌توانم بگویم که در نظر فقرا سکه‌ای است با ارزشی قابل‌ملاحظه اما ازنقطه‌نظر اشخاصی مثل من، واحد پولی است آن‌قدر ناچیز که هیچ تفاوتی با سایر سکه‌ها ندارد.

بازرگان معتبر پس از این اظهارنظر، روایت خود را از سر گرفت:

بگویم که داشتم، شاد و سرحال از صدای جلینگ، جلینگ سکه‌ها، به‌پیش می‌رفتم که اتفاقاً به کنار آب رسیدم و دیدم که یک کشتی، آماده سفر به خلیج‌فارس بادبان برافراشته است. با خود گفتم این فرصتی است عالی برای سیروسیاحت و جهانگردی. گرمای روز شدت می‌گرفت و غیر از دو تا جاشو که در ساحل دراز کشیده و چرت می‌زدند هیچ‌کس در آن دوروبر دیده نمی‌شد. من خیلی فِرز سوار کشتی شده و پشت یکی از عدل‌های کالا که عرشه کشتی را کاملاً اشغال کرده بود پنهان شدم. آنگاه که خورشید فرونشست و کار ازسرگرفته شد، صدای پای ملوانان روی عرشه شنیده می‌شد، بادبان برافراشته و سفرمان را آغاز کردیم.

با استفاده از تاریکی شب، بی‌سروصدا از محل اختفای خود بیرون خزیدم و دیدم که مردی روی دماغه کشتی نگهبانی می‌دهد. او مأمور بود هرازچندی با یک میله دراز، عمق آب را اندازه‌گیری کند. من ژست مقام مسئول به خود گرفته و به او گفتم ناخدا مرا فرستاده و دستور داده یک قمقمه شراب، مقداری میوه و یک کیک به من بدهد (چون حدس زدم مثل همه ملوانان، همه‌گونه چیزهای مشروع و نامشروع دارد). به او گفتم که باید این چیزها را برای خویشاوندم، ناخدا ببرم. لحظه‌ای مرا با میله تنها گذاشت و زود با سوروسات برگشت که من آن‌ها را برداشتم و به مخفیگاه خودم خزیدم و آن‌ها را با جان‌ودل صرف کردم.

فردا تمام روز پشت عدل‌های کالا خوابیدم. اوایل شب دوم یک وعده غذای دیگر احتیاج داشتم ولی جرئت نمی‌کردم کلک قبلیم را تکرار کنم. دراز کشیده و در اندیشه بودم تا درحالی‌که گرسنگی عقل و شعورم را تیز کرده بود نقشه‌ای به مخیله‌ام خطور کرد که مطمئناً مشیت الهی به یک جوان

بیچاره، تنها، درمانده و بی‌یار و یاور به جهانی ظالم پرت شده، الهام کرده بود.

این فکر به خاطرم رسید که نگهبانان هر دو عرشه کشتی مقداری آذوقه برای شب خواهند داشت. یادم به راهرویی افتاد که بین عدل‌های مرتفع روی عرشهٔ اصلی تا زیر سقف کابین عقب کشتی و داخل «فضای پاشنه» ادامه داشت. این راهرو برای تسهیل در کار بارگیری و تخلیه در نظر گرفته شده که کارگران در موقع نقل‌وانتقال کالا از آن استفاده می‌کنند. این دو را کنار هم گذاشتم و به مجد الله نقشه‌ای کشیدم که فوراً به اجرا بگذارم.

از پنهان گاه بیرون خزیده و در طول عرشه تاریک به‌آرامی راه رفتم تا رسیدم به نگهبانی که کنار نرده‌ها چمباتمه‌زده و در آسمان بی مهتاب، ستارگان را نظاره می‌کرد. همان‌طور که حدس می‌زدم بشقابی در کنارش داشت که فقط سفیدی آن را که روی عرشه برق می‌زد می‌توانستم ببینم. به نظرم رسید که یک بطری شراب هم به چشمم خورد. با تظاهر به اینکه خدمه کشتی هستم به او نزدیک شدم (چون این‌ها افراد غریبه‌ای هستند که اتفاقی در اسکله به کار گرفته می‌شوند). یواش با هم حرف زدیم، از دختران بغداد، پلیس، فرصت‌های دزدی و از هر موضوع دیگری که بین فقرا مرسوم است، تا این‌که طبیعتاً رسیدیم به شراب. او به کیفیت بد شراب خودش که در بطری بغل دستش بود دشنام داد. من با حالتی مرموز مثل این‌که دارم یک راز عمده‌ای را با او در میان می‌گذارم گفتم که یک محموله شراب عالی دارم و چون رفاقت من با او خیلی صمیمی شده است بی‌پرده عین حقیقت را به او می‌گویم که در «فضای پاشنه» زیر عرشه عقب، در راستای راهرو باریک بین عدل‌های مرتفع کالا است. گفتم حاضرم با هم برویم و آن را بیاوریم، ولی چون خیلی مشتاق بود گذاشتم جلو برود. وقتی‌که کورمال‌کورمال، در عقب کشتی مشغول جستجو بود، بی‌سروصدا و به‌سرعت برگشتم نان و پنیری که توی بشقاب بود و بطری شراب را برداشتم و در مخفیگاه خود ناپدید شدم. شکمی از عزا در آوردم گرچه تا حدودی خیلی باعجله، و متوجه شدم که همسفر من مدت طولانی صرف جستجوی آن جای خالی کرد. وقتی‌که بالاخره صدای پایش را شنیدم که داشت برمی‌گشت و زیرلبی فحش‌های رکیک می‌داد، متوجه شدم سپیدهٔ شفق در مشرق دمیده است و تصمیم گرفتم که سفر دریایی من باید به پایان برسد.

حالا به حوالی دریا رسیده بودیم. این را در تاریکی از چشیدن آب از کنار کشتی که شورمزه بود فهمیدم. با خود فکر کردم که رفیق بیچارهٔ من حالا دلیل خیلی خوبی دارد که قاطعانه دنبال من بگردد و به‌زودی به گوش ناخدا هم خواهد رسید که با رسیدن روز حتماً با چوب و فلک به سراغ من می‌آیند یا به زنجیرم می‌کشند و می‌فروشند. به همین جهت خودم را از روی لبه کشتی به آب انداختم (چون من شناگر قابلی بودم) و به سمت ساحل رفتم. به خشکی که رسیدم روی ساحل گرم دراز کشیده از پشت نیزارها بادبان بزرگ کشتی را می‌دیدم که در مسیر جریان آب و در روشنایی که رو به ازدیاد بود دورتر و دورتر می‌لغزید.

آفتاب که طلوع کرد، کشتی از دیدگاه دور شده بود. به اطراف که نگاه کردم متوجه دهکده کوچکی شدم که فاصلهٔ زیادی تا ساحل نداشت. محل زندگی ماهیگیران ساده، ولی چندین خانه به‌ظاهر آبرومند هم دیده می‌شد، مخصوص تجار متمول شهر بصره که در آن همسایگی بود که برای تفریح و فراغت از بگیر و ببندهای تجارت به آن جا می‌آمدند.

اولین کاری که در آغاز این روز نوین انجام دادم این بود که خود را به خاک انداخته و علاوه بر نماز صبحگاهی، برای نعمت‌هایی که تا کنون نصیبیم شده بود، با خضوع تمام شکر بی‌کران گفتم و با خلوص نیت برای رهنمون دعا کردم. دعایم مستجاب شد. از زمین که برخاستم طرحی نو در سر داشتم.

فوراً به سمت یکی از خانه‌های متمولین که در نزدیکی دهکده بود راه افتادم و توسط یک غلام برای صاحبش پیغام فرستادم که ارباب من که تاجر قالی ثروتمندی است، علاقه‌مند است با حضرت والا وارد معامله بشود و درصورتی‌که آن بزرگوار، مرا تا کنار اسکله همراهی بفرمایند اجناسی شایان توجه به ایشان عرضه خواهم کرد.

بر حسب اتفاق (و اینجا هم باز مشیت الهی دست‌اندرکار بود) معلوم شد این تاجر عشق شدیدی به نوع خاصی قالی داشت که فقط در «الکزر» بافته می‌شود زیرا فقط مردم آنجا رمز آن را می‌دانند و خیلی متعصبانه آن را حفظ می‌کنند؛ بنابراین غلام برایم پیغام آورد که اربابش به خودش زحمت نمی‌دهد همراه من بیاید مگر آنکه چنین اجناسی برای بررسی او آماده باشند. اگر قالی‌هایم کار الکزر باشد او مایل است آن‌ها را بررسی کند ولی اگر بافت دیگری باشند علاقه‌ای ندارد.

و برادرزاده‌های عزیز من، این بایستی به شما بیاموزد که ثروتمندان چقدر ساده‌لوح‌اند.

من کاملاً متمایل بودم که قالی‌ها کار الکزر باشند یا در واقع مال هر جا زیر این آسمان خدا. زیرا انتخاب دست خودم بود؛ بنابراین باعجله پیغام دیگری برایش فرستادم که اتفاق عجیب آن است که در حال حاضر ما هیچ‌چیز دیگری به جز قالی‌های الکزر در انبار نداریم و از غلام خواستم که این نکته مهم را به اربابش تأکید کند.

غلام برگشت دست راستش را به سمت من چرخاند، کف دست به‌طرف بالا با لبخندی عجیب‌وغریب. من هم کیف پولم را در آوردم طوری که دینارها را که برق می‌زدند ببیند و پرسیدم ترجیح می‌دهد که بابت حق‌الزحمه‌اش الان یک سکه بگیرد، یا این‌که صبر کند پس از جوش‌خوردن معامله پنج سکه به او بدهم؟ غلام چشم‌هایش برق زد – و حتی آن طوری که به ذهن من رسید با حق‌شناسی مذبوحانه پیشنهاد دوم را پذیرفت.

و برادرزاده‌های عزیز من، این بایستی به شما بیاموزد که فقرا چقدر ساده‌لوح‌اند.

باعجله رفت که پیغام مرا به اربابش برساند. در عرض چند لحظه ارباب خانه خیلی باعجله ظاهر شد و با هیجان از من خواست که او را به نقطه موعود ببرم.

در این لحظه بازرگان مکث کرد و با خیال‌اندیشی و یاد ایام گذشته در چشمانش، ساکت ماند. دست‌کم به همان مدت زمانی که جیب‌بری تردست بی‌سروصدا کیف پولی را از آستین مردی روحانی می‌رباید.

دومین برادرزاده فرصت را غنیمت شمرد که شکی که ذهن جوانش را آزار می‌داد به زبان آورد. با تواضع و تکریم گفت:

عموی مکرم، ما به داستان اوایل زندگی حرفه‌ای شما با تحسین و احترام گوش داده‌ایم ولی بیش‌ازپیش متحیریم که بفهمیم چه‌طور یک چنین ابتدایی می‌تواند به چنین پایانی منتهی بشود. زیرا تابه‌حال چنین به نظر می‌رسد که شما همان راهی را دنبال کرده‌اید که پایانش به میرغضبان و جلادان منتهی می‌شود.

عمویش با نگاهی سرشار از محبت پاسخ داد: عقیده عمومی نسبت به تمام آدم‌های خیلی ثروتمند در مراحل اولیه زندگی حرفه ایشان همین‌گونه است؛ ولی امیدوارم که دنباله داستان به تو و برادر کوچولوهای باهوشت بیاموزد که عوام‌الناس تا چه اندازه در اشتباه هستند.

آن‌گاه که بازرگان محمود این سخنان را به زبان آورد، صدای اذان از گلدسته‌ای در آن همسایگی بلند شد و او باعجله ادامه داستان را قطع کرد و گفت: برادرزاده‌های عزیزم ما بایستی برویم برای نماز. من صحبتم را در اینجا متوقف می‌کنم و فردا داستان خودم و مشیت الهی را ادامه خواهم داد.

هفت برادرزاده‌اش با شنیدن این کلمات، با هم از جا بلند شدند و دست‌هایشان را ضربدری روی سینه گذاشتند؛ بعد از این ژست درحالی‌که عقب، عقب به سمت پرده‌های تالار مجلل می‌رفتند سه مرتبه تعظیم‌های غرّا کردند و از حضور عمویشان مرخص شدند.

******

دفعه بعد که هفت پسربچه، نیم‌دایره، چهارزانو و به حال توجه، جلوی او نشسته بودند، بازرگان محمود گفت: برادرزاده‌های عزیزم، به یاد دارید رسیده بودیم اینها که من همراه کلکسیونر قالی‌های کزرانی باعجله به سمت اسکله می‌رفتیم که او کالاها را ببیند و خوشش بیاید. این تاجر در میان مردم محل شهرت داشت که فوق‌العاده مکار و آب‌زیرکاه است. خصلتی که (شاید به نظر شما عجیب بیاید!) مردم طوری آن را تحسین می‌کردند که اوج فضیلت انسانی باشد. باید اعتراف کنم که حداقل در موضوع قالی‌های کزرانی به نظر من با شهرتش خیلی تفاوت داشت. پیرمرد محترمی بدین وراجی زمین هرگز به خود ندیده. دائم از فرط هیجان، به لکنت‌زبان می‌افتاد و گرچه من مواظب بودم او را از راهی پیچ‌واپیچ ببرم بلکه اشتیاقش آرام بشود، به نظر می‌رسید که تأخیر، آن را شدیدتر می‌کند. بالاخره مثل کسی که دیگر نمی‌تواند از اشتیاقی سوزان خویشتن‌داری کند گفت: التماس می‌کنم آقا، التماس می‌کنم، به اشخاصی که ممکن است سعی بکنند در مورد کالای بسیار ذی‌قیمت شما از من پیش‌دستی بکنند توجهی نکنید. می‌دانم که قول شما در این مورد کافی است. مطمئنم که دست مرا در معامله باز خواهید گذاشت. مضافاً آن‌ها در این اطراف هیچ‌چیزی درباره قالی‌های کزرن نمی‌دانند: آن‌ها فقط اهل خریدوفروش هستند آن هم با چه سودی. اجازه بده

در گوش شما بگویم که گرچه خیلی‌ها در این محل ظاهر ثروتمندی به خود می‌گیرند اما بیشتر بدهکار پارسی‌های پایتخت هستند. فقط من در موقعیت مستقلی هستم (در اینجا به نجوا گفت) من می‌توانم در مقابل هر لطفی که به من بکنی به طور خصوصی و توی جیب خودت پاداش خیلی خوبی به تو بدهم.

وقتی دیدم آن‌قدر اشتیاق دارد، حالتی تردیدآمیز و شرمنده به خود گرفتم و در نهایت اعتراف کردم که یک تاجر محلی که اجازه ندارم اسمش را ببرم با من تماس گرفته و محبت کرده مبلغ یک هزار دینار به‌عنوان هدیه توسط یک غلام برای من فرستاده و شرطی هم برای این قائل نشده. ولی او هم کاملاً مستقلانه، پیغام داده که سفارش‌هایی برای قالی دریافت داشته که ملزم به برآوردنشان است. او گفته درصورتی‌که حق انتخاب اول را به او بدهم، منفعتش به‌قدری زیاد است که باکمال مایل حاضر است پس از اتمام معامله حق‌العمل شیرینی به من بدهد؛ کاملاً مجزا از یک هزار دینار که چیزی نیست مگر هدیه‌ای ناقابل از شخصی به شخصی دیگر. اضافه کردم این یک هزار دینار را که در حال حاضر در مالکیت من است پذیرفته‌ام، هدیه، عملی است برازنده و می‌توان آن را باوجدان آسوده قبول کرد. اما حق‌العمل بحث دیگری است. من قبل از هر چیز بایستی منافع اربابم را در نظر داشته باشم؛ از پیشنهادی که به من شده حرفی به میان نخواهم آورد (چون با تمام اعتمادی که به من دارد او هم بالاخره تاجر است و ممکن است سوءتعبیر کند) اما وظیفه خود می‌دانم به او توصیه کنم به خریداری بفروشد که حاضر است قیمت بالاتری بپردازد.

صاحب‌نظر پیر مشتاقانه فریاد زد "آن منم". من هستم که ثابت خواهم کرد که بالاترین قیمت را می‌دهم! نه؛ دوست عزیز، چون چنین معاملاتی اغلب به طور خصوصی انجام می‌گیرد، آیا بهتر نیست صاف‌وپوست‌کنده به اربابت بگویی که در این محل هیچ رقیبی را یارای ابراز وجود در برابر من نیست؟ اول بگذار اربابت بفهمد رقیب من چه قیمتی حاضر است بپردازد، بعد به تو اجازه می‌دهم ده درصد به آن اضافه کنی که مسلماً موافقت خواهد کرد و اضافه کرد: درعین‌حال دو هزار دینار هم فقط هدیهٔ ناقابلی است برای شخصی در موقعیت تو که من حاضرم باکمال‌میل و شادمانی به تو بدهم. نه‌تنها بابت خدمتی که مطمئنم در نظر داری برای من انجام بدهی، بلکه صرفاً به‌منظور بیان احترام.

هیجانش در این لحظه به‌قدری زیاد شده بود که نگران بودم قدرت تمیز را از دست‌داده باشد. اکنون دیگر در چشم خیال انبوهی از نفیس‌ترین قالی‌های کزرانی را در جلوی خود می‌دید که آماده برای کاروان بودند. اکنون رقیبی را می‌دید که در اسکله‌ای دوردست دارد به‌آرامی آن‌ها را تصاحب می‌کند، شاهدها مُهرشان را زده‌اند و ختم معامله را اعلام می‌کنند.

درحالی‌که دوباره اصرار می‌کرد این هدیهٔ ناقابل، هدیه شخصی، هدیه ناچیز دو هزار دیناری را بپذیرم به خود می‌لرزید. در جواب، با لحنی کمی خشک و جدی گفتم: آقا من عادت ندارم حق‌العمل‌های مخفیانه تحت هر عنوان که باشد بگیرم. تکلیف من روشن است؛ اگر سفارش قطعی بیشتر از آنچه تابه‌حال دریافت کرده‌ام همراه با مدرکی که ثابت کند شما حقیقتاً همان‌گونه که می‌گویید معتبرترین فرد این محل هستید دریافت نکنم، مجبورم معامله را با مشتری اول فیصله دهم. اگر حقیقتاً از پرداخت فوری قیمت بیشتر مطمئن بشوم پیشنهاد شما را قبول خواهم کرد. ولی چه‌طور می‌توانم در این محل مطمئن باشم؟ یک هزار دیناری که راجع به آن حرف زدم به‌صورت سکه در یک کیف و در جای امن است. با تمام احترامی که برای سن شما قائلم من هیچ اطلاعی از میزان اعتبار شما در این شهر ندارم و با لحنی متفاوت اضافه کردم؛ اعتراف می‌کنم با وضع رقیب شما آشنا هستم که شاید محکم‌تر از آنی باشد که شما فکر می‌کنید. اعتراف می‌کنم که به نظر من ساده‌تر و بیش‌تر به نفع تجارت‌خانه ما باشد که الان یک‌راست سراغ او رفته و کار را یک‌سره کنم.

تا این را به زبان آوردم پیرمرد یک‌سره زد به سرش. صحنه رقت‌انگیزی بود که آدم محترمی به سن و سال او و با موی سفید را ببینی که داشت می‌رقصید و از هیجان، اخوتف از دهانش سرازیر شده بود. مشت‌هایش را در هوا تکان می‌داد و به‌سوی آسمان جیغ می‌کشید و تمام جنون کلکسیونرها را از خود بروز می‌داد. انگیزه کاسب‌کارانه رقیب ناشناس و اشتیاق خودش به «هنر محض» را با هم مقایسه می‌کرد. خدا را به واقعیت ثروتش به شهادت می‌طلبید و بالاخره در حالتی که از خشم خروشان بود، جواهراتی که لباس‌هایش را تزیین کرده بود جدا کرد، تمام پولی را که همراه داشت (که در یک کیسه چرمی بود و در جمع بیش از پانصد دینار نمی‌شد) در دست من گذاشت. یک سنجاق طلا که از شال‌گردنش کند را هم اضافه کرد و گفت اگر این پیش‌پرداخت برای اثبات حسن‌نیت و اعتبار من کافی نیست دیگر نمی‌داند چگونه مرا متقاعد کند.

من شانه‌هایم را بالا انداخته و گفتم به نظر من به‌جای این‌همه اعتراضات پرشوروشر و آن‌قدر احتمال ضرر و زیان، بهتر است که آرام و موقر به خانه‌ی خود برود و با یک سند تجاری و دو نفر شاهد (طبق حکم قانون) برگردد و من همان جا صبورانه منتظرش می‌مانم. حداقل من هیچ عجله‌ای نداشته و باکمال احترام در انتظار مراجعتش خواهم ماند. با چنان سرعتی رفت که هیچ‌وقت فکر نمی‌کردم در سن و سال او ممکن باشد.

منتظر شدم تا در دوردست، از گوشهٔ حصاری از بوته‌های «زبان مادرشوهر» پیچید. صبر کردم تا خوب از نظر ناپدید شد، آن‌وقت جواهرات، سکه‌ها و تزیینات قیمتی را که باعجله پیش پای من ریخته بود جمع کرده و با سرعت در جهت مخالف رو به رفتن گذاشتم.

مشیت الهی هرگز آشکارتر از این شامل حال کسی نشده بود. دشت خارج شهر عاری از گیاه، رودخانه در فاصلهٔ تقریباً یک مایلی بود. شاید حدس بزنید در چه مخمصهٔ سختی گرفتار بودم. سنجاق طلا را به عبا و سایر جواهرات را آشکارا روی لباسم چسبانده و با گام‌های موقر در دشت پهناور به سمت رودخانه پیش رفتم. در کمال خوشحالی در کنار رودخانه دو ماهیگیر دیدم که بادبان برافراشته و در مسیر جریان آب عزم دریا دارند. حضور آن‌ها نقشه‌ای برای فرار به من الهام کرد.

با حالتی لاقیدانه با آن‌ها مشغول گپ‌زدن شدم (درعین‌حال از دور، خانه‌ی دوست سال‌خورده ولی عصبی را زیر نظر داشتم). سرانجام با لبخند یک سکه طلا به یکی از آن‌ها تعارف کرده و گفتم باعث خشنودی من است که برای اولین باریک سفر کوتاه با قایق را تجربه کنم. ماهیگیر که در تمام عمر چیزی این‌همه قیمتی به چشم ندیده و تا حدودی هم بهت‌زده شده بود، عنوان پرطمطراقی به من داد و قول داد که با ماهیگیری و تفریحی تازه به من خوش خواهد گذشت. اما در همان حالی که او و رفیقش قایق را از ساحل دور می‌راندند، در جای خود روی عرشه چرخیدم و متوجه گردوغباری شدم که در دشت برخاسته بود که حاکی از رسیدن تاجر، همراه با شاهدها و گروهی از برده‌هایش بود.

ناگهان قیافه‌ام را از حالت خشنودی گرچه بیزار از زندگی، به اضطراب حاد و دلهره تغییر دادم و به همراهان تازه‌ام فریاد زدم: تا پای جان زور بزنید، بادبان را تا حداکثر بکشید؛ این‌ها مأمورانی هستند که خلیفه فرستاده تا تمام قایق‌های ماهیگیری را از نو بررسی کرده و بر مبنای تعرفه‌های

جدید از آن‌ها مالیات بگیرند. قبل از این‌که اینجا بیایم و با شما آشنا بشوم، آن‌ها سه قایق را در ساحل توقیف کرده بودند.

این آدم‌های نازنین با شنیدن این حرف، با وحشتی حتی بیشتر از خود من برانگیخته شدند. مردانه قایق را به تندترین قسمت جریان آب هل دادند و گرچه نسیم ملایمی می‌وزید، بادبان را تا آخرین حد گشودند به‌طوری‌که لبه قایق با حاشیه رودخانه تماس می‌گرفت و واقعاً به طرز خطرناکی تحت‌فشار بود. اما من با رضایت خاطر می‌دیدم که تاجر با خدم و حشمش بیهوده به سمت ساحل رودخانه سرازیرند، شاید با نصف سرعت ما. به‌سوی ما دشنام سر داده، با مشتهایشان تهدید می‌کردند، عناوین دولتی خود و پیامدهای قانونی را فریاد می‌زدند و با این کارهایشان داستانی را که برای دو ماهیگیر شریف گفته بودم تأیید می‌کردند.

چه شیرین بود لمیدن روی عرشه در گرمای روز، سرگرم با زینت‌آلاتی که به‌تازگی به دست آورده بودم و فارغ‌البال همراهانم را نگاه می‌کردم که از کشیدن طناب بادبان زیر عرق بودند یا به طور متناوب به ساحل، به سمت گروه کوچک مردم ناامیدی نظر می‌انداختند که به‌سرعت از ما که جذر و مد را با شتاب پشت سر می‌گذاشتیم، عقب می‌افتادند. طولی نکشید که سیمایشان دیگر واضح نبود تا این‌که حتی هیکل‌هایشان هم به‌سختی تشخیص داده می‌شد. آخرین تصویری که از آن‌ها در ذهن من به جا ماند شبح مبهمی بود در دوردست که با خشمی بی‌حاصل پا به زمین می‌کوبید و دست‌هایش را دیوانه‌وار به‌سوی آسمان تکان می‌داد. چاره‌ای نبود جز تأسف خوردن بر سقوطی چنین دردناک وقار شخصی چنان محترم.

وقتی‌که خوب از حوالی شهر دور شده بودیم از ماهیگیرها پرسیدم قصد دارند به کجا بروند؛ جواب دادند شغل آن‌ها فقط این است که در اطراف بگردند و در اثنای شب ماهی بگیرند و سحرگاه با صید خود برگردند. پرسیدم بهتر نیست باتوجه‌به این آدم‌های چپاولگری که می‌بینید چند روزی این دوروبر پرسه می‌زنند مرا به شهری در طول ساحل که می‌شناسید ببرید که مقامات حکومتی آن زیر سلطه حکومت ستمگر بغداد نباشند؟ تا آنجا که به من مربوط می‌شود من آزاد هستم هر جا که دلم می‌خواهد بروم و چشم‌انداز یک تغییر مرا خوشحال می‌کند. گفتم باکمال مایل حاضرم به پاداش فداکاری‌شان برای ازدست‌دادن صید، پنجاه دینار به آن‌ها بدهم.

ماهیگیرها از تصور پول بیشتر فوراً راضی شدند. با دلی شاد آواز می‌خواندند و بدین ترتیب سه روز و سه شب با سرعت در دریا راندیم، از کوه‌های تیره‌وتار و دماغه‌های سنگلاخی خالی از سکنه گذشتیم تا این‌که روز چهارم به شهری رسیدیم که من هرگز مانندش ندیده بودم. پرسیدم می‌شود در اینجا به خشکی برویم؟ ماهیگیرها گفتند نه چون اینجا هم به یک معنا جزء قلمروی خلیفه است و شاید آن مالیات لعنتی که شما گفتید در اینجا هم بگیرند. درحالی‌که به فکر فرورفته بودم، پاسخ دادم شما از من بهتر می‌دانید (لحظه‌ای با تظاهر به بهت و حیرت تأمل کردم) مع‌هذا بگذارید من با قایق کوچک شما به خشکی بروم. من عاشق مکان‌های تازه‌ام. شما دور از ساحل، طوری که در دیدگاه باشید بمانید، من بعد از نماز ظهر پیش شما بر می‌گردم.

آن‌ها به‌راحتی به این قرارومدار رضایت دادند. به سمت خشکی پارو زدم و وقتی‌که به ساحل رسیدم با خوشحالی دیدم که میزبانان بیمناک من کاملاً سه مایل دور در دریای گرم و درخشان بودند. درحالی‌که ان‌شاءالله از روی نیک‌خواهی و بدون تردید از روی علاقه، به آن‌ها خیره شده بودم، قایق کوچک را هل داده و در آب رها کردم (چون هیچ دلیلی برای بازگشتن پیش آن بیچاره‌ها نمی‌دیدم) و در خشکی به راه خود ادامه دادم. جواهرات را به قیمتی نه کم نه زیاد به تجار محلی فروختم. سنجاق طلای پیرمرد را به تصور این‌که (چون من مختصری خرافاتی هستم) شاید برایم خوش‌شانسی بیاورد برای خودم نگه داشتم و وقتی‌که تمام معاملاتم به انجام رسید کل سرمایه‌ام را که شمردم دیدم صاحب بیش از هزار و پانصد دینار هستم. وقتی که حساب‌هایم تسویه شد و بندهای کیسهٔ پول کشیده شدند سرمای غروب سر رسیده بود. زیر آلاچیقی، با ترنم چشمه‌ای گوارا در نور آفتاب‌غروب که بر آب دریا می‌تابید نشستم و شربتی محلی نوشیدم که اسمش را نمی‌دانستم ولی طعم و اثرش به یک اندازه دل‌پذیر بود، و بر ازدیاد ثروت خویش تأمل کردم.

به خودم گفتم محمود تو خانه‌ات را با یک صد دینار ترک کردی که پدر نازنین و محتاط تو از خودش دریغ کرده بود چون‌که نمی‌خواست تو بدون سلاح با این جهان رویارو شوی یا خودش گرفتار فلک بشود. تو یک هفته است که از خانه بیرون آمده‌ای، حدود هشت‌صد مایل از شهر خودت دورافتاده‌ای، سرمایه‌ات پانزده برابر شده است؛ بنابراین باید با جسارت و

اشتیاق منتظر ماجراهای بیشتری در زندگی خودت باشی زیرا که رحمت الهی به‌وضوح شامل حال تو است.

در این لحظه فریاد تو دماغی از گلدسته مسجد مجاور، حاضرین را هشدار داد که افکارشان را متوجه عرش برین کنند. پسرها که مجذوب داستان‌سرایی عمویشان نشسته بودند می‌دانستند که پایان پذیرایی سر رسیده است؛ بنابراین سومین پسر جراح بی‌تاب بود که چیزی را ابراز کند چنان‌که باعجله چنین کرد: اما عموی گرامی گرچه ما متوجه هستیم که بعضی پیشامدها به نفع شما تمام شدند و فقط استعدادهای ذاتی شما نبود؛ باوجود این نمی‌فهمیم همه این‌ها چگونه به شاهراه ثروت منجر شدند.

بازرگان محمود گفت: پسرم، درحالی‌که متفکرانه با ریش‌هایش بازی می‌کرد و با نگاهی خالی از مقصد از بالای سر نوجوانان خیره شده بود. من وانمود نمی‌کنم که بتوانم چنین نقشه‌ای را به شما ارائه بدهم. آیا به شما نگفتم بر فرضی هم که چنین نقشه‌ای وجود داشته باشد به دست عموم می‌افتد. من کاری نمی‌کنم مگر آنکه اقداماتی که به‌وسیله آن یک بازرگان در این شهر «به لطف لایزال رحمان» یعبد اسمه! از فقر به ثروت رسید را با فروتنی برای شما بازگو می‌کنم... ولی اذان نماز را گفته‌اند و ما باید از هم خداحافظی بکنیم. هفتهٔ آینده، همین روز، کمی بعد از افتضاح کاری آخرین اعدام در ملأعام، شما دوباره خواهید آمد و به فصل دیگری از زندگی پر تنوع من که برایتان تعریف خواهم کرد گوش فرا خواهید داد.

فصل دوم

الدُّرَر یا مرواریدها

هفتهٔ بعد سر ساعت اعدام‌ها و سربریدن‌های درملأعام، هفت پسران دوباره چهارزانو در حضور عموی مکرمشان نشسته بودند. بعد ازآنکه آن‌ها را با آب‌خنک و خودش را با معجون عجیب‌وغریبی از جو تخمیر شده، تروتازه کرد خطاب به آن‌ها چنین گفت:

پسربچه‌های من به یاد دارید که من چطور دور از خانه و کاشانه بی‌هیچ یارویاور و فقط با هزار و پانصد دینار در دیار غربت به حال خود رها شده بودم که با این جهان رویارو شوم. این مبلغ ممکن است به نظر شما زیاد بیاید اما من به‌جرئت به شما اطمینان می‌دهم که برای عملیات تجاری (و اینجا بازرگان دهن‌دره‌ای کرد) فقط قطره‌ای‌ست در اقیانوس. من در آن موقع در مدت کوتاه یک هفته در قامت یک کارشناس امور مالی به‌قدری پیشرفت کرده بودم که دل‌افسرده فکر می‌کردم هزار و پانصد دینار ناچیزتر از آن است که بشود با آن به هماورد مکاران، شکم‌بارگان و طمع‌کاران این جهان پهناور رفت. اما لمحه‌ای خواب (زیر یک درخت بائوباب که مخارج مسافرخانه را صرفه‌جویی کنم) به‌زودی جسم و جانم را تروتازه کرد و فردا صبح آمادهٔ مواجهه با این جهان بودم.

در این موقع بازرگان سرفهٔ مختصری کرد و خطاب به برادرزاده‌ها گفت: بدون شک در مدرسه دربارهٔ خصوصیات درخت بائوباب به شما درس داده‌اند.

برادرزاده‌ها پاسخ دادند بله و همه با هم توصیفاتی را که از کتاب‌های درسی مدرسه از برکرده بودند تکرار کردند.

عمویشان با لبخند پاسخ داد خوشحالم که می‌بینم این‌قدر مطلعید و متوجه هستید که این گیاه بی‌نظیر چه سقف وسیعی فراهم می‌آورد.

خب، من در آفتاب صبحگاه در سرزمینی مرتفع از میان جنگلی دلپذیر رو به رفتن نهادم در این خیال که از این به بعد با چه تمهیداتی، با رباخواری

یا دوزوکلک، سرمایه‌ام را زیادتر کنم که ناگهان باغ‌ها و ساختمان‌های سفید شهر بی حصاری در دوردست پدیدار شدند. من هم تصمیم گرفتم به آن سو بروم زیرا آبادی‌های بزرگ مخصوصاً اگر مردمش جنگ‌طلب نباشند بهترین عرصه را برای دادوستدهای یک «ناخدای صنعت» فراهم می‌آورند؛... و در آنجا به «مشیت الهی»، چنان ماجرای عجیبی برای من اتفاق افتاد که شاید هرگز برای کسی پیش نیامده باشد.

بیش از یک ساعت از اقامتم در کاروان‌سرای محل نگذشته بود — هنوز با هیچ ساده‌لوحی برخورد نکرده بودم و نقشه‌هایی که برای آینده در سر داشتم برایم مبهم بود که پیرمرد محترم و خیلی باوقار که افسری چاپلوس و حداقل شش غلام حبشی پشت سرش بودند، خیلی با احترام به‌طرف من آمد و یک کیف پول چرمی نوع خارجی که مانند آن را قبل از آن هرگز ندیده بودم به من عرضه کرد، و از من پرسید آیا من همان مرد جوانی نیستم که آن را سهواً روی مهر نماز در یک امامزاده خارج شهر جا گذاشته‌ام. من کیف را خیلی با اشتیاق قاپیدم و از فرط شادی آن را روی سر گذاشته و بارهاوبارها بوسیدم و گفتم ای ولی‌نعمت من، با چه زبانی می‌توانم به‌قدر کافی از شما تشکر کنم. این آخرین هدیهٔ پدرم به من و تنها توشهٔ سفرم هست، و با این حرف دوباره افتادم به بوسیدن و نوازش کردن و فشردن کیف به قلبم و این‌طوری فهمیدم که پر از سکه است که این را در واقع حدس هم زده بودم. احساسات خود را چنان برانگیخته بودم که چشم‌هایم مملو از اشک شده بود و خود پیرمرد مهربان هم به شدت تحت‌تأثیر قرار گرفته بود. با لحنی پدرانه گفت من بایستی به شما غریبهٔ جوان از این بی‌فکری که در جوانی آن‌قدر متداول است هشدار بدهم. اگر ما این خوش‌شانسی را نداشتیم که اموال شما را پیدا کنیم واقعاً ضرر عمده‌ای به شما خورده بود.

برادرزاده‌های عزیزم، شما شاید بتوانید درماندگی مرا حدس بزنید که فهمیدم مرتکب چه تقصیر نابخشودنی شده‌ام. چهره‌ام از شرم سرخ شد. از آن پیرمرد محترم از صمیم قلب سپاسگزاری کردم نه به‌خاطر امانت‌داری‌اش (که اشاره به آن برای شخص صاحب ثروت عظیمی چون او توهین‌آمیز بود) بلکه به‌خاطر زحماتی که متحمل شده بود که جوان بی‌احتیاطی را پیدا کند و نگذارد ضرری متوجه او بشود.

پیرمرد محترم با خنده‌ای ملایم و مطبوع گفت: نه، لازم نیست از من تشکر کنی. شاید اگر خودم این گنجینه را پیدا کرده بودم امکان داشت فرض کنم

۱۸

چندان ارزشی ندارد که بخواهم آن را به صاحبش برگردانم. ولی شما باید بدانید که من قاضی‌القضات این شهر هستم. شب گذشته مأمور من از فاصله دور مرد جوانی را می‌بیند؛ ظاهراً غریبه‌ای در این شهر طبق شرحی که او داده به قد و شمایل شما که وقتی سرش را از روی مهر نماز بلند می‌کند شیئی به جا می‌گذارد که در تاریکی اوایل غروب نمی‌تواند تشخیص بدهد چیست. اما نزدیک‌تر که می‌رود می‌بیند همین کیف پول شما است که چند تا پسربچه آن را پیدا کرده و بر سر آن دعوایشان است که از آن‌ها می‌گیرد. آن را نزد من آورد و قدری هم مشخصات شما را برایم توضیح داد. من فکر کردم خیلی احتمال دارد که شما در این کاروان‌سرا ساکن باشید به همین جهت کیف را با خودم آوردم. خیلی خوشحال شدم که وقتی داشتیم نزدیک می‌شدیم شنیدم آن مأمور که حالا همراه من است شما را شناخت. در این موقع مأمور و من خیلی تشریفاتی به هم تعظیم کردیم. در این حال این فکر به‌سرعت در کلهٔ من چرخ می‌زد که اگر صاحب اصلی کیف پیدا شود تکلیف چیست. در انتخاب بین دوراه تردید داشتم: آیا قبل از این‌که بتواند دهان باز کند او را به دزدی متهم بکنم یا این‌که به‌سرعت پا به فرار بگذارم. این اشتغال ذهنی را کنار گذاشتم مبادا که اضطراب آن در چهره‌ام نمایان شود.

بازهم از آن نیک‌مرد، خیلی به گرمی تشکر کردم و با هم مشغول گفتگوی خودمانی شدیم. چیزی که مرا خیلی خوشحال کرد این بود که در پایان گفتگو، بی‌رودربایستی از من خواهش کرد دعوتش را پذیرفته و برای صرف غذا به کاخ او بروم. من مشتاق ماجراهای بیشتری بودم و با شادی بسیار همراه او رفتم.

درحالی‌که پشت میزی که روی آن (که لازم نمی‌دانم به اطلاع برادرزاده‌های عزیزم برسانم) «بره شکم‌پر بامغز پسته» گذاشته بودند لم‌داده بودم، پیرمرد از من پرسید از کجا آمده‌ام، حرفه‌ام چیست و به کجا می‌روم.

پاسخ دادم (به نظر خودم، با دوراندیشی) از حلب، پدرم پول داخل کیف را که شما لطف کرده و به من بازگرداندید، به من سپرده تا با آن مروارید بخرم و وقتی‌که خرید به اتمام رسید دستورالعمل دارم که آن‌ها را به هند برده و بفروشم چون پدرم مطمئن است که مروارید در آنجا نایاب است و به بالاترین قیمت به فروش خواهد رفت.

پیرمرد با اشتیاق زیاد گفت این واقعاً فکر بجایی است! خود من دنبال کسی می‌گردم که یک کلکسیون باشکوه مروارید را که از مادرِ مادربزرگم که یک بیگم هندی بود به من به‌ارث‌رسیده به او بفروشم و با خونسردی اضافه کرد؛ زن خسیسی بود؛ گوشواره‌ها را خیلی درهم‌وبرهم در یک جعبه قدیمی چوب سدر نگاه می‌داشت و خودم اعتراف می‌کنم که از ارزش آن‌ها کاملاً بی‌اطلاع هستم. به‌اضافه چون به شما علاقه‌مند شده‌ام می‌گذارم که خودتان قیمتی را که مایلید تعیین کنید، چون خیلی علاقه‌مندم آن‌گاه که وقت من سر می‌رسد به یاد بیاورم که انسان بی دوست و آشنایی را در اولین گام‌هایش به‌سوی ثروت، یاری داده‌ام. فقط کمی شرمنده‌ام که به نظر برسد که از راه ارثیه پول در می‌آورم.

هنگامی که پیرمرد محترم این حرف‌ها را می‌زد، این سؤال به‌سرعت در مخیله من می‌چرخید که انگیزه‌اش برای این‌همه تظاهر به بی‌تفاوتی نسبت به ثروت چه می‌تواند باشد که یادم آمد که او قاضی‌القضات این شهر است و فوراً نتیجه گرفتم که مرواریدها را که متعلق به اهل محل هست، مفت و مجانی از راه رشوه و سایر مجاری قانونی به دست آورده است، هم می‌خواهد آن‌ها را دور از این جا به فروش برساند و هم حاضر است آن‌ها را ارزان بدهد و چون وقتی‌که این افکار از ذهن من می‌گذشت متوجه تردید من شده بود در ادامه گفت: نه، من امتناع را نمی‌پذیرم. برای من چیزی نیست مگر رهایی محض و برای شما هم معامله‌ای است بس شیرین. بیا، من به سیمای درستکار و خلوص جوانی شما اعتماد دارم. آن‌ها را به هر قیمتی که خودتان می‌خواهید ببرید! و من حتی شما را راهنمایی خواهم کرد که در کدام شهر هند بهترین بازار را پیدا خواهید کرد.

اعتراف می‌کنم، پیشنهاد خرید به‌گونه‌ای که ارائه شد، برایم جذاب بود؛ ولی من رذالت نوع بشر را از قبل آموخته بودم (گرچه برادرزاده‌های عزیز خوشحالم بگویم تا آن موقع هنوز ضررش به خود من نرسیده بود) و گفتم حداقل تا این حد با او کنار می‌آیم که جواهرات را پیش یک تاجر محل برده و یک داستانی سرهم می‌کنم که این‌ها مال خودم هستند تا ببینم آن‌ها را به چه قیمتی می‌خرند و فقط موقعی که بدین‌گونه مزنه‌ای از ارزش آن‌ها در دست داشته باشم می‌توانم پیشنهاد خرید شرافتمندانه‌ای ارائه بدهم. صحبت را با جزئیات بیشتری بدین نمط ادامه دادم و با فروتنی ابراز کردم که قادر نیستم تصمیم بگیرم و می‌ترسم مبادا سرمایه‌ام کافی نباشد (که او با آه و پیف به آن خندید). تصریح کردم، به دلیلی که به‌زودی خواهید فهمید، یکی

از غلامانش باید همراه من بیاید، فقط به‌عنوان یک امر عادی و اضافه کردم، چون من خیلی مواظب نام نیک خودم هستم. او موافقت کرد گرچه خیلی لطف کرد و گفت فقط محض تشریفات.

من از قاضی سالخورده با تشکر فراوان خداحافظی کردم و همراه غلام، با مرواریدها به راستای جواهرفروشان در بازار رفتم. جلو یکی از مجلل‌ترین و مشهورترین غرفه‌ها ایستادم، مرواریدها را جلو فروشنده ریختم و گفتم که من به دستور مقامات مسئول مجبورم این‌ها را برای پایان‌دادن به یک مشاجره خانوادگی به فروش برسانم تا مهریهٔ خواهرم را بپردازم؛ بنابراین عجله دارم که معامله را به‌سرعت خاتمه بدهم و کمترین قیمت، در حد معقول، را هم که او ممکن است بگوید حاضرم بپذیرم. گفتم من کاملاً تسلیم او هستم. برای من فوریت دارد که معامله هرچه سریع‌تر به پایان برسد، ولی قبل از آنکه بتوانم پولش را بگیرم، کم‌ترین رقمی را که در نظر دارد بایستی بشنوم.

موقعی که من این حرف‌ها را می‌زدم، غلام مؤدبانه پشت سر من ایستاده بود و به گفتگوی ما گوش می‌داد. جواهرفروش گفت هیچ کالایی برایش نامطلوب‌تر از مروارید نیست؛ در حال حاضر هیچ بازاری برای آن وجود ندارد. غیرممکن است آن‌ها را خرید مگر که به‌قاعده و در اندازه‌های یکنواخت کار گذاشته شده باشند؛ و نهایتاً همه می‌دانند که از بدیمن‌ترین جواهرات است. برای او اصلاً امکان ندارد که بیش از ده‌هزار دینار بابت آن‌ها بدهد، بااین‌حال بدون شک در این معامله ضرر خواهد کرد.

به مجردی که این را شنیدم، به‌سرعت روی تکه‌ای کاغذ نوشتم: سرور من، تاجر عمدهٔ این شهر جواهرات شما را ده‌هزار دینار ارزیابی می‌کند. متأسفانه من نمی‌توانم این مبلغ را تأمین کنم و بنابراین خودم نمی‌توانم پیشنهاد شرافتمندانه‌ای آن‌چنان‌که امیدوار بودم ارائه بدهم؛ اگر مایلید آن‌ها در این جا به فروش برسند، فرمان شما را صادقانه به انجام می‌رسانم. اما اگر ترجیح می‌دهید که آن‌ها را به شما باز گردانم دستور ابلاغ بفرمایید. در این فاصله، در انتظار پاسخ شما در اینجا باز هم چانه خواهم زد.

این یادداشت را به‌وسیلهٔ غلام فرستادم و از او خواستم آن را به دست اربابش برساند و جوابش را بیاورد. غلام رفت، وقتی‌که مطمئن شدم نمی‌تواند صدای ما را بشنود رو به جواهرفروش کرده، آهی کشیدم و گفتم خب، چون بیشتر از این نمی‌خری مجبورم هرچه می‌دهی قبول کنم؛ غلامی

که دیدی فرستادم خبر را برای خانواده من برد. وقتی فکر می‌کنم که چقدر با ریشخندهایشان تحقیرشدن مرا به تمسخر می‌گیرند، تمام وجودم غرق آتش می‌شود. به همین جهت دربارهٔ قیمت، حقیقتش را نگفتم. در واقع در آن یادداشت رقم خیلی بالاتری نوشتم. اما من تسلیمم زیرا همچنان که به شما گفتم تحت‌فشار هستم. باشه، پول را بشمار بده تا بروم.

جواهرفروش بعد ازآنکه مرواریدها را به او دادم پول را شمرد و در کیف چرمی حتی بزرگ‌تری به من داد که روی شانه‌هایم انداخته و با گام‌های سریع از بازار و به‌زودی از خود شهر بیرون آمدم. از راه دروازه‌ای به اسم «باب الجَفّور» که به معنی دروازه بی‌گناهی است[4]. بعد از دیوار شهر پستی و بلندی‌های درازی بود با سراشیبی‌های پوشیده از خاک و خس و خاشاک و ماوراء آن یک‌رشته تپه‌های مرتفع بی‌آب‌وعلف که کوره‌راهی از شهر تا آن حدود کشیده می‌شد. این راه باریک را یک ساعت ادامه دادم و سپس نشستم (چون‌که ثروت تازه یافته‌ام سنگین بود) و استراحت کردم. چون فکر کردم احتمال دارد که دوست خوب کهن‌سالم خودش با غلامش فوراً به بازار برگردد و چون عواقب این امر ممکن است مرا دچار دردسر بکند بقیه روز در یک لانهٔ شغال زیر یک‌تخته سنگ حاشیه جاده چمباتمه زدم. قبل از تاریکی شب دل به دریا زده بیرون آمدم و به اطراف نگاه کردم. کیف قبلیم، ثروت بادآورده، و کیف بزرگ چرمی محتوی ده‌هزار دینار را در لانه شغال گذاشته و به بررسی جاده پرداختم.

این موقع روز را از همه‌وقت بیشتر دوست دارم. خورشید لحظه‌ای پیش در ماوراء اقیانوس دوردست غروب کرده بود و من از دامنهٔ کوه، در دشت زیردست، به شهر زیبایی نظر انداختم که به‌تازگی آن را ترک کرده بودم. شب که سررسید از بعضی بام‌ها، دود خوشبوی چوب سدر بلند شد. غبار رنگین غروب بر فراز جاده‌های ورودی شهر هنوز در هوا پراکنده بود، و از دوردست بانگ مؤذن به‌سختی به گوش می‌رسید.

آن‌قدرها محو زیبایی طبیعی این منظره نشده بودم که از امر واجبی که این صدا ندا می‌داد غفلت کنم. بلافاصله به‌زانو افتادم و توجه داشتم که علاوه بر نمازهای معمول آن موقع، به‌خاطر هدایت و لطف و موهبت الهی که

---

[4] معنی Jaffur که نویسنده بی‌گناه معنی می‌کند روشن نیست

در چند ساعت اخیر به طور خارق‌العاده‌ای ثروت‌های مرا زیاد کرده بود شکرگزاری‌های قلبیم را بر آن‌ها اضافه کنم.

وقتی‌که از این عبادات برمی‌خاستم از سمت راست، صدای ناله ضعیفی شنیدم و در کمال تعجب دیدم مرد جوانی به قد و قوارهٔ خود من، ناامید زیر بوته کوچکی نشسته و دست‌هایش را از غم و غصه تکان می‌دهد. اما من به خودم افتخار می‌کنم که حتی در شرایط صددرصد فرض بر بی‌گناهی، قیافه‌ای چنین ابلهانه به خود نگرفته‌ام.

خودش را آرام به چپ و راست کج می‌کرد و با ناله و زاری شکوه سر داده بود. کلماتی که به گوشم خورد قلبم را متأثر کرد. بارهاوبارها ضرر غیر قابل جبرانش را تکرار می‌کرد که فقط همین مبلغ مختصر را داشت! که ارثیه‌اش بود! تنها پشتوانه‌اش بود! چگونه جواب بدهد؟ حالا دیگر کی از او حمایت می‌کند؟ چه‌کار باید بکند؟

همچنان با صدایی یکنواخت و رقت‌انگیز آه‌وناله می‌کرد تا این‌که دیگر تاب شنیدن صدایش را نداشتم، چون متوجه شدم که در اثر تصادفی عجیب سر راه همان جوان بیچاره‌ای قرار گرفته‌ام که کیف پولش را قاضی شهر به‌اشتباه به من داده بود.

جلوی او تعظیم کردم. خیلی دل‌افسرده به من نگاه کرد و پرسید چه می‌خواهم. گفتم فکر می‌کنم می‌توانم به تو آرامش خاطر بدهم. آیا تو همان شخصی نیستی که یک کیف (و دقیقاً مشخصات آن را شرح دادم) محتوی سکه‌های گوناگون را دیروز در همین وقت غروب روی مهر نماز در خارج از شهر، جا گذاشتی؟ نومیدی‌اش جای خود را به اشتیاقی حیرت‌انگیز داد. به روی پاهایش پرید بازوی مرا گرفت، خیلی باحرارت برخاست و التماس کرد که بیشتر برایش بگویم. گفتم افسوس آنچه برای گفتن دارم چیز زیادی نیست و می‌ترسم که امید و انتظار شما را بیش از حد بالا ببرم – ولی به‌هرحال آن‌قدر هست که بتوانم شما را برای این‌که رد دارایی‌تان را بگیرید راهنمایی کنم.

گفت آقا، و برای یک‌لحظه لحن نومیدانه‌اش را دوباره از سر گرفت که من تابه‌حال حداکثر تلاش خودم را کرده‌ام. نزد قاضی‌القضات شهر رفتم که آن را ادعا کنم و با یکی از افسرهایش مواجه شدم که به من گفت کیف قبلاً تحویل صاحبش شده. نسبت به ادعای من شک کرد و به من امر کرد که برگردم. ولی چطور ثابت کنم که مال من است یا در واقع چگونه آن را

پس بگیرم چون دزد ملعونی که آن را تصاحب کرده باید تا حالا خیلی از اینجا دور شده باشد؟

گفتم شما دارید نسبت به او بی‌انصافی می‌کنید. من دقیقاً دربارهٔ همان شخصی که شما با بی‌رحمی دزد خطابش می‌کنید، می‌خواهم با شما حرف بزنم. شما فکر می‌کنید که او خیلی دور است ولی آن‌گاه که شما تصمیم بگیرید اقدام کنید او واقعاً در اختیار شما است زیرا این پیغامی است که من برای شما آورده‌ام. او حتی هم اکنون منتظر شما است و اگر خود را به او برسانید دارایی‌تان را به شما باز می‌گرداند. مرد جوان که با تردید به من خیره شده بود پرسید: شما این را چطور و از کجا می‌دانید؟

گفتم خیلی ساده، این شخصی که کیف پول شما را به او داده‌اند و من در یک مسافرخانه بودیم. ما دربارهٔ ماجراهایی که در طول راه برایمان پیش‌آمده بود با هم مشغول حرف‌زدن شدیم چون او هم غریبه بود، و برایم داستان عجیبی تعریف کرد که مقامات مسئول چطور کیف پولی به او داده بودند که واقعاً معتقد بود متعلق به خودش است زیرا خیلی شبیه کیف خودش بود؛ ولی وقتی‌که بعداً کیفش را در خورجین خودش پیدا کرد، از فکر خسرانی که به بار آورده، به شدت غرق افسوس شد. در همان حال محرمانه به من گفت قصد دارد همین امشب به‌وقت غروب آن را به مسئولین باز گرداند و هرکس که بعد از آن ساعت آن را ادعا کند و ثابت کند که مال اوست می‌تواند آن را در «دفاتر عمومی» تحویل بگیرد. ولی یک هشداری هم به من داد: او به من گفت مأمورین به این نتیجه رسیده‌اند (نمی‌دانم برچه مبنایی، شاید از چیزی که در کیف بوده، یا از چیزی که شنیده‌اند) که صاحب کیف در کار معامله مروارید بوده. در اینجا جوان حرف مرا قطع کرد و به من اطمینان داد که در عمرش هرگز نه مروارید خریده نه فروخته نه به فکر این کارافتاده. من پاسخ دادم بدون شک همین‌طور بوده ولی وقتی‌که مقامات مسئول تصمیمی هرچند بی‌منطق گرفته‌اند بهتر است که ما باهاشون راه بیاییم؛ بنابراین به صلاح اوست که برود جلوی مأمور نگهبان در خانه قاضی‌القضات و فقط بگوید "من فروشنده مرواریدها هستم" که با شنیدن آن مسیر دریافت دارایی‌هایش برای اوصاف می‌شود.

جوان از صمیم قلب از من تشکر کرد، حتی به‌خاطر خبر خوشی که به او داده بودم، مرا به گرمی در بغل گرفت و متأسفم که احساس کرد که کیف و ثروت اندکش هم اکنون به او بازگردانده شده است. منظره باشکوهی بود که دیدم در آخرین پرتو نور غروب، کمی رقصان، با جانی تازه از دامنه

کوه به پایین می‌رود و از ضرورتی که به‌خاطر آن مجبور بودم آزادی و جان او را به خطر بیندازم از صمیم قلب افسوس می‌خوردم. ولی شما برادرزاده‌های عزیزم، شما حتماً با من موافقید که برای من به‌هیچ‌عنوان امکان نداشت که بگذارم او آزادانه برای خود بگردد.

وقتی‌که او رفت، در هوای گرم و تاریکی شب، بی مهتاب و فقط ستارگان در آسمان، به‌سرعت بار و بنه‌ام را از مخفیگاه برداشته و به راه افتادم، از دامنه کوه به سمت بالا هرچند قدری به‌سختی، زیر باری چنین سنگین لپ و لو می‌رفتم و در خارج از جاده که احتمال این‌که کسی جلوام را بگیرد کمتر باشد. چند ساعتی خوابیدم و در طلوع بیدار شدم، جمع کل ثروتم را شمردم و دیدم که نزدیک دوازده هزار دینار می‌شد، بیشتر آن سکه‌های نقره. آن‌ها را دوباره به دقت پنهان کرده از مخفیگاه دور شدم و کوه را دور زدم تا رسیدم به نقطه‌ای که به‌تدریج کوره‌راه دیگری پدیدار شد که به ده نزدیکی منتهی شد. در اینجا یک خر خریدم و با آن به مخفیگاه برگشته و داراییم را بار آن کردم و در جهتی الله‌بختکی به راه خود ادامه دادم، چون‌که می‌خواستم روز را در سفر بگذرانم و هرچه زودتر و از طریق نواحی خالی از سکنه از این محل دور بشوم.

کمی به غروب مانده به غار زاهدی رسیدم که با مهمان‌نوازی از من پذیرایی کرد و هیچ پاداشی قبول نکرد. فقط از من خواست برایش دعا کنم چون معتقد بود دعای جوانان معصوم، مقام والایی در بهشت نصیب او خواهد کرد. چهار پنج‌روزی نزد این مرد مقدس ماندم و اوقات را به آسایش در عزلت‌گاه او در دل کوهستان گذراندم و با بغل‌های علف خشک که هر غروب از بیشه‌زار می‌آوردم الاغم را خوراک دادم. روز پنجم این زندگی مخفی، زاهد، اندیشناک و غمناک پیش من آمد و گفت:

پسرم، روزبه‌روز رذالت این جهان بیشتر می‌شود و بدون شک، قضاوت الهی با آتشی خانمان‌سوز بر آن فرود خواهد آمد! همین‌الان شنیدم که قاضی‌القضات پایتخت توسط غریبه‌ای که خودش از اصل ماجرا اطلاعی نداشته، تعدادی مروارید را به مبلغی بیش از ده‌هزار دینار به یکی از جواهرفروشان مشهور محل فروخته که حالا معلوم شده تک‌تک آن‌ها تقلبی و بی‌ارزش هستند! نه، به من گفته‌اند که بزرگ‌ترین آن‌ها فقط از موم ساخته شده! از همه بدتر قاضی، به این رذالت هم قناعت نکرده و به بهانه این‌که جوان غریبه ناپدید شده، جواهرات را دوباره توقیف کرده و به دستور او جواهرفروش بیچاره را به شدت هر چه بیشتر کتک زده‌اند! اما – بدتر و

بدتر! جوان بیچاره بی‌خبر از همه‌جا همان شب به شهر بر می‌گردد که نگهبان او را دستگیر کرده و سرش را می‌برد. پیرمرد نیک، دست‌هایش را به بالا پرتاب کرد و گفت بله، بله، روزها طولانی‌تر می‌شوند و شرارت آن‌ها هم به همان درجه بیشتر می‌شود.

در این لحظه صدای زمخت و ناموزون منادی از گلدسته مسجد محل اولین بانگ را سر داد و برادرزاده‌ها که مسحور داستان عمویشان نشسته بودند دانستند که وقت پراکنده شدن است؛ بنابراین بزرگ‌ترینشان گفت:

ای عمو، پیش از رفتن اجازه بفرمایید سپاس همگی‌مان را برای حکایت مسحورکننده‌تان بیان کنم ولی اجازه بفرمایید که تعجبمان را نیز از فقدان هرگونه طرح و برنامه‌ای در ماجراهای بی‌نظیرتان ابراز کنم. زیرا گر چه ما به جزئیات هر آنچه گفته‌اید گوش کرده‌ایم، ولی نمی‌توانیم بفهمیم از چه هنری برای رسیدن به هدف استفاده می‌کنید. مثلاً چطور توانستید بدانید که مرواریدها تقلبی هستند؟

تاجر کبیر خیلی راحت پاسخ داد من نمی‌دانستم، و همه از «رحمت الهی» بود!... ولی حالا باشه، وقت نماز اعلام شده و ما بایستی طبق رسم لایتغیر مؤمنین، باز هم حکایت بی‌نظیر مرا قطع کنیم؛ بنابراین همین روز هفته بعد، کمی بعد از آخرین اعدام در ملأعام اراذل بیایید و من دربارهٔ ثروت‌های بیشترم برایتان خواهم گفت. چون شما باید بفهمید دوازده هزار دیناری که تا اینجای داستان دارم – و در این جا پیرمرد شرافتمند دوباره دهن‌دره کرد و دست‌هایش را تکان داد - برای مردی مانند من ذرهٔ ناچیزی بیش نیست.

هفت برادرزاده کوچولو چند بار تعظیم کردند و بدون این‌که زمین بخورند عقب، عقب رفتند تا از میان ملیله‌دوزی‌های گران‌قیمت تالارهای عمویشان ناپدید شدند.

فصل سوم

الطواجن یعنی: کدو مطبخ‌ها[۵]

هفته بعد در روز موعود با پایان اعدام‌های در ملأعام که سرگرمی نیمروزی شهر به پایان رسید و شهروندان به استراحت بعدازظهر پرداختند هفت پسر، دوباره در حضور عمویشان که شادی از او ساطع می‌شد نشسته بودند. به‌قدری دوستانه به آن‌ها خوشامد گفت که برای یک‌لحظه تصور کردند هر آن بخواهد به آن‌ها شربت، شیرینی یا حتی پول بدهد. اما خیلی زود به‌اشتباه خود پی بردند، چون پیرمرد نازنین ولی بسیار ثروتمند درحالی‌که کیف پولش را با انگشتانش عاشقانه نوازش می‌کرد به غلامش دستور داد که جرعه‌ای دیگر از آب سرد گوارا برایشان بریزد، خودش را برای داستانی طولانی آماده کرد و دنبالهٔ روایت را از سر گرفت:

برادرزاده‌های برازنده‌ام، یادتان هست که من در کلبه زاهد بودم، در این دنیا بی‌یار و یاور و با سرمایه‌ای که بیش از دوازده هزار دینار نبود که در خورجینی بر پشت خر به آنجا حمل کرده بودم. در واقع فقط از رحمت الهی بود که سرمایهٔ مختصر من حتی همین‌قدر بود که بود: چون اگر آن تاجر در بازار فهمیده بود که مرواریدها تقلبی هستند نه‌تنها قیمت خیلی کمتری ارائه می‌کرد بلکه امکان داشت بعد از آنکه مرواریدها را می‌فروخت مرا تحویل پلیس بدهد. اما آن طوری که پیش آمد خدا با من سر مهر بود ولی نه‌چندان کریم، و می‌بایستی خودم فکری بکنم که بعد از آن برای ازدیاد گنجینهٔ کوچکم چه باید بکنم؛ بنابراین وقتی‌که از زاهد نیک‌محضر خداحافظی می‌کردم یک سکه پول خرد برنجی که نوشتهٔ رویش برایم نامفهوم بود و می‌ترسیدم که موقع خرج‌کردنش ممکن است دچار مشکلاتی بشوم، کف دستش گذاشتم و به میزبان مهربانم اطمینان دادم که سکه‌ای‌ست از عهد عمر، خلیفه دوم و از خیلی سکه‌های طلای امروزی

---

[۵] توضیح: کدو مطبخ نقل از آنانداراج: ظرفی که گدایان بی نوا طعام را در آن طبخ کنند.

در اندازه مشابه گران‌بهاتر است. چون زاهد هم مانند بسیاری از مردان روحانی از حروف روی سکه سر در نمی‌آورد سپاسگزاری‌اش حد و حصری نداشت. دعاهایی چنان طولانی و پیچیده همراه من کرد که نمی‌توانم سهم عمده خوش‌شانسی‌هایی که بعداً نصیب من شد را از آن‌ها ندانم.

زیرا شما باید بدانید که بعد از تهیهٔ مایلزم در ده مجاور تقریباً به مدت یک هفته سوار بر خر در کوهستان‌های خشک‌وخالی از سکنه به‌پیش راندم و هنگامی‌که آذوقهٔ نان خشک و شراب، تقریباً روبه‌اتمام بود (نوشابه‌ای که دین ما اگر در انظار نباشد، اجازه می‌دهد صرف کنیم) شادمان شدم که به درهٔ حاصلخیزی رسیدم که از هر طرف با صخره‌های مرتفع و پر شیب احاطه شده بود به جز یک راه خروجی باریک و ناصافی که از این مکان دلربا به جهان خارج می‌رفت. در این دره باکمال تعجب کشف کردم که آداب‌ورسوم آن‌قدر ابتدایی، یا هوش افراد آن‌قدر پایین بود که هنر معامله با پول، به‌طورکلی از جانب تمام سکنه و خود حاکمان نادیده انگاشته می‌شد.

شاه (که با خوشحالی باید بگویم ازجمله مؤمنین بود) رسماً احکامی بر ضد بعضی اشکال کلاهبرداری صادر کرده بود که به تصور او در قرآن منع شده‌اند. اما ماهیت این‌ها به‌قدری بچگانه بود که هر آدم با فراستی که برای بهبود وضع مردم یا خودش نقشه‌ای در سر داشت به‌سادگی می‌توانست آن‌ها را دور بزند. سکنه در کل از سربازان و روستاییان تشکیل شده بودند که در میان همه‌ی آن‌ها حتی یک نفر هم پیدا نمی‌شد که بتواند سود مرکب به مدت ده سال را درست محاسبه کند. در چنین شرایطی تنها مشکل من این بود که تصمیم بگیرم اولین فعالیت اقتصادی من به چه صورتی باشد. بعد از کمی فکرکردن تصمیم گرفتم آنچه را که ما در بغداد «ادغام منافع متضاد» می‌گوییم برای شروع بد نباشد. در ابتدای کار محتاطانه دو هزار دینار روی محصولات مرد کوزه‌گری سرمایه‌گذاری کردم که به‌تازگی فوت کرده بود و بیوهٔ او برای ارضای نیاز معنوی مردگان به پول نقد نیاز داشت؛ پول را صرف تزیین مقبره او کرد که زن ابله در این هزینه بی‌بازده کمترین دغدغه‌ای نداشت.

در اینجا بزرگ‌ترین برادرزاده حرف محمود را قطع کرد و خیلی با احترام پرسید که چرا با داشتن سرمایه دوازده هزار دینار فقط دو هزار دینار صرف کرده و چرا آزمونش را با خرده معاملهٔ آن بیوه‌زن بیچاره شروع کرده. عمویش با مهربانی پاسخ داد پسرم، خوب کاری می‌کنی که این سؤال‌ها را می‌پرسی. این‌ها نشانه یک علاقه استدلالی به هنر بزرگ

«چاپیدن» است. خب، تا آنجا که مربوط به کوچکی ابتدای کار می‌شود امیدوارم که از سر فروتنی بوده است چون‌که خودنمایی نفرت‌انگیز است. ولی کار نیک هرگز بی پاداش نمی‌ماند و این‌که این ذخیرهٔ ده‌هزار دیناری (که من از روی فروتنی کنار گذاشته بودم) چقدر به درد خورد به‌زودی خواهید فهمید.

اما این‌که چرا عملیات را در کورهٔ این بیوه‌زن بیچاره شروع کردم، بدین دلیل بود که من همیشه دوستدار ضعفای این جهان بوده‌ام و در حد توان آن‌ها را یاری داده‌ام. این عمل خیرخواهانه معلوم شد که عاقلانه هم هست چنان‌که این اعمال، اغلب چنین‌اند. زیرا بدین ترتیب در ابتدای کار بدون جلب‌توجه توانستم پیشروی کنم و بدون برانگیختن هیچ‌گونه دردسری ماجراهای تازه‌ای را آغاز کنم.

در همان کلبه کوچکی که در بدو ورود کرایه کرده و سرمایهٔ نسبتاً کوچکم را در کف آن پنهان کرده بودم، باقی ماندم و برای حفظ ظاهر همه‌جا شایع کردم که تقریباً آهی در بساط ندارم. چون فعلاً برایم اهمیتی نداشت که از این سرمایه‌گذاری ناچیز سودی عایدم می‌شود یا نه قادر بودم اجناسم را اساساً به همان قیمتی که برایم تمام شده بود به فروش برسانم و چون کل موجودی را ارزان خریده بودم، قیمت‌ها از مخارج تولید پایین‌تر بود. ذخیره قابل‌ملاحظه‌ای «کدو مطبخ» در انبارهای قدیمی موجود بود و درعین‌حال که آن‌ها را به قیمت‌های سخاوتمندانه می‌فروختم (خیلی مایهٔ تشویش خاطر سایر تجار) فرصت داشتم که به فکر اقدامات بعدی باشم که در این مورد به‌زودی تصمیم گرفتم. پس از آنکه در ظرف مدت لازم، موجودی کدو مطبخ‌هایم به فروش رفت، محموله کوچکی گل کوزه‌گری خریدم، آتش کوره را دوباره روشن کرده و دو نفر کوزه‌گر گرسنه استخدام کردم و شروع کردم به تولید.

شهرت کدو مطبخ‌های ارزان‌قیمت من همه‌جا پخش شده بود، بنابراین خیلی طبیعی بود که مشتری‌های بیشتری جلب محصولات تازه‌ساز من بشوند. ولی من فکر کردم دیگر صحیح نیست که با فروش دیگ به قیمت کمتر از مخارج تولید، روستاییان را بیش از این بدعادت بکنم. من به دلیل خیلی ساده انجام‌وظیفه مجبور بودم که قیمت را تا حد مخارج تولید بالا ببرم – نه بیشتر از آن زیرا انصاف ستاره راهنمای من است. برادرزاده‌های عزیز من، اطمینان داشته باشید که در تجارت، مانند سایر جنبه‌های زندگی،

درستکاری بی‌کم‌وکاست به‌تنهایی کافی است که شما را به خیره‌کننده‌ترین دستاوردها برساند.

قیمتی که من گذاشته بودم هنوز هم از قیمت سایر سازندگان کدو مطبخ نازل‌تر بود که از روزگار کهن به ایدهٔ پست منفعت خو گرفته بودند و دائماً در حدس و گمان که چه سری در کار من بود که می‌توانستم چنین قیمت‌هایی را عرضه کنم. ولی سّری در کار نبود. تمام دوستانم را به بازدید از کارخانهٔ ساده خودم دعوت کردم و با توضیحاتی که دادم قانع شدند که رمز موفقیت من در سازماندهی و توجه دقیق به قیمت‌گذاری است.

باوجود بر این هرچه فروش من بیشتر می‌شد، شک و تردیدهای تازه‌ای هم بروز می‌کرد و همراه آن خوشحالم بگویم که احترام به مهارت من در اداره امور هم بیشتر می‌شد. افراد ساده‌لوح متحیر که من با چه هنری این عملیات مشکل مالی را طرح‌ریزی می‌کنم ولی چون در بین آن‌ها مرسوم بود که هرکس که اجناس را ارزان می‌فروشد به حال جامعه بانی خیر است، کار مرا تحسین می‌کردند، شهرت من همه‌جا منتشر شد و مشتریان من پیوسته بیشتر می‌شدند.

پسران عزیزم شما به‌سادگی متوجه می‌شوید که رقبای من در بازار که مجبور بودند با قیمت‌های ویرانگر من رقابت کنند همگی تحت‌فشار بودند و آن‌هایی که کمتر توجه می‌کردند یا امکانات کمتری داشتند به‌زودی گرفتار مشکلات مالی شدند. اولین‌شان البته همان‌هایی بودند که در بین این مردم ساده‌لوح به نیرنگ، آب‌زیرکاهی، دروغ و به‌طورکلی مهارت‌های تجاری شهرت داشتند. این‌ها چون دائماً راه‌حل‌های تازه‌ای به کار می‌گرفتند که دسیسه‌های فرضی مرا کشف یا خنثی بکنند، طعمه‌های آسانی بودند. حتی افراد بی‌شیله‌پیله‌ای که هنری زیرکانه‌تر از افزودن ده درصد منفعت بر قیمت خرید نمی‌دانستند و دست به استراتژی‌های مالی ملال‌انگیز هم نمی‌زدند که در چنگال من بیافتند، با گسترش حوزهٔ عملیات مالی من به‌تدریج در دام من گرفتار می‌شدند. زیرا وقتی‌که من بیش از نیمی از تجارت کوزه‌گری در این بهشت دورافتاده را، با ضرر حساب شده، در دست گرفته بودم، می‌توانستم با آنچه که «نوسانات بازار» نامیده می‌شود (ولی من با اصطلاحات تکنیکی شما را گیج نمی‌کنم) باقی رقبا را در تب‌وتاب بیم وامید بیندازم که برای «قضاوت صحیح تجاری» بسیار زیان‌بخش است.

روزی اعلان کردم که یک محمولهٔ بزرگ ظروف سفالی به‌زودی به دستم می‌رسد و می‌توانم کدو مطبخ را به نصف قیمت معمول بفروشم. قیمت کدو مطبخ به شدت پایین آمد و من به‌وسیلهٔ کارگزارانم تمام کدو مطبخ‌هایی را که می‌شد به چنگ آورد خریدم. سپس شایع کردم که محمولهٔ موردنظر، زیر آوار برف که کاروان را درست در مرز ایالت از پای درآورد، شکسته و پودر شده‌اند. قیمت‌ها پرید بالا و چون شایعه را خودم ساخته بودم، خودم هم اولین کسی بودم که از بالارفتن قیمت استفاده ببرم. اما برادرزاده‌های عزیزم به مجردی که رقبای کندذهن من سعی کردند پیروی کنند، بازار به طرز عجیبی دوباره روبه‌پایین نوسان کرد.

یک روز صبح که عبدالله نامی (که هم پیاله من و دومین تاجر مهم بعد از من بود) تصمیم گرفت بهترین کدو مطبخ‌هایش را هر دوجین به ده دینار قیمت بگذارد، من هم اتفاقاً خیلی عاقلانه مال خودم را به هشت و نیم دینار به مشتری‌های خاص عرضه کردم. همه‌ی این‌ها در موقعی بود که کف کلبه مخفیگاه دفینه‌ام زندگی می‌کردم.

بیچاره عبدالله روز بعد، صبح خیلی زود عرق کنان سراغ من آمد و بعد از مقداری تعارف و تمجیدهای بی‌معنی و مِنّ و مِن‌های بسیار از من خواست که با او شریک بشوم. گفت گرچه می‌پذیرد که ظرفیت‌های من را ندارد مع‌هذا دارای تجربه طولانی در تجارت است و دارای ارتباط‌های وسیع خیلی دوستان متنفذ در رشته‌های وابسته حق‌العمل‌کاری کدو مطبخ، بیمه کدو مطبخ، تخفیف کدو مطبخ، باقی‌مانده‌های کدو مطبخ و از همه مهم‌تر در رشتهٔ خریدوفروش کدو مطبخ‌های فرضی است. اصرار داشت به من اطمینان بدهد که می‌تواند به‌عنوان یک هم‌پیمان برای من خیلی مفید باشد ولی بی‌پرده اعتراف می‌کرد که اگر به همین روال ادامه بدهد مضمحل خواهد شد چون اگر راستش را بگوید هم اکنون به انتهای تمام امکاناتش رسیده و دیناری در خانه ندارد.

من با قیافه جدی و حاکی از دلسوزی به حرف‌هایش گوش دادم و هرگاه اشاره‌ای به نگرانی‌هایش کرد آه عمیق سر دادم و آنگاه که از امتیازاتش می‌گفت با سر تأیید کردم؛ وقتی‌که تعلق خاطرش به من را ابراز کرد با مهربانی به پشتش زدم و آن‌گاه که از هر آن مضمحل شدنش سخن گفت حالت غم و اندوه به خود گرفتم. اما وقتی‌که حرف‌هایش تمام شد، تقریباً به حال گریه بود. با صدایی قدری آرام‌تر و جدی‌تر از معمول گفتم من در زندگی به یک اصل تغییرناپذیر پایبندم که مرحوم پدرم، به من وصیت کرده

هیچ‌گاه وارد شراکت نشو؛ حتی با نزدیک‌ترین و عزیزترین کسانت و همیشه در معامله تنها بمان. با صراحت پذیرفتم که این اصل باعث شده که من فقیر بوده و فقیر هم باقی بمانم. از متاع این جهان سفله، برای من امتیاز بزرگی خواهد بود که تجربیات شگفت‌انگیز عبدالله، خیل عظیم وابستگی‌های خانوادگی و تجاری او (که اصل‌ونسب حقیر من هیچ ادعایی بر آن نتواند داشت) و از همه مهم‌تر نبوغ او در پیگیری وضع بازار، را در اختیار داشته باشم. اما متاع این جهان را بقایی نیست؛ به‌ویژه ظروف سفالی – و سوگند مقدسی که برای والد مرحوم خود خورده‌ام برایم از تمام گل‌های پختهٔ این جهان باارزش‌تر است.

این را که گفتم هق‌هق پرجوش‌وخروش گریه‌های عبدالله از سینه‌اش برخاست که متأثر از حکایت احترام من به والدین بود، و البته باید بگویم از آیندهٔ سیاهی که در پیش چشم خود می‌دید. بیش از این تاب پریشانی‌اش نیاوردم و به تسکینش شتافتم. گفتم گرچه سوگندی که خورده‌ام مرا قاطعانه از شراکت منع می‌کند، مع‌هذا می‌توانم به ترتیب دیگری به او خدمتی بکنم. یعنی وامی به او بدهم با بهره کم، معادل نصف موجودی انبارش به‌شرط این‌که تمام موجودی‌اش را به‌عنوان وثیقه نزد من به گرو بگذارد. اوضاع چنین نخواهد ماند. قیمت ویرانگر کنونی کدو مطبخ (که خودم هم شدیداً گرفتارش شده‌ام) نمی‌تواند زیاد دوام بیاورد. باز کمر راست می‌کند و بدهی‌اش را هروقت که خواست به من می‌پردازد. مفصل از من تشکر کرد دست‌هایم را بارهاوبارها بوسید و قرار گذاشت که روز بعد موجودی کالایش را بازدید و تنظیم قرارداد کنیم.

سر ساعت مقرر به دیدارش رفتم. محضردار اسناد رسمی از کل موجودی‌اش صورت‌برداری کرد به اضافهٔ خانه و اثاثیه، تسبیح‌هایش (که من از آن‌ها خیلی خوشم می‌آمد، زیرا از انواع گران‌قیمت کار ایران بودند) جواهرات همسر مرحومش، تمام لباس‌هایش، تختخواب، گربهٔ دست‌آموزش – حیوانی که اصل‌ونسبش به ثبت نرسیده بود، ولی شهرت داشت که از نژاد خالص کشمیری است. تمام معایب هرچند ناچیز کدو مطبخ‌های انبارش را به دقت یادداشت کردم و این‌گونه اجناس معیوب را به‌عنوان جنس اضافی کنار گذاشتم. در مورد کدو مطبخ‌های سالم تردیدی نشان ندادم بلکه آن‌ها را صراحتاً به قیمت روز پذیرفتم و وقتی همه را با هم جمع زدیم ارزیابی کمی بیش از بیست هزار دینار شد. مع‌هذا مردم آن محل به‌قدری در امور

روزمره دچار تصلب فکری بودند، باور کنید عبدالله سرمایه تجاری‌اش را در دفترهای قدیمی‌اش در حقیقت چهار برابر این مبلغ ثبت کرده بود.

اما چون مجبور شده بودم فعالیت‌هایم را ادامه بدهم از ده‌هزار دینار اندوخته‌ای که مخفی کرده بودم فقط هشت هزار آن برایم باقی‌مانده بود. مع‌هذا مشکلی نداشتم، نصف بیست هزار دینار می‌شود ده‌هزار اما مقداری هم از آن کسر می‌شد. چون‌که مخارج صورت‌برداری و رهن البته به عهدهٔ رفیق ارجمند من عبدالله بود ولی چون او وجه نقد نداشت که به سردفترها، منشی‌هایشان، یا بابت جریمهٔ دیرکرد، تمبرها، پروانه سلطنتی، تهیه نسخه‌های سه‌گانه، حق‌العمل دلال... را بپردازد.

که کوچک‌ترین برادرزاده فریاد زد لطفاً عمو این‌ها چه هستند. تاجر بزرگ کمی با ناراحتی جواب داد پسرم نباید صحبت من را قطع بکنی، این‌ها ضمائم لازم این‌گونه معاملات‌اند. خب؛ داشتم می‌گفتم حق‌العمل دلال، مزد حمالان، انعام به خدمه محضر، نظافت انبار بعد از خاتمه کار و صدها خرد و ریز دیگر که من از روی سخاوت اجازه دادم از وام کسر شود. چون پیامبر ما فرموده است «آمرزیده است هرآن‌کس که به بدهکارش مهلت بدهد» [۶]. همان شب همراه با دعای خیر و آرزوی بهبودی هرچه سریع‌تر اوضاع مادی‌اش، وامی معادل نصف ۱۶۳۲۵ و نیم دینار را شمرده و به دوست عزیزم عبدالله پرداختم و درحالی‌که از داشتن این‌همه ثروت آنی بسیار خوشحال بود از او خداحافظی کردم.

اما افسوس، هیچ‌کس فردا را ندیده و آن چه استاد ازل گفت همان خواهد شد. قیمت کدو مطبخ نه‌تنها زیاد نشد بلکه آرام و مستمر در عرض سه ماه رو به نزول گذاشت. در ظرف این مدت من مواظب بودم که تولیدات خودم را تا حدودی محدود نگه دارم. اما بیچاره دوست عزیز من از روی نیاز، پرحرارت‌تر از پیش به تولید ادامه داد و در نتیجه قیمت کدو مطبخ را که به میزان واقعاً مفتضحی رسیده بود بازهم پایین‌تر برد.

بالاخره کارش به بن‌بست کشید و دیگر قادر به تولید نبود. من هم باکمال‌میل گذاشتم که اولین، دومین و حتی سومین بهره معوقه، با مناسب‌ترین نرخ سود مرکب به اصل بدهی افزوده شود. ولی سرنوشت شومی در انتظارش

---

[۶] شاید منظور نویسنده، این حدیث نبوی است: هرکس می‌خواهد دعایش مستجاب و اندوهش برطرف شود به تنگ‌دست مهلت دهد.

بود و من چنان که زبان را یارای گفتنش نیست شوکه شدم که یک روز صبح شنیدم که عبدالله، شبانه خود را در دریاچه کوچولوی زیبایی که همسر مرحومش مدت‌ها قبل در قسمت تفریحی املاکش که روزی جای دل‌فریبی بود برایش طراحی کرده بود غرق کرده است.

تمام برادرزاده‌ها به اهم فریاد برآوردند آه! مرد بیچاره! عموی نیکوکارشان هم تکرار کرد مرد بیچاره، واقعاً مرد بیچاره. من در آن سرزمین، غریب بودم و او نزدیک‌ترین پیوند من با آنجا و در تنهایی من به‌راستی صمیمی‌ترین همدم من در کل این جهان بود. در این موقع پیرمرد نیک تأملی کرد تا برای یار ازدست‌رفتهٔ روزگار جوانی دعایی زمزمه کند. سپس نفس عمیقی کشید و ادامه داد:

من نفوذ قابل‌ملاحظه‌ای را که اکنون با دولت داشتم به کار انداختم که مراسم خاکسپاری پرخرجی به خرج دولت برایش ترتیب بدهند – چون او هیچ‌چیزی یا حتی فرزندانی از خود به جا نگذاشته بود. من به‌عنوان صاحب‌عزا در پشت تابوت او روان بودم و گرچه سعی می‌کردم که اندوه خود را کنترل کنم، تمام جمعیت وسیعی که جمع شده بودند از اندوه مردانه من متأثر شدند و چند نفرشان در پایان مراسم غمناک درباره آن با من صحبت کردند. از نظر اخلاق انسانی سه روزی صبر کرده سپس کاری را که چاره‌ای جز آن نداشتم انجام دادم. کارخانهٔ عبدالله را ضبط و تصرف کردم. بدین ترتیب کوره‌های گران‌بها و انبارهای خاک سفال، چرخ‌ها و وسایل نقلیه و غیره همه به مالکیت من در آمدند. گفتم آن‌ها را ارزیابی کردند و با خوشحالی تعجب کردم که دیدم ارزش آن‌ها حداقل بیست و پنج هزار دینار است.

حالا دو سال تمام از زمانی که به این درهٔ خوش و دورافتاده آمده بودم می‌گذشت، جایی که خداوند نعماتش را این‌چنین حیرت‌انگیز بر من ارزانی داشته بود. همان‌طور که ممکن است حدس زده باشید من تنها بودم اما با مردانگی با مسئولیت‌هایم روبرو شدم. به سرپرستی و توسعه ساختن کدو مطبخ ادامه دادم که حالا نیاز بیش از نیمی از خانواده‌های ایالت را تأمین می‌کرد؛ بنابراین می‌توانستم (و چنین نیز کردم) که قیمت این وسیله مفید را بر مبنایی بگذارم که گرچه قدری بیش از میزانی بود که مردم درازنا دست‌کاری‌های اولیهٔ قیمت توسط من بدان خو گرفته بودند، اما در عوض از امتیاز گران‌بهای تثبیت کالا برخوردار بودند که قیمتی روی آن نمی‌توان گذاشت. چون بانوی منزل همیشه می‌توانست مطمئن باشد که دقیقاً باید

چقدر بپردازد و من هم باید چقدر دریافت کنم. چون من در مقیاسی چنان وسیع تولید می‌کردم هزینه‌های سربار... بزرگ‌ترین خواهرزاده خواست بپرسد سربارها کدام‌اند که عمویش آشکارا آشفته فریاد زد ساکت. تو باعث شدی که سررشته کلام از دست من بدر رود!

سکوت ناخوشایندی درگرفت که در اثنای آن پیرمرد، خلق‌وخوی به هم ریخته‌اش را بازیافت و ادامه داد:

من می‌توانستم گل کوزه‌گری را ارزان‌تر و بهتر از کدو مطبخ سازهای خصوصی (که از روی تحقیری که کاملاً حقشان بود بدین نام مشهور بودند) که هنوز هم مذبوحانه سعی می‌کردند با من رقابت کنند، خریداری کنم و هم چنان‌که بقایای تجارت نحیف آن‌ها روبه‌زوال می‌گذاشت، تجارت من خودبه‌خود رشد می‌کرد.

با این روش‌های نسبتاً واضح نه‌تنها به انباشتن ثروت بیشتر بلکه به قدرت بیشتر در کنترل املاک نیز ادامه دادم چون‌که هر وقت ابلهی تازه‌کار در بین همکاران کدو مطبخ ساز گرفتاری پیدا می‌کرد، روش من این بود که مخفیانه به سراغش بروم و از بدبختی که شنیده بودم به سرش آمده با او ابراز همدردی بکنم و با تصاحب کل موجودی انبارش او را از نابودی نجات بدهم. نه! کار بهتری می‌کردم. او را با حقوق سخاوتمندانه‌ای (به شرطی که بپذیرد ماهیانه باشد) استخدام می‌کردم تا احتیاج نداشته باشد برای شروع حرفهٔ نامعلوم تازه‌ای بیهوده تلاش کند؛ و حسابی تسلیم احساسات می‌شدم که حتی می‌گذاشتم غرفهٔ قدیمی موردعلاقه خود در بازار را که سال‌ها با آن خوگرفتن بود اداره کند. حالا اشک‌های حق‌شناسی در چشم افرادی که چنین لطف‌هایی در حقشان می‌کردم را با شادی به یاد می‌آورم.

سالی دیگر بدین منوال گذشت و دیگر و دیگر تا رسید به پایان سال پنجم اقامت من در میان این مردم ساده. تمام تجارت کدو مطبخ را به طور کامل در اختیار داشتم و تمام کدو مطبخ‌های موردنیاز ملت را، بدون هیچ رقیبی می‌ساختم. خانه‌ای که برای خود ساخته بودم زیباترین خانه آن جا بود اما با فروتنی اضافه کنم که پُر از بسیاری نوشته‌های مقدس بود. بر سر در

نعل‌اسبی شکل وسیعش که با کاشی‌های لاجوردی فروزان بود با طلا نوشته بود هوالغنی.[۷]

در بین مردم به اسم مَلک الطواجن یا سلطان کدو مطبخ مشهور بودم ولی رسماً به لقب محلی «ورزن الظهور» مفتخر شده بودم که بالاترین لقبی بود که آن‌ها می‌شناختند که به معنی سالار جنگ بود. اجازه داشتم شمشیری دسته نقره‌ای با غلاف گوهرنشان بر آویزم، زیوری که به حق به آن مفتخر بودم ولی خیلی عاقلانه تیغه آن را کند نگاه می‌داشتم، نکند که پیشخدمت من هنگام صیقل‌دادن خودش را زخمی کند، یا حتی خودم که برای نمایش به میهمانان یا سلام‌دادن در مراسم رژه آن را مغرورانه از غلاف بیرون کشیده و دور سر می‌چرخاندم، ناخواسته به خود لطمه‌ای وارد آورم. من صمیمی‌ترین همنشین دربار و قابل‌اعتمادترین مشاور پادشاه شده بودم که به همسرانش هم اغلب مبالغ کمی پول قرض می‌دادم؛ هیچ‌وقت هم بازپرداخت مطالبه نمی‌کردم.

در چنین شرایطی عمیقاً به وضع خود می‌اندیشیدم و در درون خویش نداهای عجیبی احساس می‌کردم که مرا به‌سوی زندگی تازه و بزرگ‌تری سوق می‌دادند. من حالا به‌خوبی سنین مرحله مردی را پشت سر گذاشته و سرشار از آرزوهای کار و بارهایی بودم که تنگنای آن مکان خوش اما محدود را یارای انجامش نبود. من در هوای کارهای ماجراجویانه در دنیای بزرگ‌تری بودم. تولید و مصرف کدو مطبخ به میزانی معین و تغییرناپذیر بود و درآمد هم مبلغی ثابت. منفعت از تجارتی که من در اختیار داشتم به حدود بیست هزار دینار در سال می‌رسید که کل حجم معامله باید دویست هزار دینار باشد.

از صمیم قلب برای رهنمون دعا می‌کردم، شبی در حال دعا ایده‌ای از سوی پروردگار تعالی در دلم تجلی کرد. به خدمت پادشاه رسیده و به او گفتم که در همه زندگی‌ام این اعتقاد باطنی را در دل پرورده‌ام که انصاف نیست حرفه‌ای که کل جامعه به آن نیاز دارد در کنترل فرد خاصی باشد بلکه بایستی در تملک کامل دولتی باشد که اعلیحضرت یگانه نگهبان آن‌اند.

---

[۷] ثروت فقط از خداست

پادشاه مسحور سخنان من شده بود که با شیوایی الهام‌بخش شرح می‌دادم که ایمان دارم هیچ فردی نباید منافع حاصل از دسترنج همگان را به جیب بزند. فریاد برآوردم که اعلیحضرتا فقط حضرت‌عالی باید آنچه را که مربوط به نهاد همگانی ملت است در کنترل داشته باشند. ایشان و فقط ایشان می‌بایستی معاملهٔ کدو مطبخ را سرپرستی کنند، مقررات فروش آن‌ها را تنظیم فرمایند، تمام وجوهی را که بابت آن‌ها پرداخته می‌شود دریافت کنند و آن درآمد را هرگونه که صلاح می‌دانند برای خودشان و ملت صرف کنند و چنین پایان دادم: در زمانی که من با گردوغبار و سردرگمی‌های زندگی تجاری دست‌وپنجه نرم می‌کردم فراغت نداشتم که تمام جزئیات این طرح خود را به طور کامل تنظیم کنم یا حتی عدالت صاف و پاک آن را به‌درستی درک کنم – اما حالا... حالا می‌بینم، می‌فهمم، می‌دانم.

پادشاه که از التهاب ایمان من جوگیر شده بود دیگر تاب تأخیر نیاورد و به من دستور داد که فوراً خطوط اصلی این ایده را به او عرضه کنم و به من اطمینان داد که باید فوراً به اجرا درآید.

لذا من یک کاغذ در آوردم که نوشته بود چون من رضایت کامل دارم که بیش از ارزش نقدی تجارت به‌اضافه سرقفلی به‌اضافه مقدار منصفانه‌ای بابت منافع احتمالی آینده، انتظاری نداشته باشم، درصورتی‌که همه‌ی این‌ها را در مقابل دریافت مبلغ صوری نیم‌میلیون دینار به «مشترک‌المنافع» واگذار کنم به‌قدر کافی برایم جبران خسارت می‌شود. در ادامه گفتم، این مبلغ برای اعلیحضرت اهمیتی ندارد علی‌الخصوص که از طریق مالیات بر رعایای راغب و وفادار جبران خواهد شد.

موضوع فوراً فیصله یافت. ازخودگذشتگی عظیم من را در همه‌جا با جشن و سرورهای همگانی ستودند و نشان‌های افتخار برمن نثار کردند. در میهمانی خداحافظی که به‌افتخار من بر پا شد، پادشاه شخصاً مدیحه مرا قرائت کرد و کتیبه‌ای از زیباترین کاشی‌ها سفارش داده شد که بر بالای دروازه اصلی شهر نصب شود: روز دهم ماه شوال از سنه سیصد و سه هجرت پیامبر به امر محمود ذوالجلال، تمام شهروندان در موضوع کدو مطبخ وراث مشترک او شدند.

تاجر از این خاطرات قدیم به‌قدری متأثر شده بود که برایش سخت بود ادامه بدهد. چند لحظه سکوت کرد و سپس با صدایی محزون سخنش را پایان داد. پانصد هزار دینار، خوب بسته‌بندی شده، به‌راحتی بار ده دوازده شتر

می‌شد که شترها و ساربانانشان را آن ملت حق‌شناس تأمین کرده بودند. در طلوع آفتاب از شهر بیرون شدم، در معیت جمعیت انبوه مردمی که در هیجان فریادهای حق‌شناسانه مرا دربرگرفته بودند و این‌چنین به سمت شرق از کوه‌ها گذشتم و این دره شادمان را برای همیشه ترک گفتم.

در این لحظه جیغ گوش‌خراش مؤذن از منارهٔ مسجد مجاور بلند شد و پسرها، مدهوش از شرح این‌همه پیروزی به‌گونه‌ای از حضور عمویشان مرخص شدند که گویی حضور خدا بود.

فصل چهارم

القنطرة یعنی: پل

سر ساعت اعدام‌های در ملأعام که پسرها بار دیگر در قدوم عمویشان جمع آمده بودند تا حکایت ثروتش را بشنوند (ذهنشان سرشار از آخرین پیروزی او) پیرمرد که هنوز سرگرم آن خاطرهٔ دل‌پذیر بود، بی‌درنگ به دنبالهٔ داستان زندگی‌اش پرداخت.

چنان که برای شما برادرزاده‌های عزیزم گفتم این دره را ترک کردم، دل‌گرم از خاطره حق‌شناسی تمام آحاد یک ملت و شکر به درگاه خداوندی که حقیری چون من را وسیلهٔ خیری چنان عظیم کرد. در اشتباه‌اند آنانی که تصور می‌کنند ثروت عظیم نشان از ستمگری دارد یا فرد ثروتمند مردم را غارت کرده است. برعکس، ثروت ثروتمندان، شاخص کارهای والایی است که برای همگان کرده‌اند و من به سهم خود با خاطرهٔ آن همه منفعت که در موضوع کدو مطبخ‌ها به هم‌نوعانم رساندم، و شادی سرمست‌کننده‌ام از خورجین‌های سنگین سکه که در پشت شترهایم به چپ وراست می‌لغزیدند به یک اندازه دل‌بستگی دارم.

روزها یکی پس از دیگر کاروان من و من از میان تپه‌های مرتفع به‌پیش راندیم و هر شب در کنار جویباری پردرخت چادر زدیم و از سوروساتی که در بدو حرکت به‌قدر کافی برای گروه خود ذخیره کرده بودم تغذیه کردیم.

این صحنه‌ها هیبت خاصی داشت و ذهن را به ستایش گرایش می‌داد. نمازهایم هیچ‌گاه بی‌ریاتر و با حضور قلب تر از آن نمازهای شب نبود که زیر آسمان صاف خالی از ابر آن کوه‌های بلند، در شکوه جنگل‌های وسیعش، و اندیشه‌های روحانی غنای شاکرانه، هماهنگ با آوای بی‌درنگ جنگل به جا آوردم.

در طی این سفر طولانی از میان رشته‌کوه‌ها فرصت چندانی پیش نیامد که آن استعدادهای ذاتیم را که با فروتنی باید بگویم در آن‌ها ممتاز هستم به کار اندازم. زیرا دهات سر راه تعدادشان کم و عموماً فقیر و فرصت ابراز

استعداد هم نادر بود. در واقع به قول ضرب‌المثل معروف، وظیفه داشتم دستی به کار داشته باشم که نگذارم در اثنای عبور، ثروتم کاهش یابد؛ بنابراین فقط به‌منظور تمرین، گاه‌وبیگاه دست به معاملات کوچکی می‌زدم. در دهی که نسبتاً کمتر از سایر دهات عقب‌مانده بود سلاح‌های منسوخ‌شده را می‌خریدم و چند منزل بعد آن‌ها را به کوه‌نشینان زمختی که حتی اسم چنین سلاح‌های خیلی قدیمی هم به گوششان نخورده بود می‌فروختم. کسر شأنم نمی‌شد که سر راه کاروانم قبول کنم کالاهای گوناگون را با دستمزد مورد توافق از مزرعه‌ای به مزرعه دیگر حمل کنم. این‌ها را (بعد از آنکه هرچه از میانشان به درد می‌خورد را برای خودم نگاه می‌داشتم) سر موقع تحویل گیرندگان می‌دادم.

در اوقات فراغت هم که عجله‌ای نداشتم گاهی با عملیات مهندسی آن گونه که در شأن مردی که در میان اطرافیانش از همه باسوادتر بود خودم را سرگرم می‌کردم. مثلاً جلو آب سدی را هنگام عبور باز می‌کردم و بعد خرابی‌های حاصله از رهاشدن آب در دره پایین را با گرفتن قیمت گزافی تعمیر می‌کردم و حتی قبول می‌کردم برگردم و خسارتی را که سیل حتماً به دیواره سد وارد آورده بود را تعمیر کرده و بابت هر دو عملیات هزینه‌ای مقتضی مطالبه کنم.

بعضی‌اوقات هم که فرصتی دست می‌داد به معاملاتی در مقیاس بزرگ‌تر دست می‌زدم. به یاد دارم که یک قافله گندم را که به یکی از قصبات بزرگ‌تر می‌رفت تماماً خریدم و وقتی‌که به آنجا رسیدم، مردم را آن‌قدر در بلاتکلیفی نگاه داشتم (ولی نه تا حد قحطی واقعی) تا این‌که نیازشان خیلی طبیعی قیمتی عالی برای گندم به وجود آورد. هرازچندی هم که می‌دیدم در منطقه راهزنان (مردمی ساده) هستم با دریافت حق‌العمل وارد مذاکره بهای رهایی گروگان‌ها می‌شدم و درعین‌حال کنده‌کاری‌های خیلی عجیب‌وغریب و فلزکاری‌هایی به دستم می‌افتاد به قیمتی که صاحبان بی‌سروپای آن راضی بودند ولی اطمینان داشتم که وقتی به دشت می‌رسم سود عظیمی عایدم خواهد شد.

اما همه این‌ها فقط شیرین‌کاری و تفریح بودند تا در اثنای بیکاری اجباری سفر طولانی از میان تپه‌ها خودم را مشغول کنم. بالاخره رسیدم به مکانی که همان‌طور که نوکر مورداعتمادی به من گفته بود از بالای یک گردنه، هزاران پا زیر پایم را می‌دیدم که کوهپایه‌ها ناگهان به دشتی هموار، قهوه‌ای‌رنگ و آفتاب‌سوخته می‌رسید که تا افق ادامه داشت. در فاصله‌ای

نه‌چندان دور از کوهساران در حاشیه این دشت، رودخانه باشکوهی جریان داشت با انشعاب‌های بسیار که با کناره‌های شنی از هم مجزا می‌شدند. چون هفت هفته در کوهستان گذرانده بودم و شدت گرمای تابستان بود، مدت‌ها می‌گذشت که برف در ارتفاعات ذوب شده بود و سطح آب رودخانه پایین بود.

آخرین چادر را در فاصله یکی دو مایل از ساحل این رودخانه عظیم برپا کردم و چند مستخدم را فرستادم که بروند جلوتر ببینند بهترین راه گذار به آن طرف رودخانه از چه قرار است. صبح روز بعد برگشتند و گفتند بعضی از انشعاب‌ها خیلی عمیق و غیرقابل‌عبورند. اما در محلی که کناره‌ها به هم نزدیک‌ترند و دریای آب به پهنای چهار «فرلانگ» [8] است و هیچ جزیره‌ای هم در وسط آب وجود ندارد، یک «فَرابَر» در انتهای جاده مستقر شده که به طور مرتب در رفت‌وآمد است، مخصوص عبور کالا، زائران و سایر مسافرانی که از فراز تپه‌ها به «مُلک دشت‌ها» ورای ساحل مقابل می‌روند. آن‌ها را پس فرستادم که قرار بگذارند «فرابر» برای حمل‌ونقل کاروان بزرگ من، در اول وقت طلوع آفتاب روز بعد آماده باشد. تمام وسایلمان را بسته‌بندی کردم و با فرارسیدن سپیده‌دم چادرهایمان را هم جمع کرده بودیم و سروقت رسیدیم جلو فرابر که یک قایق مسطح بزرگ با دوازده پاروزن و ناخدای پیر محل در اسکله مانندی در انتظار ما بودند.

عبور از رودخانه کند بود و تمام روز طول می‌کشید زیرا جریان آب خیلی تند بود و هر دفعه نمی‌شد بیش از یک شتر را حمل کرد. من کمی تردید داشتم که ترتیب کار را چگونه بدهم. اگر در ساحل این‌طرف می‌ماندم تا همه به آن طرف بروند، مطمئن نبودم که نوکرهای من که جلوتر رفته بودند به من کلک نزنند. اگر اول‌ازهمه به آن طرف می‌رفتم نمی‌توانستم کارهای نوکرهایی را که هنوز به آن طرف نرفته بودند زیر نظر داشته باشم. گرچه هیچ دلیلی نداشتم که به کمال درستکاری آن‌ها شک کنم، دلیلی هم نداشتم که در خصلت پست دزد مآبشان تردید کنم. در نهایت این نقشه را عملی کردم که بار شترها را زمین گذاشتم و تمام بارها را کف فرابر تلنبار کردم و خیلی دقت کردم که خوراکی‌ها و همچنین سکه‌ها را هم بار زده باشم. با این‌ها و یک شتر که خودم مراقبش بودم و پایش را با طناب بسته بودم، به‌تنهایی به آن طرف رفتم. سپس همراه ناخدا و خدمه‌اش

---

[8] فرلانگ، واحد طول: مساوی یک هشتم مایل یا ۲۲۰ یارد

درحالی‌که سوروسات و سکه‌ها را همراه خود داشتم، یک شتر و شتربانش را به آن طرف بردم. این کار را ادامه دادم تا آنکه تمام داروددسته من به آن طرف منتقل شدند. فقط وقتی‌که همه‌ی شترها که از گرسنگی غوغا راه انداخته بودند، با شتربانانشان در ساحل آن طرف گرد آمدند اجازه دادم که خوردنی‌ها و سکه‌ها را جلوی چشم خودم به خشکی بیاورند.

همان‌طوری که گفتم این کارها خیلی طول کشید که در نتیجه، ملتزمین من خیلی گرسنه شده بودند و هرچه روز به‌آهستگی پیش می‌رفت، من واقعاً متأثر شدم که چه دعاهای صادقانه‌ای برای کمی غذا می‌کردند. ولی من عاقل‌تر از آن بودم که جا بزنم و فقط وقتی‌که همه گروه و خود من در آن طرف دور هم جمع شدیم اجازه دادم که صندوق‌ها را به خشکی آورده و غذای سیری به آن‌ها دادم. حالا نزدیک به غروب بود. چادرهایمان را برپا کردیم و صبر کردیم که صبح مسکن دائمی‌تری پیدا کنیم. چون در فاصله خیلی کمی از آن طرف ساحل و تا حدودی خلاف جریان آب، در میان باغچه‌ها و در سایهٔ درختان باغ‌های میوه متوجه چند خانه متفرق شده بودم.

هنوز نقشه‌ای نداشتم که پول‌هایم را چگونه به کار بیندازم. بیشتر منتظر بودم که «پیشنهادی» به سمت من بیاید تا این‌که من به جستجویش بروم که تصادفاً صحبت پیرمرد ناخدا وقتی‌که داشتم کرایه‌اش را می‌پرداختم (که باتوجه‌به تعداد زیادمان، قراردادی با تخفیف کلی با او بسته بودم) مرا به فکری انداخت.

و اینجا برادرزاده‌های عزیزم از شما خواهش می‌کنم که با کمترین اشاره هم باید فرصت را فوراً دریابید. زیرا این‌گونه است که کارهای بزرگ صورت می‌گیرند. ناخدای فرابر گفت " لعنت بر آنان که با این‌قدر بار زیاد می‌آیند" (زیرا با غرولند ادعا می‌کرد که قایق کهنه و زواردررفته‌اش شاید زیر این‌همه فشار رفت‌وآمد سوراخ شده و آب به آن نفوذ کرده باشد). من در جوابش گفتم اما باوجود این هیچ کمبود مشتری هم نداری. مثل مشغلهٔ امروزت که خیلی‌ها را معطل گذاشته و عجله آن‌هایی را که تمام روز در ساحل آن طرف منتظر مانده‌اند را می‌بینم. فردا صبح صدها نفر یا بیشتر متقاضی خدمات تو خواهند بود. او پاسخ داد این درست است ولی خوشبختانه کمتر کسی است که بار به این سنگینی یا این‌همه چارپا با خود داشته باشد. مع‌هذا اینجا برای رفت‌وآمد محل خوبی است چون‌که تا فرسخ‌ها بالا یا پایین، تنها محل عبور از رودخانه و به جاده اصلی سراسر کشور هم نزدیک است. پرسیدم چرا برای رفع نیاز، به فکر خرید قایق‌های بیش‌تر

یا بزرگتر و استخدام افراد بیشتر نیفتاده است؛ چون واضح است که اینجا محل سودآوری است و تقاضای مسافران هم بیش از آن است که از عهده او بر می‌آید.

دوباره با لحن بدعنق و گستاخ مردمی که به رسوم غیرقابل‌تغییر خود مباهات می‌کنند، پاسخ داد که این قایق کهنه برای پدرش به‌قدر کافی خوب بوده و در تمام عمر خودش هم به او خدمت کرده و برایش به‌قدر کافی خوب بوده است. از جوابش متوجه شدم سرمایه‌ای ندارد که قایق کهنه‌اش را با قایق‌های بیشتر و بهتر جایگزین کند. این کشف من شروع تمام آنچه که به دنبال آمد بود.

فردای آن روز قبل از جمع‌کردن چادر، پیرمرد ناخدا را با دادن غذای کافی و نوشیدنی و صحبت‌های رک و راست سرحال آورم. وقتی دیدم در حال و هوایی است که می‌شود با او کنار آمد گفتم ما بایستی نوعی شراکت با هم راه بیندازیم. گفتم من کاملاً آزاد هستم و تا خودم نخواهم نیازی ندارم که از اینجا بروم. به این فکر افتاده‌ام که یکی از اهالی را که در باغ‌های بالایی دیده‌ام استخدام کنم و مدت بیشتری اینجا بمانم چون‌که تماشای مدام این‌همه رفت‌وآمد به این‌سو و آن‌سوی رودخانه‌ای عظیم در پای کوهستان مسرت‌بخش است. ناخدای پیر جواب داد شریک احتیاج ندارد و تمام مایحتاجش را از راه حرفه‌اش به دست می‌آورد و ترجیح می‌دهد که مستقل بماند و اضافه کرد که قیافه خارجی من هم برایش ناخوشایند است و اشخاص بزرگ، غالباً غیرقابل‌اعتمادتر از آن‌اند که به نظر می‌آیند.

من جواب دادم که احساسات تو نشانه عقل و برایت مایه مباهات است. اما آیا به فکرت نرسیده که اگر به‌جای این قایق کهنه، پنج شش قایق نو خوب، خیلی بزرگتر و با خدمه کافی فراهم بشود، به دلیل تأخیر کمتر و سرعت و حجم رفت‌وآمد بیشتر، افراد بیشتری ترغیب بشوند که برای عبور اینجا بیایند؟ من که نمی‌توانم فکری جز این بکنم که این یک پیشنهاد بسیار خوبی است.

برادرزاده‌های عزیزم، من به این نتیجه رسیده‌ام که پیرمردهای لجوج را راحت‌تر از دیگران می‌توان به‌پای معامله کشید و در این مورد به‌خصوص هم تیرم به سنگ نخورد. پیرمرد لجوج پذیرفت، مثل همه افرادی از این‌قبیل که پس از تعلل‌های مرسوم اولیه بالاخره می‌پذیرند. او گفت بسیار خب ولی کی پولش را می‌دهد؟ به‌آرامی جواب دادم من. باکمال‌میل حاضرم پنج شش

قایق نو تهیه کرده و مزد پاروزن‌ها را هم تا زمانی که شروع به بازدهی کند پرداخت کنم. تنها انتظاری که از تو دارم این است که درآمد کنونی خودت را برداری و مازاد درآمدی را که طرح من مسلماً ایجاد خواهد کرد به طور مساوی بین هم تقسیم کنیم.

مدتی طول کشید تا جزئیات این پیشنهاد خیلی سودمند را به کله زنگ‌زده‌اش فروکنم. تقسیم منافع آینده را مرتباً با تقسیم درآمدهای فعلی‌اش قاطی می‌کرد. هیچ‌گاه به این اندازه، به لزوم صبر و حوصله برای پهن کردن دام‌های تجاری پی نبرده بودم که در اثنای محاوره با این پدربزرگ کودن متوجه شدم. خیلی زجر کشیدم تا بتوانم چیزی توی مغز پخمه‌اش بکنم. امکان نداشت فقیرتر بشود چون من توقعی از درآمد فعلی‌اش نداشتم. امکان داشت خیلی هم پول‌دارتر شود چون نیمی از اضافه درآمدهای آتی هم به او می‌رسید. من درآمد فعلی‌اش را تضمین می‌کردم به شرطی که درآمد خیلی بیشتری که به روش‌های من عاید ما خواهد شد، پس از کسر درآمد تضمین‌شدهٔ او، به طور مساوی بین ما تقسیم بشود.

هنوز هم به نظر می‌رسید که فکر می‌کند یک جای کار اشکال دارد یا کلکی در کاراست. او می‌خواست که این موضوع هرچند ساده بارهاوبارها برایش توضیح داده شود. بالاخره آشکارا فهمید. آن را از حفظ کرده بود و مثل ترجیع‌بند تکرار می‌کرد "نمی‌توان فقیرتر شد، شاید پول‌دارتر شد". به ذهنش خطور نکرد که چرا من به طور عجیبی این‌همه سخاوت‌مندی از خود به خرج می‌دادم.

قراردادمان را به طرز مطلوب و با امضا و مهر شاهد تنظیم کردم. سپس چهار قایق پهن درجه اول به طول ده و عرض پنج «درم» [۹] به کشتی‌سازان محلی سفارش دادم و دستور دادم که باید به رنگ‌های شاد رنگ بشوند و به‌طورکلی همان زنندگی مبتذلی را داشته باشند که در نظر توده آن‌قدر جذاب است - وقتی‌که تکمیل شدند آن‌ها را به سرمایه خط «فرابر» افزودم.

همان موقع او را که حالا شریک من بود، متوجه نکته‌ای کردم که به دلیل همان حماقتش هنوز نفهمیده بود، یعنی علی‌رغم آن که صاحب انحصار بود ولی قیمتی که می‌گرفت خیلی کم بود. به‌اضافه به او گفتم اگر توجه کرده

---

[۹] معنی این واحد طول معلوم نشد

باشی که من چه قایق‌های نو خوبی وارد خدمت کرده‌ام و چطور در نتیجه آن سیل رفت‌وآمد روبه ازدیاد است، اگر از این فرصت برای منفعت غفلت بکنی، گناه کبیره ایست که روز قیامت بابت آن باید حساب پس بدهی. چون‌که همین دیروز بود که با قاطعیت به من گفتی که برای اولین‌بار در تمام عمرت دوبرابر هر روز آدم عبور داده‌ای!

پیرمرد محترم آن قدر پایبند سنت بود که هنوز هم تردید داشت، ولی چون به‌خاطر داشت که نوسازی من چقدر کار درستی بوده و آنچه را به چشم خود می‌دید نمی‌توانست انکار کند که حجم رفت‌وآمد روزبه‌روز زیادتر شده، بالاخره تا حدودی با کراهت رضایت داد. کرایه‌ها دوبرابر شد، باوجود بر این از تقاضای مردم برای عبور از رودخانه کاسته نشد. سود بسیار زیادی حاصل شد خیلی بیشتر از درآمد پیشین قایق‌بان پیر که قرار بود بین ما تقسیم شود و باتوجه‌به قیمت قایق‌های نو، سهم من رقمی حدود ده درصد سرمایه‌ام می‌شد که در آن شرایط درآمد خیلی معقولی بود.

در اینجا محمود، تاجر کبیر، مکث کرد، چشم‌هایش را چند لحظه روی‌هم گذاشت و با زمزمه ادامه داد "درآمدی خیلی معقول، ده درصد، درآمدی خیلی معقول." سپس چشمانش را خشمناک گشود، به برادرزاده‌های نگرانش خیره شد و زد زیر گریه.

آیا عجیب نبود که مردی با خلق‌وخوی من آنجا با چند قایق مهمل بگردد و خورجین‌های پر از سکه را بی‌مصرف بگذارد؟ شما فقط ابتدای نقشه‌ای را که من درگیرش شده بودم شنیده‌اید. قبلاً یک ملک کوچولو با یک‌خانه دنج، چند یارد دور از ساحل رودخانه و تقریباً یک صد یارد بالای فرابر خریده بودم. بعد مزرعه‌ای در ساحل مقابل، درست مقابل این خانه و باغ‌هایش خریدم. بعضی‌اوقات برای تفریح با یک زورق از پله‌های جلو خانه، در عرض رودخانه تا مزرعه‌ای که در آن طرف خریده بودم پارو می‌زدم. در آن مزرعه، نوع مخصوصی لوبیا کاشتم که (همان‌طور که به همسایگانم اطمینان خاطر دادم) به‌وسیله آن یک روش کشاورزی را به تجربه گذاشته بودم. آن‌ها خیلی علاقه‌مند بودند زیرا کشاورزی در آن منطقه خیلی توسعه‌یافته است که درنتیجه، به هنرهای والاتر، مخصوصاً دررابطه‌با امور مالی به طور شرم‌آوری بی‌توجهی شده است.

گذاشتم چند ماهی بگذرد که در طی آن مدت به‌خاطر روش‌های پیشرفته من کارکرد فرابر بیش از سه برابر شده بود. عبور از رودخانه به‌قدری

آسان‌تر شده بود که انواع رفت و آمدهایی را هم که قبلاً سابقه نداشت، به خود جلب کرده بود. من حتی یک پل شناور قایقی بسیار بزرگ هم به ناوگان اضافه کردم، مختص یک فیل که به ما اطلاع داده بودند قرار است از آنجا عبور کند. وقتی‌که مردم این را فهمیدند، این حیوانات عظیم را که قبلاً از نهری چندین روز فاصله به سمت بالارود استفاده می‌کردند، از جاده کوتاه‌تر کوهستانی می‌آوردند و با فرابر از رودخانه عبور می‌کردند.

وقتی‌که همه این‌ها این‌گونه پررونق پایه‌گذاری شد، به چند نفر از رفقایی که در آن حوالی پیدا کرده بودم گفتم که می‌خواهم به یک هوس‌بازی زیاده از حد آدم ثروتمند دست بزنم و با ساختن یک پل بین خانه‌ام و مزرعه‌ای که آن طرف رودخانه خریده‌ام خود را سرگرم کنم. این کار، من را از زحمت دائماً پاروزدن با زورق کوچکم در عرض رودخانه نجات می‌دهد و اوقات فراغت مرا هم پر می‌کند زیرا به‌هرتقدیر من مهندس قابلی هستم.

حقیقت این است که مهندسی خیلی کمی لازم داشت. فقط کافی بود که پایه‌های محکمی را بافاصله معین کف رودخانه فروکرده روی آن‌ها چوب‌بست سوار کنم سپس با گذاشتن الوارهای بزرگ در هر طرف، آن‌ها را استوارکنم. بدین ترتیب پل خوب قابل استفاده‌ای بسازم. به درد کاری جز عبور عابر پیاده نمی‌خورد ولی برای این کار خیلی راحت بود.

حالا که این راه ارتباط برقرار شده بود، زمین‌های بیشتری در آن طرف رودخانه خریداری کردم و مزرعهٔ نمونهٔ کوچولوی خیلی خوبی تأسیس کردم. انکار نمی‌کنم که گاه‌گداری اشخاص پیاده برای احتراز از مسیر خسته‌کننده روی آب، از من اجازه می‌گرفتند که از پل عبور کنند. این درخواست‌ها را همیشه رد می‌کردم نکند که منافع دوستم ناخدا را به خطر بیندازد. فقط برای یکی دوتا همسایگانی که دلم می‌خواست به آن‌ها لطفی بکنم و گاهی هم برای افراد واقعاً مهمی که ناخدا نمی‌خواست با آن‌ها در بیفتد، استثنا قائل می‌شدم. اما من قلب مهربانی دارم و بالاخره به‌تدریج علاوه بر این‌ها، استفاده دیگران را هم از پل اغماض می‌کردم. مخصوصاً تاب نداشتم که کودکان (چون من خیلی شیفته جوانان هستم) را به عبور پر دردسر به‌وسیله فرابر محکوم کنم و به خدمهٔ خودم دستور داده بودم که بگذارند که عبور کنند.

سرانجام یک مسیر دائمی از راه مزرعهٔ من برقرار شد و نمی‌دانم از سر اهمال بود یا دست‌ودل‌بازی که اجازه دادم حجم عبور از طریق پل بیشتر

بشود و به‌صورت امری روزانه دربیاید. وقتی‌که به حد معینی رسیده بود، به‌خاطر انزجاری که از بی‌نظمی دارم مجبور شدم مقرراتی را اعمال بکنم؛ بنابراین در دو طرف پل، دروازه‌ای ساختم و مبلغی کاملاً «صوری» تحت عنوان هزینه تعمیر و نگهداری پل، گرچه حتی به حدود آن هم نمی‌رسید، برای حق عبور تعیین کردم. مردم برای احتراز از دردسر عبور به‌وسیله فرابر و وقت زیادی که می‌گرفت، این هزینه را با طیب خاطر می‌پرداختند و هرچه به اواخر فصل نزدیک‌تر می‌شدیم استفاده از پل من بیشتر و بیشتر شد.

شریک من، پیرمرد ناخدا، متحیر و سردرگم شاهد این وضع بود. آن‌قدر می‌فهمید که من نبایستی با ایجاد رقابت، سرمایه‌گذاری خودم را به خطر بیندازم؛ درعین‌حال نمی‌توانست متوجه نشود که این کار در رقابت روزافزون با مسیر از مدت‌ها پیش شناخته شده خودش هست. در نهایت به سراغ من آمد و پرسید که آیا می‌توانیم با هم به توافقی برسیم. من گفتم دلیلی برای آن نمی‌بینم. فضای فراوانی برای هر دو، موجود است. من آدم ثروتمندی هستم و یک کار سخاوتمندانه برای من نوعی تفنن است. من نمی‌توانم از مردمی که به معبری به این راحتی عادت کرده‌اند بخواهم که دوباره به انحصاری قایق‌ها، با آن طرز ابتدایی، کند و دست‌وپاچلفتی سوار و پیاده‌شدن و تأخیر و شلوغی‌های پیامد آن برگردند. به شریک محترم خود خاطرنشان کردم که قایق‌ها هنوز هم برای عبور کالاهای سنگین و حیوانات لازم‌اند. همچنین با لحن خیلی محکم آن چه را که ناخدا نمی‌توانست انکار کند یادآوری کردم که من به‌هیچ‌وجه کاری نخواهم کرد که وضع او را به خطر بیندازد زیرا خودم را هم به خطر خواهد انداخت چون من با او شریک هستم. حتی او را به تمسخر گرفتم که قبل از آنکه سراغ من بیاید، اهمیت چنین استدلالی را درنیافته و با این لاطائلات مزاحم من شده است.

هنوز هم غرولند می‌کرد. گفت من دانشمند نیستم و این حرف درست به نظر می‌رسد ولی خیالم راحت نیست. گفتم در مورد احساسش، از دست من کاری ساخته نیست ولی این یک امر ساده ایست که به شعور عمومی برمی‌گردد، و او را دنبال کار خودش فرستادم. سپس اعلام کردم که تصمیم دارم پل را به طور قابل‌ملاحظه‌ای مستحکم بکنم که تحمل هرگونه رفت‌وآمدی را داشته باشد. این کار را با مخارج قابل‌ملاحظه‌ای به انجام رساندم. بعد از اتمام کار، بنای خوبی شده بود که از عهدهٔ همه‌گونه حیوانات بارکش و وسایل نقلیه و خیل بی‌وقفهٔ افراد پیاده بر می‌آمد. تنها استثنائی که

قائل شدم برای فیل‌ها بود که گفتم ممکن است بعداً اجازه بدهم ولی باید اول همه چیز را کاملاً بررسی بکنم؛ بنابراین، فیل‌ها بایستی فعلاً از فرابر استفاده کنند. اما چون تعدادشان کم و سروکله زدن با آن‌ها هم مشکل بود، فقط دردسر شریکم را زیاد می‌کردند.

در این میان شهرت پل من که سرتاسر کشورهای همسایه پیچیده بود تمام عبورومرور تجاری را به خود جلب کرده بود. ناخدای پیر با حالتی که آمیزه‌ای از عصبانیت، وحشت و هذیان بود نزد من آمد. گفت درآمدش دارد با سرعت نگران‌کننده‌ای پایین می‌آید و اضافه کرد (به نظرم کمی کینه‌توزانه) که درآمدش به یک‌چهارم سال قبل هم نمی‌رسد و خیلی پوست‌کنده گفت اگر در قرارومدار خودم تغییراتی ندهم سود خود من هم به‌طورکلی از بین خواهد رفت: که چیزی باقی نخواهد ماند به‌جز درآمد پیشین او که حتی همین هم جای تردید دارد. چون من به درخواستی این‌همه طولانی هیچ پاسخی ندادم و گذاشتم هرچه دلش می‌خواهد بگوید سخنش را، قدری طعنه‌آمیز، با این سؤال پایان داد که آیا من از آن دسته ثروتمندان احمقی هستم که دوست دارند پول‌هایشان را دور بریزند؟

این جا بود که جوابش را دادم چون حقش بود که جوابش داده شود زیرا من آسان زیر بار توهین نمی‌روم. به او گفتم که سهم خودم در معاملهٔ قایق‌ها را مدت‌ها پیش، حتی قبل از آنکه پل ساخته شده باشد، به قیمت خیلی خوبی به یک همسایه رهن داده بودم که واقعاً از دست این همسایه هم ذله شده‌ام که مرا مقصر کاهش مداوم درآمدش می‌داند که من می‌گرفتم و به او می‌دادم؛ نمی‌خواهم بر نق‌زدن‌های مدام او، غرولند شریک بی‌عرضه خودم را هم اضافه کنم. او را از حضور خودم بیرون راندم و گفتم امیدوارم که دیگر او را هرگز نبینم.

شکی ندارم که اگر همسایه‌ای که سهم خودم از درآمد فرابر را به قیمت خوبی در گروی او گذاشته بودم با من درست برخورد کرده بود، به صورتی ضررش را جبران می‌کردم. مبلغ زیادی به من داده بود که دیگر نمی‌توانست اعاده کند ولی ممکن بود یک‌چهارم یا یک‌پنجم آن را، فقط به نشانهٔ سخاوت، به او پس می‌دادم. اما وقتی فهمیدم که خودش هم «حقوق» خود را به ابله دیگری فروخته است که او هم در این لحظه برای سهام به‌سرعت در حال نزول خود دنبال خریدار می‌گردد، از همه آن‌ها بیزار شدم و هر فکری درباره فرابر را از مخیله بدر بردم. خریدار تازه هم رهن را به اجرا گذاشت و بابت فرابر، ثلث وامی را که داده بود پس گرفت.

کمی بعد از این معامله بود که ناخدای پیر دیوانه شد. این‌طور شروع شد که هر روز می‌آمد جلوی منزل من و شلوغ‌کاری راه می‌انداخت، بعد شروع کرد به شکستن پنجره‌ها و بالاخره جماعتی را دور خود جمع می‌کرد و برایشان از ظلم و ستم‌های خیالی که در دست من کشیده بود سخنرانی‌های غرا می‌کرد. ناچار شدم به‌خاطر محافظت خودش او را به زندان بیندازم و خوشحالم بگویم که به‌زودی، تبی از روی رحمت او را از وضعیتی که تبدیل به توهمات غیرقابل‌علاج شده بود رهایی بخشید. معهذا همان‌طوری که غالباً در این‌گونه موارد معمول است، حتی در چند ساعت آخر عمر هم سلامت عقل خود را باز نیافت. به نسبت دادن زشت‌ترین نسبت‌ها به من ادامه داد و با وسواسی جنون‌آمیز از ظلم و جوری که در حق او رفته بود، دیوانه‌وار نعره می‌کشید که غارت و تباه شده است. پایان تأسف‌انگیزی بود برای عمری مفید هر چند گمنام.

چون تحمل نداشتم ببینم افرادی را که او استخدام کرده بود گرسنگی بکشند، آن‌ها را برای کشیدن جاده‌ای به سمت پل، تقویت و رنگ‌آمیزی آن و کارهایی ازاین‌قبیل به استخدام خود در آوردم؛ و تمام قایق‌های فرابر را به پایین رودخانه فرستادم چون آنجا بیشتر مورداستفاده قرار می‌گرفتند تا این جا که در اثر سرمایه‌گذاری و روحیهٔ خدمت به خلق من آن پل موجودیت یافته بود؛ آن‌ها را از مالکینش به قیمت الوار کهنه خریدم و سود ناقابلی هم حدود چند هزار دینار به جیب زدم. هنوز هم محل رفت‌وآمد فرابر در کنار رودخانه به اسم «گور دیوانه» مشهور است که نمونهٔ خوبی است که اسم‌ها چگونه روی مکان‌ها می‌مانند؛ چون شنیدم که پیرمرد در واقع به وصیت خودش، نزدیک همان محلی که قایقش رفت‌وآمد می‌کرد دفن شده است.

اکنون وقت آن بود که کل مسئله پل و بودجه آن موردبررسی قرار بگیرد. به علت خوش‌قلبی و ولخرجی‌های سخاوتمندانه من — معایب یا نقطه‌ضعف‌های انسانی که می‌بایستی همیشه از آن‌ها برحذر باشم — همه چیز به وضعیتی غیرتجاری درآمده بود. حق عبور بیش از مقادیر مرسوم نبود گرچه هرازچندی آن را زیادتر کرده بودم. تمایز دقیقی بر حسب انواع مختلف آمدوشد در کار نبود. هیچ مقرراتی حاکم بر اوقات استفاده از پل، یا روش‌های بررسی سریع حساب‌ها در کار نبود.

«پل جدید» باعث شده بود که شهر به حد زیادی توسعه پیدا کند. حکام محل و نواحی اطراف به حق نگران بودند که به طرز صحیحی اداره بشود. اولیای امور نواحی اطراف کاملاً با من متفق‌القول بودند که این امر

بایستی بر مبنای منظم‌تری گذاشته شود. من به آن‌ها می‌گفتم مروت و خردمندی حکم می‌کند که قبل از هر چیز با افرادی که مرتباً و در میزان وسیع از پل استفاده می‌کنند مشورت بشود؛ علی‌الخصوص با تجار محل و شهرهای دوردست آن طرف ساحل که در فواصل معین و با باروبنه فراوان رفت‌وآمد می‌کنند؛ لذا این‌ها محترمانه به گردهمایی دعوت شدند. آنان را نمایندهٔ توده‌های پیاده قشر فقیر فرض کرده و همگی بین خودمان ترتیبات خیلی خوبی بنا نهادیم. اولاً خودمان را به‌صورت یک شورا درآوردیم. بعد به خودمان رأی دادیم که برای اداره «پل» اختیار تام داریم هر کاری که می‌خواهیم بکنیم.

تجاری که مرتباً از پل استفاده می‌کردند و به طور متوسط ماهی یک‌مرتبه با باروبنه می‌رفتند و برمی‌گشتند از پرداخت حق عبور معاف شدند به شرطی که سالانه یک حق عضویت برای نگهداری آن بپردازند که به طور متوسط بابت هر چارپای باربر به حدود یک‌چهارم و برای هر مستخدم به کمتر از نصف حق عبور عمومی می‌رسید. مردم عادی شهر و دهات، گله‌دارها و تودهٔ مردم فقیری که سودآوری کمتری داشتند قرار شد حق عبوری دوبرابر قبل بپردازند که به‌هرحال باتوجه‌به این‌که ناچار بودند از پل استفاده کنند چون حالا راه دیگری برای عبور از آب نداشتند، منصفانه بود. باید اضافه کنم اولیای امور محل که با ما در این شورا می‌نشستند، پس از تنظیم مقررات، یک آیین‌نامه محلی هم تصویب کردند که سرشار از عقل سلیم و روح انضباط بود.

در این آیین‌نامه استفاده از قایق برای عبور از روی آب را تحت هر شرایطی ممنوع کردند با این مستمسک عالی که در گذشته اشخاص گاهی هنگام استفاده از این‌ها غرق شده‌اند و این‌که به‌هرحال اکنون پل خوبی وجود دارد و به این طرز کهنه و عقب‌افتاده مسافرت نیازی نیست. مردم از شناکردن در رودخانه هم منع شده بودند، از غروب تا طلوع آفتاب به دلیل امنیت و کنترل پلیس و از طلوع تا غروب بر اساس رعایت اخلاق و نزاکت.

بعد از تصویب مقررات جدید دروازه‌ها تقویت و مأمورین دائمی برای اخذ حق عبور گمارده شدند و من آن‌قدر آماده خدمت به خلق بودم که اجازه دادم مستخدمین خودم بر کنار بشوند و «شورای جدید» مأمورینی را تعیین کرده و حقوقشان را هم بپردازند. برای خودم حقی قائل نشدم مگر دریافت «حق عبورها» و البته، قبول بار مسئولیت نگاهداری پل در مقابل مبالغی که از

«تجار همیشگی» دریافت می‌کردم. همچنین این حق را برای خودم محفوظ نگاه داشتم که هرگاه شورا یا اولیای امور محل لازم بدانند که پل تقویت، تعمیر، رنگ‌آمیزی، تزیین یا برای ایام عید چراغانی بشود یا در موقع گرمای شدید با سایبان پوشیده شود، قرارداد برای تمام این خدمات را به عهده بگیرم با قیمتی که مابین من و شورا و اولیای امور محل توافق شود که در رأس آن‌ها دوست قدیمی عزیزم «شیخ» قراردادت.

این ترتیبات که گذاشته شد، امور جاری بر مبنای درستی قرار گرفت و خوشحالم بگویم که رویه‌ای شد برای بسیاری ترتیبات مشابه دیگری که هم منافع عامه و هم سود درخور سرمایه را در نظر می‌گرفتند. «شورای پل» را که چنین نامیده می‌شد، در خیلی از فعالیت‌های اقتصادی دیگر در آن مناطق تقلید کردند که در بسیاری از آن‌ها مرا به‌عنوان رئیس انتخاب می‌کردند.

اما انسان باید با زمان پیش برود. نمی‌توان انکار کرد که این روش محافظه‌کارانه و شناخته شده، یعنی تأدیه مخارج و تأمین منفعت از راه «عوارض» که در زمان خودش روش خیلی خوبی بود، بدون شک مشکلات خودش را هم داشت. در این روزگار ترقی‌خواهی (اینگونه بود عبارتی که دوست من، شیخ محل برای من به کار می‌برد، محلی که حالا تحت نفوذ پل من شهر خیلی بزرگی شده بود) چه بیهوده است منظره دروازه‌هایی که کار گذاشته‌اند تا همان گذرگاهی را مسدود کنند که صرفاً برای رفاه همگان برپاشده است. آیندگان چه فکرها که درباره ما نکنند آن گاه که بشنوند که ما پلی ساختیم و سپس دروازه‌هایی کار گذاشتیم تا مخل استفاده مدام و آسان از آن بشویم. همچنین تحمیلی بود به عموم مردم که بایستی مأمورینی در هر دو طرف گمارده شوند تا بر پرداخت ورودیه، حساب‌وکتاب و سایر امور نظارت کنند.

از همه بدتر به نظر می‌رسید که قدری نشت در کار است. نمی‌شد همیشه به مأمورین اعتماد کنیم که درآمد را درست تحویل می‌دهند (چون از طبقات پایین بودند با حقوق کم). احتمال داده می‌شد که به اقوام و دوستان خود اجازه داده بودند که بدون پرداخت «ورودیه» ازپل عبور کنند، چون ما نمی‌توانستیم شب‌ها نگهبانی عمده‌ای برقرار کنیم و اطمینان دارم که مقدار زیادی استفاده‌های پنهانی از پل صورت می‌گرفت.

تمام این‌ها، بدون درنظرگرفتن نمونه بدی که به دست می‌داد و احساس بی‌نظمی که به وجود می‌آورد، برای آن‌هایی هم که به امور مالی پروژه سروکار داشتند مایهٔ نگرانی بود. این احساس به‌سرعت بیشتر شد – حداقل در من به شدت زیاد شد و تمام سعی خودم را بکار بردم که آن را به دیگران هم سرایت دهم – آن پیشرفت و فضائل گوناگون دیگری که دشتستانی‌ها (برعکس مردم نیمه‌وحشی کوهستان) بدان افتخار می‌کردند، حکم می‌کرد که تمام این ناهنجاری‌ها بایستی متوقف شوند سیاست ساده «پل آزاد پیروز باید گردد».

وقتی‌که تاجر کهن‌سال آخرین مرحلهٔ ماجرایش را شرح می‌داد چهره‌اش ظاهر سرزنده‌ای به خود گرفت؛ مصمم حرف می‌زد؛ در حرکاتش نوعی آزادی مشاهده می‌شد که یادآور شیرین‌کاری‌های گذشته‌اش در زبان‌آوری بود که در جوانی فرصتی یافته بود کار تجارت و سرمایه‌گذاری و امورمانی را با سخنرانی‌های عمومی درهم آمیزد که او را به شهرت رسانده بود. در این لحظه به نظر می‌رسید که او دیگر تاجر نیست بلکه سناتور «پُلّیون آزاد» روزگار فرخنده گذشته است؛ و برادرزاده‌هایش نمی‌توانستند که این غرور، نگاه مستقیم و لرزش شیوای صدا که حال و هوایش را همراهی می‌کرد تحسین نکنند.

پیرمرد محترم که از خاطره نقش خویش در حیات سیاسی، دگرگون شده بود چنین ادامه داد: من به سهم خود ترسی نداشتم در شورا و (عشق من به همشهری‌هایم به‌قدری بود که) حتی در بازار آزادانه حرف بزنم. من در توضیح اصول اقتصادی ساده‌ای که زیربنای سیاست «پل آزاد» را تشکیل می‌دهد خستگی‌ناپذیر بودم. خوشحال بودم که می‌دیدم درحالی‌که من به تلاش‌های خود ادامه می‌دهم، دو حزب در حال شکل‌گرفتن است – حزب «پُلّیون آزاد» که موج با آن‌ها بود و با زمانه خود هماهنگ بودند و حزب دیگری که به‌خاطر نبودن اسم بهتری آن‌ها را «متمردون» می‌نامم که آش شله‌قلمکاری بودند از معاندین بدخواه، احمق‌ها، تبهکاران و به‌طورکلی جماعتی که هیچ حرف حسابی نداشتند به جز این‌که اوضاع در همین وضعی که هست خیلی خوب است و حیف است که تغییر بکند.

لازم نمی‌بینم به شما بگویم کدام یک از این علائق متضاد پیروز شد. هوش، قریحه تجاری، خدمت خلق، عقل سلیم، انصاف و هیجده یا نوزده چیز دیگر که الان به ذهنم نمی‌رسد از پیروزی باشکوه «پل آزاد» حمایت کردند. بالاخره در آن لحظه‌ای که شرایط برای به رأی گذاشتنش کاملاً موافق بود،

با کسب بیش از پنجاه و سه درصد آرای، مخالفینمان را از صفحهٔ روزگار محو کردیم.

شیخ که به‌واسطهٔ اهمیت روزافزون عامه، از سوی سلطان در مقام خود با لقب «اعلم» ابقا شده بود نطق آتشین فراموش‌نشدنی کرد که طی آن گفت: آن روز که «حق عبور» از پل لغو گردد و دروازه‌ها به دور افکنده شوند، در تاریخچه وقایع کشورش در ردیف «منشور» تاریخی و پذیرفتن «دین مبین» به ثبت خواهد رسید. در میان فریادهای کرکنندهٔ جماعت عظیمی که برایم خنده‌آور بود دیدم، هر دو حزب به یکسان شرکت کرده‌اند، ولی همگی با تمام قدرت از آن رویداد طرفداری می‌کردند، این مقام معظم رسماً به سمت مدخل پل پیش رفت و نوار ابریشمی را که به‌صورت سمبولیک دروازه‌های دو طرف پل را با آن بسته بودند برید و با صدای بلند پل را به نام خدا و پیامبر رسماً افتتاح کرد. زن‌ها گریه بی‌حدوحصر سر دادند و حتی برای مردان قوی‌هیکل هم سخت بود احساسات خود را پنهان کنند؛ فقط کودکان خردسال و حیواناتی که در صفوف مردم بودند بی‌تفاوت به نظر می‌رسیدند. از چهار کارمندی که مأمور نظارت بر حق عبور بودند، دو نفرشان به جرم اختلاس، به زندان افتادند. دو نفر دیگر متعاقب شفاعتی که من در حقشان کردم به آن‌ها اجازه داده شد که کشور را ترک کنند.

رهبر حزب مخالف که حداکثر سعی خود را کرده بود که این اصلاحات عالی و لازم را شکست بدهد، حالا، پس از دریافت پول، علناً می‌گفت که تغییر عقیده داده است، هرگونه وابستگی عاطفی هم که ممکن است هنوز به نظرات سابقش داشته باشد، اکنون به‌وضوح می‌بیند که آن‌ها دیگر سیاست‌های واقع‌بینانه‌ای نیستند.

باغ‌های شهر را سه شب متوالی چراغانی کردند، توپ شلیک کردند و باتوجه‌به ویژگی واقعاً استثنائی این رویداد، تعداد زیادی از محکومین عفو شدند از جمله برادر کوچک‌تر رهبر مخالفین که با نام جعلی چندین ماه در زندان زجرکشیده بود. در میان این‌همه شور و شوق آسان‌تر بود که به جزئیات عملی تغییر بپردازیم زیرا مشکل اقامه انتقادات خرده بینانه و تنگ‌نظرانه از جانب مردم نادان از میان برداشته شده بود.

«اساس‌نامه» جدیدی به‌جای گرفتن حق عبور، با خشنودی به توافق رسید. درآمد سالانه در گذشته بین پانزده تا بیست هزار دینار نوسان کرده بود. به‌منظور جبران آن و هرگونه پیشامد غیرمترقبه‌ای مبلغ ثابت سی هزار

دینار به‌عنوان هزینه سالانه در بودجه خدمات عمومی در نظر گرفته شد که برای اداره پل اختصاص داده شود. این مبلغ در جریان طبیعی امور البته می‌بایستی هرسال به من پرداخت بشود. ولی من نقشه‌های دیگری در سر داشتم.

پس از آنکه به‌اتفاق آرا تصمیم گرفته شد که مبلغ سی هزار دینار اختصاص داده شود، من کاری کردم که اثر خیلی مثبتی به جا گذاشت. یعنی از جای خود بلند شدم و گفتم من هرگز حاضر نخواهم شد چنین موقعیت ویژه و درعین‌حال به عقیده خودم فاسد شهروندی را اشغال کنم که از همشهریان خودم مستمری دریافت کنم. هر قدر هم که خدمات من در گذشته بزرگ بوده، خوشحالم که ارزانی وطنم باشد – چون آنجا را چنین خطاب می‌کردم اکنون که دو سالی یا بیشتر در آنجا زندگی کرده بودم. تاب آن ندارم که تصور کنم که به‌اصطلاح، شیره جان مردم را بمکم و اندک اعاناتی را که غالباً کم‌درآمدترین هم‌وطنان گرامی من می‌پردازند به جیب بزنم.

شورا با شادی بیش از حدی که از شنیدن «سخن پایانی» من از خود نشان دادند، درواقع نسبت به این بیانیه من که از صمیم قلب برآمده بود موافقتشان را نشان داده بودند. چیزی اگر بتوان اضافه کرد این بود که حتی صمیمانه‌تر بود. گفتم اگر واقعاً خیلی اصرار دارید می‌پذیرم که یک مبلغی به‌حساب گذاشته شود که معرف ارزش سرمایه‌ای درآمد باشد. اما هرگونه قرار و مداری که من فقط مفت‌خور تحت‌الحمایه این جامعه فعال تجاری باقی مانده، پول مالیات را بالا بکشم و خودم را سربار احساس کنم درحالی‌که باید کمک به حال مردم باشم را به‌هیچ‌وجه نمی‌پذیرم.

کف‌زدن در حین مباحثات متین مجمع ما تقریباً بی‌سابقه بود اما در این مورد خاص نمی‌شد آن را مهار کرد. برای چند دقیقه هلهله‌های جدی ولی بلند همکارانم به طور دسته‌جمعی به من اطمینان داد که کار درستی کرده‌ام و هر ضرری را (بر فرض محال که درآمد پل در آینده خیلی بیشتر بشود) که ممکن بود متحمل بشوم به‌قدر کافی جبران می‌کرد.

ضعیف‌النفسی انسان به گونه ایست که اگر اعضاء شورا مجبور بودند این پول را از جیب خودشان تأمین بکنند، شاید قدرشناسی از کار نیک من آن‌قدر سهل و آشکار نبود. اما این احتمال اصلاً مطرح نبود. بار مسئولیت می‌بایستی بر دوش جمیع شهروندان بیفتد که منصفانه‌اش هم همین بود چون همگی از پل استفاده می‌کردند؛ بنابراین از هر سو مشتاقانه با پیشنهاد من

موافقت کردند و یک سخنران (رفیقی که با فروتنی با پروژه‌های کم‌اهمیت‌تر من مرتبط بود) در بحثی که در پی آن در گرفت به مطلبی اشاره کرد که خود من از روی نزاکت و بزرگ‌منشی نمی‌توانستم تلویحاً اظهار کنم که من نیز مانند سایرین مالیات می‌پرداختم، و خیلی هم زیاد؛ بنابراین در هر پرداخت همگانی سهمی هم مشمول خود من می‌شد. شیخ در بحث پایانی بعد از تعریف و تمجید بسیار که فروتنی ذاتی من اجازه نمی‌دهد آن‌ها را تکرار کنم، گفت واضح است که دیگر کاری به‌جز محاسبه باقی نمانده است – فقط امر حسابداری – این جزئیات را می‌شود با خیال راحت به یک کمیته کوچک سه‌نفره بسپاریم که درآن‌واحد تعیین شدند. کارشان البته افتخاری بود زیرا آن‌ها اشخاص سرشناسی بودند. ولی من ترتیباتی دادم که تمام هزینه‌ها و سایر پرداخت‌هایشان جبران شود و پذیرایی‌های بسیار از آن‌ها کردم. در طی سه هفته بعد کمیته به فواصل تشکیل جلسه داد. من به‌کرات به‌عنوان شاهد جلو کمیته حاضر شدم و تمام دفاترم را عرضه کردم و خوشحالم بگویم که آن‌قدر خویشتن‌داری و خوش‌بینی داشتم که بگذارم کارها مسیر طبیعی خودش را طی کند و چانه نزنم مثل این‌که این قرارداد فرخنده مردمی یک معاملهٔ تجاری خصوصی بوده باشد. کافی است بگویم که در پایان این مذاکرات مبلغ یک میلیون و چهارصد هزار دینار به‌حکم داوران به من پرداخت شد؛ و من با اعتراض به آن چه را که سخاوت بیش از حد دولت نامیدم، بر محبوبیت خود افزودم یعنی با برپاکردن دروازه‌ای زیبا به خرج خودم در انتهای پل که به شهر متصل می‌شد که نیمی از خورده چهارصد هزار صرف آن شد و نصف دیگر را در یک غلیان بذل و بخشش به اعضای کمیته دادم البته نه در ظرفیت دولتی آن‌ها بلکه به طور خصوصی به‌خاطر این‌که دوست شخصی من بودند و به پاداش خدمات خستگی‌ناپذیرشان به خلق.

یک میلیون برای من باقی ماند.

کاملاً راضی بودم.

بیش از این نمی‌خواستم

در این موقع بزرگ‌ترین برادرزاده با ترس‌ولرز حرف او را قطع کرد و گفت: اما عمو، من از یک چیزی متحیرم. اجازه می‌فرمایید در این مورد سؤالی از شما بکلم؟

پیرمرد درحالی‌که ریشش را نوازش می‌کرد گفت حتماً، فرزند عزیزم، و منتظر سؤال شد.

پسر درحالی‌که هنوز قدری مترددد بود گفت عمو، چرایش این است که من درست نمی‌فهمم چطور شد که شما صاحب یک میلیون دینار شدید؟ شما با نیم‌میلیون به این محل آمدید، پس چگونه شد یک میلیون؟

بلاهت سؤال، برادرانش را که همیشه برادر بزرگشان را کم‌هوش‌ترین عضو قبیله به‌حساب می‌آوردند، به خنده انداخت. اما عمویشان باگذشت‌تر بود و صدای هرهر خندیدن آن‌ها را (که مخصوصاً صدای کوچک‌ترینشان خیلی بلند بود) متوقف ساخت و گفت:

پسر عزیزم آیا چیز خارق‌العاده‌ای در این می‌بینی که بر ثروت انسانی که آن‌قدر خوب به جامعه خدمت کرده است افزوده شود؟

بزرگ‌ترین برادرزاده گفت نه، اصلاً، ابداً، منظورم آن نبود عمو جان. آنچه را من درست به‌روشنی نمی‌فهمم این است که نیم‌میلیون اضافی از کجا آمد؟

خویشاوند او که کمی به هش برخورده بود پاسخ داد ابله جان، از فداکاری‌های خستگی‌ناپذیر من در راه خدمت به خلق آمد، از بینش من در استقرار پلی باشکوه که سالیان سال هیچ‌کس برایش تلاشی نکرده بود آمد، به خواست صریح همشهری‌های گرامی من توسط نمایندگان محترمشان. این در واقع فقط پاداش کوچکی بود به تمام کارهای خوبی که من انجام داده بودم و تمام امتیازات بی حد و حصری که انرژی من برای این شهر خلق کرده بود.

بله عمو جان، اما... پسرک که از شرم سرخ شده بود ادامه داد.

برادرانش یک‌صدا فریاد زدند: به حرف‌های او گوش ندهید. شما هرگز نمی‌توانید به او بفهمانید. پدرمان همیشه گفته او حتی حساب هم بلد نیست و جیغ خنده کوچک‌ترین برادر در پایان اعتراضش شنیده شد.

محمود با خوش‌خلقی گفت خب، خب، ما در این باره مجادله نمی‌کنیم.

در این لحظه نعره گوش‌خراش مؤذن که مؤمنین را به نماز می‌خواند از گلدسته مسجد مجاور بلند شد و به این وضعیت که تا حدودی پرتنش شده بود پایان داد.

فصل پنجم
ملح یا نمک

دفعه بعد که برادرزاده‌ها سر ساعت اعدام‌های درملأعام به ترتیب به حضور محمود رسیدند، اولین کارشان این بود که به صف ایستاده و سلام کردند، سپس برادر بزرگ‌تر را جلو انداختند که او هم خوب که خودش را جمع‌وجور کرد، با لحنی متواضع گفت می‌خواهد از قطع‌کردن صحبت او که دفعه قبل که در حضورش بودند مرتکب شده است از عمویش عذرخواهی کند. گفت: حضرت والا، گناه من نیست اگر در مورد اعداد، کمی کودن زاده شده‌ام. تمام این مطلب را به وجه اکمل برای من توضیح داده‌اند، پدرم، مادرم، برادرانم و میهمانان گوناگونی که دیشب بعد از شام آمدند: چون متأسفانه ما استطاعت آن را نداریم که آن‌ها را برای خوردن شام دعوت کنیم. حالا کاملاً به‌وضوح می‌بینم که کجا و چگونه یک میلیون می‌تواند بدون زادوولد بشود دو، و من فقط امیدوارم که در دنباله داستان ماجراهای شما، دریابیم ثروتی را که «باری‌تعالی» به پاداش تلاش‌های بی‌امانتان در راهِ خدمت به نوع بشر به شما ارزانی داشته، همه ساله معجزه‌وار افزون گردد.

نوجوان پس از گفتن این، بار دیگر با خضوع و خشوع کرنش کرد و در این حال تمام برادران به اشارهِ یکی از «غلامان ملازم» عمویشان چهارزانو کف اتاق نشستند و حالت توجه بسیار مسحور به خود گرفتند.

پیرمرد با مهربانی گفت لزومی نداشت که آن موضوعِ کم‌اهمیت مایه تأسف، دوباره به میان آورده شود، اما حالا که آورده‌ای، واقعاً خوشحالم که می‌بینم مشکل تو با توضیحاتی که داده‌اند برطرف شده است. بدون شک پدرِ نازنینت، برادرِ من، و میهمانانش برایت روشن کرده‌اند که برخلاف تصور، پاداشی که به من داده شد بود خیلی کمتر از آن بود که اخلاقاً مستحقش بودم. زیرا شخصی که نه‌تنها پل زیبایی برای یک شهر می‌سازد بلکه فقط به لحاظ خدمت به خلق آن را باز و رایگان در اختیار عموم می‌گذارد،

واقعاً شایسته پاداش‌های بسی والای دولت است. اما اگر راستش را بگویم، با وجودی که من نسبت به موفقیت در هر کاری که به آن دست می‌زنم بی‌تفاوت نیستم، آن‌قدرها هم به مزایای مادی ازدیاد ثروتم توجه نداشتم تا عمل خیری که انجام داده بودم و آگاهی از این‌که این کار، بر شکوه من در بهشت خواهد افزود، زیرا نوشته‌اند که: سه کار [اعم از نیک و بد] نزد پروردگار به یاد خواهد ماند: ساختن پل، حفر قنات و خراب‌کردن خانه فقرا.

درباره آخرین قسمتِ صحبتِ شما، برادرزاده‌های عزیزم، متأسفم بگویم که دل‌شکسته خواهید شد. زیرا داستانی که امروز مجبورم بگویم (و در این حال صدایش اندوهناک شد)، داستان فاجعه عجیب‌وغریبی است.

دلم می‌خواهد که بدشانسی‌های مرا دقیق به‌خاطر بسپارید، حتی دقیق‌تر از شرح نیک‌بختی‌های پیشین من، یا روایات دیگری که در پی خواهد آمد که نشان خواهد داد که من چگونه موقعیت خود را در این جهان باز یافتم. زیرا در حقِ شما جوانان واقعاً کوتاهی کرده‌ام اگر شما را به این اشتباه بیندازم که انرژی و مخاطره به‌تنهایی زر بر زر افزاید: نه، حتی زیرکانه هم نیست. زیرا اراده باری‌تعالی هم هست.

تاجرِ پیر با شوروشعف پرسید ترفند دست یا چشم چیست بدون او (در این لحظه کوچک‌ترین برادرزاده زیرکانه خمیازه‌اش را فروبرد). آیا انتظار دارید که از سبک‌سری‌های فریبنده یا حتی از حماقت خودتان چیزی به کف آورید؟ به‌هیچ‌وجه چنین نیست!

کتاب‌های مقدس ما نمونه‌های بسیار از نیک‌مردانی را به ما معرفی می‌کنند که «رحمت لایزال» صلاح دیده آن‌ها را به آزمایش بگذارد. رفتار ما در این مصائب است که محک واقعی شخصیتِ ما است و تنها بنیادِ آینده ما و اجر آخرت ماست. باوجودی که تمام خوبی‌هایی را که نصیب من شده است از رحمت الهی می‌دانم، به همان اندازه هم از حکمت غیبی، شفقت الهی و حتی از شکست‌های سخت این زندگی می‌دانم. زیرا از این‌هاست که ما یاد می‌گیریم که در هر کاری عنصر حدس و گمان وجود دارد که ما در محاصره رقابتِ رقیبانی هستیم که هرگز نباید آن‌ها را حقیر و بیچاره شمرد که دوستانمان همیشه در کمین‌اند که از ما جلو بیافتند. اگر چنین درس‌هایی را با فروتنی پذیرفتیم، آن‌گاه در دادوستد با هم‌نوعان خود حتی تیزهوش‌تر از آن می‌شویم که قبل از متحمل ضرر شدن بودیم.

به‌هرحال معطلتان نمی‌کنم و مستقیم می‌روم سر آن حکایت دلخراش. چون‌که حالا باید عموی بیچاره‌تان را در روزهای تار و پریشانی دنبال کنید. وقتی‌که این را گفت چهره اقوام جوانش حکایت از نگرانی شدید داشت، از همه بیشتر در کوچک‌ترین که تأثر شدید چهره‌اش به طرز عجیبی با معصومیت کودکی‌اش هماهنگ بود.

پیرمرد چنین شروع کرد: بنابراین، بایستی بدانید که مهم‌ترین اشتباه من در این مرحله شغلیم این بود که به دنبال راحتی بودم. فکر می‌کردم (این را با شرمساری می‌گویم) که به‌قدر کافی پول درآورده‌ام. به زبان رایج بازار، ثروت یک میلیون دینارم را «کُپه» خودم به‌حساب می‌آوردم. به عبارتی دیگر که در سنین بالاتر خیلی فراوان به آن برخورد می‌کنید من آماده بودم که بازنشسته بشوم.

آه، اشتباهِ مرگبار! آه، ناشکری محض! در این مرحله، هنوز با نیروی آوان جوانی - چون من تازه به سی‌سالگی رسیده بودم، در اوج یک موفقیت ظاهری و خوشبخت در هر آنچه انجام می‌دادم – و درعین‌حال با یک میلیون ناچیز در دست، آن‌قدر ناشکر از خدا که وسوسه شرم‌آور فراغت در سر بپرورم. امیدوارم که نتیجه آن هشداری باشد برای شما و هرکسی که احتمالاً این حکایت را می‌شنود.

سمِ موذیِ قناعت بدون این‌که خودم متوجه باشم در دلم رخنه کرده بود. من (حداقل در آن لحظه) از غلبه بر دیگران – که می‌باید فعالیت اصلی هر انسانی باشد - خسته شده بودم. حالا با زلم‌زیمبوهایی مانند خواندن کتاب، تأمل در کتبِ خطیِ مرغوب، طراحی یک‌خانه برای خودم، طراحی باغ‌ها، صحبت‌های بیهوده با دانشمندان و از همه بدتر علاقه به گذشته‌ها، خودم را سرگرم می‌کردم. ورای این گرایش ابلهانه به کسبِ دانش درباره چیزهای مرده، به قلم سقوط کردم! من واقعاً شروع به نوشتن کردم. اما خاشعانه خدا را شکر می‌کنم که تا حد شعر گفتن سقوط نکردم، گرچه اگر یک گوشمالی سخت مرا به سر عقل نیاورده بود شاید کارم به آنجا هم می‌کشید.

برادرزاده‌های عزیزم، شما شاید بدانید که بعضی اشخاص آن‌قدر بی‌شرم‌اند که وقتی می‌بینند صاحب پول قابل‌ملاحظه‌ای شده‌اند آن را در تجارت به کار نمی‌اندازند یا آن را با بهره به بیوه زنان یا یتیم‌ها، به مدرسین دینِ مقدسمان یا به مناطقی که دچار قحطی شده‌اند قرض نمی‌دهند، در واقع آن

را در کار سودآوری به کار نمی‌اندازند بلکه تسلیم هوسِ ناپسند تن‌آسایی شده از پای آن هرچه نیاز دارند صرف می‌کنند تا به‌کلی تمام شود.

صدایی تیز، شبیه فریادی وحشتناک، سخنانِ شیوای پیرمرد را قطع کرد. فریاد از کوچک‌ترین برادرها برخاسته بود. عمویش گفت کوچولوی من، تو خیلی ناراحت شدی و کاملاً حق با تو است. خوشحالم که می‌بینم فردی به این جوانی، چنین درک عمیقی از مسئولیت‌هایمان در نبرد زندگی دارد. تکرار می‌کنم هستند افرادی چنان سفله که ثروت خود را به کناری می‌گذارند و روزبه‌روز هرچه نیاز دارند از آن خرج می‌کنند تا به یکی از این دو سرانجام گرفتار می‌شوند: بدترینش این است که عمر دراز می‌کنند و آخرین سال‌های فلاکت‌بارشان را در فقر و فاقه به سر می‌برند: بهترینش (و بهترینِ رقت‌انگیزی است) این‌که خیلی کوتاه عمر می‌کنند و در سکرات موت تا ابد در این حسرت‌اند که اگر دقیق‌تر محاسبه کرده بودند شاید درآمدی کمی بیشتر می‌داشتند.

علی‌رغم فاصله سنی و احترامی که برای من به‌عنوان بزرگ فامیل قائلید، اگر به چنین ژرفای خفت و خواری اعتراف می‌کنم برای این است که با شما برادرزاده‌هایم به‌صراحت حرف می‌زنم. من یک‌میلیونی را که به دست آورده بودم کنار نگذاشتم. آن را به طرز پرفایده‌ای به کار انداختم. اما در ذهن خود (حتی پس از این‌همه سال از یادآوری آن از خجالت سرخ می‌شوم) دنبال نوعی درآمد مطمئن دائمی بودم تا از آن به بعد از زحمت و مخاطره ارزان خریدن و گران فروختن و از مسئولیت تعقیب افراد فریب‌کار و نالایق، راحت بشوم. در این حال که در ذهن خود دنبال این می‌گشتم که بهترین راه رسیدن به این فراغت چه هست، وسوسه‌ای بر من غالب شد. زیرا مسافری که تازگی به شهر پل آمده بود به تجار آنجا اطلاع داد که سلطان جزیره‌ای به اسم ازمیر، در فاصله یک‌روزه با کشتی از ساحل (سرزمینی که در سراسر آسیا به اخلاص به پیامبر، قدمتِ آداب‌ورسوم و استواری نهادهایشان مشهورند) احتیاج به وام دارد.

از او پرسیدم برای چه منظوری؟ پاسخ داد نمی‌دانم ولی فکر می‌کنم برای باز پرداخت وامی باشد که سال‌ها پیش گرفته بود تا وام پدرش را بپردازد که او هم چند سال قبل از آن گرفته بود زیرا مجبور شده بود یک وام قبلی را بازپرداخت کند.

من نگرانیِ وسواس مانند این فرمانروا را تحسین کردم و نسبت به پروژه‌ای که داشت در ذهنم شکل می‌گرفت بیشتر اطمینان حاصل کردم. همان شب با شهر پل وداع گفتم که بدون غم و غصه نبود. غلامان و خانه‌ام را با مقداری ضرر فروختم (چنین بود شیفتگی من) و قبل از روشن‌شدن هوا سوار بر اسبی خوب به راه افتادم، یک میلیون دینار خود را همراه داشتم که آن‌ها را به‌صورت یک‌صد هزار سکه طلا درآورده بودم که بدین صورت می‌شد آن‌ها را به‌راحتی بار چند اسب بارکش که با سوارانشان در پی من روان بودند حمل کرد.

سفر دریا به‌راحتی گذشت. هنگام برآمدن خورشید، در جهت جنوب، کوه‌های زیبایی دیدم که به‌زودی در دامنه آن‌ها در ساحل، دیوارها، اسکله‌ها و مناره‌های شهر زیبایی پدیدار گشت که حاشیه آن به ساحل دریا می‌کشید؛ بنابراین با آغازی خوش‌یمن پا به خشکی نهادم. هنگام عبور از وسط شهر همه چیز به من لبخند می‌زد. ثروت خانه‌های مجلل، رونق دادوستد خیابان‌ها، تراکم بندر با کشتی‌ها از همه نقاط عالم، صدای زبان‌های بیگانه (نه‌تنها از همه جهان اسلام، بلکه نصرانی‌ها، کافرها و بازرگانان اهل چین) نظم عالی در همه‌جا. تمام این‌ها نوید امنیتی را می‌داد که من در آرزویش بودم.

بهترین جامه‌ام را که به طرز زیبایی حاشیه‌دوزی شده بود، با تمام جواهراتم، به تن کردم و خودم را به رئیس بندر معرفی کردم که به‌منظور کار رسمی دولتی آمده‌ام و با طمطراق فراوان طوماری به دستش دادم و خواهش کردم که آن را به دست مسئولین خزانه‌داری برساند. رئیس بندر با احترامی که درخور ثروت من بود با من رفتار کرد. ساعتی در حیاط منزل او، با ترنم دلپذیر فواره و در انتظار تصمیم مقامات مسئول استراحت کردم. تا این‌که دوازده سوار با آرم سلطنتی که باشکوه و جلال بر اسب نشسته بودند در جلو ایوان میزبان من صف کشیدند. فرمانده‌شان از اسب فرود آمد و با سلامی خیلی آهسته از من خواهش کرد که سوار شده و برویم؛ و گفت باعث افتخار اوست که مهار اسب مرا به دست گیرد.

برنامه من این بود که موقعیت خود را حفظ کنم بنابراین مرا باعزت و احترام زیاد از میان خیابان‌های شلوغ پیش بردند تا به طاق وسیعی رسیدیم که تمام آن با نوشته‌های مقدس آراسته شده بود. از این که گذشتیم وارد حیاطی شدم به‌قدری باشکوه که تصور نمی‌کردم آدمی در این جهان قادر به ساختنش باشد. در واقع مردم داستان‌هایی ساخته بودند که کار آدمی نبوده

بلکه جرزهای ظریف، ستون‌های مرمر و طاق‌های دل‌فریبش که هرچه بیشتر به عرش می‌روند روشن‌تر و روشن‌تر می‌شوند، در یک آن به دستور ارواح در زمان سلیمان، برافراشته شده‌اند که فرمانروایان این جزیره فرخنده ادعا می‌کنند از تبار او هستند.

ورود من را با سروصدای شیپورها خوش آمد گفتند مثل این‌که من نوعی سفیر بوده باشم، چنین بود تأثیر جامه و جواهرات من و نامه‌ای که به آن‌ها داده بودم و خدمتکاران قصر بدون معطلی مرا به حضور «شورا» هدایت کردند. صبح به پایان رسیده بود و گرما روبه ازدیاد، ولی تالاری که مرا بدان هدایت کردند (که با گران‌قیمت‌ترین کاشی‌ها و پرده‌های هند شرقی تزیین شده بود) خیلی خنک بود؛ و بازهم صدای مطبوع پاشیدن آب از فواره عطرآگینی که هوا را تروتازه می‌کرد.

دوازده مشاور سلطان به حال ادب، جلو تخت ایستاده بودند و خود سلطان بر تختی مرمرین تکیه زده بود که با استادکاری بی‌نظیری ساخته شده بود و گذشت زمان شکوهمندترش کرده بود. مردی جوان با سیمایی رؤیایی و حزین اما دوست‌داشتنی که وقتی نزدیک شدم سرش را خیلی کم پایین آورد، بامتانت لبخند زد و به من خوشامد گفت. این‌چنین بود سلطان. من هم به نوبه خود، با تعظیمی غرا خودم را در پیشگاه او به خاک افکندم تا این‌که به من امر کرد که برخیزم.

طولی نکشید که کار ما پایان یافت. وزیر اعظم رفت بالا و دست راست تخت ایستاد و از من سؤالاتی پرسید ـ که آیا گنجینه‌ام را به همراه دارم یا نه؟ آیا می‌توانم آن را در فلان تاریخ فراهم کنم یا نه؟ و ازاین‌قبیل. من با اشاره به همراهانم و محموله‌هایشان خیالش را راحت کردم که همان جا جلو چشم هیئت دولت باز شدند و درهمان نشست ترتیب همه چیز داده شد. زیرا متوجه شدند شرایط پیشنهادی من به‌قدر کافی مناسب است. برادرزاده‌های عزیزم، من قبلاً به شما گفته‌ام و باز هم با شرمندگی اعتراف می‌کنم که در آن موقع راحت‌طلبی ذهن مرا اشغال کرده بود درحالی‌که می‌بایستی مشغول منافع بیشتر می‌بود. من نرخ خیلی منصفانه‌ای تقاضا کردم که سالانه بیش از پنج درصد نمی‌شد. به هیئت دولت و اعلیحضرت گفتم که برای یک میلیون دینار که حی‌وحاضر می‌شود شمرد من می‌بایستی هرساله پنجاه‌هزار دینار درآمد تقاضا کنم که در تاریخ‌هایی که صلاح می‌دانند پرداخته شود.

همه خیلی جدی به تأیید، سر جنباندند. سلطان با مهربانی، روحیه خدمت به خلق مرا تحسین کرد زیرا (چنانکه او با بزرگواری گفت) اکنون من را یکی از رعایا بهحساب میآورد. او به اطراف در میان مشاورانش نگاه کرد مثل اینکه منتظر بود پیشنهادی بکنند که در این هنگام یکی از آنها به اسم طَرَب (که من چهره خوب و باذکاوتش را تشخیص داده بودم و نسبت به او احساس کشش میکردم) با لحنی محکم گفت «مالیاتِ نمک» و همه از جمله سلطان در تأیید آن زمزمه کردند.

در این موقع بود که فهمیدم تمام اهالی این سرزمین ثروتمند و خوشبخت، طی نسلهای متوالی، مالیات ثابتی بابت نمک به دولت پرداختهاند که سالیانه به طور متوسط معادل همان مبلغی میشد که من تقاضا کرده بودم که به طور منظم دریافت میشد زیرا تمام نمک موردنیاز این کشور را از راه دریا میآوردند و عوارض آن در بنادر ورودی اخذ میشد. منشوری به زبان ساده توسط شورا به تصویب رسید. طبق در خواست خودم موافقت شد که اسم من برای اطلاع عموم منتشر نشود مبادا بدنامی دریافت خراج به کسی نسبت داده شود که بهتازگی به میان آنها آمده است. اما سلطان درحالیکه امضا میکرد به من اطمینان خاطر داد که من سزاوار قدرشناسی هستم نه بدنامی، و او به سهم خودش هرگز جز این اعتقاد نخواهد داشت که انگیزه من در ارائه پیشنهادی آنقدر سخاوتمندانه بهخاطر تعلق خاطر مخصوصی است که به او و مردمش دارم.

اتاقهایی در داخل قصر تا هر مدتی که من فرصت داشته باشم خانهای در شهر انتخاب کنم در اختیار من گذاشتند و به واسطه اهمیت ارتباط من با حکومت من را هم جزء شورا سوگند دادند.

وقتیکه منشور را در تنهایی و خلوت اتاقم تا به آخر خواندم با خوشحالی متوجه عبارتپردازی کوتاه و ساده این مردمی که تجاری بینظیر هستند شدم:

"به محمود، وکلا یا ورثهاش، همیشه، تا دولت را بقا باشد و مالیات نمک جمعآوری شود" بدین نمط بود آنچه که در بین قدرتمندان " بندِ عملیاتی: کلمات قدرت" نامیده میشود. آن را در یکلحظه بهخاطر سپردم. تاب این را نداشتم که به دلیل مسرتی که به من میداد آن را بیش از یکبار با دست خودم بنویسم.

۶۳

بنابراین، اینجا بود که تمام آرزوهایم برآورده شدند. اینجا بود بهترین شرکت، موقرترین موقعیت، فریبنده‌ترین آب‌وهوا، مجاورت ثروت، تجمل و راحتی، فرهنگ هزارساله و آنچه را که دین ما در هنر و تفریح مجاز می‌دارد. کتاب‌های متعلق به تمام زبان‌ها و اقلیم‌ها. فروشگاه‌های کالا از هرجایی زیر آسمان خدا، از هر ملت و هر دورانی. اینجا به‌واقع می‌شود زندگی خودم را بکنم بدون ماجراجویی یا چک‌وچانه زدن‌های بیشتر. آنچه بیش از هر چیز مایه خشنودی من می‌شد این بود که فکر می‌کردم قادر خواهم بود از برخی تضییقات کوچکی که بعضی‌اوقات در کشمکش‌های خشن دنیای واقعی امکان داشت بر شرافت – گرچه خوشحالم بگویم نه بر وجدان - خود وارد آورم، رهایی یابم. هیچ‌کس در اینجا از گذشته محقر من یا از خیلی جزئیات توانایی‌هایی که به‌وسیله آن‌ها آن‌قدر به‌سرعت خودم را به مال‌ومنال رسانده بودم اطلاع نداشت.

اکنون من یکی از اشراف بزرگ بودم و منشأ ثروت من خیلی زود در غبار زمان محو خواهد شد و مردم به‌سهولت باور خواهند کرد که پدران من سیصد سال پیش، شمشیر به دست، زمانی که بیرق پیامبر، اولین‌بار بر فراز آن تپه‌ها ظاهر شد آن را به دست آوردند.

شما را باحال خوش آن ایام یا بیش از ذکر مسرت فوق‌العاده‌ای که می‌بردم، معطل نمی‌کنم. طومارهای هر سرزمینی را در کتابخانه خود جمع‌آوری کرده بودم. گران‌ترین چیزها را به گرد خود و نادرترین جواهرات را بر خود و بر خدمتکارانم داشتم. خوشی عمده من این بود که جمعی کوچک ولی متنوع از دوستان صمیمی را گرد میز خود جمع می‌کردم که مهم‌ترینشان همان جوان بی‌آلایش باهوش شورا بود که در بدو ورودم توجه مرا به خود جلب کرده بود. چنان که برایتان گفته‌ام اسمش خیلی ساده، «طرب» بود، و فهمیدم که پدرش کاره‌ای نبوده جز یک تاجر مورداحترام دل‌وروده که هنگام مرگ درآمد کافی برای فرزندش به‌جای گذاشته بود و فرزندش آن‌قدر در فرصت‌های خدمات دولتی بر آن افزوده بود که حالا به یکی از بالاترین مدارج دولتی رسیده بود. وظیفه خاص او در شورا این بود که در هرگونه جنبش همگانی در هر جهت، نماینده سلطان باشد و جزئیات آن را برای سلطان بازگو کند زیرا تمام اقشار شهری با او آشنا بودند. او رابط بین سلطان و مردم بود. از بعضی جهات به او مثل یک «تریبون» نگاه می‌کردند. یا چنان‌که لقبش حکایت می‌کرد «دوبلر»، اصطلاحی که قرن‌ها معمول بود که تا حدودی از مسئولیت دوگانه‌اش نشئت

می‌گرفت و حدودی هم از اتخاذ رویکردی که به‌حکم اخلاق و آداب‌ورسوم می‌بایستی در برابر سلطان و رعایا یکسان باشد. بعضی هم آن را به حقوق و مزایای مقامش نسبت می‌دادند.

از طریق او بود که یاد گرفتم این مردم مهربان، پرکار و فرمان‌بردار را بشناسم. هنگام قدم‌زدن‌هایم با او و حضور منظم در سخنرانی‌هایی که برای مردم می‌کرد به‌تدریج با آن ویژگی مردم «ایزمت» از نزدیک آشنا شدم که باعث شهرتشان در سراسر گیتی شده بود. افتخارشان به این بود که هرگز با تغییرات خشونت‌آمیز دولت را متزلزل نکرده‌اند بلکه با اصلاحات تدریجی و دقیقاً حساب شده، خودشان را نسل‌اندرنسل با جنبش‌های جهانی انطباق داده‌اند. ملیت‌هایی را که سنت‌های کم اقتدار تری بر آن‌ها حاکم بود به چشم حقارت نگاه می‌کردند؛ بنابراین برای شخص خیلی ثروتمندی مثل من فکر همیشه دلپذیر – شاید بگویم اساس خوشبختی من – این بود که صلح و ثبات اطراف خود را در نظر بگیرم. آن بخشی از مردم (تقریباً نیمی) که در مرز گرسنگی بودند، مردانه به آنچه که داشتند قناعت می‌کردند یا اگر کم‌ترین نشانه‌ای هم از شکوه و شکایت از خود بروز می‌دادند، با خاطرنشان‌کردن برتری‌شان بر خارجی‌های مفلوک سرزمین اصلی، فوراً آن‌ها را تسکین می‌دادند؛ درحالی‌که افرادی مانند من که صاحب درآمدهای کلان بودند و در کاخ‌های بزرگ زندگی می‌کردند بیش از آن جان‌سپار دولت بودند که حتی خواب غرولندکردن را ببینند. برعکس، مرتباً جان‌فشانی خود در راه دولت و سلطان را اعلام می‌کردند و برای اثبات آن روزانه به‌اندازه سه ساعت یا اگر نیاز کسب‌وکار حکم می‌کرد، برای خیر عموم حتی چهار ساعت کار مجانی انجام می‌دادند.

لذا یکی برای حفظ نژاد اسب‌های اصیل، خود را وقف مسابقات اسب‌دوانی می‌کرد؛ دیگری با خرید مکرر تزیینات، از حرفه زرگری حمایت می‌کرد؛ دیگری در مقام قاضی محل، فقیرترین مردم منطقه‌اش را به دوره‌های مختلف زندان محکوم می‌کرد؛ دیگری، گرچه هیچ اجباری هم بدین کار نداشت، کتاب می‌نوشت – احتمالاً در توصیف سلیقه‌اش در غذا، یا خاطراتش از مردان و زنان نوع متمول که در طول زندگی پرثمرش ملاقات کرده بود. گذشته از همه، دیگری هم بود که با ادامه فعالیت‌های تجاری که این مردم اشتیاق مفرطی به آن داشتند در خدمت به‌سلامت دولت مشارکت می‌کرد. تقریباً هیچ‌کس از این طبقه متمولی که من حالا با آن‌ها آمدوشد می‌کردم نبود که کار موردعلاقه‌اش را به حد اعلی به انجام نرسانده

باشد. قناعت فقرا، خدمت به خلق ثروتمندان، همه آن اجتماع را بسان نوعی بهشت، به هم جوش داده بود. ولی شریف‌ترین و ارزنده‌ترین فرد در بین این مردم همین «طرب تریبون» جوان بود.

هم او بود که دائماً بدون وقفه در مقابل گردهمایی‌های خیلی بزرگ سخنرانی می‌کرد و از این طریق ذوق به گفتمان‌های همگانی را پرورش می‌داد. هم او بود که هرگاه نارضایتی بروز می‌کرد، راه‌حل‌های عملی را موردبحث قرار می‌داد و او بود که تمام جزئیات موجود در گزارشات جالب درباره شرایط گرسنگی را محاسبه کرده بود. رفتارش در نظر هزاران تن که برایشان سخنرانی می‌کرد هرگز از اعتبار ساقط نشد. فصاحت کلامش هشیارکننده بود، سخنانش همراه با تعریف و تحسین «ایزمت»، نقل‌قول‌هایی از کتب مقدس و همچنین لطیفه‌های مشهور — چیزهایی که این مردم واقع‌گرا صددرصد به فرضیه‌های توخالی «سرزمین اصلی» ترجیح می‌دادند؛ بنابراین همه چیز به‌خوبی پیش می‌رفت و من هم افسوس، بی‌خبر از آینده، در همان مسیر دولت مردانه‌ای می‌رفتم که دوستم مرا می‌برد بدون این‌که بدانم به کجا می‌برد.

من در گردهمایی‌های عمومی هم که اغلب صورت می‌گرفت، معمولاً سخنرانی نمی‌کردم (این‌ها در واقع سرگرمی‌های شریف این مردم وطن‌پرست بودند) مبادا که لهجه خارجی من به‌قدر و منزلت من لطمه‌ای بزند. چون من هنوز تسلط کامل به آن زبان نداشتم، هرچند که حالا دو سال بود که شهروند و رعیت سلطانی شده بودم که همه ما آن‌قدر سرسپرده‌اش بودیم. ولی کنار دست دوستم طرب و اشخاص دیگری می‌نشستم که در اماکن سرگشاده شهر و گاهی هم در مساجد برای مردم نطق‌های آتشین می‌کردند. در این‌گونه مواقع با لبخندها و کف‌زدن‌هایم حمایت خودم را از آنچه که برای بهبودی وضع فقرا یا ثروتمندان، برحسب موقعیت، می‌گفتند نشان می‌دادم. همیشه از لطیفه‌هایی که مانند امری واجب مرسوم بود بگویند، گاهی اوقات حتی قبل از آنکه گفته شود، می‌خندیدم. بدین ترتیب بود که به‌تدریج با بیشتر مردم پایتخت و بسیاری از شهرستان‌ها آشنا شدم و امیدوار بودم که حسن‌ظن عموم را به خود جلب کنم.

هنگامی‌که «ابن رَشن» خطابه آتشین بی‌نظیرش را برای جمعیتی عظیم ایراد کرد من حضور داشتم که رسم اجانب مبتنی بر ازدواج با زن پنجم را تقبیح و اعلام‌خطر می‌کرد که نشانه‌هایی می‌بیند که این عمل شنیع در سرزمین محبوبش شایع بشود. همچنین هنگامی‌که همان مرد بزرگ و

فصیح، دومین خطابه آتشین بی‌نظیرش را ایراد کرد من حضور داشتم که بر لزوم زن پنجم پافشاری می‌کرد و آن رفرم را تا حد تصویب به‌عنوان یک قانون پیش برد. درحالی‌که همراه دیگران روی سکوی بلندی که خطیب را احاطه می‌کرد نشسته بودم برای وزیر اعظم هنگام اظهاریه قاطعش بر نفی تراشیدن صورت کف زدم، چیزی که به گفته او در نزد هر مؤمن واقعی نفرت‌انگیز است و به نوسان مباحثه بر له یا علیه آن سنت گوش فرادادم که خوشحالم بگویم که بعداً به اشد حدت قانون منکوب شد. ولی خوش‌ترین خاطرات من هنوز هم از آن روزهای بسیاری است که دوست صمیمی من «طرب تریبون» - که هیچگاه نمی‌شد او را به خرده پردازی متهم کرد – با شور و هیجان، مکنونات قلبی‌اش از فقر عوام را بیرون ریخت و آنان را تا مایه افتخار و جلال ملت بودن ستود که هیچ کاری برای تغییر آن نمی‌کنند: که به‌خاطر این اصول تا حد جنون برایش کف زدند. این روحیه مختص این سرزمین فرخنده بود و هیچ‌کس آن را عاقلانه‌تر یا یاد ماندنی‌تر از او بیان نمی‌کرد که حالا دوست گرمابه و گلستان من بود.

اما زمانی رسید – که من حدود سه سالی در «ازمت» بودم – که به‌روشنی لازم بود که طرحی نو براندازیم.

در این زمانی که می‌گویم به علت کمبود و گرانی برنج، غذای اصلی طبقات فقیرتر یا حداقل بگوییم غذای اصلی طبقات فقیرتر هروقت که قادر به دستیابی به آن بودند، اغتشاشات مختصری در شهر راه افتاده بود زیرا یک سنت عمیقاً ریشه‌دار در این قوم محافظه‌کار این بود که هروقت طبقات فقیرتر قادر به دستیابی به برنج نباشند، آن‌ها هم باید از آن صرف‌نظر بکنند. در این مقطع، مشکل به طبقه متوسط رسیده بود و این‌ها هم به توده مردم پیوستند. ناآرامی همگانی شد. شکایت از کمبود و سختی همه‌گیر شده بود از افشاری که گرسنگی هلاک می‌شدند تا تجار و خود اشراف. حتی آنان که ثروت متوسطی داشتند دیگر از عهده خدمات بیش از دوازده دختر رقاصه برنمی‌آمدند.

تمام جزیره در آشوب بود و پایتخت به‌قدری به‌هم‌ریخته بود که آدم بعضی‌اوقات فکر می‌کرد که در میان قبایل واپس‌مانده «سرزمین اصلی» به سر می‌برد. دسته‌هایی در خیابان به راه افتاده بودند، بعضی‌اوقات واقعاً همراه با آلات موسیقی از نوع پر سروصدا و ناراحت‌کننده. بیرق‌ها حمل شده بود و یک‌بار هم به علت مسدودشدن راه توسط توده مردمی که به استماع سخنان خطیب خیلی محبوبی می‌رفتند زباله شخصیت مهمی چون

حضرت «میرغضب» به مدت نیم ساعت معطل‌مانده بود. «شورا» به این چیزها توجه کرده بود و دوست من «طرب تریبون» «لرد دوبلر» طبیعتاً مأمور شده بود که به روش‌های غیرقابل‌تقلید مخصوص به خودش اوضاع را حل‌وفصل کند.

او پای پیاده راه افتاد که به گردهمایی عظیمی که در «مسجد نصرالدین» (بنیان‌گذار سلسله) برگزار شده بود برود. ما هم به همین منوال با فروتنی با او رفتیم تا در چشم خلق خوش‌تر آید. همراه ده دوازده نفر دیگر از افراد هم شأن خودم روی یک قالی درست پایین پای خطیب نشسته و محو در سخنان پر شور او گوش می‌دادم. هیچگاه نشنیده بودم به این الهام‌بخشی سخن گفته باشد، با صوت بلند که کلمات تندوتند پشت‌سرهم قطار می‌شدند. غالباً بی‌معنی بود ولی هرگز فضل‌فروشانه نبود و در طول سخنرانی قسمت‌هایی را به دقت جا انداخته بود که کاهل‌ترین هوش می‌توانست به‌روشنی بفهمد و دقیقاً با خواسته‌های قلبی شنوندگانش هم مطابقت می‌کرد. فریاد زد چرا باید گرسنگی بکشید، درحالی‌که در همه اطرافتان ثروت است؟ که ثروتمندان اولین نفری هستند که از آن بگذرند. زمزمه تحسین از دهان خزانه‌دار و وزیر اعظم به بیرون جهید درحالی‌که خودم – بدون خجالت می‌گویم – که از فرط شور و شوق به طرف‌داری با صدای بلند فریاد برآوردم. او گفت چرا شما باید از جیره ناچیز و فقیرانه برنج خود محروم باشید درحالی‌که متمولین پرفیس‌وافاده – و اطراف به بالکن‌های تماشاچیان چشم انداخت مثل این‌که می‌خواست آن‌ها را در آنجا پیدا کند – با نرم و نازک‌ترین بره‌های پرشده با پسته، شکم از عزا در می‌آورند؟ و کی از آن‌ها ایراد می‌گیرد؟ و دوباره موجی از کف‌زدن برخاست که منهم از صمیم قلب‌تر از همیشه در آن شرکت کردم چون‌که سخنانش مرا به یاد خوراک لذیذی انداخت که همان یک ساعت قبل و به حد زیاد خورده بودم. او با صدایی بلندتر فریاد زد چرا، چرا اجازه می‌دهید که فشار مالیات تحمل‌ناپذیری به شما تحمیل شود؟ که طبقات مرفه‌ترمان نیز تا حد نا متعادلانه تری تحمل می‌کنند.

با بیان این عبارت، وجد و سرور خزانه‌دار کل، دیگر حد و حصری نمی‌شناخت و او پیشتاز سیل فریادهای شادی شد که ازهرجهت سزاوارش بود. تا کی باید در انتظار آن اصلاحاتی بمانیم که پدرانمان – مخصوصاً در بین اشراف – به دنبال آن بودند و تقریباً هم به آن نائل شدند؟ او با مکثی نمایشی، لمحه‌ای در اطراف به آن‌ها نگریست و سپس با لحنی جدی گفت

مالیاتی بر ثروتمندان بی‌ارزش، و علی‌الخصوص (باز هم با صدایی بلندتر) بر ثروتمندان بیگانه، و باز هم دقیق‌تر بگویم (حالا صدایش بسان طنینِ کوبیدن بر طبل شده بود) بر ثروتمندان بیگانه‌ای که عاطل‌وباطل به کناری می‌ایستند و از قبل در آمد دولت خود را پروار می‌کنند، این را من می‌گویم... ولی جنون سرسام‌آوری که از این نیت خیرخواهانه برانگیخته شد بقیه صحبتش را برید و صدایش را برای مدتی که بشود دعایی برای خلیفه خواند در خود غرق کرد.

هر قدر هم که من با این‌گونه سخنوری و ابراز عقیده درملأعام که بین این مردم خجسته عمومیت دارد، عادت کرده بودم، تا آنجایی که فکر می‌کردم که با سرشت حال‌وهوای نژادی‌شان عجین شده است، مع‌هذا طبیعتاً انتظار داشتم وقتی‌که آرام‌شدن کفزدن‌ها اجازه بدهد صدایش به گوش برسد، دومین بخش که جزء همیشگی سخنرانی‌هایش را تشکیل می‌داد بشنویم که عبارت بود از توسل به سرشت سنتگرای نژادمان، به شکیبایی نجیبانه آن‌ها و به ثبات قدم خلل‌ناپذیرشان در این‌که به هیچ کاری دست نمی‌زنند؛ خصلت‌هایی که آنان را مایه حسد همسایگان کم‌استعدادترشان کرده بود.

به تلخی از اشتباه بیرون آورده شدم!

چون بلافاصله چه گفت؟ نمی‌توانستم باور کنم چه می‌شنوم. او با صدایی جدی و حزن‌انگیز که با طمأنینه، هجاها را جدا از هم تلفظ می‌کرد گفت چرا، چرا از یک چنین بی‌عدالتی مثل «مالیاتِ بر نمک» این‌چنین از پا فتاده مانده‌اید؟

قلبم از حرکت ایستاد. دل به دریا زدم که بااحتیاط، آن پایم را که به او نزدیک‌تر بود به پایش بزنم. او در پاسخ، محکم به انگشت پای من کوبید که من آن را نشانه یک رفاقت پنهانی تعبیرکردنم. ولی به طور وحشتناکی نگران شدم که دیدم اعیان محل هم که همان دوروبر، روی سکویی که من نشسته بودم چمباتمه‌زده بودند، وقتی این ابراز عقیده هولناک را شنیدند سر هایشان را به‌اتفاق هم جنباندند و با زمزمه‌های موافق، سکوت ترسناکی را که در پی امد شکستند.

آن سکوت خیلی دوام نیاورد. اما این بار با اراده‌ای استوارتر و امید بیشتر، از آن جمعیت عظیم، همان غوغای کفزدن‌ها طنین افکند. همه به پا خاستند. یکی شروع کرد به آوازخواندن، سپس همه با هم نوحه مشهورشان را خواندند که با کلمات و حالی شورانگیز می‌پرسد آیا حسین کشته خواهد

۶۹

شد، و با نهایت غیظ و غضب تأکید می‌کند که اگر مصیبتی چنین اسفناک رخ بدهد، حداقل بیست هزار تن از اهل اقلیم «بَرالسول» در شبه‌جزیره، شرح کامل این واقعه را مطالبه خواهند کرد. شاید این کلمات به ذهن یک بیگانه، مربوط و مناسب نیاید، اما در آن جَو پر طمطراق و قویاً ملی «ازمت» منظور آن به‌خوبی روشن بود و تقریباً با هرگونه وضعیت پرشوروشوق مردمی جور درمی‌آمد و در این لحظه بدون تردید معنی‌اش این بود که "مالیات نمک به جهنم".

در این موقع تا مغز استخوان منجمد شده بودم، بهتم زده بود. نمی‌توانستم در دوستی بین طرب و خودم شکی داشته باشم. چه خدمت‌هایی که در حق او کرده بودم. حتی در همین حال هم که به او نگاه می‌کردم، می‌دیدم خیلی مهربان است و چقدر آشنا! نمی‌توانستم در صداقت صحبت آشنا شک کنم، نمی‌توانستم به میزبانان و همکارانم یعنی اعضای شورا که سه سال آزگار همراه من در دیوان به دور اعلیحضرت نشسته بودند و با من به‌عنوان یکی از وزرای عمده کارکرده بودند، شک کنم.

کلماتی که در پی آمد، کمی، اما فقط کمی، به من اطمینان خاطر دادند. بیشتر به سبکی بود که من خیلی خوب با آن آشنا بودم که در گذشته شکوه ملی در انجام‌ندادن هیچ کاری را با مهارتی خاص بیان می‌کردند. «لرد دوبلر» قیافه ترحم‌انگیزی به خود گرفت و دهانش را که حالا می‌شد به نعل اسب تشبیه کرد باز کرد. گفت دوستان من، اجازه ندهید که من شما را به سمت خشمی خشونت‌آمیز تحریک کنم. ما می‌توانیم کف به دهان آوردن و خیره‌سری‌های انتقام‌جویانه را به مردم فلک‌زده سرزمین اصلی واگذار کنیم. ما در «ازمت» به شکر خدا هرگز وقار خود را صِرفاً برای جنگ‌وجدل از دست نمی‌دهیم. بیایید خودمان را به مجاری قانون اساسی محدود کنیم که فقط از این طریق کار معقولی می‌تواند صورت بگیرد. کف‌زدن‌ها نیز این بیانات را همراهی کرد، در واقع خفیف‌تر از آنچه در ابتدا شنیده بودیم اما صمیمانه. به تمام اعضای شورا، از جمله خود من لبخند زد و گفت: دوستان من که در اطراف من نشسته‌اند از جمله خود من این را به دقت خواهیم سنجید، همان‌گونه که همیشه برای مصلحت عموم می‌سنجیم و شما خواهید دید که پیشنهادات ما که بدین ترتیب به عرض اعلیحضرت می‌رسد و «اعلامیه» متعاقب آن مقدمه چیزهای بهتری خواهد بود. ما نمی‌توانیم بگوییم که تمام این بلا فوراً التیام خواهد یافت. ما مردمی واقع‌بین هستیم که فکر می‌کنم قبلاً هم گفته‌ام. شما درواقع برای التیام به‌سوی

من فریاد برآورده‌اید، ولی ما، دوباره می‌گویم، مردمی واقع‌بین هستیم. ما به دنبال غیرممکن یا از هم گسستن چارچوب کهن دولتمان نیستیم. گام‌به‌گام شعار ما است. کارها یکی‌یکی. وسعت پیشرفت رعایای اعلیحضرت در آزادی و سعادت، در گذشته به میزان غیرمحسوسی از یک اقدام تا اقدام بعدی افزوده شده است. چنان‌که شاعر بزرگ ما چقدر عالی گفته است: "و باز هم نه یک‌بار یا دو بار، بلکه در توالی تکاپوهای جزیره‌مان که هرگز هم هموار نبوده، معلوم شد که انجام وظایف روزانه‌مان تنها راهِ رستگاری است". این ابیات (که در اصل جزء شعرِ لطیفی است) خاتمه مناسبی بود برای یکی از آن سخنرانی‌های عالی که گاه‌به‌گاه سرنوشت «ازمت» را رقم می‌زدند.

همه ما به پا خاستیم، حضار و اعضاء شورا و خود خطیب، همه با هم به خواندن آن سوره قرآن که شرح دیدار محمد از ماه است مشغول شدیم. (یک آیین مذهبی که نزد این مردم گرامی است) [۱۰]

سپس دعایی خواندیم که خداوند اعلیحضرت را در پناه خود حفظ کند و تمام دشمنان فرضی آن سلطان را در نهایت پریشانی گرفتار آرد. بعد در خنکای غروب، هزاران نفر به صف از مسجد خارج شدیم. آن گردهمایی بزرگ، تاریخی و مهلک چهارساعته طول کشیده بود!

شورا فوراً فراخوانده شد و اولین کارشان پس از تعظیم به سلطان که بر تخت نشسته بود، این بود که تک‌تک به من اطمینان خاطر بدهند که حتی برای یک‌لحظه هم قصد حمله به من نداشته‌اند. وزیر اعظم درحالی‌که دستش را خیلی خودمانی روی دست من که بی‌حرکت روی زانویم بود گذاشت گفت: آنچه را، محمود عزیزم، آنچه را که ما بایستی مدنظر داشته باشیم قاعده کلی این مطلب است ولاغیر. دست دیگرم را فشار داد. محمود، ما برای خودت همان‌طور که می‌دانی، احترامی قائلیم که بی‌حدوحصر است ولی ما باید با زمانه حرکت کنیم. شرایط، دیگر مثل گذشته نیست. تکامل بهتر از انقلاب است. اگر ما خودمان را اصلاح نکنیم، اوضاع ما را اصلاح خواهد کرد. اصلاحش کنید یا پایانش دهید. سلطان، [منظور خلیفه]، عمر در سی و هفتمین سال هجرت پیامبر چه گفت؟

---

[۱۰] ظاهرا منظور نویسنده از دیدار، معراج پیامبر است

این حرف‌های تکراری با حالی ماتم‌زده به گوشم می‌خورد. هیچ سعی نکردم که پاسخ بدهم. اعلیحضرت خوشحال بود که چند کلمه محبت‌آمیز بگوید. طرب تریبون که آشکارا از وضعیت من و از خاطره رفاقت سابقمان احساس شرمندگی می‌کرد، خیلی مُصِرانه اعتراض می‌کرد که تمام هدف او آن بوده است که جلو مطالبات خطرناک رو به گسترش را بگیرد – نه، او آن‌قدر پیش رفت که بگوید مطالبات مهلک؛ نه، از آن‌هم بیشتر، مطالباتی تهدیدآمیز، بله مطالباتی تهدیدکننده. اگر مطالبات را به‌طوری‌که او سد کرد، نکرده بود، عواقب وخیمی در راهورسم مطالبات به بار می‌آورد. لرد اعظم که وظیفه خاصش در شورا شکوه‌مندی بود و او را با لقب «شکوه‌السلطنه» می‌شناختند دهانش را در میان ریش عظیمش باز کرد که بگوید او کاملاً با این اظهارات موافقت می‌کند.

تا آنجا که به من مربوط می‌شد، هیچ نگفتم چون فایده‌ای نداشت ولی سوگوار نشستم، منتظر تصمیم آنانی که می‌توانستند هرچه می‌خواهند با من و اموال من بکنند. بحثشان را شنیدم، از من خواستند که نظر نهایی آن‌ها را امضا کنم که با دستی مردد و با بی‌میلی کردم و درحالی‌که اسمم را در جای خودش نوشتم و مهرم را پای آن زدم نگاهم به جمله‌بندی «اعلامیه» افتاد که قدری راحت شدم چون فهمیدم که مالیات نمک لغو نشده بلکه فقط نصف شده و مقرر شده است که ضرر حاصله از این بابت، با مالیات یک دینار بر درآمد یک‌صد دینار جبران بشود.

بعدازاین جلسه وحشتناک (که تاریخ آن تا وقت مردن درجان من نقش می‌بندد! سالگرد روزی بود که پدربزرگ من، جد شما پسران عزیز، به دار آویخته شده بود). من تنها در حیاط منزلم بالا و پایین قدم می‌زدم. زمزمه دلنشین فواره‌هایم دیگر برایم آرام‌بخش نبود. حال و حوصله‌اش را نداشتم که یکی از تومار‌های مشهورم را بازدید کنم، یا حتی با زیبارویان متعدد «چَرگسی» که با هزینه زیاد در ماه‌های اخیر وارد کرده بودم مغازله کنم. سینه و ابروانم درهم، و از زندگی بیزار بودم.

اما پس از چندین ساعت تأملات غمگسار از این نوع، افکار امیدوارکننده‌ای به ذهنم رسید. به خودم گفتم بالاخره در زندگی زیرورو پیش می‌آید. خیلی‌ها هستند که ثروتشان را ازدست‌داده و دوباره به دست آورده‌اند. درست است که درآمد من نصف شده ولی همان قدری هم که باقی مانده هنوز مبلغ قابل‌ملاحظه‌ای است. هنوز هم می‌توانم بگویم که مرد خیلی متمولی هستم،

ازجمله متمول‌ترین مردم کشور. نباید به‌خاطر مالیات کمی که بر درآمد من بسته‌اند غبطه بخورم چون شامل درآمد دیگران هم شده است.

اما تقدیر این بود که من حقیقت تلخ پشت این‌همه لاف‌زدن‌های مکرر این مردم را که ادعا می‌کنند گام‌به‌گام پیش می‌روند، به‌آرامی، هر بار یک گام، و غیره و غیره و غیره را بفهمم. هنوز یک ماهی بیش نگذشته بود که تغییرات جدیدی بر مقررات اولیه صادر شد که طبق شایعاتی که در بازار شنیده شده بود، مقرر شد که مالیات‌بردرآمد بایستی نوع پیچیده‌تری به خود بگیرد. یعنی درست است که با یک دینار در صد شروع می‌شود ولی چون اعمال همین فشار مختصر هم بر همشهریان کم درآمد ظالمانه است فقط آن‌هایی که حداقل یک هزار دینار دریافتی داشته باشند مشمول پرداخت می‌گردند؛ و نسبت آن برای دارایی‌های بیشتر به طور تصاعدی بیشتر می‌شود تا اینکه برای شخصی مثل من می‌رسد به یک‌چهارم کل درآمد! اما بدتر از این هم در انتظار بود.

در اثر تسلیم‌شدن به هیاهو و اعتراضات عمومی، این مالیات برای متولدین خارج دوبرابر شد. برای افرادی که درآمدشان به هر صورتی از بودجه دولتی تأمین می‌شد، این مالیات بازهم دوبرابر شد. اعضای شورا از این قاعده مستثنا شدند زیرا (آن‌چنانی که در «بیانیه» گفته شده بود) اعلیحضرت حقوق آن‌ها را می‌دهد و کسرکردن از آن‌ها مثل این می‌ماند که پول را با یک‌دست بگیری و با دست دگر پس بدهی. در یک آن واهی امیدوار شدم که من باید به‌وضوح جزو این ردهبندی قرار بگیرم. اما نه! در تبصره دیگری مخصوصاً قید شد که این فقط باید در مورد حقوق‌هایی اعمال بشود که واقعاً توسط خزانه‌داری پرداخت می‌شوند، نه در مورد مستمری‌هایی‌که از بودجه‌های عمومی تضمین یا مستقیماً تأمین می‌شوند — و در تمام شورا فقط مستمری من از این نوع بود!

هنوز هم پیامدهای بیشتری در راه بود. مقررات شرم‌آور جدیدی روی کار آمد که طبق آن، پرداختی هر فردی به آنچه واقعاً دریافت می‌کرد بستگی نداشت، بلکه به درآمدش در عرض سه سال گذشته بستگی پیدا می‌کرد — یعنی درست معادل مدت‌زمان حضور من در جزیره و با درآمد کلان من در گذشته پیوند می‌خورد. واضح بود که من به‌کلی نابود شده‌ام. شب بعد از آنکه آخرین مصوبه رسمی منتشر شد، اجمالاً محاسبه‌ای کردم و با مرور آنچه برایم باقی مانده بود (قبلاً بیشتر اموال منقولم را فروخته از کاخ بزرگم

به مسکن محقری تغییر مکان داده بودم) فهمیدم که روی‌هم‌رفته کمتر از یک هزار دینار برایم باقی مانده است.

نمی‌دانستم چطور به دنیا نگاه کنم. مثل این بود که تمام هستیم از من رخت بربسته بود. روز را که رو‌به‌زوال می‌گذاشت نظاره کردم و روح من هم با آن پژمرده شد. به اتاق محقرم برگشتم و خیلی دیروقت، بدبختی‌هایم، یا نیمی از آن را در خوابی پریشان به فراموشی سپردم.

پیرمرد سخنش را به پایان آورد و در سکوتی سنگین سرش را به زیر انداخت. برادرزاده‌های جوانش که می‌دانستند مرگ، علی‌الخصوص مرگ پول، چقدر چیز مقدسی است، نوک پا و به نرمی از اتاق بیرون رفتند و ناپدید شدند.

فصل ششم

وکلا

دفعه بعد که برادرزاده‌ها سر ساعت اعدام‌های درملأعام به حضور عمویشان رسیدند، همراه با افسردگی بود مثل این‌که به عزاداری آمده باشند چون‌که ذهنشان مشغول آن ضرر بزرگ بود که حکایتش هنوز در جریان بود. کف اتاق به ترتیب، جلو او نشستند و محمود شروع کرد:

در پایان آن شبِ خالی از امید، در طلوع آفتاب، بازهم بارقه امیدی در من دمید تا فقط به تلخی و یأس بیشتر بینجامد. قبل از طلوع، از خواب برخاسته و از در بیرون رفته بودم. درحالی‌که در کوچه‌های باریک شهر، بی‌هدف گام می‌زدم، به سایه‌هایی که در نور خورشید که داشت طلوع می‌کرد کوچک‌تر می‌شدند نگاه می‌کردم، به صدای صاف سقایان و سروصدای ملاحان گوش می‌دادم، آشنایی تصادفاً به سویم دوید.

این آشنا، مرد فاضلی بود در قانون. نه این‌که خودش محرر یا دادخواه یا حتی قاضی بوده باشد. برعکس، او ثروتمند به دنیا آمده بود و آنان که در ایزمت چنین موقعیتی داشتند از ملال و یکنواختی هرگونه حرفه‌ای خیلی بیزار بودند. اما پدربزرگش او را در جوانی مجبور کرده بود که تمام کتاب‌های کتابخانه‌ها در مورد نظام قانونی وطن عزیزش را بخواند به‌علاوه این‌که مجبور شده بود مبالغ متنابهی به یکی از مشهورترین دادخواه‌های آن زمان بپردازد که سه سال فلاکت‌بار در دفتر او گذرانده بود. دیدم که چه تحصیلاتی داشته و مصائب مرا هم خیلی خوب می‌داند، با مهربانی دست مرا گرفت (نمی‌توانستم از این بنده‌نوازی، مظنون نباشم) و گفت:

اسفا، محمود بیچاره من! چقدر همه ما به حال تو غصه می‌خوریم! و چقدر به تو احترام می‌گذاریم که چه خوب مصائب اجتناب‌ناپذیر را تحمل می‌کنی! اما گرچه من هم به‌قدر سایرین تو را به‌خاطر سلوک و تسلیمت تحسین می‌کنم ولی فکر نمی‌کنی که کمی زیاده‌روی می‌کنی؟ ما، ساکنان آزاد این ازمت عزیزمان، از امتیاز عظیمی برخورداریم که عبارت از این است که خود سلطان (جل الله و علیه) هم وقتی‌که پای قانون به میان می‌آید هیچ

امتیازی نسبت به کم‌ترین رعایایش ندارد. قضات ما، چنان‌که خودتان می‌دانید، ورای همه ضعف نفس‌های اخلاقی هستند و چنان‌که عابدانه و قاطعانه معتقدیم از روح خود خدا آکنده‌اند. گرچه در این مورد اعلیحضرت و وزرایش طرف مقابل شما خواهند بود، تصمیم درباره آن با بی‌اعتنایی محض به مال و مقام یا قدرت طرفین اتخاذ خواهد شد. تو به این اعتقاد داری، آیا نداری؟ او خیلی صادقانه پافشاری می‌کرد، زیرا شک‌وتردید نسبت به یکی از غایی‌ترین اصول‌دین، برای نژاد همایونی ایزمت بسی ناگوار است.

با آه، پاسخ دادم که "بله به آن اعتقاد دارم"، گرچه اعتراف می‌کنم که تجربه مصیبت‌بار اخیرم، بسیاری از پایه‌های وفاداری به وطن جدیدم را متزلزل کرده بود.

او گفت پس چرا برای شکایت به محکمه رجوع نمی‌کنی؟ وکلای ما مهارت آن را دارند که برای هر امری یک ادعایی پیدا بکنند و اطمینان داشته باشید که آنچه بتواند به نفع شما گفته شود، به آزادترین وجه مجاز خواهد بود واکر یک مَفَّر قانونی وجود داشته باشد، ممکن است تمام یا بخشی از ثروت پیشین شما به هر ترتیبی که لازم باشد بازگردانده بشود. زیرا به قول ضرب‌المثلی که اختصاص به قانون جزیره ما دارد اگر یک کیس به نفع شاکی رأی داده بشود پس رأی به نفع شاکی تمام شده است.

اعتراف می‌کنم که آشنایی من با رفتار و عادات مردم بیگانه که من این بدشانسی را داشته‌ام که در بین آن‌ها متولد بشوم مرا متقاعد کرده بود در امری که پای سلطان در میان باشد، نزد قضات محترم رفتن، یا از صاحب‌منصبان دولت از آنچه دولت با من کرده بود انتظار خلاصی داشتن، واقعاً کار بیهوده ایست. او نظر من که قضات، صاحب‌منصبان دولت هستند را با قاطعیت رد کرد. گفت آیا هرگز سوگند مشهوری را که هر قاضی به هنگام احراز مقام می‌خواند نخوانده‌ای؟ آیا نمی‌دانی که ما آن‌ها را چگونه انتخاب می‌کنیم؟

با صدایی که اشتیاقی بروز نمی‌داد، گفتم بله، من به‌درستی می‌دانم که قضات چگونه انتخاب می‌شوند و چه سوگندی یاد می‌کنند. آیا در انتخاب آن‌ها، بارها فرمان را که در شورا امضا می‌شد ندیده بودم! آیا بارها نام بیچاره خودم را بر آن الصاق نکرده بودم. آن‌ها برحسب قانونی انتخاب می‌شوند که می‌گوید: "به دست مقدس اعلیحضرت، یعنی به دست بستگان،

همسران و منشیان ثروتمندترین مردها، به یکسان" این‌ها نص صریح مصوبه قانونی است.

دوست من درحالی‌که سرش را مثل اشراف بالا گرفته بود گفت درست جواب دادی. مطمئناً انتصابی که چنین بی‌طرفانه صورت می‌گیرد باید برایت مایه احساس امنیت باشد. در سرزمین نفرت‌بار اصلی، سلطان خودش قضاتش را منصوب می‌کند؛ دیر زمانی است که ما در ایزمت به چنین ستمی تن در نداده‌ایم. فرمانروای ما حاکم مردمان آزاد است! او عار دارد که در هیچ انتصاب اعمال‌نفوذ کند. او این کار را به عهده نجبایش می‌گذارد که آن‌ها هم به نوبه خود آن را به عهده زنان و سایر بستگانشان می‌گذارند؛ بنابراین در میان همه ملل فقط ما هستیم که مسند قضات کاملاً مستقل را تأمین می‌کنیم! اما از آن‌هم بالاتر، دوست من، آیا سوگندشان را فراموش کرده‌ای، سوگندی که به هنگام احراز مقام ادا می‌کنند!

باز هم با بی‌حوصلگی گفتم نه آن را خوب به‌خاطر دارم. در واقع تمام آن را از حفظ می‌دانم چون‌که آن را صدبار خوانده‌ام. " به پروردگار متعال و به مندرجات این کتاب سوگند می‌خورم که هرگز در هیچ امری از عدالت عدول نکنم، چه فرمان باشد، یا مساعدت، یا نفع شخصی یا هرگونه ملاحظات دیگر، مگر منافع سیاسی فرقه یا فامیل خودم، انجمن وکلایی که به آن تعلق دارم یا هرگونه ملاحظات دیگری که ممکن است برای من پیش بیاید."

دوست من با لحنی پیروزمندانه گفت درست است. خوب، آیا می‌توانی تضمینی از این بهتر بخواهی؟ گفتم نه فکر نمی‌کنم. درحالی‌که از جا برمی‌خاست فریاد زد خوب پس بگذار تو را پیش یکی از دوستانم ببرم که از تواناترین محررین شهر است و اطمینان داشته باش که آنچه بشود برایت انجام داد، انجام داده خواهد شد. با کم‌رویی گفتم چیز زیادی از ثروت عظیم من برایم باقی نمانده و همراه او از جا بلند شدم ولی نمی‌خواستم همراهش بروم. با دلگرمی جواب داد از هیچ‌چیز نترس. عدالت در ایزمت خریدوفروش شدنی نیست. البته مخارج لازمی در کار است ولی قانوناً مجبور نیستی که مدافعی استخدام کنی. در دادگاه خودت می‌توانی از خود دفاع کنی. این آزادی، یکی از مزایای بزرگ ماست و از من بپذیر که همان قدر صبورانه به تو گوش فرامی‌دهند و تو را هدایت می‌کنند مثل این‌که یکی از بزرگترین مدافعین شهر بوده باشی.

درحالی‌که از این‌همه اصرار تا حدی ترغیب شده بودم همراه دوستم به خانه‌ای رفتم که در میان کتاب‌های حاشیه و تفسیر بر قانون، صندوق‌های آهنی مملو از اسرار ننگین خانواده‌های مشهور و پرونده بده کاری‌هایشان، پیرمردی نشسته بود که قیافه‌اش، نمی‌دانم چرا، مرا به یاد لاشخور می‌انداخت.

دوستم گفت: «کاذب» برایت یک مشتری آورده‌ام، فکر می‌کنم او را می‌شناسی. محرر پاسخ داد البته که می‌شناسم، جدی از جا برخاست و به من تعظیم کرد. او کسی نیست مگر سرور من، عضو شورا، محمود. کمی غمناک گفتم عنوان دیگر بی‌مصرف است. معهذا، محرر با احترام زیاد همچنان ادامه داد و پس از آنکه دوستم ما را با هم تنها گذاشت، داستانم را بی‌پرده برایش گفتم. هرچه جزئیات مهم بیشتری از زبان من می‌شنید آن‌ها را با «قلم پر» ظریفی که در دست داشت روی لوح کوچکی یادداشت می‌کرد. وقتی‌که حرف‌های من تمام شد چنین گفت:

کیسی مثل کیس شما ابتدا در دادگاه شکرپنیر طرح می‌شود. گفتم شکرپنیر؟ گفت این یک اصطلاح قدیمی است. ما عاشق این سنت‌های تاریخی هستیم. با فروتنی پاسخ دادم دقیقاً. او گفت خوب من می‌گویم که در دادگاه شکرپنیر مطرح می‌شود. من گفتم بله. او گفت بعد از رفتن به دادگاه شکرپنیر تقریباً به طور حتم به دادگاه کشتی‌شکستگان، فانوس دریایی‌ها و طلاق یا به «بخش وصیت‌ها» منتقل خواهد شد.

من گفتم واقعاً.

محرر گفت همین‌طور است. هرکدام از این‌ها آن را بررسی کردند، تجدیدنظر البته به عهده دیوان تمیز خواهد بود که عموماً به «دادگاه قاطرها» مشهور است. خواستم بپرسم چرا... که محرر حرف مرا با بی‌حوصلگی قطع کرد که آقا، این چیزها بی‌اهمیت است! ما مجبوریم چنین اسامی تاریخی را به کار ببریم. بعد از این دادگاه هم فرجام، البته در دست اعلیحضرت در شورا خواهد بود که بالاترین مقام تصمیم‌گیری کشور است. گفتم چی؟ به اعلیحضرت در شورا ـ یعنی بانیان اصلی بی‌عدالتی؟ محرر گفت البته. گفتم اگر رأی به نفع من داده شد، چه دلیلی دارم که تقاضای فرجام بکنم؟ او به‌سادگی گفت هیچ، ولی طرف‌های تو تقاضا خواهند کرد. گفتم طرف‌های من سلطان و شورایش هستند. محرر گفت از یک جنبه کاملاً متفاوت؛ ولی ساکت شد و به زمین نگریست. بعد از مکث گفت در

این شرایط خیلی به نفع تو خواهد بود که دنبال بکنی. گفتم درصورتی‌که این فرجام‌خواهی‌ها... دست‌هایش را تکان داد و به‌سرعت گفت ما فعلاً از فرجام حرف نمی‌زنیم. بالاخره تو در مرحله اول چیزی از دست نمی‌دهی. آیا منشورت را همراه داری؟ گفتم که دارم و آن را برایش بیرون آوردم. آن را به‌آرامی خواند و لحظه‌ای به کتابی رجوع کرد و سپس گفت کیس عالی! (برادرزاده‌های عزیزم، می‌توانید تصور کنید که قلب من از این حرف چه سخت به تپش افتاد!) کیس عالی!... تو منشور خودت را داری و مفاد آن خیلی روشن است. بر طبق آن لازم است که درآمد حاصله از مالیات نمک برای همیشه به تو و ورثه تو پرداخت بشود و من فکر می‌کنم مسئله به این بستگی دارد که آیا این عبارت دلالت بر این می‌کند که پرداختی بدون کم‌وکاست و مدام است یا این‌که بیانیه‌های اخیر، از آن یک چیز هچل هفتی خواهد ساخت. گفتم یک چی؟ او کمی با بی‌حوصلگی گفت یک اصطلاح حقوقی است و معنی شلم‌شوربا یا اعوجاج و کج‌وکولگی کلی را می‌رساند. اما بیا در این مرحله وارد جزئیات فنی ازاین‌قبیل نشویم. ما بایستی در بدو امر کیس خودمان را ارائه کنیم. گفتم دقیقاً. او گفت حق‌الزحمه خود من را قانون تعیین کرده و من باید از شما ده دینار مطالبه بکنم – یک امر صوری. با این حرف پیش از آنکه بتوانم جلواش را بگیرم یک دیسک بزرگ فلزی را گرفت گوشه یک ورق کاغذ راتر کرد، دیسک را روی آن گذاشت و با چکش محکم کوفت و دستش را برای ده دینار جلو آورد. خوشبختانه کیفم همراهم بود بنابراین با بی‌میلی، این اولین قطره خون‌ریزی تدریجی مصیبت‌بار را پرداخت کردم. محرر گفت خوب، حالا باید نظر دو وکیل‌مدافع برجسته را هم بپرسیم. گفتم چرا؟ محرر گفت قانون حکم می‌کند. ولی تو نظر خودت را داده‌ای و به من گفته‌ای که ارزش دارد که اقدام بکنم. محرر که خیلی محکم سرش را به علامت نفی می‌جنباند گفت نظر من ممکن است حقیقتاً بدرد این بخورد که شما را راهنمایی بکند ولی روی‌هم‌رفته خلاف قاعده است که فقط با تکیه به آن به دادگاه بروی؛ بنابراین من به‌اصطلاح ما، یک اظهاریه تهیه می‌کنم و آن را به نظر دو شخصیت بلندپایه می‌رسانم – در این موارد همیشه بهتر است که بهترین استعدادها به کار گرفته شوند. در نهایت فایده‌بخش است. با کم‌رویی پرسیدم این قدم بعدی چقدر خرج برمی‌دارد و خیالم تا حدودی راحت شد که فهمیدم پنجاه دینار به هرکدام از این اشخاص برجسته کفایت می‌کند. او از من خواست که روز سوم مراجعه کنم که در آن موقع پاسخ آن‌ها را به من خواهد داد و مخصوصاً یادآوری کرد که فراموش نکنم که دست‌کم ۱۵۰

دینار همراه خودم داشته باشم. گفتم چرا پنجاه تا بیشتر؟ محرر کوتاه گفت تمرها و کارمزدها، و با تواضع بسیار مرا از حضور خود مرخص کرد.

روز سوم همراه با ۱۵۰ دینار از ذخیره مختصرم، مراجعه کردم که روی میز محرر گذاشتم تا از هرگونه مشکلات بیشتری در آن مورد پرهیز کنم. او پول را با حالتی متفکرانه در یک قوطی کوچک فلزی ریخت که خیلی زیبا حکاکی شده بود و فکر می‌کنم متعلق به قرن دوم هجرت پیامبر بود، به چشم کارکشته من، استاد کاری سوریه. او گفت پاسخ‌ها این است. گفتم دادی آن‌ها را بنویسند؟ گفت نه، ما باید برای این کار صبر کنیم. اولین وکیل‌مدافع به اسم غَدّرالدوله بر این عقیده است که تو یک کیس داری که مبتنی بر اصل والایی در قوانین عرفی ما است – که تو به‌عنوان یک خارجی احتمالاً آن را نشنیده‌ای – و آن اصل این است که به رعایای سلطان نمی‌توان اجحاف کرد. اما او به تو اخطار می‌کند که نباید به فرمانی که در سال اول سلطنت پدر اعلیحضرت، بنام «فرمان برای جلوگیری از ضرر پولی ثروتمندان» صادرشده اتکا بکنی. زیرا به‌قدری مورد تصمیمات ضدونقیض قرار گرفته که مستمسک بسیار ضعیفی است. او اضافه می‌کند که برخی سوابق قانونی وجود دارد که جالب‌اند و دست‌کم دوتایشان را به قضاوت او می‌توان به نفع شما ابرام کرد. در یکی از این‌ها رأی داده شد که اگر فردی بیش از میزان معینی درآمد داشته باشد، هیچ فرمان یا بیانیه‌ای قادر نخواهد بود که نسبت به او تبعیض روا دارد یا از ثروت او بکاهد؛ بنابراین سؤال این خواهد بود که آیا در زمانی که اولین تغییر صورت گرفت، ثروت شما در این حد بوده است یا نه. وکیل‌مدافع دوم نظری کاملاً متضاد دارد. او می‌گوید... گفتم کافی است. همان وکیل فاضل اولی راهنمای من خواهد بود. من همین‌قدر راضی هستم که از او می‌شنوم که من کیس خوبی دارم که بدون شک برای من در دادگاه تعقیب خواهد کرد. محرر با تعجب گفت آیا شما فرض بر این می‌گذارید که چنین اشخاصی با پنجاه دینار، خدمات ارزشمند خودشان را در دادگاه عرضه می‌کنند؟ گفتم ظاهراً که این‌طور است زیرا آن‌ها محبت کرده و عقایدی با چنین باریک‌بینی ارائه داده‌اند. محرر آن‌چنانی که این‌گونه افراد می‌توانند، از ته قلب خندید و از من خواهش کرد که از اشتباه بیرون بیایم. این‌ها فقط مراحل اداری هستند. استخدام وکلای مدافع کاملاً امر دیگری است. اجازه بدهید که من به پاسخ دومی برسم. وکیل‌مدافع دوم، مکارالدوله که شاید برایتان جالب باشد بدانید نژاداً سیاه‌پوست است – ما از این‌ها خیلی در انجمن وکلایمان داریم. صاحب توانایی‌های زائدالوصفی هستند، این نژاد

عجیب‌وغریب – عقیده‌ای کاملاً مخالف آن یکی دارد. او فکر می‌کند که شانس شما از نقطه‌نظر قوانین عرفی خیلی ضعیف است ولی فکر می‌کند که تحت فرمانی که برای جلوگیری از ظلم به اشخاص مهم تصویب شده، برد شما قطعی است - این عنوان کلی فرمان است – که به سال اول فرمانروایی مرحوم پدر اعلیحضرت برمی‌گردد. او می‌گوید تمام کیس‌ها بر علیه شما است ولی اصل کلی فرمان به قدرت خود باقی است.

وقتی‌که تمام این‌ها را شنیدم گفتم آه. محرر پیر جایی که روی قالی نشسته بود، بین پاهاش به کف اتاق خیره شده بود و من هم همین‌طور و نمی‌دانستم دیگر چه بگویم. او پس از آنکه فکر کرد به‌قدر کافی صبر کرده، با خوش‌رویی گفت حق‌الزحمه من بابت این جلسه دوم هم همان مبلغ جلسه اول یعنی ده دینار است. گفتم با خودم ندارم چون فقط همان ۱۵۰ دیناری را که قبلاً خواسته بود با خود آورده بودم. درحالی‌که دستش را شاهانه تکان می‌داد پاسخ داد چیزی نیست سرور من (و بازهم فکر کردم مثل دوستم، با کمی بنده‌نوازی) همه ما موقعیت اخیر شما مستشار گرامی را می‌دانیم و احترام می‌گذاریم و من آدمی نیستم که شما را تحت‌فشار بگذارم. از او خواهش کردم کمی صبر کند تا برگردم. باعجله به اتاق محقرم رفتم و با مبلغی که خواسته بود برگشتم. او آن را در همان قوطی فلزی کوچک گذاشت. فکر کردم آماده است که مرا مرخص کند و می‌خواستم بپرسم در چه تاریخی ممکن است کیس در دادگاه مطرح شود که باکمال تعجب گفت ولی ما باید اول نظر وکیل‌مدافع را داشته باشیم. گفتم پناه‌برخدا! آیا آن را نداریم؟ او گفت چرا، نه، ما هنوز نظر یک وکیل‌مدافع را نداریم؛ ما فعلاً فقط نظر وکلای مدافع را داریم. گفتم و تو را به فاطمه و خدیجه قسم چه فرقی می‌کنند؟ او گفت حتماً درباره تمایز شنیده‌ای؟ نظر وکلای مدافع، پاسخ لفظی به محرر است. ولی قانون حکم می‌کند که یک پاسخ دیگر به‌صورت کتبی اضافه شود و این را ما نظر وکیل‌مدافع می‌گوییم. بازهم نمی‌توانستم به‌جز فریاد چیز دیگری بگویم و با صدایی بی‌رمق نالیدم: و به چه قیمتی؟ او به یک لیست کارمزدها و بعد به یک یادداشت خصوصی خودش رجوع کرد و با چرتکه محاسبه سریعی کرد و گفت سیصد دینار. جلو دهنم را گرفتم که توهینی به مقدسات نکنم. پرسیدم کی این مبلغ لازم است. گفت نظریه کتبی فقط یک رفع تکلیف است ولی ما باید مدرک آن را داشته باشیم. گفتم بله، بله. او گفت: و من از فرصت استفاده کرده و قبل از آنکه دوباره برگردید آن را فراهم می‌کنم. یک‌بار دیگر به اتاق‌های تنفرانگیز خود برگشته و از ذخیره مخفی، پول برداشته برگشتم و یک بسته

کوچک ۳۰۰ دیناری در دست‌های محرر گذاشتم. او متفکرانه سکه‌ها را از میان انگشتانش به‌صورت جوی باریکی در قوطی فلزی کوچکش ریخت تا تقریباً پر شد. گفت جعبه قشنگی است، این‌طور نیست؟ این را از یکی از موکلینم در عوض یک طلب غیرقابل‌وصول گرفتم که باکمال تأسف، در یک حمله مالیخولیایی به دنبال غم‌انگیزترین شکست‌ها در دعاوی حقوقی به دست خود به زندگی خود خاتمه داد.

گفتم و از بابت تاریخ چی؟

گفت تاریخ؟ بازهم به سند دیگری رجوع کرد، بعد دست‌هایش را برای غلامی که در اتاق بیرونی‌اش نشسته بود به هم زد و با اصطلاحاتی نامفهوم از او چیزی پرسید و پاسخی همان قدر مرموز دریافت کرد. سپس رو به من کرد و گفت: در تاریخی خواهد بود یکی بعد از «ماه چهارده» بعدی. گفتم آیا نمی‌توانم تاریخ دقیقی داشته باشم؟ چون نگران پولم بودم که داشت به‌سرعت کم می‌شد و نمی‌دانستم تا کی می‌توانم به این زندگی فقیرانه ادامه بدهم تا تمام سرمایه‌ام به کل ته بکشد. کمی با تغیر که ازقرارمعلوم فکر می‌کرد استحقاق دارد، پاسخ داد معلوم است که غیرممکن است. هیچ‌کس نمی‌تواند بگوید که کیس‌های قبل از کیس تو چقدر طول می‌کشند یا حضرت اقدس قاضی در چه ترتیبی می‌خواهد به آن‌ها رسیدگی کند. او درحالی‌که به لیست دیگری خیره شده بود، گفت ضمناً ممکن است به محضر حضرت اقدس «بن شیطان» برسد. با این حرف از او جدا شدم و منتظر نوبت دادگاه شدم.

زمان به‌کندی و ملال‌انگیز می‌گذشت. خیلی کم و بندرت غذا می‌خوردم و برای خرید لباس و حتی هیچ‌گونه سرگرمی برای وقت‌گذرانی پول صرف نمی‌کردم، باوجود این، ذخیره مختصر من روزبه‌روز تحلیل می‌رفت. اوقات من به نظاره زندگی پرمشغله بندر، یا گاهی ایستاده بر حاشیه اسکله و خیره به دریا می‌گذشت، گویی می‌توانستم ورای افق در سرزمینی دور، امیدی به فرجامی بهتر و حیات دوباره ببینم. روزها، هرچه که زمان رسیدگی به کیس من نزدیک‌تر می‌شد و «ماه نو» دوم هم در آخرین هلال هر شب پرنورتر شد به سراغ مأمورین دادگاه رفتم و فهمیدم برای این‌که به سؤال پاسخ بدهند، رسم است قبلاً به هرکدام مبلغ مختصری، حدود پنج یا شش دینار، داده شود. روز دوازدهم که ماه تقریباً قرص کامل بود که کیس قبل از کیس من (که بر این پایه دور می‌زد که آیا شخصی که امکانات ندارد باید بدهکار بماند یا بایستی پرداخت را به تأخیر بیندازد، و پنج‌روز

۸۲

پرهیجان طول کشیده بود) به پایان رسید. شنیدم که سنت حقوقی که به وجود آورده از اهمیت بی‌سابقه‌ای برخوردار است ولی تقاضای تجدیدنظر خواهد شد. خورشید فرونشست. فردا قرار بود نوبت به کیس من برسد. در آن روز پرحادثه خیلی قبل از طلوع بیدار شدم. جامه‌ام را که با دست‌های خودم تمیز کرده بودم که در حد امکان آبرومند باشد در کمال دقت به تن کردم، مبادا که ظاهر فقیرانه به‌نوعی به ضرر من تمام شود. قبلاً به آن‌ها گفته بودم که خودم عرض حال می‌دهم زیرا حق‌الزحمه‌ای که وکلا می‌خواستند، کاملاً فوق توان ته‌مانده ناچیز جیب من بود. باید اقرار کنم که مرا به شدت از این کار منع کرده بودند ولی چاره‌ای نداشتم. دیدم که جمعیت زیادی جمع شده بود زیرا اسم من به دلیل موقعیتی که در گذشته از آن برخوردار بودم برای همه آشنا بود؛ و تماشای ذلت دیگران همیشه جذاب است.

من در جایی که درست جلو مسند قاضی برایم در نظر گرفته شده بود نشستم. در سمت راست من، متوجه وکلای منتخب شورا شدم و بالاتر، در میان تماشاچیان تعدادی از همکاران سابق را دیدم.

وکلا در لباس رسمی مخصوص به پیشه معتبرشان ترتیب داده شده بودند، شبیه پیشوایان مذهبی و متوجه شدم کلاه عجیبی بر سر دارند که هرگز با آن درملأعام ظاهر نمی‌شدند، از جنس پوست قاطر با موهای مجعد و گوش‌های دراز پشمالو. قاضی را دیدم در جامه‌ای از مجلل‌ترین پارچه زربافت که متون مقدس بر آن نگاشته شده و مزین به خز حیوانات کمیابی بود مانند موش مقدس، شغال سفید تبت و راسو گندو و تاجی بر سر داشت که سه بار آن را برای ادای احترام به دادگاه از سر برداشت، درحالی‌که همه خود را جلو او به خاک افکندند و با همهمه وزوزهای آهسته و مناجات گونه برایش به‌عنوان نماینده خدا ورد و ثنا زمزمه کردند.

بعد از آنکه این مراسم به اتمام رسید تکاپویی میان مردم درگرفت که بلند شدند و روی قالی‌های دادگاه جای گرفتند، خود قاضی روی نوعی تخت مشرف بر همه نشسته بود و دادرسی آغاز شد. مرد کوتاهقدی جلو تخت قاضی ایستاد و با صدای تیز فریاد زد محمود علیه سلطان ادعا دارد. سپس نشست و از فشار و تکان‌های گوناگون دوستانم از جمله محرر که محبت کرده و همراه من به دادگاه آمده بود، متوجه شدم که باید از روی قالی بلند شده و ادعای خود را مطرح کنم.

گفتم حضرت اقدس و صوت الله (زیرا آن طوری که دوست مهربانی به من اخطار کرده بود، فرمول لازم بدین ترتیب است و اگر یک کلمه از قلم بیفتد، خاطی نه‌تنها از عرض حال دادن محروم می‌شود بلکه به متعفن‌ترین سیاه چال انداخته خواهد شد). گفتم حضرت اقدس و صوت الله، من از سلطان و مشاورینش فرمانی داشتم که در مقابل یک میلیون دینار سکه طلا که در فلان و بهمان تاریخ به آن‌ها پرداخته بودم به من داده شده بود. فرمان را به شما نشان خواهم داد و شما در آن خواهید دید که قول داده‌اند که در مقابل پرداختی من، درآمد حاصله از مالیات نمک تا ابد، تا آن زمان که دولت برقرار باشد و مالیات نمک اخذ گردد به من پرداخت شود. قسمت اعظم این مالیات پرداخت شده و مابقی آن ازطریق تعرفه‌های خاص جبران شده است. من ادعا دارم که این فرمان به من این حق را می‌دهد که درآمد اولیه را به طور کامل از دولت دریافت بکنم. سپس با فرمول سحرآمیزی که دوست من ازسرلطف به من یاد داده بود سخنانم را پایان دادم یعنی گفتم: حضرت آیت‌الله، این کیس من است. بعد از این فرمالیته سر جای خود نشستم.

از خودم خوشم آمده بود که خوب عمل کرده بودم چون همه چیز کاملاً به‌آسانی گفته شده بود و به‌هرحال چیز دیگری برای گفتن نمانده بود. ولی قبل از آنکه سر جای خود چهارزانو روی قالی بنشینم، اصل فرمانم را که بدان اشاره کردم، امضا و مهر شده، به دست افرادی که خدمه مسند قضاوت بودند دادم. قاضی از تختی که بر آن نشسته بود برخاست، فرمان را بااحتیاط گذاشت روی تخت خود، روی آن نشست و دستور به ادامه کیس داد.

خوشحال شدم که در مقام رئیس الوکلا که در آن طرف نشسته بودند، یکی از میهمانان قدیمی خودم را دیدم. او با اظهار آشنایی با من سرش را تکان داد، برخاست و بیانیه‌اش را مثل من با عبارت تشریفاتی حضرت اقدس صوت الله آغاز کرد و گفت اعلیحضرت و شورا به من امر فرموده‌اند. من می‌پذیرم که این کیسی است با باریک‌بینی و مشکلات مخصوص به خودش و شکی ندارم که خیلی از همکاران من را نه‌تنها در این دادگاه بلکه در دادگاه‌های تمیز برای ماه‌ها به کار خواهد گرفت. در واقع به‌طورقطع می‌دانم که یکی از آن‌ها اخیراً وسیله نقلیه حیرت‌انگیزی خریده است که خودبه‌خود و بدون نیاز به اسب، به‌سرعت حرکت می‌کند، یک اختراع خارجی که اگر به طولانی و پر درآمد بودن کیس اطمینان نداشت چنین سرمایه‌ای خرج نمی‌کرد. اما این را فقط به طور ضمنی گفتم تا حضرت

اقدس توجه بفرمایند که ما در اینجا باید قضیه‌ای را حل‌وفصل کنیم که بتوان مشکل را به محضر قاضی دیگری برد که مقام معنوی کمتری از حضرت‌عالی داشته باشد.

و حدود ربع ساعت سخنرانی زیبایی اندر مقام و عظمت قانون و محاسن و مناقب قضات سر داد. ولی در طی تمام آن تقریباً در هر جمله‌ای بر وخامت و دشواری کیس تأکید می‌کرد. من خرسند و متعجب می‌شدم. تصور نمی‌کردم که مخالفین من آن‌قدر برای من اهمیت قائل بشوند. اما در عین‌حال به یاد داشتم که حق‌الزحمه آن‌ها را دولت می‌پردازد و هر روزی که می‌گذشت بر مبلغی که دریافت می‌کردند افزوده می‌شد. سپس اشاره‌ای کرد به نواقص مالیات نمک، بی‌عدالتی آن، از مد افتادگی آن، پوچی آن و بعد از یک ساعت از این روال، لحظه‌ای مکث کرد تا گوش‌های پشمالود کلاهش را پایین کشیده و صاف کند.

در ساعت دوم دقیقاً کلمات فرمان را به میان آورد. اول آن‌ها را خواند: "تا ابد تا آن زمان که دولت برقرار باشد و مالیات نمک اخذ گردد". او به تأکید مکرر بر "و" اصرار داشت. در ساعت سوم و چهارم ۱۵۰ مورد کیس‌هایی را نقل کرد که "و" ماهیت سند را کاملاً تغییر داده بود؛ مثلاً در کیس مشهوری که به اسم «وصیت ابراهیم» معروف است که در آن وصیت‌کننده تمام دارایی‌اش را برای همسر محبوبش فاطمه "و" مابقی را برای مادرش گذاشت. بعد کیسی را نقل کرد که به «میزان منزلت» معروف است که حکم شد تمام افرادی را که به‌خاطر اهانت به مفتی اعظم دستگیر شده‌اند باید به حضور او بیاورند "و" گردن بزنند. بازهم (چیزی که برای من خیلی جالب بود چون به پول ارتباط داشت) شرایط «فرمان» که صدسال از آن می‌گذشت که طبق آن «مشاورین سلطان» روزانه یک دینار دریافت می‌کنند "و" هر مبلغی که صلاح بدانند خودشان را از مالیات‌ها معاف کنند.

او گفت در تمام این کیس‌ها "و" سرنوشت‌ساز بود. او ممکن است شاهدهایی در دادگاه احضار کند که ثابت کند "و" به فرمان افزوده شده تا عبارت را باطل، پوچ و مهمل و به‌طورکلی بی‌اثر سازد. اما از سوی دیگر اگر احیاناً "و" به عقیده حضرت اقدس مؤید کیس من باشد، او مدعی شد که چون فرمان را یک فرد خارجی به دست آورده است و نه یکی از رعایای سلطان بنابراین کان لم یکن[11] است. برفرض آنکه علی‌رغم این، بازهم کیس من

---

[11] بی اعتبار و تهی

تأیید شد که من، محمود، یکی از رعایای سلطان، متولد بومی هستم بنابراین تابع تصمیمات سلطان در شورا هستم. سرانجام نتیجه گرفت که به‌هرحال من نباید برنده بشوم زیرا در این صورت شورای اعلیحضرت و اعضای آن منفرداً و متضامناً ابله در نظر آیند که چیزی از این تأسف‌بارتر نمی‌تواند برای دولت پیش بیاید؛ به‌اضافه، حتی اگر رأی حضرت اقدس بر آن افتد که به پول سیاهی هم نمی‌ارزد که اعضاء شورا ابله به نظر بیایند یا نیایند، به‌هرتقدیر پولی در بساط نیست که به من بپردازند. این بیان خودبه‌خود به یک عدم اطاعت از قانون (کانتومکس) و حکم غیابی منجر می‌شود. من عین کلمات خودش را در اینجا می‌آورم چون همان موقع آن‌ها را یادداشت کردم و به طور مبهمی می‌توانستم حدس بزنم که بایستی اهمیت ناگواری داشته باشند. وقتی‌که به اینجا رسید متوجه جنب‌وجوش زیادی در میان همکارانش شدم. در چهره همه اشخاص حاضر در دادگاه حالتی حاکی از توجهی تنش انگیز آمیخته با تحسین بود، و خود قاضی هم نمی‌توانست مقداری از همان تکریم و تحسین نسبت به این نابغه مباحثه را در سیمای همایونش مخفی کند.

وکیل‌مدافع درحالی‌که انگشت سبابه منحنی شده‌اش را (که بلند و نوک‌تیز بود) به‌طوری خیلی معنی‌دار در هوا تکان می‌داد، در ادامه گفت: حضرت اقدس همچنین توجه بفرمایند کانتومکس در عطف کردن برای تباه‌کردن... و بالعکس است و با لحن تمسخرآمیزی اضافه کرد: دادگاه را با آن خسته نمی‌کنم (توانستم ببینم که قاضی با سر جنباندن تأیید کرد) ولی حتی شاکی هم همان‌طور که در قانون صاحب فضل است، قبول می‌کند، و اینجا به‌طرف من چرخید و باحالت خیلی تحقیرآمیزی به من خطاب کرد که حکم امان در مورد ضمانت‌نامه صادر نمی‌شود یا به‌هرحال فرار از آن به‌عنوان تخلف به ثبت خواهد رسید. ثبت تخلف باطل خواهد بود و با حدت بیشتری که در صدایش شنیده می‌شد که توجه آتشینی در حضار برانگیخته بود گفت زیرا نظر من این اساس قانون «تِرس و پرینومی» [۱۲] ما است و موردتأیید سلسله طولانی قضات اسبق حضرت اقدس از ابتدای بنیان‌گذاری «انجمن مقدس حقوق‌دانان» ما بوده است.

بازهم اینجا متوجه مختصر سر جنباندن مردد از آن پیکر خجسته نشسته بر مسند قضا شدم. این مرد بلیغ چنین نتیجه‌گیری کرد: به زبان ساده به این ختم می‌شود که ما به شرایط عام و ارجاع خاص که هریک به دیگری

---

[۱۲] Terce قانونی است در اسکاتلند مربوط به حقوق بیوه زنان از ارثیه شوهر

مرتبط است اعتماد می‌کنیم و قطعاً معتقدیم که دعوی پذیر بودن ضمانت علنی است. در اینجا کاملاً ساکت شد سپس با لحنی ساده و ملایم‌تر اضافه کرد: کیس من این است، و به زمین نشست. به من گفته‌اند که این یکی از شگفت‌انگیزترین سعی بلیغ در طول تاریخ انجمن حقوقدانان بوده است.

کف‌زدن شاید حتی در مساجد و در اماکن مقدسه مجاز باشد ولی نه در محضر همایون قانون؛ ولی وکلای مسحور شده حاضر در جلسه، محررین و ملازمانشان به‌سختی توانستند از تحسین علنی خودداری کنند. مردی که من او را نمی‌شناختم و کنار دست من چهارزانو روی قالیچه خودش نشسته بود، فکر می‌کنم یکی از وکلا بود (چون‌که او هم پوست قاطر با گوش‌های بلند پشم‌آلود بر سر داشت) خیلی یواش گفت که این زیباترین افتتاحیه ایست که از زمانی که احمد برای شیخ المزرم در کیس صدف، افتتاحیه خواند شنیده‌ام؛ و این سخن خیلی گویایی بود.

وقتی‌که این وکیل بزرگ به زمین نشست، سکوت محض دادگاه را فراگرفت که مدتی طول کشید و به نظر من کمی ناراحت‌کننده بود. بالاخره احساس کردم که به یک دلیلی خیلی به من توجه می‌کنند و دوستم، محرر به‌طرف من لم داد و اشاره کرد که باید شاهدهایم را صدا بزنم. با ترس‌ولرز بسیار آهسته گفتم آخه من شاهدی ندارم. من «فرمان» دارم، این کافی است، این‌طور نیست؟ محرر شانه‌هایش را از روی ناامیدی بالا انداخت و مرا به حال خود رها کرد. در این موقع بود که غرش صدای قاضی به گوشم رسید که پرسید شاکی چه شواهدی دارد. با ترس‌ولرز از جای خود بلند شدم و گفتم هرچه داشتم به حضرت اقدس تقدیم کرده‌ام. آن شخصیت مهیب با صدای رعدآسا گفت تو هیچ به من نداده‌ای. تنها کار تو این بوده که یک دادخواست بدوی ارائه داده‌ای. با لکنت‌زبان گفتم: فکر می‌کنم هرچه بر ای گفتن داشتم گفته‌ام. قاضی با نگاهی حاکی از استیصال، در اطراف به حقوقدانان همکارش نظر انداخت، سپس به جلو لم داد و با نوعی شفقت در صدایش گفت: لطف کنید بروید روی «کرسی مقدس» مخصوص شهود. با این حرف یک کنده کوچک چوبی را جلو آوردند و من بر آن سوار شدم و جلو مردم به این وضع احمقانه در محضر دادگاه ایستادم. حضرت اقدس قاضی روی تخت خود به عقب لم داد و با نگاه تحقیرآمیزی که مستحقش بودم مرا زیر نظر گرفت و جلو هرهر آرام خنده حضار را نگرفت. مأموری که جلو مسند قضا چمباتمه‌زده بود توماری به دست من داد و از من خواست که آن را روی پیشانیم گذاشته و هرچه می‌گوید تکرار کنم که

معنی آن‌ها را به علت پریشان‌حالی از یاد بردم. اما هر چه خواسته بود گفتم و ساکت ایستادم. حضرت اقدس با تندی گفت: خب، و پس از مکثی طولانی پرسید چقدر دیگر باید معطل بمانیم؟ گفتم استدعا دارم حضرت خداوندی، چه چیزی مایلید خدمتتان عرضه کنم. قاضی گفت: شواهدت را. درحالی‌که لرزه به تنم افتاده بود پاسخ دادم من شواهدی ندارم که ارائه بدهم غیر از آنچه که تابه‌حال شنیده‌اید. گفت من چیزی نشنیده‌ام، و دوباره هرهر خنده در محکمه درگرفت. این مرا واداشت که آنچه را که قبلاً گفته بودم دقیقاً تکرار کنم. گفتم کلمات همانی است که در «فرمان» بوده، عبارت همان بوده. آن را کلمه‌به‌کلمه تکرار کردم. قاضی رو کرد به وکیل که تازه نشسته بود و گفت حالا، برادر سلیم که ناگهان دوست و مهمان سابق من برخاست، سراپای من را با وضع خیلی زننده‌ای سه چهار بار ورانداز کرد و فریاد زد: ای رذل دائم‌الخمر آیا هنوز هم بر سر دروغ نفرت‌انگیزی که با گستاخی به محضر دادگاه عرضه کرده‌ای ایستاده‌ای؟ گفتم دروغ نبود، حقیقت بود. او با تمسخر گفت حقیقت. یادت باشد، لطفاً که تو در محضر دادگاه به تومار قسم خورده‌ای و گرچه این به نظر شخص فاسد الاخلاقی چون تو ممکن است بی‌اهمیت بیاید دیگران آن را خیلی جدی می‌گیرند. من علی‌رغم این توهین‌ها ساکت ایستادم و صبر کردم هرچه می‌خواهد بگوید. ناگهان گفت: خب، خب، نیم ساعت بعد از طلوع خورشید، روز چهارم ماه رمضان سال سیصد و هفت هجرت پیامبر تو کجا بودی. درحالی‌که من از این سؤال مات و مبهوت شده بودم، یک دستش را با انگشت دست دیگرش به طور معنی‌داری لمس کرد. گفت من نمی‌خواهم شما را تحت‌فشار بگذارم.

گفتم به‌هیچ‌وجه نمی‌دانم. وکیل به طور معنی‌داری به قاضی نگاه کرد و سپس ادامه داد:

گفت: به‌هیچ‌وجه نمی‌دانی؟ آیا می‌توانی به طور تقریبی بگویی کجا بودی؟

گفتم نه نمی‌توانم، خیلی وقت پیش بوده و من فقط کودک خردسال و معصومی بودم. اینجا قاضی به‌تندی حرف مرا قطع کرد و گفت: ما به کودکی خردسال و معصوم شما کاری نداریم. لطفاً سؤال را جواب بده و سخنرانی هم نکن.

وکیل به یادداشت‌هایش رجوع کرد، سرش را بالا آورد، دوباره به من نگاه کرد و گفت: شما به ما گفته‌اید که فرمان در حضور شما امضا و به شما تحویل داده شد. گفتم بله. حضرت اقدس به‌تندی حرف مرا قطع کرد و گفت:

جواب نده مگر که از تو سؤال بشود. من گفتم: نه. حضرت اقدس با صدایی مرعوب‌کننده گفت: شاهد خیلی مواظب باش، خیلی خوب مواظب باش. وکیل گفت متشکرم حضرت اقدس و با صدای واقعاً خیلی محکم به من طوری خطاب می‌کرد مثل این‌که دزدی را که به خانمانش خزیده در حال ارتکاب جرم‌گرفته باشد؛ گفت: و حالا آقا ممکن است به ما بفرمایید آن فرمان در حال حاضر کجا است؟ می‌توانید آن را ارائه بدهید؟ من فقط گفتم: حضرت اقدس روی آن نشسته. اینجا قاضی با چنان شدتی حرکت کرد که تقریباً از روی تختش بلند شد، و گفت: اگر تو یک فرد عامی و طبیعتاً از راه‌ورسم محکمه نادان نبودی، تو را به مجازات شدیدی محکوم می‌کردم. به‌خاطر عدم آشنایی‌ات با عرف به تو ارفاق می‌کنم ولی مواظب باش ممکن است از حد خود خیلی تجاوز بکنی. شاهد، از آخرین اظهارات تو صرف‌نظر می‌کنم. فکر می‌کنم موقعی که آن را گفتی حالت سر جاش نبود. ممکن است خواهش کنم سؤال مرا جواب بدهی؟ فرمان اکنون کجاست؟ من در کمال بهت‌زدگی گفتم: خوب، من آن را به حضرت اقدس دادم که ببیند کیس من از چه قرار است و تا آنجا که اطلاع دارم او...

قاضی با تهدید غرید: ساکت، برادر سلیم متأسفانه از این مسیر به جایی نمی‌رسیم. شاهد ظاهراً فحوای کلام شما را نمی‌فهمد یا نمی‌خواهد بفهمد. اجازه بدهید من از او سؤالی بکنم. سپس با نوعی مهربانی دروغین در چهره‌اش، چرخید و خیلی شمرده گفت آنچه ما می‌خواهیم بدانیم این است که فرمانی که ادعا می‌کنی کجا است؟ شروع کردم: آن را در اختیار دادگاه... که قاضی قیافه استیصال به خود گرفت، آه کشید بعد صحبت کرد. حضرت اقدس درحالی‌که ظاهراً از خستگی به عقب تکیه داده بود و مثل این‌که دارد کودکی را تعلیم می‌دهد، گفت یک اصل در این مملکت، اصلی که من فکر می‌کردم حتی برای عقب‌مانده‌ترین رعایای اعلیحضرت هم باید معلوم باشد، این است که مدرک بایستی تأیید بشود. آیا شما فرمانی را که ادعا می‌کنید تأیید کرده‌اید؟ با وحشت خیلی واقعی گفتم حضرت اقدس من منظور شما را نمی‌فهمم. قاضی به جلو متمایل شد و خیلی شمرده گفت: یادت باشد که من دارم با تو مدارا می‌کنم. هرچه بتوانم برای تو می‌کنم، مشکل وضعیت تو را می‌فهمم. مواظب باش! خیلی خوب مواظب باش. برادر سلیم آیا سؤال دیگری دارید که بپرسید؟ گفت حضرت اقدس یکی دو سؤال دارم که تبعاتی دارند، اگر اجازه بفرمایید. قاضی گفت: حتماً برادر سلیم، لطفاً ادامه بدهید، سراپاگوش هستیم. وکیل سینه‌اش را صاف کرد و دوباره به یادداشت‌هایش مراجعه کرد، سرش را بلند کرد و به من نگاه کرد

و گفت: در آمد شما از بازی طاس در سالی که با آخرین عید رمضان پایان یافت چقدر بود؟ پاسخ دادم محاسبه دقیقی ندارم ولی من خیلی حوصله این نوع سرگرمی‌ها را ندارم، ممکن است چیزی بین صد تا دویست دینار برده یا باخته باشم. حضرت اقدس دوباره خطاب به من گفت: مواظب باش، خیلی خوب مواظب باش. وکیل با لحنی متفکرانه گفت بین صد تا دویست دینار و متوجه شدم که قاضی از پاسخ من یادداشت برمی‌دارد. حالا خوب است که تو آدم فرومایه این را به من جواب بدهی - و یادت باشد که قسم خورده‌ای – آیا به تقلب در ورق، پرکردن طاس، چیدن ورق، کف‌زدن سکه و سایر راه‌های کلک به آن‌هایی که به تصور سرگرمی بی‌شیله‌پیله‌ای با تو هم‌بازی می‌شدند عادت داشته‌ای؟ می‌خواستم جوابش را بدهم که دوباره غرید یادت باشد که سوگند خورده‌ای و حضرت اقدس هم به حرکت درآمد و گفت: مواظب باش شاهد، خیلی خوب مواظب باش. من گفتم نه.

در این لحظه با تعجب دیدم که همه از جمله وکیل، ناگهان چهارزانو رو زمین نشستند درحالی‌که من همچنان به طور وحشتناکی انگشت‌نما، روی قطعه چوبی ایستاده بودم، چون قاضی علامت داده بود سر جایم باقی بمانم. او خیلی با تبحر گفت: من تا حالا اجازه داده بودم که کارها به روال خود پیش برود زیرا همان‌طور که گفته‌ام برای کسی که آن‌قدر احمق باشد که خودش برای کیس خودش عرض حال بدهد، هر ملاحظه‌ای باید در حق او رعایت شود. اما شأن محکمه اعلیحضرت به من این اجازه را نمی‌دهد که با شنیدن این جواب آخری در قبال سؤالی چنین ژرف و تیزبین که پاسخی کافی لازم دارد ساکت بمانم. شاهد با گستاخی جواب داده نه. سپس رو به من کرد و با خشونتی که تا مغز استخوانم را به لرزه انداخت گفت: این یک محکمه مدنی است، اما آقا به یاد داشته باش، و در اینجا صدایش را به طور وحشتناکی بالا برد، من می‌توانم مدارک را توقیف کنم و آنچه را که گفته‌ای به لرد مدعی‌العموم ارائه بدهم. گفتم بله حضرت اقدس؛ و در این موقع کاملاً پیچ و سردرگم شده بودم. قاضی خیلی عادی به وکیل گفت: ادامه بدهید.

وکیل گفت: من فقط یک سؤال دیگر دارم بپرسم. قاضی با خوش‌خلقی گفت ادامه بدهید، ادامه بدهید برادر سلیم.

آیا شما به خارش مبتلا هستید یا نیستید؟

گفتم سرور من، آیا واقعاً بایستی جواب بدهم به...

حضرت اقدس با چنان خشونتی حرف مرا قطع کرد که ابداً از شخصی در مقامی چنین والا انتظار نداشتم. او فریاد زد به سؤال جواب بده! فوراً به سؤال جواب بده!

گفتم خوب، راستش را بگویم من یک ناراحتی مختصری کف پای چپم دارم ولی تصور می‌کنم با مواظبت دقیق و توصیه پزشکی صحیح...

وکیل دست‌هایش را بالا گرفت و گفت: کافی است. آنچه باید بشنویم شنیده‌ایم و دوباره روی قالیچه خودش نشست. حضرت اقدس گفت پرتوافشانی دیگری نبود؟ و با لبخندی مطبوع دوروبر خود به حضار نگاه کرد.

من هیچ نمی‌فهمیدم معنی آن چیست ولی دوست من، محرر یادداشت کوچکی به دست من رساند که دقیقاً در وضع خودت تجدیدنظر کن تا اثر این بازپرسی وحشتناک را خنثی کنی. این‌ها همه برای من نامفهوم بود ولی ازآنجاکه غریق بر هر گیاه خشک چنگ زند، خطاب به حضرت اقدس گفتم: آه ای صوت الله و تجسم عدالت بر زمین! من می‌خواهم سؤالاتی از خودم بپرسم. با بزرگواری گفت حتماً ولی اجازه بدهید به شما اطلاع بدهم که رسم محکمه چیست. شما باید ابتدا بایستی و سؤالت را از خودت بپرسی. بعد باید دوباره بروی بالا و آن را جواب بدهی. من چنان که مرسوم است زانو زده و سه مرتبه پیشانیم را به خاک مالیدم و دوباره برخاستم و به سمت فضای خالی روی قطعه چوبی کوچک چرخیده و گفتم:

شاهد، حالا یادت باشد که به سوگند خود پایبند هستی؛ آیا تو از سلطان و شورای او فرمان به ترتیبی که ذکر کرده‌ای دریافت کردی یا نکردی؟ بعد پریدم روی قطعه کوچک چوب و رو به جایی که لحظه‌ای پیش اشغال کرده بودم گفتم: کردم. سپس دوباره پریدم پایین (خوشبختانه هنوز جوان بودم و این کار باعث ناراحتی یا از نفس افتادن من نمی‌شد) و پرسیدم با آن مدرک چه کردی؟ دوباره پریدم روی قطعه کوچک چوب و رو به جایی که لحظه‌ای پیش ایستاده بودم جواب دادم: آن را به داخل محکمه آوردم. بار دیگر کف محوطه سر جای خود زیر قطعه کوچک چوب ایستادم و پرسیدم: بعد از انکه آن را به داخل محکمه آوردی با آن چه کردی؟ برگشتم روی قطعه کوچک چوب و روبه جایی که لحظه‌ای پیش ایستاده بودم گفتم: آن را به دست حضرت اقدس دادم.

سپس قاضی شروع به صحبت کرد: دیگر بس است، اجازه نخواهم داد که وقت محکمه بیش از این تلف بشود. در قدرت من هست که تو را برای ابد

به سیاه‌چال‌های سلطان بیندازم و باید بگویم که طی تجربه طولانی در محکمه‌های همایونمان هرگز به موردی برخورد نکرده‌ام که با گستاخی‌های مکرر تو حتی قابل‌مقایسه باشد. قبلاً هم به تو گفته‌ام که تو مدرک خود را اثبات نکرده‌ای بنابراین از نقطه‌نظر این محکمه وجود ندارد، بیا پایین.

کلمات بیا پایین در زبان تکنیکی این ملت بزرگ به معنای بنشین زمین است و اگر اطاعت نکنی باید به مجازات هولناک تن بدهی؛ بنابراین فوراً اطاعت کرده دوباره سر جای خودم روی قالیچه چهارزانو نشستم. قاضی حالا آماده بود رأی خود را صادر کند. اما ابتدا رو به وکیلی که علیه من بود کرد و با لحنی بی‌نهایت مطبوع گفت: برادر سلیم لابد شما مدرک خودتان را تأیید کرده‌اید مخصوصاً " و" را. او با رضایتمندی جواب داد آه، بله، سرور من. علاوه‌برآن، برای حقوق ثانویه دادخواهی متقابل کرده‌ام و عوارض چهار نسخه اصلی سند نهایی را پرداخته که همه مطابق مقررات تمبر زده شده، به تأیید رسیده، به مقامات مسئول تقدیم شده، به ثبت رسیده، انتشاریافته، فاش شده، قلب و تحریف شده، ملوث شده و پس گرفته شده. قاضی نسبت به هرکدام از این کلمات با رضایت بیشتر و بیشتر، به علامت تأیید سر جنباند و سپس پرسید: برادر سلیم، آیا شهود دیگری احضار خواهید کرد؟ مرد پرآوازه جواب داد: کسی احضار نمی‌کنم، چون اگر بکنم شاکی دون‌مایه فرصت خواهد یافت از آن‌ها بازپرسی کند که در آن صورت تمام کیس من برملا خواهد شد.

حضرت اقدس بر سبیل سخنی گذرا و التزام ناپذیر گفت فکر می‌کنم کار عاقلانه‌ای کرده‌ای؛ بنابراین کارها فقط بر محور فرمان خواهد چرخید. با این حرف و این‌همه تکاپو دور و برمن فهمیدم که آخرین مرحله محاکمه سر رسیده و سرنوشت من تعین شده است. فکر کردم که در طرز اداره آن نمی‌خواهم بگویم مغرضانه، بلکه جو نامساعدی نسبت به ادعای من مشاهده کرده بودم؛ زیرا گرچه غیرقابل‌تصور بود که هیچ‌گونه احساسات شخصی یا غیره بتواند ذهن حضرت اقدس را تحت‌تأثیر قرار بدهد، مع‌هذا از تصمیم او خیلی واهمه داشتم. بااین‌حال با نوعی علاقه در انتظار تصمیمش ماندم چون بهر تقدیر هیچ امری حتمی نیست مگر این‌که به اتمام رسیده باشد.

قاضی تاجش را زمین گذاشت و کلاهی بر سر گذاشت که شبیه کلاه «وکلای خاص» بود با این تفاوت که زراندود بود و داخل گوش‌های دراز پشم‌آلود آن باظرافت و برای تضاد، با نقره رنگ شده بود؛ زیرا بر طبق سنت قانون، هنگام صدور رأی لازم است. او گفت:

بر مبنای شواهدی که به من عرضه شده واضح است که علی‌رغم اعتراض، نوعی فرمان وجود دارد یا داشته، خواهد داشت، یا ممکن است وجود داشته، یا بتواند وجود داشته باشد یا در زمان دیگری وجود داشته که در آن " و" مورد مباحثه است. آن فرم، فکر می‌کنم موردقبول دفاع است؟ تمام وکلا برخاستند تعظیم کردند و دوباره روی قالیچه‌هایشان نشستند. اما استنباط من این است که (و عبوسانه به من نگاه کرد) موردقبول شاکی نیست. ما، چنان‌که من استنباط می‌کنم، یک عبارت کارساز داریم که در آن کلمه کارساز "و" است، یعنی عبارت "و تا زمانی که مالیات نمک برقرار باشد". نکات بسیاری در دفاع از دولت پیش کشیده شد که من مجبورم نادیده بگیرم. عظمت محاکم عدالت ما در این است که بین فرد و فرد خطمشی مطلقاً بی‌طرفانه اعمال می‌کنند و خود اعلیحضرت هم به این تصمیمات مقید هستند. (در این موقع زمزمه تحسین و تمجید شنیده شد که فوراً سرکوب شد)؛ بنابراین آن‌قدر جسارت به خرج می‌دهم که بگویم که شورا که در این مورد از جانب اعلیحضرت گماشته شده است خیلی چیزها گفته‌اند که من با آن‌ها موافق نیستم و چیزهای دیگری که من به‌حساب نخواهم آورد. به همان اندازه هم آشکار است کیسی که از جانب شاکی عرضه شده، به گفته خودش، اصلاً کیسی نیست و اگر قرار بود من به نص صریح قانون اتکا کنم که چنین کاری نخواهم کرد، تا حالا از محکمه بیرون‌افتاده بود. در این موقع همه با تندی به من نگاه کردند و احساس کردم که شأن من فوق‌العاده کاسته شد و روی قالیچه‌ام بیشتر قوز کردم. حضرت اقدس ادامه داد:

من به این مطلب به‌گونه‌ای می‌پردازم مثل این‌که از هیچ‌کدام از طرفین عرض حالی نشنیده باشم، چون من معتقدم که این رویه درست هر قاضی است که فقط نگران عدالت است. سپس ما این "و" کارساز را داریم، این کلمه سرنوشت‌ساز "و". در این موقع حضرت اشرف روی تختش به عقب متمایل شد و چشم‌هایش را به بالا به‌سوی نقوش اسلامی باشکوه سقف انداخت، آه کشید و ادامه داد:

کلمه "و" در زمره مهم‌ترین کلمات زبان شکوهمند باستانی ما است. در موارد بی‌شماری به کار گرفته شده است. طبقات صنعتی ما، اشراف ما و حتی طبقات متوسط ما، همچنین فقرا در جایگاه محقر خود از به‌کاربستن مداوم آن ناگزیرند. بگذارید این‌طور بگویم، جزئی از میراث نژاد ما است. حضرت اقدس که در این باره به‌هیجان‌آمده بود ادامه داد: آن‌کس که شکوه، اهمیت، گاهی حتی ابهت، تأثیر کلی و به‌واقع وزن مهیب این کلمه کوچک

را درک نمی‌کند ضعیف‌النفس و در دلبستگی به سنت‌های شاهنشاهی این جزیره ناپایدار است و در این موقع صدایش را پایین آورد: و، و تا آن زمان که مالیات نمک... نکته در این است. امیدوارم که منظورم را به‌روشنی بیان کرده‌ام.

همه با هم سرشان را تکان دادند و در این مرحله وردستی وارد شد (چنان‌که در محکمه‌های قانونی مرسوم است) و آوازی خواند در تمجید حضرت اقدس و دسته کُری هم که پیدا نبودند ولی صدایشان از دور شنیده می‌شد سرود کوتاهی در نیایش اجرا کردند. حضرت اقدس منتظر شد تا این مراسم که همیشه در اثنای قضاوت‌های مهم جااندازی می‌شود به پایان برسد و آن‌گاه ادامه داد:

"و تا زمانی که"، اهمیت این "و" در چیست؟ به استنباط من تأییدی، منفی، ربطی و برایندی است؛ اما این‌همه آن نیست. من فکر می‌کنم سازنده، آموزنده و نابودکننده هم هست. فقط با به‌کاربردن آن در تمام این حالات است که ما به طور کامل به اهمیت فائق آن در موضوعی که پیش ما است پی خواهیم برد. باز هم تمام سرها جنبید و حتی خود من هم تحت‌فشار بودم که از این رسم پیروی کنم گرچه از روی نادانی نمی‌توانستم از سروته این بحث فاضلانه سر در بیاورم. حقوق‌دانان حاضر چنان ظاهر مجذوبی به خود گرفته بودند گویی حیاتشان به آنچه قرار بود پیش بیاید بستگی دارد.

حضرت اقدس کاملاً غیرمترقبه گفت: شاکی در موقع خواندن شکواییه بر این عبارت خیلی متمایز "برای همیشه و همیشه" و همچنین بر کلمات " تا دولت مستقر باشد" تأکید گذاشت ولی وقتی‌که رسید به "و" متوجه تردید خاصی شدم. در این موقع یک نفر در ته محکمه با چنان صدای بلندی دهن درّه کرد که ناگهان همه چیز متوقف شد که نشانه این بود که او را بیرون انداخته‌اند و بعداً معلوم شد مرد بدبخت همان‌طور که استحقاق داشت به هلاکت رسید.

قاضی ادامه داد: کاملاً درک می‌کنم که رأی من، بسته به فرجام، تا حد زیادی آینده این کشور باستانی را رقم می‌زند. چون چنین مقدر است که ما کل جهان را به‌زودی تصاحب کرده و اداره بکنیم، می‌شود گفت که اظهارات محقر من در این موقع تاریخچه نسل بشر را تغییر خواهد داد. هیچ‌کس نمی‌تواند در برابر چنین مسئولیتی بی‌تفاوت بماند. وظیفه من روشن است. کلمه "و" به ترتیبی که بین جزء اول و جزء دوم عبارتی قرار گرفته

که ادعای شاکی برحسب «فرمان» بدان مبتنی است، به‌روشنی تکلیف این ادعا را تعیین می‌کند. اما تعیین تکلیف به معنی خاتمه‌دادن است؛ بنابراین شاکی در اینجا هیچ حقی، بدان معنی که کلمه حقوق در پیکره خجسته قوانین موضوعه و عرفیه ما به کار گرفته شده است، ندارد. وضع او کاملاً به اختیار دولت و ادعایش مردود است. شاید بداند که شانس آورده که من از تمام اختیاراتم استفاده نکرده‌ام که حکم کنم او را به پشت گاری ببندند و شلاق بزنند یا به قعر چاه اندازند. باشد به ثبت برسد که قضاوت تمام و رأی نهایی داده شد. با این حرف، حضرت اقدس با ابهت تمام از جا برخاست و برای جمعیتی که زانو زده بودند دعای خیر خواند و داشت محکمه را ترک می‌کرد که سلیم وکیل با این کلمات او را متوقف کرد:

حضرت خداوندی، مخارج چطور؟

قاضی با خستگی مفرط، به پشت سرش نگریست و گفت: همراه با رأی؛ و من با بهت و وحشت دیدم ده قلم به‌طورجدی و باعجله دارند می‌نویسند و متحیر که بعدازاین چه پیش می‌آید.

واقعاً از کل این امور بیزار شده بودم و فقط می‌خواستم از این وضع تحقیرآمیز به مسکن محقر خود پناه ببرم و فردا با آنچه از مختصر ذخیره فقیرانه‌ام باقی‌مانده بود ــ حداکثر ۴۰۰ دینار ــ اینجا را به‌قصد سرزمین اصلی ترک کنم و در آنجا با این سرمایه اندک سعی کنم ثروتم را بازسازی کنم.

ولی اوضاع آن طوری که تصور می‌کردم نبود. هنوز به در محکمه نرسیده بودم که سلیم وکیل به من نزدیک شد و آن عبارتی را که تا این لحظه برایم نامفهوم بود تکرار کرد: مخارج چطور؟ و فهمیدم قبل از پرداخت ۳۵۰ دینار امکان ندارد ساختمان را ترک کنم. دقیقاً فقط پنجاه دینار برایم باقی می‌ماند که با آن با دنیا مواجه شوم! خوشبختانه کیفم همراهم بود. باعجله این آخرین باقیمانده فقیرانه ثروتم را شمرده و پرداختم. سپس چون می‌ترسیدم به اقامتگاه خود برگردم (چون دیگر قادر به پرداخت کرایه آن نبودم) از ابتدای غروب و در تاریکی شب، نومید از همه‌جا در کنار اسکله راه می‌رفتم تا اینکه حدود نیمه‌شب چشمم به دریانورد کهنه‌کاری افتاد که داشت سوار کشتی‌اش می‌شد.

پرسیدم چقدر می‌گیری که مرا به سرزمین اصلی ببری.

با خشونت گفت: می‌شود یکصد دینار.

پاسخ دادم انقدر ندارم. شکمم برای غذا به غرغر افتاده بود. گفتم فقط پنجاه دینار دارم و قسمتی از آن را هم باید برای غذا نگاه دارم، تا قبل از رسیدن به خشکی تلف نشوم.

او با خشونتی کمی کمتر ولی لحنی خالی از انسانیت گفت: خوب، می‌توانی اگر می‌خواهی بری یک گوشه‌ای میان طناب‌ها و چهل و پنج تا از سکه‌هایت را بدی به من، و پنج تا را نگه‌دار که وقتی در خشکی پیاده شدی باهاش غذا بخوری.

با فروتنی از محبت غیرمنتظره او تشکر کردم. سعی کردم در سرمای شب، با چسبیدن میان طناب‌های عرشه کوچک جلو کشتی، گوشه گرمی گیر بیاورم. هنگام طلوع، بقیه خدمه هم سوار کشتی شدند، دو بادبان بزرگ برافراشته شد و به عرصه دریا روان شدیم.

قبل ازآنکه خورشید بالا بیاید به افق نزدیک شده بودیم و کاخ‌های سرزمینی را که فکر کرده بودم در آنجا امنیت و آسایش بیابم پشت سر گذاشتیم. در این حال، من، منی که تا همین اواخر دنیا را در اختیار داشتم، گدایی بودم نومید از روزهایی که در پیش‌اند و نمی‌دانستم وقتی به خشکی رسیدم، کجا غذایی پیدا کنم که هفته‌ای با آن زنده بمانم.

درحالی‌که سخن محمود به پایان می‌رسید، صدای ناله بلندی برخاست، تیز و طولانی که او و پسرانی را که به صف، بغل‌دست هم چهارزانو کف اتاق نشسته بودند از جا پراند. صدا از کوچکترین برادرزاده‌ها برخاسته بود.

عمویش با نگرانی شدید گفت چی شده کوچولوی من؟ کودک بیچاره هق‌هق‌کنان گفت آه، آه، همه چیز از دست رفت! تمام آن پول‌های دوست‌داشتنی از دست رفت! عمو من نمی‌توانم تحمل کنم و سیل اشک‌هایش سرازیر شد.

پیرمرد که از نگرانی برای آن طفل، به خود می‌پیچید گفت: محض رضای خدا، این‌طور نکن، دلیلی برای این‌همه ناراحتی وجود ندارد. خیلی بزرگش می‌کنی. این فقط جزئی از داستان است. نمی‌بینی که چه ثروت عظیمی بازیافته‌ام؟ آیا تو در این قصر من با تمام غلامان من در اطرافت نیستی؟ و آویزه‌های باشکوه روی دیوار؟ بیا، به دوروبر خودت نگاه کن و این

حرف‌های گذشته را با چیزهای واقعی که اکنون می‌توانی لمس کنی و ببینی اشتباه نکن.

پسرک سعی کرد جلو هق‌هق خود را بگیرد ولی شدیدتر شد.

آه عمو، تصور این‌که تو که این‌همه ثروتمند بودی این‌قدر فقیر بشوی؛ تصور این‌که آن‌هایی که ثروت زیاد به دست می‌آورند نمی‌توانند آن را برای همیشه نگاه‌دارند؛ همه ثروتت را در نظر بگیر! آه، وحشتناک است، مرگ و ازبین‌رفتن آن. از فرط غم و غصه خودش را روی مرمر کف اتاق انداخت، صورتش را در میان بازوانش پنهان کرد و شروع کرد با هر یک از پاهایش به‌تناوب به هوا لگد پرتاب‌کردن.

عمویش به‌قدری تحت‌تأثیر قرار گرفته بود که در کنار کودک زانو زد تا او را دلداری بدهد.

گفت: خواهش می‌کنم، خواهش می‌کنم، خودت را مهار کن، به خودت لطمه می‌زنی. پسر عزیزم تو را تحسین می‌کنم، تیزهوشی‌های منحصربه‌فرد تو را درک می‌کنم. تو از همه برادران بزرگ‌ترت بیشتر می‌دانی که جوانان در زندگی باید دنبال چه چیزهایی باشند. تو در واقع آنچه دیگران اکثر اوقات نمی‌فهمند می‌فهمی، تمام معنی پول را. ولی ناگواراست ببینم که یکی به سن تو فقط از شنیدن روایت از دست‌دادنش آن‌قدر رنج می‌برد. من واقعاً می‌خواهم با تمام وجود به تو تسلی بدهم؛ در اینجا پیرمرد وسوسه شد که دست در کیسه کرده چند سکه کوچک برای دل‌جویی به کودک بدهد ولی خودش را جمع‌وجور کرد و ادامه داد، با جرعه‌ای آب‌خنک به تو تسلی بدهم که متأسفانه آخرین باری که افتخار حضور شما را داشتم فراموش کردم به تو و برادرانت تعارف کنم.

پسر کوچولو بلند شد نشست ولی هنوز هق‌هق می‌کرد ولی سعی داشت اشک‌هایش را پاک کند و گاه‌به‌گاه ناله می‌کرد: آن‌همه پول! آن‌همه پول‌دوست داشتنی!

آب پاک خنک و بلورین آورده شد و پسرها با حق‌شناسی جرعه‌جرعه نوشیدند که پس از آنکه خوب به خرج عمویشان تروتازه شدند، به گرمی از او تشکر کردند و با احترام از حضورش مرخص شدند، درست در همان لحظه صدای مؤذن از گلدسته محل به گوش رسید که با دعوت مکرر به نماز، حوصله مؤمنین را تا حد گریه سر می‌برد.

فصل هفتم
الغنم یا گوسفند

زمانی که برادرزاده‌های محمود کمی بعد از اعدام‌های درملأعام به صف وارد شدند تا به ادامه داستان جذاب عمویشان گوش بدهند، حالتی بر چهره داشتند متفاوت از آنچه طی روزهای متوالی مشاهده کرده بود. تصور اینکه این مرد بزرگ هم مانند دیگران به ذلت افتاده و از فقر شدید رنج‌کشیده باشد، روح جوان و حساس‌شان را به تلاطم انداخته بود. آن‌ها در همین تجربه کوتاه زندگی‌شان با این ایده بار آمده بودند که آن‌ها و پدر بیچاره‌شان باید خواری بکشند، اما اینکه بزرگ فامیل هرگز به چنین وضعی گرفتار آمده باشد، ایمانشان به این جهان را متزلزل کرده بود.

تاجر سال‌خورده که از ظاهرشان کمی نگران شده بود، به آن‌ها هشدار داد که آنچه می‌خواهد برای آن‌ها تعریف کند نه فقط همان روز بلکه بعدها هم حکایات خوش فرجامی نیستند. فرزندان عزیزم این‌ها روزهای فلاکت من بودند که باعث شدند فروتن شوم و اغلب، وقتی‌که وضعیتی پیش می‌آید که آدم بیچاره‌ای را از خانه‌اش بیرون کنم یا بیوه گرسنه‌ای را به‌خاطر بدهی به محاکمه بکشانم یا فردی را که به قراردادی که بر او تحمیل کرده بودم، عمل‌نکرده به زندان بیندازم، آهی می‌کشم و خود را با این فکر سرزنش می‌کنم که (اگر از لطف لایزال پروردگار نبود) ممکن بود من‌هم جای آن مرد یا آن زن باشم. گرچه صریحاً بگویم با توجه به بی‌عرضگی این مردم، هرگز نمی‌توانم تصور کنم که این‌ها در جایگاه من باشند. با این مقدمه‌چینی برای آنچه می‌خواست بگوید تاجر چنین آغاز کرد:

در آن شب فلاکت‌بار جلو قایق نشسته چشم‌به‌راه خشکی بودم. بر حسب عادت اشخاص هم خلق و خوی من، سعی کردم نقشه‌ای بکشم ولی هیچ فکری به مغز خسته و ناشاد من نمی‌رسید. علاوه بر چند سکه‌ای که به‌سختی می‌توانست بیش از یک روز دوام بیاورد، فقط یک دارایی قیمتی برایم باقی‌مانده بود و آن لباسی بود که بر تن داشتم؛ چون لباس نفیس مقام پیشینم را که موقع محاکمه پوشیده بودم، هنوز بر تن داشتم. حالا در واقع هیچ لباس دیگری نداشتم.

این سازوبرگ و حالت متکبرانه‌ای که طی سال‌ها ناز و نعمت به خود گرفته بودم مرا از خفت و خواری نجات دادند گرچه مطمئن نیستم اگر از من خواسته بودند باروبنه مسافرین ثروتمند را حمل کنم، به امید انعام، نمی‌پذیرفتم. تقریباً نصف مشتی ناچیز پولی را که داشتم خرج یک وعده غذا کردم و با بقیه برای شب آذوقه خریدم.

خوشبختانه، شهری که بدان وارد شدم مرکز تجاری چنان پرجنب‌وجوش و پرجمعیتی بود که کسی به رهگذر آواره‌ای توجه نمی‌کرد. نمی‌دانستم به کدام سمت بروم، بنابراین مثل سالیان دراز به بخت و اقبال یا بهتر بگویم به «مشیت الهی» توکل کردم. بعد از آنکه شدت گرمای روز فرونشست راه باریکی را شانسی پیش گرفتم، ابتدا از کنار رودخانه، ورای اسکله و بعد روبه‌بالا از میان باغ‌های شهر تا تپه‌های اطراف رفتم.

در اینجا ییلاقات، طبیعت حاصلخیزتری نسبت به زمین‌هایی که پشت سر گذاشته بودم داشت. در آن بعدازظهر خاموش، درختان متراکم جنگل سایه مغتنمی فراهم آورده بودند و بعد از آن روبه‌بالا به اراضی تپه و ماهورهای زیبایی رسیدم با علف‌های کم‌پشت، خوراک گاو و گله.

به نظر می‌رسید که به چوب‌دارها اجاره داده بودند. چون کمی دوردست دیدم که یک نفر مثل چوپان‌ها ایستاده و چوب‌دستی سر کجش را کنار هیکل نیرومندش نگاه‌داشته است، هیکل خیلی خارق‌العاده‌ای. به او نزدیک شدم بی‌آنکه هیچ ایده به خصوصی داشته باشم که این ماجرا ممکن است به کجا بینجامد. فقط می‌دانستم که وضع نمی‌تواند از این بدتر بشود. شاید جایی در گوشه ذهنم، گمانی نیم‌بند شکل‌گرفته بود که شاید بتوانم با دستمزد کمی به درد کاری بخورم. به‌هرحال نزدیک رفتم. به‌ندرت قیافه‌ای دیده‌ام بدین غرور و سرزندگی و تعجب کردم که متعلق به یک مستخدم باشد. احتمالاً شصت سال داشت با قامتی ستبر، چشم‌های درخشان و تقریباً خشمناک و رخساری بسان شاهین یا بهتر بگویم عقاب. درحالی‌که ایستاده بود گله بزرگ گوسفندهای چاق و فربه را که مشغول چرا بودند زیر نظر داشت که از نژاد خوبی بودند، منظره‌ای در خور تماشا. حداقل هزار عدد و به نظر می‌رسید که مذهب این ناحیه (زیرا این‌ها نیز مردم واقعاً متعصبی بودند) استفاده از زنگ را غدغن نمی‌کرد، چون صدای بی‌شمار جلینگ، جلینگ از گله که در حرکت بود به گوشم می‌رسید. خیلی دورتر پشته‌ای بلند به حاشیه آسمان کشیده بود و بین آن افق و قله‌ای که من بدان رسیده بودم، دره‌های کوچکی بود با برکه‌های آب نهفته در خود که آن گستره

وسیع را متنوع می‌ساخت. ولی درخت نبود. همه‌جا زیر آسمان که روشنایی آن به‌سوی شب محو می‌شد برهنه و باشکوه بود. چوپان سلامم را پاسخ داد و دعوت مرا پذیرفت که در غذای خیلی کمی که خریده بودم با من شریک شود، بنابراین جلو من روی زمین نشست تا بخورد.

در حال خوردن با هم آشنا شدیم. درباره مصیبتی که به سرم آمده بود تاحدی‌که می‌شد به‌صراحت برایش تعریف کردم گرچه نه به‌تفصیل. گفتم تا پریروز شخص ثروتمندی بودم. امروز همینم که می‌بینی و آخرین سکهٔ نقره هم که داشتم خرج شده. خیلی جدی به من نگاه کرد و گفت: اوست که می‌بخشد و اوست که پس می‌گیرد؛ باسمه التعالی. مثلاً این گوسفندها متعلق به مردی است ازهرجهت درخور مذمت که ابله و آتشی‌مزاج، اربابی بد و تاجری به‌ظاهر نادان است. باوجود این، او روزبه‌روز ثروتمندتر می‌شود و من چوپان دستمزدم آن‌قدر ناچیز است که امکان ندارد بتوانم چیزی پس‌انداز کنم. سال‌ها به همین منوال بوده است. کمی با تلخی اضافه کرد من قابلیت‌های ذهنی لازم برای آن نوع زندگی که اربابم به دنبالش هست را ندارم. به‌هرحال من کاملاً اطمینان دارم که در قضاوت عموم مردم او از هر نقطه‌نظر کمتر و من برتر هستم. مع‌هذا وضع من این است که می‌بینی! دنیا با مردم فقیر خیلی بد می‌کند. به من نگاه کرد که ببیند آیا درست معنی سخنانش را فهمیده‌ام یا نه.

چون بدین روال صحبت کرد (به نظرم رسید غم او به‌خاطر احساس همبستگی، غم مرا تسکین داد) خورشید که حالا به افق نزدیک شده بود ما را به نماز خواند و من واقعاً خوشحال شدم که دیدم این همره اتفاقی تازه من هم به‌اندازه من نسبت به فرائضی که به خالق خود مدیونیم پایبند است. او هم زانو زد و مانند من که کناردستش بودم نماز مغرب به جا آورد و برای لحظاتی که اوراد را می‌خواندیم تمام افکار دنیوی از ذهن من و فکر می‌کنم از ذهن او هم محو شدند. بعد از نماز هر دو با هم برخاستیم، احساس کردم که هر دو سرشار از حس برادری شده‌ایم. اول من بودم که آن سکوت قدسی را شکستم.

بدین صورت که از او پرسیدم آیا در طی سال‌های طولانی چوپانی هرگز به این فکر نیفتاده که چگونه می‌شود با دزدیدن گوسفندهای اربابش یا ترفندهای دیگر با آن‌ها، پول دربیاورد. آیا هرگز فرصت این را داشته که از اربابش باج‌سبیل بگیرد یا از راه‌های دیگر پول بیشتری دربیاورد؟ چون برای من غیرقابل‌تحمل بود مردی با مشخصاتی که او از صاحب‌کارش

تعریف می‌کند ثروتمند باشد و خود او فقیر. او شانه‌هایش را از روی ناچاری بالا انداخت و به‌سادگی گفت:

مدت‌ها پیش اغلب به این کارها دست زدم ولی همواره ناموفق بوده‌ام. در واقع رئیس چوب‌دارهای این منطقه مرا خوب می‌شناسد که هرگونه کلکی که ممکن بوده به آن‌ها زده‌ام و اگر به‌خاطر مهارت‌های من در چراندن گوسفند و تمام کاره‌های مربوط به این حرفه نبود هرگز به من شغلی نمی‌دادند. در حال حاضر من را شدیداً زیر نظر دارند. جاسوس‌هایشان همه‌جا هستند. متأسفانه من از هیچ‌کدام از روش‌هایی که تو پیشنهاد می‌کنی یک دینار هم نمی‌توانم در بیاورم. من به سهم خود همه آن‌ها را امتحان کرده‌ام. رسید جعل کرده‌ام، گوسفند فروخته و به‌حساب مرگ در اثر حادثه ثبت کرده‌ام. تعداد بره‌های زاییده شده را تحریف کرده‌ام. گاهی با تظاهر به این‌که گله مال خود من است بابت آن پول قرض کرده‌ام. تنها پاداش من جریمه و زندان و شکنجه‌های ظالمانه بوده است. اما حقیقت این است که من استعداد تجارت ندارم که به نظر من به بعضی داده‌اند و به بعضی نداده‌اند. خود من از این‌ها سرخورده شده‌ام و دیگر هیچ‌گاه سراغ این کارها نخواهم رفت.

سخنانش مرا درآن‌واحد از افسوس و امید سرشار کرد و (چون نبوغ و ابتکار هیچگاه برای مدت طولانی از اشخاصی به خلق و خوی من پنهان نمی‌ماند) ناگهان نقشه‌ای به فکرم رسید. بعد از جمع‌آوری هیزم و روشن‌کردن آتش تا رسیدن تاریکی شب گفتم چرا ما نباید با هم شریک بشویم؟ فکر می‌کنم بدون این‌که بخواهم پز داده باشم، به میزان منحصربه‌فرد، صاحب آن استعدادهایی که تو می‌گویی نداری، هستم. خداوند مرا از تمام جهات یک تاجر خلق کرده. من خیلی بهتر از هرکسی که تابه‌حال دیده‌ام می‌توانم پنهان، تحریف یا پیش‌دستی بکنم، جلو بزنم، گردن‌کلفتی و مرعوب بکنم، یا حتی با گستاخی قاپ بزنم. در زندگی فقط یک‌بار به‌اشتباه اعتماد به دیگران دچار شده‌ام و همان‌طوری که می‌بینی به تلخی تاوان آن را داده‌ام. درحالی‌که صحبت می‌کردم متوجه نبودم که باز هم دارم مرتکب همان اشتباه می‌شوم که به فرد کاملاً غریبه‌ای پیشنهاد شراکت می‌دهم. اما درواقع خدا مرا کور کرده بود؛ اراده کرده بود که من طعم ذلت را به‌تمامی بچشَم تا بعدها قدر نعمت‌های باری‌تعالی را بهتر بدانم.

در ادامه گفتم تمام این استعدادها و بیشترش را هم به حد فراوان دارم زیرا پروردگار خیلی به من عنایت فرموده. ازطرف دیگر آنچه را که من ندارم،

تو دارای، یعنی شناخت شهرها از همه جهات و از بازارهایشان، از قیمت گوسفند، از روش‌هایی که برای گیر انداختن افراد زرنگ ترتیب داده شده و چگونه از آن‌ها اجتناب کرد؛ بنابراین ما دو نفر با هم آنچه برای موفقیت لازم است داریم. بیا قرار بگذاریم که از طلوع فجر همراه یکدیگر شانسمان را به آزمایش بگذاریم.

بعد از این صحبت‌ها، چوپان جلو آتش که انعکاس آن در چشمان با نفوذش می‌درخشید مدتی دراز با نگرانی به من نگاه کرد. نمی‌دانستم مردد است یا نه و چه تصمیمی خواهد گرفت. بالاخره خیلی آرام شروع کرد به حرف‌زدن. گفت: من مایل نیستم، من مایل نیستم... ولی خطر می‌کنم. بدترین چیزی که امکان داشته پیش بیاید تابه‌حال به سرم آمده. بهترین - و به سمت گله بزرگ گوسفندان اشاره کرد که حالا که خوابیده بودند، مانند توده سفیدی در تاریکی سوسو می‌زدند - بهترینش این است که هرکدام آذوقه سال‌هایمان را تأمین می‌کنیم.

با خود فکر کردم آه، احمق! آذوقه سال‌ها! یعنی نمی‌داند پول چطور تولیدمثل می‌کند؟ ولی در ظاهر گفتم بله، غنیمت را با هم تقسیم می‌کنیم و هرکدام دنبال کار خود می‌رویم. من با سهم خودم و تو با سهم خودت.

او پاسخ داد: " دقیقاً، تو با سهم خودت و من با سهم خودم" همراه با لبخند عجیبی که مرا برای یک‌لحظه به فکر فروبرد.

در طول شب با جزئیات نقشه‌ام او را سرگرم کردم. چون قرار بود تمام کارها را من انجام بدهم واو (به دلیل اطلاعاتش از آن حرفه) می‌بایستی فرماندهی بکند. پیشنهاد کردم که او باید ارباب باشد و من نوکر. او با جنباندن سر موافقت کرد. همچنین به پیشنهاد من راضی شد که لباس مرا بپوشد و من «لباس پاره» او را که بتوانیم نقش خود را بهتر بازی کنیم. گفتم موقعی که گله را پیش می‌رانی شاید به نظر تو عجیب‌وغریب بیاید اما وقتی‌که داریم می‌رسیم به شهر و بازار، درصورتی‌که بازاری در آن نزدیکی باشد، من سعی می‌کنم با راهنمایی تو وظیفه تو را به عهده بگیرم و گله را به محل فروش برسانم. طوری با تو حرف خواهم زد مثل این‌که صاحب گله هستی. لباس زیبای من را هم که به تن داری فریبکاری را تکمیل خواهد کرد که همه فکر کنند معامله شرافتمندانه‌ای است. مبلغی را که با خریدار موافقت می‌کنیم به تو پرداخت خواهد شد و فقط وقتی‌که معامله کاملاً تمام شد و خوب از دروازه دور شدیم من از تو خواهم خواست با هم

تقسیم کنیم که فکر می‌کنم باید به‌تساوی باشد. با این‌ها هم موافقت کرد فقط پرسید آیا من نمی‌خواهم که پول را به هر دوی ما بپردازند (چون به‌هرحال همین‌الان با او آشنا شده‌ام)؟ از او استدعا کردم که نقشه مرا اجر کند. این‌که او به‌عنوان ارباب پول را دریافت بکند امری طبیعی به نظر می‌رسد و تعجبی برنمی‌انگیزد. می‌توانیم بعد به طور خصوصی و سرفرصت آن را تقسیم کنیم.

وقتی این را گفتم، با تعجب دیدم که نیمه تعظیمی به من کرد؛ ولی آن را به‌حساب آداب‌ورسوم گذاشتم و نقشه‌ام را ادامه دادم. پرسیدم با یک محاسبه سردستی قیمت گوسفند چقدر است؟ گفت در «کسَر» [۱۳] در همین نزدیکی که می‌شود گفت «شهر بازار» درحال‌توسعه یا قصبه بزرگی است، اتفاقاً همین فردا قرار است بازار گوسفند برقرار باشد که ما باید کمی بعد از طلوع خورشید خودمان را به آنجا برسانیم. فاصله‌اش ازطرف تپه‌ها کمتر از یک ساعت است. خریداران از همه نواحی می‌آیند و چون احتمالاً رقابت شدید خواهد بود ممکن است برای تمام گله حداقل ۱۸۰۰ یا حتی ۲۰۰۰ سکه طلا بدهند. وقتی‌که این حرف‌ها را می‌زد احساس می‌کردم که تمام این پول‌ها اکنون در تصاحب من است یا حداقل نصف آن. در این فکر بودم که خیلی بد خواهد بود اگر بعد از آن معامله موفقیت‌آمیز نتوانم شریکم را به معامله بعدی و بعدی بکشانم تا این‌که بالاخره سهم او را هم از دستش بیرون بیاورم. در طول شب تمام جزئیات را بحث کرده و نقش خود را تمرین کردیم و با تابش اولین بارقه طلوع در مشرق، بر فراز حاشیه تپه‌ها، زیر نور ماه که در حال افول بود همه چیز تکمیل شده بود.

از جا بلند شده گله را گرد آوردیم، لباسمان را با هم عوض کردیم و حالا که سرووضعی به هم زده بود که خیلی بیشتر با وجنات و قد و قامتش جور درمی‌آمد، نمی‌توانستم او را تحسین نکنم. درست مثل یک ارباب شده بود، سرور متمول زیردستان. به او اطمینان دادم جذبه‌ای که از او ساتع می‌شود هرگونه سوءظنی را برطرف می‌کند و از این‌که همگی او را به حق، لردی بزرگوار به‌حساب می‌آورند به او تبریک گفتم.

بازهم لبخند زد، همان لبخند حیرت‌انگیز، و غراتر تعظیم کرد. ولی کمی به من برخورد که نقشش را خوب بازی می‌کرد و با لحن تند و حالت اشخاص برتر، من را صدا می‌زد. اما من در نقش نوکر، در لباس پاره‌پوره

---

[۱۳] در موریتانی شهری به این اسم وجود دارد

فلاکت باری که از او به عاریت گرفته بودم و چوب‌دستی او را ناشیانه در دست داشتم و به سنگینی گام برمی‌داشتم، از سرمای صبح سحر به خود می‌لرزیدم.

به‌زودی، درست موقعی که خورشید بالا می‌آمد، حصار مه‌آلود و دیوارهای زردرنگ و ترک‌خورده «کسر» پدیدار گشت که در یک فرورفتگی واقع شده بود که رود گل آلودی از آن می‌گذشت. از محوطه‌های محصور صدای بع‌بع گوسفندان زیادی بلند شده بود که برای فروش آورده بودند و در تپه‌های دوردست می‌توانستیم چندین گله را ببینیم که بدین سمت سرازیر بودند. همره من وقتی‌که هنوز کسی صدای ما را نمی‌شنید به من گفت اگر زودتر به آنجا برسیم فرصت خواهیم داشت که حرکت قیمت‌ها را تحت نظرگیریم و از همه مهم‌تر قبل ازآنکه احتمالاً بخواهند ما را تعقیب بکنند بتوانیم از آنجا فرار کنیم.

آخرین دستورهایش را به من داد و تمام آنچه را که در طی شب تصمیم گرفته بودیم یادآوری نمود. وقتی‌که اولین گوسفندهای گله بزرگ ما وارد کوچه‌های باریک شدند، او گفت: من عمداً از تو عقب می‌مانم و به سمت محوطه سنگ‌فرش جلو مسجد می‌روم که برای تجار عمده در نظر گرفته شده است و آنجا باشوکت و عزت وافی منتظر تو می‌شوم. تو باید به سمت محل بازار که بعد از مسجد واقع شده بروی و هروقت خریدار داشتی به سراغ من برگرد. چون راه‌ورسم اینجا این‌چنین است که نوکر چک‌وچانه می‌زند و ارباب تأیید می‌کند. نوکر خریدار را به نزد اربابش می‌برد و ارباب پول را از خریدار می‌گیرد. تو هم در اطراف بگرد تا صحبت‌های خریداران را بشنوی و مطمئن بشوی که به کمتر از ۲۰۰۰ سکه طلا نفروشی. سپس تعداد گله ما را به من گفت و تمام که شد مرا وادار کرد تعداد بره‌ها و میش‌ها را بادقت یک‌رقمی برایش تکرار کنم. حرفش که تمام شد از من عقب ماند و در کوچه‌ای که به مسجد منتهی می‌شد به راه افتاد. من که نسبت به توانایی‌های خودم قدری مشکوک بودم ولی تا آنجا که می‌توانستم خودم را از تک‌وتا نمی‌انداختم، مستقیم به سمت جلو در کوچه وسیعی که به بازار منتهی می‌شد پیش رفتم. آنجا گله را به داخل یکی از آغل‌های بزرگی کردم که مخصوص فروشندگان آن بازار ذخیره شده بود.

بازار به‌زودی از خریداران پر شد که در گروه‌های کوچک می‌آمدند، گوسفندها را سُک می‌زدند، پشمشان را بررسی و گاهی تو دهانشان را نگاه می‌کردند؛ و گله‌ای که من افتخار نگهداری‌اش را داشتم از همه بیشتر مورد

تحسین قرار می‌گرفت. چندین نفر از من پرسیدند تکی نمی‌فروشم؟ ولی باتوجه‌به اشتیاقی که خریداران از خود بروز می‌دادند با حرکت سر پاسخ منفی داده و می‌گفتم که نمی‌توانم کمتر از حداقل مبلغ تضمین شده دو هزار سکه طلا معامله، یا خرده‌فروشی بکنم. اضافه کردم که حیف است چنین کاری بکنم چون‌که این گله از نژاد اصیل است و تک‌تک این گوسفندان از نسل قوچ مشهوری هستند که سیصد سال قبل به امر باری‌تعالی با صدای انسان با «امام حسن» حرف زده بود.[14] گفتم قبول دارم این اصل‌ونسب تأثیری روی گوشت ندارد ولی به آن‌ها گوشزد کردم که تأثیر خارق‌العاده‌ای روی پشم دارد.

در این موقع مناقصه شروع شد و من با خوشحالی بسیار متوجه شدم که مرد بلندقد، سیه‌چرده، خیلی لاغر در مقایسه با دیگران، با حرکات کند و چشمان ثابت که به‌هیچ‌وجه نگاهش را از صورت من برنمی‌داشت، درست بعد از هر پیشنهاد نهایی، قیمت را پنجاه سکه طلا بالاتر می‌برد. هیچ‌کس نمی‌توانست او را شکست بدهد. رقبا یکی پس از دیگری حذف شدند. بالاخره زمانی که این ناشناس مرموز، مبلغ خیلی عالی ۲۸۳۲ سکه طلا پیشنهاد کرد، من دست‌هایم را به نشانه موافقت به هم زدم و طبق مرسوم گفتم "حسبنا الله". ناشناس نزدیک آمد، قلم نی و دوات شاخی کوچکی از کمرش بیرون آورد. من فکر کردم قرار است سند انتقال امضا بکنیم – هرچند به ذهنم رسید که این تشریفات غیرعادی است، چون فقط کافی بود که او گوسفندها را ببرد و کیسه سکه‌های طلا را برای من به جا بگذارد. اما مرا از اشتباه بیرون آورد، چون حکم انتقال یا سند به من عرضه نکرد بلکه یک نوشته عجیب‌وغریب که تابه‌حال ندیده بودم به دست من داد و همتای آن را از من خواست. من دستپاچه و کمی گیج شدم و گفتم چه همتایی؟ با صدای رسا، طوری که افراد کنجکاوی که دوروبر ایستاده بودند بشنوند گفت: می‌خواهی بگویی که «جواز» نداری؟ حاضرین با شنیدن این زدند زیر خنده و دیگران هم که بوی سرگرمی به مشامشان خورده بود، دور من جمع شدند که ببینند چه می‌شود.

با خشونت تکرار کرد جواز نداری؟ به دنبال خنده‌هایی که در گرفت، احساس کردم بدنم گرم و دچار سرگیجه شده‌ام و حتی به وحشت افتادم چون‌که شنیدم یکی از خریداران با لحن اهانت‌آمیزی به بغل‌دستی‌اش گفت:

---

[14] روایتی درباره غلام امام حسن مجتبی که پای گوسفند را شکست تا حضرت را ناراحت کند ولی حضرت غلام را آزاد کرد.

"یکی دیگه از اون‌ها را گرفته‌اند". من گفتم چنین سندی هرگز حتی به گوشم هم نخورده. مرد ناشناس خیلی جدی گفت دنبال من بیا. من نمی‌دانم از روی کنجکاوی بود یا از اعتقادی که در من شدت گرفته بود که او صاحب‌اختیار است، گله بزرگم را بع‌بع کنان در آغل رها کرده و خیلی حقیرانه دنبال او راه افتادم.

مرد ناشناس که حالا نشان داد کلید بازار را همراه خودش دارد، در آغل را قفل کرد، یک غلام را مأمور کرد (نشانه دیگری از صاحب‌اختیار بودنش) که کسی به اموالی که من در اختیار او گذاشته بودم مداخله نکند و به دیگران هم اشاره کرد که دنبال ما راه بیافتند. سپس مرا برد و من بیشتر نگران شدم چون متوجه لبخند عجیب‌وغریب مردمی شدم که به گروه کوچک ما نگاه می‌کردند، او با چوب‌دستی بزرگش جلو همه راه می‌رفت، من به دنبال او. مرا به مکانی برد که شیوخ محل، گله‌دارهای عمده و قضات، باابهت تام جلو مسجد نشسته بودند؛ جمعی هیبت‌انگیز که در آن میان درست در مرکز، بزرگ و باشکوه و به‌وضوح مکرم‌تر از همه آن‌ها، متوجه حضور همره اخیرم، یعنی چوپان شدم، ملبس به لباس‌های نفیس خودم که حالا تزیینات مخصوص خودش هم به آن‌ها اضافه شده بود، از هر بابت مثل پادشاه محل.

با رسیدن ما برآشفته به من نگریست، بلند شد ایستاد و با صدایی مخوف، رو به ناشناسی که مرا دستگیر کرده بود گفت: سرکار! بازهم یکی از این نابکاران را نزد من آوردی؟ گوسفندان چه کسی را «رانده» است؟ و آیا کیس جعل جواز است یا چه؟

دیگر می‌دانستم قضیه از چه قرار است و از ترس خود را باخته بودم که چه در انتظارم هست. درست حدس زدم، گله‌دارها از دزدی گوسفند به ستوه آمده، بنابراین جوازهایی با امضا خودشان مقرر کرده بودند تا فروش تقلبی را کنترل کنند؛ نقشه کشیده بودند که مجرمین دزد را به تله بیندازند و این آدم بدقول که خودش را به لباس نوکرها درآورده بود تا این‌گونه افراد را گیر بیندازد، مرا گیر انداخته بود. افسری که مرا دستگیر کرده بود شروع به صحبت کرد:

او گفت سرور من ما این طاغی را (به من اشاره کرد) در حال فروختن گوسفندان شما کلاً بدون هیچ‌گونه جواز، دستگیر کرده‌ایم! بایستی شبانه گله را رانده باشد. طبق قانونی که شورای خودتان سال گذشته درست بعد از

ماه رمضان اعلان کرده مجازاتش در دست شما است. تصمیم آن به عهده مال‌دار است.

در کمال تعجب و وحشت من، همره قبلی من با قیافه‌ای مخوف و تحقیرآمیز به من نگاه کرد و گفت تمام ماوقع را برای من بگو تا مجازاتی را که مستحقش هست درحق او روا دارم. فقط مدت کوتاهی در استخدام من بود. از لحظه اول به او اعتماد نداشتم. تمامش را برایم بگو!

افسر با قیافه‌ای عبوس جواب داد او را در حال فروختن گوسفندان آن حضرت یافتم. قیمتشان تقریباً به ۳۰۰۰ سکه طلا رسید. سرور من، درس خیلی خوبی است برای عبرت سایرین. او اولین فردی است که ما در این بازار دستگیر کرده‌ایم که سعی می‌کرد بدون جواز گوسفند بفروشد. شکی نمی‌تواند وجود داشته باشد (من شاهدهایی هم برای آن دارم) که او می‌خواست پول خریدار را بگیرد و (احتمالاً همراه همدست‌هایی که من نتوانسته‌ام رد آن‌ها را بزنم) فرار بکند.

همراه سابق من از شنیدن این حرف، با دست‌های گره‌کرده و شدت هیجانی که وقارش اجازه می‌داد – و چه هیکل با شکوهی در آن لباس‌هایش (لباس‌های من) – فریاد زد چی؟ آیا امکان دارد فردی که من او را غذا داده‌ام، پرورده‌ام، با او رفاقت کرده‌ام مرتکب چنین جنایت شنیعی شده باشد؟ چه‌کار عاقلانه‌ای بود که این مقررات را برقرار کردیم. شما چقدر در انجام‌وظیفه‌تان عالی و غیور بودید که اولین مجرم را که سعی کرد در این محل دزدی کند کشف کردید! چقدر قابل‌تحسین است که قبل از آنکه بتواند از جنایتش بهره ببرد به دست عدالت سپرده شود! چقدر هویداست کار مشیت الهی – در اینجا چشم‌هایش را به‌سوی آسمان برد – که او را برای عبرت سایرین به دست ما بسپارد! بیا تا سرش را با یک اره کند از تنش جدا کنیم.

افسری که مرا به طرز خائنانه‌ای دستگیر کرده بود تعظیم غرایی کرد و گفت سمعا و طاعتا! ولی اگر سرور من اجازه مشورت بفرمایند من عرضی دارم.

همراه من که به‌کندی سر جایش نشست و به نظر می‌رسید از قطع‌کردن صحبتش ناخرسند است گفت چه چیزی است که می‌خواهی بگویی؟ صاحب‌منصب گفت: سرور من، به نظر من اگر با اره کند، سر فلاکت‌بارش را از تنش جدا کنید، گرچه بدون شک اثر خوبی درآن‌واحد خواهد داشت

و در دل آن‌هایی که آن را می‌بینند وحشت می‌اندازد و هرگز گوسفندان دیگری از این بازار دزدیده نخواهد شد و هرگز بر خلاف گذشته رنج نخواهیم برد. مع‌هذا اثرش از آنچه من پیشنهاد می‌کنم کمتر خواهد بود. چون شنیدن درباره اعدام یک شخص یک چیز است ولی شنیدن روایت رنج‌کشیدن از زبان خود شخص چیز دیگری است؛ بنابراین من پیشنهاد می‌کنم که او را مفصل کتک بزنند ولی نه تا سرحد مرگ. وقتی‌که به آن حد رسید او را آزاد کنید که چهاردست‌وپا از اینجا برود و در سرتاسر ممالک ما حکایتش را برای هرکس که گوش کند بازگو کند. سرور من، چنین سرمشقی خیلی بیشتر از کشتن او به درد مال‌داران می‌خورد و من به شما قول می‌دهم که برای مصلحت نسل‌های آینده او را به ماهرانه‌ترین طرز کتک بزنند.

درست همان‌طور که توصیه کرد کردند. مرا بی‌هیچ ترحمی فلک کردند تاحدی‌که فکر کردم باید جان تهی کنم. سپس مرا به مفتضح‌ترین وضع رسوایی، با یک هفته آذوقه نواله زمخت رها کردند تا در آن سرزمین برهوت در میان نوکران مال‌داران ثروتمند وحشت بیفکنم وبا حکایت خودم آن‌ها را از هرگونه سعی به خیانت در اموال اربابانشان منصرف کنم.

من که از جوانی از بدرفتاری با نوکران منزجر بوده‌ام، من که روزگاری ثروت عظیمی به کف آورده و ثابت کرده بودم که اربابی مهربان برای متعلقان بی‌شمار و از همه نوع بوده‌ام، من از روی ساده‌لوحی و قلب پاک نمی‌توانستم باور کنم که این‌همه حیله‌گری می‌تواند درجهان وجود داشته باشد. من کاملاً فریب‌خورده بودم.

درحالی‌که لنگان‌لنگان از دهی به ده دیگر می‌رفتم و برای نان گدایی می‌کردم کل داستان را می‌شنیدم و دقیقاً به همان نتیجه‌ای رسیدم که بار اول که جلو شیوخ در مسجد از ترس به خود می‌لرزیدم رسیده بودم.

چوپانی که خود را به لباس فقرا درآورده بود ثروتمندترین گوسفنددار کشور بود. او و سایر اربابان در طی سال‌های متوالی از فروش مخفیانه گوسفندانشان به ستوه آمده بودند. مأمورینی گمارده بودند که بازارها را زیر نظر بگیرند، باوجود این همیشه موفق نمی‌شدند پول فروش را از نمایندگانشان پس بستانند؛ بنابراین، همچنان که حدس زده بودم، یک نظام «جوازها» بنیاد نهادند تا هیچ‌کس نتواند بدون جواز امضا شده آن‌ها در بازار اقدام به فروش بکند و هرکس که خواست به این صورت بفروشد

افسران بازارها دزد را تشخیص خواهند داد. ولی من، غریبه بیچاره‌ای از ماوراء بحار، از کجا می‌دانستم؟ رذالت این تبانی، مرا حتی بیش از درد و رنج «فلک» آزار می‌داد. چیزی نمانده بود که ایمانم به انسان را کاملاً از دست بدهم؛ به هول رحمت لایزال، ایمانم به عرش برین را از دست ندادم! پیرمرد درحالی‌که از یادآوری این بخش هولناک گذشته‌اش به خود می‌لرزید، گفت پسران من، در طی روزهای هولناکی که در پی آمد، هیچ‌چیز، هیچ‌چیز جز «دین» به داد من نرسید. فکر می‌کنم می‌توانم در کمال فروتنی بگویم هر کس که در توکل تزلزل‌ناپذیر به خالق خود، ایمانش آن‌قدر استوار نبود، کارش به حسرت و تلخ‌کامی می‌کشید. ممکن بود من هم به‌صورت یکی از آن آدم‌های بی مصرفی درمی‌آمدم که در نتیجه مصیبت به افرادی پرخاشگر تبدیل می‌شوند که با بشریت ستیز ابدی در سر می‌پرورند. اما «دین مقدس» من، مرا یاری داد و هرچه که جراحاتم التیام می‌یافت و سرگردانیم مرا از صحنه شکنجه‌ام دورتر می‌برد، آن‌قدر از روحیات قبلیم را باز یافتم که دوباره دست به کاری زدم که شاید غیرممکن به نظر می‌رسید، یعنی دوباره با دنیا مواجه شدم. به نظر می‌رسد آنان که عرش اعلی برایشان مقاصد عالی در نظر دارد، آنان که برایشان، مثل خود من، در بین مردم مقامات بالا اراده کرده است، در این طرح الهی، باید ابتدا از آتش و آزمون سخت بگذرند. خوشا به حال آنان که (مانند خود من) از بوته آزمایش سرفراز بیرون می‌آیند و توکل کودکانه خود به خدا را بی‌غل‌وغش حفظ می‌کنند.

بزرگ‌ترین برادرزاده‌ها زمزمه کرد " آمین".

محمود با تندی فریاد زد چه گفتی؟

پسرک با لحنی متواضع پاسخ داد: عمو، گفتم امین. عمویش گذرا ورانداز کرد و من‌من کرد: فکر می‌کنم نافهم‌تر از آن هستی که منظور بدی داشته باشی...

در این موقع صدای جیغ تو دماغی و گوش‌خراش مؤذن از مناره مسجد بلند شد و پسران جوان با سرعتی غیرمعمول از تالار تاجر بزرگ خارج شدند.

فصل هشتم

البُستان، یا بوستان

هنگامی‌که برادرزاده‌های محمود، سرِ ساعت اعدام‌های درملأعام دوباره جلو او ظاهر شدند، روحشان قدری افسرده بود. چون هرچند می‌دانستند ثروت عمویشان در قسمت‌های بعدی داستان بهتر شده است (چون او جلو چشمشان در ثروت غلت می‌زد یا به عبارتی که در بغداد متداول بود "ازش می‌چکید") مع‌هذا در حکایت اخیرش ضربه‌های سرنوشت با چنان شقاوتی بر سر او فرود آمده بود که جزئی از مصیبت آن موقع او درجانشان رسوخ کرده بود؛ بنابراین سردرگریبان نشستند که گوش بدهند. چون می‌ترسیدند چیزی غیر از ادامه همان وقایع غم‌انگیز گذشته نباشد.

پیرمرد با صدای آهسته خاطرات غم‌انگیز خود را از سر گرفت:

من در آن ارتفاعاتِ خالی از درخت سرگردان بودم، بدبخت، ضعیف، بی‌پول و در لباسی پاره‌پوره. روحم به‌قدری افسرده شده بود که روز هفتم نزدیک بود نمازخواندن را کنار بگذارم ولی خدا را شکر که بر این وسوسه فائق آمدم! بر روی قالیچه‌ای که آخرین مایملکم بود از درد، زانو زدم و خود را تسلیم اراده الهی کردم.

مثل این‌که دعایم مستجاب شده باشد و درحالی‌که هنوز زانو زده بودم در دوردست هیکل مردی را دیدم که تاحدی‌که می‌شد از آن فاصله دید، مشغول گشت‌وگذار بود و امیدوار شدم – جرئت کردم امیدوار بشوم – که به پاداش دعاهایم، نمی‌خواهم بگویم یک قربانی، بلکه به‌هرحال آب و علیفی نصیب من بشود. گام‌هایم را تند کردم تا به آن غریبه برسم و همچنان که داشتم به او نزدیک می‌شدم با خوشحالی، لباس‌های نفیس و حالت شاهانه‌اش را تحسین کردم. پیش خودم گفتم او شخص مهمی است، شخصی که بدون شک با نیازهای پست تجارت آشنایی ندارد؛ ساده، با ذهنی شریف، روراست، سخاوتمند و با جمیع امکانات: عیناً آن همرهی که باید آرزویش را داشته باشم. (درحالی‌که برای یک‌لحظه گام‌هایم را کند کردم تا هنوز، من را نبیند) در ذهن خود ترفندهای مختلفی را زیرورو کردم که چه عذر

و بهانه‌ای، برای این‌که مزاحم پیاده‌روی او شدم، بتراشم. بالاخره کلکی به ذهنم رسید که با اوضاع احوال او و با ظاهر من جور درمی‌آمد. با شلنگ‌های بلند به سمت او رفتم و تعظیم کردم و پرسیدم آیا حضرت اجل می‌توانند فلک‌زده بیچاره‌ای را به فلان ده که نام آن را شنیده بودم و کم‌وبیش درهمان جهتی بود که من می‌رفتم، راهنمایی بفرمایند.

غریبه برگشت و به من سلام کرد و با آن شادی مضاعفی احساس کردم. چون او درست همان چیزی بود که من دعا کرده بودم. جوان، با رفتاری ساده، مؤدب، احتمالاً به‌طوری‌که لباسش گواهی می‌داد مستقل و متمول؛ احتمالاً چنان‌که در زبان ما مصطلح است آقای خودش.

تزیینات کم‌نظیری بر خود داشت؛ عبایش از مرغوب‌ترین پشم و بند سربندش با نقره درهم بافته شده بود. بر سبیل پاسخ به تقاضای من، با لحنی مطبوع، صدای بم و طوری که ثروتمندان صحبت می‌کنند به من گفت خودش هم دارد به همان سمت قدم می‌زند، تا محدوده منزل و مزرعه‌اش که در میان راه است و از آنجا راه را به من نشان خواهد داد. از او تشکر کردم و اظهار نگرانی که مبادا همراهی چنین کثیف و ژولیده برایش ناخوشایند باشد. او لبخند زد و به من اطمینان داد که او هیچ‌چیزی را بیشتر از صحبت‌کردن دوست ندارد؛ آن روز صبح به دیدن همسایه‌ای رفته بوده که از او درباره چند تا درخت گلابی که خوب رشد نمی‌کنند رهنمود بگیرد و نوکرش را گذاشته بود که با اسبش به دنبالش بیاید. چون در این وقت روز در خنکای غروب که خورشید فرونشسته، موقع برگشتن به منزل پیاده‌روی را ترجیح می‌دهد.

در حال راه‌رفتن راجع به خیلی چیزها حرف زدیم و من به‌صراحت داستان زندگی‌ام را برایش تعریف کردم؛ چون این‌طور فهمیده‌ام که برای مردی در موقعیت او هیچ‌چیز جالب‌تر از داستان فردی که از ثروت به فقر سقوط کرده است نمی‌باشد. همچنان که در کنار او گام برمی‌داشتم گفتم من همیشه به این حال زار که اکنون مشاهده می‌کنید نبوده‌ام. در واقع همین چند ماه پیش سرپرست کشتزار بزرگی از درختان میوه، در چند صد مایلی شمال اینجا بودم که با توصیه‌های خوب کارفرمایان سابقم یعنی کشتگران «خلیج» به آنجا رفته بودم. اربابان قبلیم را با خوشنامی و توصیه‌های محبت‌آمیز، فقط به این دلیل ترک کرده بودم که می‌خواستند پسر بزرگ یکی از شرکا را سر کار بگذارند و جای هر دوی ما نمی‌شد. در عرض چندین سال خدمت مفید، سرمایه کوچک ولی کافی جمع کرده بودم که اربابان مهربان

و بی‌اندازه سخاوتمند من همان قدر هم روی آن گذاشته بودند و من توانستم کل آن مبلغ را در شرکت تازه‌ای که مرا به آن توصیه کرده بودند سرمایه‌گذاری بکنم. چون همیشه بهتر است که سهمی در مؤسسه‌ای که کار می‌کنی داشته باشی.

دوست تازه من این را از صمیم قلب تأیید کرد و گفت درست می‌گویی. هیچ اشتباهی بزرگ‌تر از این نیست که چیزهای غیرقابل‌لمس مثلاً استعداد، شرافت و ازاین‌قبیل را به مؤسسه ارائه بدهی. هرچند این‌ها باارزش هستند اما اگر با «سیم و زر» همراه نباشند بی‌مایه و باطل‌اند.

با خضوع و خشوع بسیار پاسخش را تحسین کردم و گفتم چقدر مایه افتخار من است که عقیده من باعقیده او هماهنگ است و مؤدبانه ادامه دادم: ولی حضرت آقا، افسوس، سیل سرنوشت دست ما نیست، بلکه دست خداست.

همراه من باعجله و با لحن کسی که این معنی برایش آشنا ولی درعین‌حال مورد تردید است، موافقت کرد: می‌دانم، می‌دانم و من ادامه دادم " مشیت الهی" بود که مرا به امتحان گذاشت. عرش اعلی اراده کرد که بنده‌اش را بیازماید. در جریان کار مدیریتم، مرا برای مذاکره درباره خرید یک محموله کود لیمو برای مصرف در مزرعه به نزدیک‌ترین بندر فرستاده بودند. سر راه بدشانسی آوردم که در یک مسافرخانه، کیسه سکه‌های طلا را که به من سپرده بودند دزدیدند. البته من می‌بایستی فوراً برمی‌گشتم و ماوقع را به شرکایم و کارفرمایان می‌گفتم و احتمالاً داوطلب می‌شدم اتفاقی را که ممکن است نتیجه غفلت خودم به نظر برسد از جیب خودم جبران بکنم؛ ولی می‌ترسیدم مبادا حرف مرا باور نکنند و باز هم مبادا، اگر باور کردند، آن ضرر باعث شود که من در چشم آن‌ها فرد بی‌کفایتی قلمداد بشوم. کاری که کردم این بود که همان روز به سمت بندر رفتم، بدون یک غاز، با اعتماد به اعتبار تشکیلاتمان، تا معامله‌ای را که در دست داشتم به پایان برسانم.

اما بازهم بدشانس بودم! مذاکرات را با موفقیت به پایان رساندم و محموله را با شرایط خیلی منصفانه‌ای خریداری کردم. پیش‌پرداخت را تا آنجا که ممکن بود به تأخیر انداختم و وقتی‌که تأخیر دیگر فایده‌ای نداشت با بی‌پروایی گفتم کل پرداختی در ظرف دو روز به‌وسیله پیک پرداخت خواهد شد. چهره تاجر تیره شد. به من گفت که با ادعاهای کاذب فریب‌خورده است و با خشونت به من گفت گورم را گم کنم و دیگر حاضر نبود راجع

به معامله صحبتی بشنود. قبول نکرد امضا بکند و در واقع ناگهانی از من دور شد و گفت می‌رود خریدار دیگری پیدا کند، و به من هم گفت به‌طورجدی در این فکر است که مرا نزد قاضی احضار بکند یا نه که این‌گونه با ادعاهای کاذب یک روز او را تلف کرده‌ام.

او همان‌طور که گفته بود به حرفش عملکرد و من همان شب از قاضی احضاریه دریافت کردم که روز بعد در محکمه حاضر بشوم. بدشانسی در این بود که همان شب، دزدی دیگری در مسافرخانه محل اقامت من صورت گرفت. باروبندیل همه افرادی را که آنجا اقامت داشتند بازرسی کردند، فقط مال من حاوی هیچ نوع اشیای گران بهایی نبود. آدم تصور می‌کند محکمه در این وضع بایستی به نفع من گواهی می‌داد. کاملاً بر عکس شد. استدلال کردند آدمی که در مسافرخانه به سر می‌برد بدون این‌که امکانات پرداخت داشته باشد باید نوعی دزد باشد و چون مبلغ دزدیده شده را هم در جای دیگر کشف نکرده‌اند، احتمالاً من بودم که به این وضوح مشکوک به حقه‌بازی و فردِ مجرم بودم. از روی وحشت سعی کردم فرار کنم. مرا دستگیر و با خشونت با من رفتار کردند که نتیجه نهایی آن شد که خون‌آلود و با لباس‌های پاره در محکمه حاضر شدم و در چنین وضعی با دو اتهام مواجه شدم یعنی از طرف مدیر مسافرخانه و همچنین تاجر بیگانه به اتهام اولیه.

در چنین وضع پریشان هیچ راه فراری نداشتم جز آنکه مؤسسه خوشنامم را عنوان کنم که گرچه از آنجا دور بود اما برای محکمه آشنا بود. قاضی گفت شک دارد که من هیچ ارتباطی با چنین آدم‌های مهمی داشته باشم و از من پرسید آیا می‌خواهم ریسک کرده و قاصد نزد به‌اصطلاح شرکایم بفرستم. گفتم باکمال‌میل چنین می‌کنم. ولی در عرض دو روزی که از قاصد خبری نشد، مرا در فضای خیلی تنگ در زندان عمومی محبوس کردند که متأسفم بگویم تاجر بیگانه آن‌قدر بی‌رحم بود که می‌آمد و از میان میله‌ها به من دهن‌کجی می‌کرد و چون پولی نداشتم که به زندانبان‌ها بدهم با حداکثر خشونت با من رفتار می‌کردند.

بدبختی‌های من پایانی نداشت. از بخت بد مؤسسه‌ای که به آن تعلق داشتم و فقط شخص من مسئول دفاترش بودم، درست در همان روز حرکت من دست به یک حسابرسی غیرمترقبه زده بود و یک مورد کسری خیلی مهم کشف کرده بودند که شرکا از روی نادانی نتوانسته بودند دلیلش را توجیه کنند. اگر خودم آنجا حاضر بودم می‌توانستم فی ماوقع را توضیح بدهم.

چیزی نبود به جز یک مساعده که به یکی از مشتری‌هایمان داده بودم که معاملات او برای ما اهمیت زیادی داشت. به همان اندازه که به سود من بود، به سود شرکایم هم بود؛ بنابراین من حق داشتم که چنین ریسکی با پول بکنم. شاید ابلهانه عمل کرده بودم که قبول نکردم که از او رسید بگیرم یا موضوع را در دفتر ثبت کنم. ولی این فقط برای یک هفته بود و بعد از سال‌ها موفقیت به خواب هم نمی‌دیدم که یک چیز به این بی‌اهمیتی آن‌قدر ناگوار از آب در بیاید. معهذا وضع ازاین‌قرار بود. شرکای من فوراً دنبال من فرستادند و با بهت و حیرت فهمیدند که اولین مسافرخانه وسط راه را بدون پرداختن صورت‌حساب ترک کرده و هیچ اطلاعی هم از مقصدهای بعدیم به آن‌ها نداده‌ام. یک نفر را با پست سریع‌السیر، سوار بر اسبی تیزپا که فاصله آنجا تا بندر را در عرض دوازده ساعت طی کرده بود اما (چون در این موقع من در زندان بودم) نتوانسته بود در شهر هیچ نشانی از من، یا کالایی که خریده بودم و درواقع هیچ اثری از من پیدا کند. همان‌طوری که به او سفارش کرده بودند، مرکبش را که کاملاً ازپادرآمده بود فروخت و سوار بر اسب تیزپای دیگری نزد شرکای من برگشت و درست در همان موقع که آن‌ها خبر ناراحت‌کننده به‌ظاهر ناپدیدشدن مرا شنیده بودند، درست درحالی‌که شرکای من بیشتر و بیشتر به تقصیر فرضی من متقاعد می‌شدند، قاصدی از جانب قاضی رسید و اتهام را تکمیل کرد. آن‌ها خودشان نیامدند اما در پاسخ، نامه بسیار زننده‌ای فرستادند که در آن مرا دزد بی‌آبرو نامیده و از اینکه پای من در غل‌وزنجیر است ابراز خشنودی نموده و تمنا کرده بودند که تا آنجا که به آن‌ها مربوط می‌شود قاضی برای سایر تبهکاری‌های من از هرگونه مجازاتی که صلاح می‌داند بر من روا دارد چشم‌پوشی نکند. درعین‌حال گفته بودند از بابت مبلغی که برداشته‌ام، قاضی را زحمت نمی‌دهند که حکمی صادر کند چون خودشان از محل سرمایه من در مؤسسه که تقریباً یا دقیقاً معادل کسری بود آن را جبران کرده‌اند.

سرور من، شاید شما بتوانید نتیجه همه این‌ها را تصورکننده! قاضی خطابه‌ای اندر عدالت قانون که هیچ‌کس را به‌خاطر مقام یا موقعیت اجتماعی مبرا نمی‌دارد برای محکمه قرائت کرد و سپس گفت شما منظره رقت‌بار مرد صاحب‌نفوذی را جلو خود دارید که به‌خاطر وسوسه به فقر و رسوایی افتاده است. تاجر بیگانه با وضع تحقیرآمیزی از ادعای خود صرف‌نظر کرد. صاحب مسافرخانه نیز همان قدر تحقیرآمیز از مجازاتی که تابه‌حال کشیده بودم اظهار رضایت کرد و فقط به گرفتن لباس‌های من بجای پول کفایت کرد و در عوض این لباس پاره‌پوره را به من داد. قاضی هم پس از

یک موعظه دیگر مرا مرخص کرد. وقتی‌که از محکمه بیرون آمدم انسان از پا درآمده‌ای بودم که سرگردان و بی‌هیچ مقصدی رو به سمت جنوب نهادم. اینجا و آنها کمی در مزارع کار کردم و حالا در جستجوی ده بعدی هستم که دنبال کار بگردم.

در پایان گفتم حضرت آقا، داستان من این‌چنین است. حالا من باآن‌همه استعدادهای تجاری و تعلیمات کامل در انواع دادوستدهای بازرگانی (مخصوصاً در مدیریت کشتزارها) بدون این‌که تقصیری از من سرزده باشد نمی‌توانم این استعدادها را به کار بیندازم، از خود اعاده‌حیثیت بکنم و دوباره جایگاه خود را در جامعه بازیابم.

جوان ثروتمند به شدت تحت‌تأثیر داستان من قرار گرفت که یا خوشحالی بگویم که ظاهراً کلمه‌به‌کلمه آن را باور کرده بود. چون من هیچ‌گاه در تشخیص خلق‌وخوی اشخاص اشتباه نکرده‌ام و درست حدس زده بودم که مردی است کمتر از سی‌سال با چهره‌ای درستکار که به‌وضوح از تفریح و ثروت لذت می‌برد و بدون استثنا آماده پذیرفتن هر داستان رمانتیکی است که ممکن است برایش بگویند.

او پاسخ داد حقیقتاً جای خوشبختی است که شما کشتزارها را می‌فهمی. موضوعی است که من در حال حاضر به آن علاقه‌مند هستم. من یک باغ میوه دارم که وضع خوبی ندارد. ظاهراً اولین جمله‌اش هنگام برخوردمان که سرنخی به دست من داده بود را فراموش کرده بود. ولی در اوان جوانی خصلت بخشندگی و سخاوت به همین صورت است و به همین دلیل هم در بازی‌های مهارتی بازیکنان بدی هستند.

او در ادامه گفت بیا با من و امشب را آنجا در منزل من (که حالا در دره دیده می‌شد) سر کن. صحبت درباره زندگی گذشته‌ات بدون شک پر از ماجراست و سر شام مرا سرگرم خواهد کرد. فردا ترتیبی خواهم دادم که در مزرعه من مشغول به کار شوی و بعد از یک تجربه مختصر مطمئنم که واقعاً خوب با هم کنار بیاییم. مخصوصاً که من اخیراً به‌منظور آزمایش، تعدادی درخت گلابی کاشته‌ام که همان‌طوری که فکر می‌کنم همین‌الان به شما گفتم وضع خوبی ندارند. من تصور می‌کردم که خودم با اطلاعات عمومی که دارم قادر به اداره این باغ میوه باشم ولی متأسفانه باید بگویم که بعضی از درخت‌ها خشک شده‌اند و بقیه هم وضع بدی دارند. این‌طوری که پیدا است من فاقد تجربه تخصصی لازم هستم. چون کشتزارها رشته

تخصصی شما است می‌توانید در این امر جزئی بزرگ‌ترین خدمت را به من بکنید.

برادرزاده‌های عزیزم در اینجا من به‌نوعی گرفتار مخمصه شده بودم. این گرفتاری چنان‌که به من گفته‌اند مشکلی است که ما تجار در جریان مذاکراتمان زیاد به آن برخورد می‌کنیم. وظیفه ما است که لزومی نمی‌بینم برای شما بگویم، جزئیات تأییدکننده‌ای به بیاناتی که درباره هر امری اظهار می‌کنیم بیفزاییم. حذف جزئیات کردن، جلب سوءظن کردن است. درعین‌حال هیچ معلوم نیست که موجه‌ترین خیال‌بافی‌ها چه سرانجامی برایتان رقم خواهد زد. در اینجا من به مسئولیت به ثمر رساندن یک بوستان مواجه بودم، بوستان گلابی و من از بوستان به‌هیچ‌وجه چیزی نمی‌دانستم و از گلابی خیلی کمتر.

بنابراین، با اشتیاق بسیار پاسخ دادم این دقیقاً همان فرصتی است که می‌بایستی آرزویش را داشته باشم. بوستان‌ها نوعی از کشتزارند که من بیش از همه به دقت مطالعه کرده و در بین میوه‌ها گلابی‌ها از آن میوه‌هایی‌ست که درباره‌شان بیشترین تخصص را کسب کرده‌ام. وقتی‌که ببینم میزبان مهربانم چه نوع درختی کاشته است مطمئناً می‌توانم به او بگویم اشکال کجاست.

تقریباً هوا کاملاً تاریک شده بود که ما به محدوده ملک او رسیدیم ولی او به‌قدری شیفته ایده جدیدش بود که مرا فوراً به پشت خانه‌اش، جایی که درخت‌ها را کاشته بود برد. جوانه‌های لاغر مردنی به هنگام غروب واقعاً زار و نزار به نظر می‌رسیدند. بیش از یک‌سوم آن‌ها پلاسیده و کاملاً خشک شده بودند بقیه هم به درجات متفاوت پژمرده بودند. از حدود سیصد نهال فقط از یکی امید ثمری بود. مرد ثروتمند این ویرانی را برانداز کرد و با نگرانی به من خیره شد درحالی‌که من دست به چانه گرفته بودم مثل این‌که در فکر هستم که بهترین راه چاره برای او چیست درحالی‌که واقعاً در فکر بهترین راه چاره برای خودم بودم.

کودکان عزیز من درست در همین لحظه بود که یکی از آن الهاماتی که پیوسته برای من پیشتاز امور مهم بوده‌اند از عرش الهی دریافت کردم. جوان ثروتمند را به‌اندازه یک نماز طولانی، عمداً در انتظار گذاشتم، سپس ناگهانی و به طور مصمم گفتم: همه را بریز دور! بعد اضافه کردم معذرت می‌خواهم، عبارتی را به کار بردم که در شهرهای غیرمتمدن شمال متداول

است که تا حدودی زبان را بد هنجار می‌کند. قصد من آن بود که عقیده‌ام را برای حضرت‌عالی بیان کنم که بر مبنای این بررسی سریع و هوای روبه تاریکی است که بوستان را دیگر نمی‌توان نجات داد؛ چون اطمینان دارم که وقتی فردا صبح در روز روشن بررسی دقیق‌تری انجام بدهم عقیده‌ام تأیید خواهد شد. ضمناً حتی در این نور کم هم می‌بینم که نوع درختانی که کاشته‌اید کاملاً برای این آب‌وهوا نامناسب است. جسارتاً می‌توانم بپرسم این نسل درخت را از کجا خریده‌اید؟

دوست جدید من کمی خجالت‌زده پاسخ داد «به من اطمینان داده بودند که نسلی است که درست در همین منطقه پرورش‌یافته و مخصوصاً با آب‌وهوای خشک ما سازگار است؛ زیرا اثر کم بارانی ما همچنان که شما می‌دانید روی آبراه‌های ما خیلی شدید است.»

من سرم را جنباندم و گفتم شما را فریب داده‌اند. چه کسی این نسل نامناسب را به شما فروخت؟

او پاسخ داد یکی از دوستان قابل اعتمادش که مدتی است به سفر رفته، و کاملاً مطمئن است که قصد فریب او را نداشته است. با خوشحالی و درحالی‌که به سمت خانه می‌پیچیدیم گفتم: شاید در محموله‌ای که برای شما فرستادند اشتباهی رخ‌داده باشد. این نوع درخت در «زمین‌های پایین رودخانه» خیلی خوب رشد می‌کنند. فکر می‌کنم خدمه دوست شما محموله شما را ندانسته برای یک مشتری در زمین‌های پایین، و محموله او را برای شما در این زمین‌های کوهپایه‌ای فرستاده باشد. به‌هرحال همان‌طوری که می‌توانید ببینید بوستان آشکارا محکوم به نابودی است و من به سهم خود هیچ شکی ندارم که گرفتاری به علت استفاده از «گونه‌های» نامطلوب است و درحالی‌که در مخیله‌ام شانس خود را زیرورو می‌کردم و دنبال اصطلاحات تکنیکی می‌گشتم به‌سرعت ادامه دادم [و یک سری اصطلاحات مغلوط یا نامربوط گیاه‌شناسی به کار می‌بردم] حالا چیزی که نیاز دارید نهال گلابی است که نه گورده افشان [منظور گرده‌افشان] باشد نه خیلی طویل، یا از این لحاظ سوراخ‌کننده، بلکه باید رونده باشد یا چنان‌که گاهی در تجارت می‌گوییم «عقب‌افتاده» - به‌هرحال در رده دوم و سوم.

مرد جوان ثروتمند گفت: من می‌بینم، می‌فهمم، درک می‌کنم. چون من این‌طور فهمیده‌ام که جوانان ثروتمند این‌گونه حرف می‌زنند که کاملاً به گمراهی می‌افتند. باعجله اضافه کردم که البته من روی نهال «نسل ایرانی»

پافشاری نمی‌کنم گرچه که بهترین است. ممکن است مشکل به دست بیاید و خیلی هم گران است. منظور من چیزی از همان فامیل است. نژادی را که در بازار محلی به‌سهولت تهیه می‌شود توصیه می‌کنم که یک گلابی است که تجار آن را «فخر بهشت» می‌نامند.

چندین سال پیش توسط دوست من «ناصرالدین» ارائه شد و حالا مرغوب‌ترین نژاد دشت رشت است که از لحاظ آب‌وهوا خیلی شبیه آب‌وهوای شما است. میوه‌های بزرگ و شاداب به بار می‌آورد که بازار خیلی خوبی دارد، زود می‌رسد و می‌توان آن‌ها را باقیمت معتدلی خریداری کرد. اگر مایلید من ازطرف شما سراغ نزدیک‌ترین تولیدکننده این‌گونه محصولات بروم و ببینم چه‌کار می‌توانم بکنم.

میزبان من خیلی از من تشکر کرد و گفت چه دنیای کوچکی و درعین‌حال کار مشیت الهی چقدر واضح است و خدا را شکر کرد برای روزی که مرا ملاقات کرد. گفت گرچه از بابت مخارج ناراحت نشده ولی موفقیت در کشت درختان گلابی برایش اهمیت خاصی دارد و اگر راهنمایی‌های من نبود او واقعاً نمی‌دانست باید چه‌کار بکند.

به‌قدری مشتاق این کار بود که اصرار داشت همان صبح روز بعد به نزدیک‌ترین تولیدکننده نهال مراجعه کنم. او گفت یک «کشت نهال» عالی در فاصله نصف روز سواره به سمت غرب هست که خانه مالکش هم میان آن قرار دارد، کمی خارج دروازه شهری واقع است که گفت خود او همراه من می‌آید یا پیشکارش را می‌فرستد که راه را نشان بدهند و یک گاری هم می‌فرستد برای حمل قلمه‌ها. در واقع درحالی‌که خوراک در جریان بود (چون ما حالا مشغول صرف شام بودیم) بیشتر و بیشتر شیفته موضوع شد تا جایی که نمی‌توانست انتظار طول شب را تحمل کند. من دیدم که باد از کدام سو می‌وزد تصمیم گرفتم بر اشتیاقش بیفزایم؛ بنابراین گفتم غیرممکن است به این سرعت کاری انجام داد. قلمه‌ها را نباید بدون توجه و نکاشته همین‌طور به حال خود رها کرد. قبل از هر کار ما باید زمین را آماده کنیم. درخت‌های قبلی را بایستی در بیاوریم و گوده‌ها را گشادتر بکنیم. نصف مشکل شما به علت تنگی گوده‌ها بوده چون زمین سفت به‌سادگی از رشد ریشه پیچک‌ها (که ما آن‌ها را «تریپ» می‌نامیم) جلوگیری می‌کند. او باحالت خردمندانه گفت: می‌فهمم! من ادامه دادم زمین باید خوب خیس بخورد و کود لیمو داده بشود و فقط بعد از آنکه تمام این کارها انجام گرفت آن وقت من می‌توانم به فکر این باشم که به شما توصیه کنم که بکارید.

تأمل کردم که چیز تازه‌ای به هم ببافم و جوان دوست‌داشتنی وقفه را زمزمه‌کنان پر کرد: دقیقاً، عیناً، حالا من می‌فهمم.

من صحبتم را از سر گرفتم: به‌اضافه ما بایستی جوی‌ها را هم تقویت کرده و روی زمین هم کار کنیم. سپس گفتم که این روند سه روز تمام کار لازم دارد. روز چهارم من می‌توانم قبل از طلوع آفتاب حرکت کنم. منتظر باشید که من سر شب برگردم و اگر بخواهید همان صبح روز بعد می‌کاریم یعنی روز پنجم، مبادا که نهال‌ها صدمه ببینند و با حالتی متبحرانه اضافه کردم چون همیشه دیده‌ام که سرعت عمل بی‌بروبرگرد برای درخت مؤثر است. در واقع من درگذشته یکی دو دسته درخت خیلی باارزش – درخت گلابی – را فقط به‌خاطر بیست و چهار ساعت تأخیر در کاشتن در این فصل سال، از دست داده‌ام.

همچنان که من حرف می‌زدم او هم مرتباً به تأیید سر می‌جنبانید و استعداد و دانش مرا در این امور تحسین می‌کرد و درحالی‌که شب به‌آرامی می‌گذشت از فرصت استفاده کرده و او را هرچه عمیق‌تر در این موضوع جذاب که داشتم احساس می‌کردم به من تعلق دارد آموزش دادم.

سپیده‌دم روز بعد هر دو عازم بوستان شدیم. کارگرانش را احضار کرد و همه ما ساعت‌ها به کار مشغول شدیم که در ظرف آن مدت با ازسرگیری داستان‌پردازی در شگفتی‌های پرورش درختان میوه – و به‌خصوص درخت گلابی – اشتیاقش را تشدید کردم. آن گلابی به‌خصوص که «فخر بهشت» نامیده می‌شود به طرز تحسین‌آمیزی بزرگ می‌شود تاحدی‌که هر گلابی می‌رسید به‌اندازه سر یک بچه و شش‌تای آن به قیمت یک سکه طلا بفروش می‌رسد (احتیاط کرده اضافه کردم) اگر به طرز مطلوب بسته‌بندی بشوند! چون متأسفانه باید بگویم جزئیات هرچند که ساده هستند، بی‌توجهی به بسته‌بندی مطلوب باعث نابودی اغلب محتکران این رشته شده است.

در عرض روز دوم هرچه از سایر جزئیات این حرفه را که به ذهنم خطور می‌کرد به‌تفصیل شرح می‌دادم. من مخصوصاً روی چیزی را که «نقطه حداکثر» می‌نامیدم پافشاری می‌کردم، و او برای این سراسر گوش بود.

گفتم مزرعه تو یک حدی دارد که اگر از آن حد بگذرد، مخارج اداره آن به‌تدریج منافع حاصله را تحلیل می‌برد. یک دست‌آزمایی کوچک اولیه با سیصد درخت، مانند آنچه شما اینجا دارید، چیز ناقابلی است. شما را سرگرم می‌کند ولی درآمد قابل‌ملاحظه‌ای نخواهد داشت. پردرآمدترین اندازه

بوستان خیلی از این‌ها بزرگ‌تر است و درحالی‌که مانند یک شخص صاحب‌نظر به اطراف نگاه می‌کردم گفتم شرایطی مانند شما و با این نوع خاک (و در این موقع یک کلوخ برداشته و بااحتیاط آن را بین انگشتانم له کردم) با این نوع خواص اسیدی ولی ترمیم آن با مقداری تبخیر تدریجی مواد «پورفیریایی» که نیاز به پوشاندن آن با یک لایه از «باردولوم» و گهگاهی پاشیدن خاک‌مزغال دارد، تا این‌که ۳۰۰۰ درخت سالیانه ۲۰۰ سکه طلا سود تولید کند – و با مخارج اولیه کمتر از دوبرابر این مبلغ، من تخمین می‌زنم که باپشتکار و خوش‌شانسی، بازده شما تا پنجاه‌درصد برسد ولی به‌هرحال می‌توانید روی سی درصد حساب بکنید و متفکرانه گفتم: ولی بیشتر از ۳۰۰۰ درخت، متأسفم باید بگویم، اشتباه است. زیرا بعد از آن، درآمدها در مخارج تحلیل می‌رود.

او حرف مرا با کلماتی حاکی از اشتیاق قطع کرد و گفت: «من با خوشحالی...»، ولی من دستم را بلند کردم که او را متوقف کنم و گفتم: نه! به شما اطمینان می‌دهم که حتی رقم ۳۵۰۰ کمی بالاتر از حدنصاب است و وقتی برسید به ۵۰۰۰ خواهید دید که مخارج تقریباً تمام منافع شما را جذب می‌کند. در این امور، افراط همان قدر اشتباهی است بزرگ که تفریط. اجازه بدهید که شماره را روی ۳۰۰۰ و «هزینه سرمایه‌گذاری» را روی ۴۰۰۰ سکه طلا تثبیت کنیم. فکر می‌کنم پشیمان نخواهید شد.

روز سوم صرف سرپرستی صاف‌کردن زمین و آخرین تدارکات شد و در ضمن با میخ‌های چوبی کوچک علامت‌گذاری‌های مرموزی می‌کردم و آن‌ها را در دفتری یادداشت می‌کردم. تمام این‌ها مالک را به حد اعلی به هیجان می‌آورد و برای درختان تازه، او را، به‌قول‌معروف، به لهله می‌انداخت.

همان شب میزبان مهربان من بعد از کمی ابراز شرمندگی به من پیشنهاد کرد آیا مایلم در منافع این معامله شریک بشوم که من فوراً رد کردم. او از تصمیم من متعجب شد ولی وقتی بیشتر اصرار کرد گفتم تا حدی از روی حق‌شناسی است که نمی‌پذیرم. من همه را مدیون او هستم. او مرا در لباس پاره‌پوره پیدا کرده بود – به نظر می‌رسید یک ماه پیش بوده درحالی‌که فقط سه روز قبل بود. او به من لباس پوشانده بود، غذا داده بود، از همه مهم‌تر، به من اعتماد کرده بود. به او اطمینان خاطر دادم که به اعتماد او خیانت نخواهم کرد. در نهایت گفتم به حقوقی متناسب با شغلم راضی هستم (فوراً یک مبلغی گفت که من آن را نصف کردم) ولی تا این حد حاضرم

که اگر در ابتدای سال چهارم معلوم شد که سود شما از آنچه من گفته‌ام بیشتر است، اگر در ظرف سه سال بیش از ۶۰۰ سکه طلا، یعنی ۲۰۰ سکه در سال که من احتمال داده‌ام، نصف مبلغ مازاد را، می‌پذیرم، گرچه با بی‌میلی. چون اطمینان دارم، و در اینجا تن صدایم را مخصوصاً جدی کردم که نتیجه کار از آنچه گفته‌ام بهتر خواهد بود. من همیشه وظیفه خود دانسته‌ام که یک تخمین محافظه‌کارانه‌ای بدهم تا از سرخوردگی آن‌هایی که مرا استخدام می‌کنند اجتناب کنم. موفقیت‌های شایانی را که سال‌های اولیه شامل من بوده و فقط به علت اتفاقات تأسف‌بار اخیر که روز اول ملاقاتمان برایتان نقل کرده‌ام از آن محروم بوده‌ام را نتیجه این و دیگر خصوصیات خود می‌دانم.

میزبانم از درستکاری یا درواقع از وسواس من کمی گیج شده بود و گفت به تجربه او این اشتباهات همیشه به سمت درست بوده و به من اطمینان داد که به‌خاطر پرهیزکاریم متضرر نخواهم شد که نشدم...

بقیه شب را به تماشای تصاویر موجود در کتابخانه نفیسش گذراندیم. من گفتم که مسحور تمام آن‌ها شده‌ام. با توجه خاص روی هرکدام که بوستان را تجسم می‌کرد بیشتر تأمل کردم و با فاضلانه‌ترین طرز درباره میوه‌های مختلفی که در آن‌ها نشان داده می‌شد سخن گفتم. از شانس خوب رسیدیم به یک نقاشی مخصوصاً زیبا که در آن گلابی‌های فوق‌العاده بزرگ به رنگ طلایی درخشان با برگ‌های نرم و لطیف ترسیم شده بود. با خوشحالی گفتم این همان میوه‌ای است که من درباره آن حرف می‌زدم! چقدر جالب! چقدر مهیج!

میزبانم که از این تقارن حالی به حالی شده بود گفت: «واقعاً این‌چنین است؟ بازهم باید بگویم: چه دنیای کوچکی!»

گفتم بله، این همان گلابی فخر بهشت است که درباره آن حرف زده‌ام و می‌بینید که با مقایسه با حشرات و داربست‌هایی که در اینجا نقاشی شده، می‌توان دید که میوه فوق‌العاده بزرگی است. قضاوت درباره شادابی آن را بگذاریم برای موقعی که اولین محصول به دست آمد. در مورد مرغوبیت برای عرضه در بازارهای شمال مطمئنم به‌زودی شاهد نتایج رضایت‌بخش خواهید بود.

میزبان من که حالا از آمیزه عواطف یک کلکسیونر و مرد صاحب املاک کاملاً اختیار از دست داده بود گفت: واقعاً خواهم بود! او بارها، روزی که

این خوش‌شانسی را آورده بود که شخصی چون من را ملاقات کرده بود قرین رحمت نمود. پیشکارش را احضار کرد و دستور داد که گاری را شبانه آماده کنند و اسب‌ها در طلوع آفتاب حاضر باشند. من گفتم نه، نه، یک ساعت قبل از طلوع آفتاب، لطفاً تصمیم دارم که هر ناراحتی را متحمل شوم تا درخت‌ها را شامگاه همان روز اینجا در خانه شما تحویل بدهم. من در این امر مهم هیچ کوتاهی نخواهم کرد. باز هم اظهار مرحمت و تشکر کرد و وقتی‌که خدمتکارانش مرخص شدند مرا به کناری کشید و شروع کرد به شمردن پولی که برای مخارج من لازم بود.

گفت: شما گفتید ۴۰۰ سکه طلا، و سکه‌ها را در دسته‌های ده‌تایی روی میز گذاشت، بهتر است که ۵۰۰ تا باشد چون ممکن است که بازار نسبت به آخرین بار که خرید کردی نوساناتی داشته باشد و خوب است که حاشیه اطمینانی داشته باشی.

گفتم این پیش‌بینی عاقلانه‌ای است ولی دفعه بعد که خدمت می‌رسم تا آخرین شاهی حساب را پس خواهم داد. خیلی عجیب است که قصد واقعی من همین بود گرچه نمی‌توانستم هیچ تاریخ دقیقی از ملاقات بعدی‌مان به او بدهم. علی‌رغم اعتراض‌های او یک رسید رسمی برایش نوشتم و گفتم معامله، معامله است و برای اینکه تمام تشریفات صورت‌گرفته باشد سند را به اسم یکی از دوستان قدیمیم داوود ابن یعقوب نامی امضا کردم. گفتم اگر مهر داشتم آن را مهر هم می‌کردم ولی با اوضاع و احوالاتی که دارم چنین وسیله‌ای موجود نیست.

جوان با بی‌خیالی گفت اثر انگشت شستتان کفایت می‌کند. این حرف او مرا حسابی به هوش آورد و با ترس‌ولرز به چیزی که تصادفاً خواسته بود تن دادم. ولی بازهم الهامات عرش اعلی به داد من رسید. با تردستی به‌جای شست، انگشت وسطم را به موم چسباندم. تاجر سال‌خورده درحالی‌که دو انگشتش را به حالت ضربدری برای تفهیم بهتر به برادرزاده‌هایش نشان می‌داد گفت: این قاعده را به هر مناسبتی در زندگی به شما توصیه می‌کنم. مخصوصاً در کشورهای ستمگری که پلیس اثر شست مسافران بی‌گناه را می‌گیرد. خود من بارها این را به کار برده‌ام. اما برگردم سر داستان خودم.

درحالی‌که انگشتم را فشار می‌دادم با میزبان مهربانم مشغول پرحرفی شدم و بدین ترتیب حواسش را پرت کردم که درست به دست من نگاه نکند. گفتم این هم اثر شست، و در همان حال انگشت وسطیم را از موم در آوردم،

این اثر شست فکر می‌کنم به‌اندازه هر امضایی ارزشمند است چون خداوند آن را علامت مشخصه تمام مردان شرافتمند کرده است. هیچ‌کدام با هم شبیه نیستند. با خنده گفتم یادتان باشد که شست دست راستم بود.

او هم با خنده پاسخ داد یادم خواهد ماند. همان‌طوری که خودت می‌گویی این‌ها فقط تشریفات است. از این‌که اصرار به انجامشان داشتید، از احترام من نسبت به شما چیزی کم نمی‌کند. با این گفتگوها در کمال رضایت از یکدیگر جدا شدیم. او در رؤیای کشتزار زیبای تازه و ثروت‌هایی که در راه است و من برای این‌که جانم را در نماز به پیشگاه خالق خود بریزم و با خضوع استدعای هدایت بیشتر بکنم.

صبحگاهان که هوا هنوز تاریک بود از خواب برخاسته و سوار شدم، پیشکار کنار دست من و غلامان در گاری پشت سرم. هرچند زود وقت بود میزبانم بیدار شده بود. برای مرتبه دهم به من سفربه‌خیر گفت و برای مراجعت صحیح‌وسالم من دعا کرد. من کیسه سکه‌های طلا را به قاچ زین آویزان کرده و محکم بسته بودم. اسلحه‌ای را که از روی محبت، برای هرگونه حوادث ناگوار در راه برای من تهیه دیده بود را گرفتم، او را به خدا سپرده و راه افتادم. همچنان که در سکوت از درب اصلی خارج شده و دوباره به سمت ارتفاعات خالی از درخت می‌رفتیم، کمی غمناک با خود فکر می‌کردم که تمام عواطف آدمی چقدر زودگذرند. چه کوتاه بود، این پیشامد دوستی و میهمان‌نوازی! چه کوتاه‌اند این وهله‌های اعتماد کامل و دوستی‌های برادرانه حتی در عمر کوتاه یک انسان! کی دوباره یکدیگر را خواهیم دید؟

درباره سفرم چیز مهمی برای گفتن نیست. آهسته و با زحمت پیش رفتیم. سرعت ما به‌ناچار به گاری کند پشت سرمان بستگی داشت و ذهن من هنوز مشغول این بود که بعد از این باید چه‌کار کنم؛ چون برادرزاده‌های عزیزم حقیقت مطلب این است که علی‌رغم دعاهای صادقانه من در طول شب، خداوند هنوز الهاماتی عطا نفرموده بود و من هنوز در فکر بودم که امور را چگونه بچرخانم که آن «رحمت لایزال» که هیچگاه مرا از درگاه خود نومید نکرده (اگر کرده فقط برای چند روز و حتی آن‌هم برای این‌که منیت مرا گوشمالی دهد) به نجات من آمد.

در این کشور آبکن‌های عمیقی وجود دارد که آن‌ها را «نَلّه»[۱۵] می‌نامند؛ مسیر آبروهایی است که در این ارتفاعات به‌ندرت جاری می‌شوند ولی وقتی‌که جریان دارند کانال‌های عمیقی در خاک سست حفر می‌کنند. عبور از این آبکن‌ها با وسائل نقلیه چرخ‌دار کار مشکلی است؛ بنابراین وقتی‌که به یکی از این‌ها که در فواصل دو تا سه میل از هم دیده می‌شوند، رسیدیم پیشکار و من بااحتیاط پیاده شدیم تا در حرکت‌دادن چرخ‌ها به غلامان کمک کنم.

وقتی‌که در آبکن بعدی داشتیم بااحتیاط، گاری را پایین می‌بردیم بود که الهام عرش اعلی به مغز من تابیدن گرفت. متوجه شدم که چرخ‌های گاری با میخ‌های چوبی به توپی وصل شده‌اند و یکی از آن‌ها روی چرخ عقب که من گرفته بودم، کمی شل به نظر می‌رسید. غلام‌ها که چرخ‌های جلو را گرفته و مواظب اسب‌ها بودند پشتشان به من بود. پیشکار هم که رند میان‌سال و فربه‌ی بود و به این کارها عادت نداشت روی آن یکی چرخ عقب زور می‌زد و به نفس‌نفس افتاده بود، بدنه گاری جلو دیدش را می‌گرفت و نمی‌توانست مرا ببیند. میخ را بیرون کشیدم و به میان خس و خار اطراف انداختم و درهمان حال فریاد زدم آرام برو! آرام! محکم، محکم بگیر! این بهتره! صبر کن! و از این‌گونه حرف‌ها که علاقه‌ام به این عملیات را نشان بدهم. وقتی‌که از کف آبکن رد شدیم، دیدم که چرخ لق‌لق می‌خورد. پایین‌دیواره‌ای که به سمت بالا می‌رفت تقریباً داشت می‌افتاد. درست همین موقع ناگهان فریاد زدم: همین‌جا! همه با هم! اسب‌ها را شلاق بزن و فشار بده! صدای شلاق‌ها بلند شد، غلام‌ها تسمه‌ها را کشیدند، اسب‌ها زور زدند، گاری رفت بالا و چرخ جدا شد و گاری با صدای بلند به پهلو سقوط کرد و طنین ترک‌خوردن شنیده شد مثل این‌که چیزی خرد شده باشد و معلوم شد که همین‌طور شده. اکسل اصلی شکاف خورده بود ولی کاملاً از هم جدا نشده بود؛ بنابراین ما ماندیم و گاری که فعلاً قابل‌استفاده نبود. اکسل غیرقابل‌اطمینان، یک چرخ عقب دررفته و کل وسیله به پهلو افتاده.

پیشکار به شدت مشوش شده بود. معلوم شد که میزبان مهربان من ارباب سخت‌گیری است و بعضی‌اوقات ناگهان عصبانی می‌شود و پیشکار از سرنوشتش زاری می‌کرد که وقتی برگشت چه به سرش خواهد آمد. من با خوش‌خلقی خندیدم و به او دلداری دادم. گفتم بیا، بیا، مسئله مهمی نیست!

---

[۱۵] کلمه هندی به معنی خشکرود :nullah

من این چیزها را می‌فهمم. تو با اسب بران و برو به سمت شهر. من به غلام‌ها کمک می‌کنم که چرخ را سر جاش سوار کنند. یک‌جوری یک میخ موقتی درست می‌کنیم که داخل توپی بکنیم. دور اکسل ترک‌خورده را با طناب می‌بندیم و همه چیز به‌خوبی و خوشی تمام خواهد شد. ما مرد این کار هستیم که با هم گاری را تعمیر کنیم ولی تو، همان‌طور که گفتم سوار شو برو جلو من به‌زودی به تو خواهم رسید.

پیشکار از این نشانه کاردانی و حسن‌نیت من خیالش راحت شد و خوشحال که از قید کاری که اصلاً با آن عادت ندارد خلاص شده است، با سرعتی معتدل اسب راند و رفت و غلام‌ها و من با زحمت زیاد گاری را راست کردیم. من از یک‌تکه چوب، میخ موقتی ساختم و دقت کردم که برای کاری که مصرف می‌شود ضعیف باشد. تکه‌ای طناب به‌دور اکسل بستیم و پس از همه این کارها به آن‌ها گفتم بااحتیاط جلو بروند مبادا که بازهم حادثه‌ای پیش بیاید. سپس زبروزرنگ اسب راندم که برسم به پیشکار که حدود یک میل جلو بود. وقتی به او نزدیک شدم از یک بلندی به پشت سر نگاه کردم. همان‌طوری بود که پیش‌بینی کرده بودم. میخ موقت شکسته و گاری دوباره به پهلو افتاده بود ولی برآمدگی زمین به‌زودی آن را از نظر من پنهان کرد و کمی بعد در سرازیری به پیشکار رسیدم که به‌آرامی پیش می‌رفت. گفتم گاری خوب است ولی باید قدری یواش حرکت کند. آهی از رضایت کشید و گفت: شکر، تو واقعاً نابغه‌ای!

با فروتنی گفتم: خواهش می‌کنم! حادثه کاملاً کوچکی است که من کاملاً با آن آشنا هستم، اما حالا که اوضاع خوب است تو برگرد چون غلام‌ها افراد بی‌سوادی هستند (این نوع خوشامدگویی برای پیشکارها حکم عسل دارد) و لازم است که شخصی در مقام شما سرعتشان را معتدل کند، اسب‌هایشان را بررسی کند و مطمئن بشود که گاری صحیح‌وسالم به مقصد می‌رسد. خیلی احتیاط کن چون اکسل ضعیف است. وقتی به شهر رسیدی یک میخ درست‌وحسابی تهیه می‌کنیم و همه چیز را در ظرف یکی دو ساعت درست خواهیم کرد. در این فاصله من پیش می‌روم و در محل باغبان-بازار قرار می‌گذاریم که فکر می‌کنم حدود سه‌ربع ساعت بعد از من به آنجا می‌رسی. چون فکر می‌کنم الان دو ساعتی از شهر فاصله داریم.

پیشکار گفت درست می‌گویی شما همین راه را ادامه بده و ما پشت سر شما خواهیم آمد. با این حرف برگشت و رفت. وقتی دیدم که پشت بلندی تپه از نظر ناپدید شد محکم به اسب بیچاره‌ام مهمیز زدم و با سرعت زیاد آن بلاد

را طی کردم. من سوارکار بدی هستم و اگر به‌خاطر زین فراخ و رکاب‌های سنگین نبود حتماً به زمین می‌افتادم. اما مشیت الهی بازهم با من بود و به شکاف صخره‌ای رسیدم و فوراً در جلو و زیر پای خود گنبدهای سفید و بام‌های صاف شهری بزرگ را دیدم و کمی خارج دروازه کشتزار زیبایی از نهال‌های میوه که مشخصاً یک باغبان-قلمستان بود. از خانه و زمینش عبور کرده و مخصوصاً درخت‌های جوان گلابی (مجموعه‌ای زیبا) را تحسین می‌کردم که فکر مفیدی به ذهنم رسید و فوراً به آن عمل کردم هرچند که نگران بودم وقت تلف نکنم. برگشتم و به غلام جلو درب کشتزار گفتم پیامی برای اربابت دارم. به او بگو اگر کسی از تو درباره داوود بن یعقوب سؤال کرد بگو او گفته که از راه میان‌بر برگشته تا به همراهانش که گاری‌شان شکسته کمک کند. بعد برگشتم و دوباره به سمت دیوارهای شهر رفتم.

به شهر نزدیک شده و باوقار و در لباس‌های نو و زیبا که خان جوان به من داده بود از دروازه عبور کردم و با بزرگ‌منشی برای دروازه‌بان سر تکان دادم و مستقیم به سمت دروازه مقابل شهر رفتم. بازار مکاره اسب در جریان بود. اسب خودم را در یک مسافرخانه گذاشتم و کیسه سکه‌های طلا را برداشته (که سنگین بود ولی نه آن‌قدر سنگین که نتوان آن را حمل کرد) به‌سوی بازار رفتم و پرسیدم بهترین جا برای خرید اسب کجاست. اسم یک فروشنده اسب را به من گفتند. سراغ او رفتم و آنچه راجع به اسبی که می‌خواست به من بفروشد گفت را نتوانستم باور بکنم ولی گفت برای منظور من کفایت می‌کند. هیچ ایده‌ای نداشتم که به کدام سمت فرار کنم ولی مسلم بود که باید فرار کنم. چون دیریازود پیشکار یا خود میزبان اخیرم به دنبالم می‌آمدند. هیچ اطلاعی از این کشور یا اسم شهرها یا جاده‌هایش نداشتم. به کمی دیپلماسی متوسل شدم. وقتی‌که پول خرید اسب را می‌پرداختم به فروشنده گفتم باید قبل از غروب به خانه مادرم در شهر بعدی برسم، امیدوارم اسبی که خریده‌ام بتواند در ظرف نصف روز باقیمانده مرا تا آنجا ببرد.

تاجر با تعجب پاسخ داد نصف روز سواره؟ نمی‌دانم چگونه سواری می‌کنی! اگر منظورت شهر «تفته» است که با هر اسب نسبتاً خوب بیش از سه ساعت طول نمی‌کشد. با تعجب گفتم واقعاً این‌طور است؟ من غریبه هستم و آنچه را که به من گفته‌اند باور کرده‌ام. اما شما می‌دانید که این دهاتی‌ها چقدر الکی حرف می‌زنند که به من اطمینان دادند این راه «تفته» است و

به سمت دروازه شرقی اشاره کردم. او گفت بله! از این راه است. با این اسب، به‌راحتی می‌توانی قبل از غروب به منزل مادرت برسی؛ سپس زد روی رانکی اسب. بدون شک خیلی قبل از نماز به آنجا خواهی رسید: و خدا به همراهت، حسن! چون ضمناً به اسم حسن با او معامله کرده بودم.

ده سکه طلا بابت اسب به او پرداختم (که بیش از ارزش آن بود) با فروتنی دعای او را تکرار کردم که احساس کردم اکنون با شدت خاص در مورد من صدق می‌کند، چون آگاه بودم که دوباره مشمول رهنمودهای کریمانه عرش اعلی هستم – چطور می‌توانست نباشد کسی که آن کیسه سنگین از زین اسبش آویزان باشد؟ بنابراین اسب را بی‌پروا و به‌سرعت پیش راندم کاملاً بی‌خیال که حیوان هلاک شود یا نه. بعد از سه ساعت که به «تفته» رسیدم در وضعی بود که خوشحال شدم که توانستم خریداری برایش پیدا کنم که خودم را به نام عبدالرحمن و شغل دباغی به او معرفی کردم. فقط پنج سکه طلا داد و من خوشحال که از دست اسب و او نجات یافتم. زمان به‌سرعت می‌گذشت. احتمال داشت رد من را پیدا کنند. نمی‌دانستم پشت سر من در راه چه گذشته. آیا آن احمق‌های بیچاره واقعاً موفق شده بودند گاری را دوباره تعمیر کنند. اگر نکرده بودند آیا پیشکار جرئت کرده به اربابش خبر بدهد یا آمده باشد مرا در اولین شهر پیدا بکند. اگر به راه ادامه داده احتمال دارد شواهد خروج من یا حتی (غیرمحتمل‌تر) اسب دوم من و خریداری آن را پیدا کند.

اما گرچه وقت تنگ بود نشان‌دادن هرگونه عجله هم خطرناک بو؛ بنابراین پیاده و خیلی آرام، با لباس زیبایم و کیسه در دست که زیر چین جامه‌ام از نظر پنهان بود، قدم‌زنان رفتم تا نزدیکی قصر حاکم رسیدم به جماعتی از تجار بیرون تیمچه مانندی که این شهر تفته هم مثل سایر شهرهای ناحیه به آن مباهات می‌کند.

در آنجا بود که در اثنای محاوره‌ای که علی‌رغم تمام نگرانی‌هایم مواظب بودم آرام و پر طمطراق باشد، فهمیدم که در شهر بزرگ «لکنس» در فاصله تقریباً دو هفته راه ورای تپه‌ها، خرما خیلی کمیاب شده است. این مطلب برای بازرگانی مانند خود من حکایت بسیار جذابی بود! مردم آن سرزمین دوردست اشتیاق آتشینی به خرما داشتند و پررونق‌ترین بازار را که بتوان تصور کرد برای این میوه فراهم می‌آوردند. از زمانی که اهالی منطقه‌ای که درست بعد از آن‌ها قرار دارد قانونی تصویب کرده بودند که کشت و فروش تمام خرماها را به‌حساب دندان‌دردی که گاهی از آن میوه

نشئت می‌گیرد ممنوع کرده بودند، اشتهای آن‌ها حتی حریص‌تر هم شده بود. با این کمبود عرضه، «لکنس» بیش از هروقت دیگر متقاضی خرما بود. هرکس که خرما به چنین بازاری می‌برد منافع بزرگی نصیبش می‌شد. طبق آخرین اطلاعیه کمتر از یک ماه قبل مظنه هر «قنطار» به سی دینار رسیده و رو به ازدیاد بود. تجار برنامه داشتند که پس فردای آن روز یک کاروان به آنجا اعزام کنند.

بعد از این مکالمه کوتاه، خیلی موقر و با فراغت بال از آن‌ها جدا شدم و فوراً تصمیم گرفته در ظرف نیم ساعت با سرمایه‌ای که داشتم تعدادی شتر و برای هرکدام دو سطل خرما خریدم، علاوه بر چند غلام که کاروان را به مقصد برسانند. یک «فرد-آزاد» را هم که راه را بلد بود به‌عنوان «جلودار» استخدام کردم.

حالا هوا نزدیک به تاریکی بود. ابتدا به‌منظور پنهان‌کاری، دستور داده بودم که تا آخر هفته حرکت نخواهیم کرد ولی یک شاهی داده بودم به یک کودک که هر وقت اشاره کردم بیاید و یک‌تکه کاغذ تاشده به دست من بدهد که درواقع چیزی روی آن نوشته نشده بود. درست همان موقعی که شترها را به محل استراحت می‌بردند به کودک علامت دادم که او به سمت من دوید و یادداشت را به دست من داد. آن را جلو سرپرست گروه باز کردم، حالت نگرانی شدید به خود گرفته و گفتم این پیام تمام نقشه‌های من را تغییر می‌دهد! متأسفانه این باعث زحمت شما خواهد شد ولی می‌خواهید امشب راه بیفتیم؟ او گفت باکمال‌میل. آذوقه داریم و یک جای خوبی هم وسط راه بلدم که می‌توانیم فردا باز هم بخریم. هوا گرم است و اگر کار شما فوریت دارد شاید بهتر باشد در هوای خنک راه بیفتیم. غلام‌ها هم (که کسی نظرشان را نپرسیده بود) بدون شک کاملاً راضی بودند. به راه افتادیم و آن شب همه چیز بر وفق مراد پیش رفت.

سفر یکنواختی بود در سرزمینی بایر با معدودی شهر و روستا، آب کافی و دیگر هیچ. گرچه به‌سرعت می‌رفتیم هیچ‌کدام از چهارپایان تلف نشدند و روز دوازدهم در خنکای شب به «لکنس» رسیدیم.

شترها را گذاشتیم استراحت کنند و من در مسافرخانه عمده شهر اقامت گزیدم، با نام اسماعیل تفته‌ای، تاجر، و اولین کارم قبل از سفارش غذا این بود که دوباره از صمیم قلب خدا را به‌خاطر بازگشت رحماتش شکر کردم. در واقع، تقریباً تمام سرمایه من خرج شده بود. فقط چند تا سکه

طلا در جامه‌ام باقی‌مانده و کیسه خالی شده بود. اما انبوه شترهای من و کالای مرغوب خرما موجود بودند. شکی نداشتم که فردا با سود خوبی می‌فروشم و حرفه‌ام را بار دیگر از سر می‌گیرم. مخصوصاً دقت کردم که درباره ورودم آشکارا با همه حرف بزنم، تلویحاً به ثروتم اشاره کنم و همه را با اسم اسماعیل‌تفته‌ای، تاجر خرما که قصد دارد فردا به بازار ارائه کند، آشنا کنم. چون برادرزاده‌های عزیزم، بعضی مواقع در تجارت مصلحت انست که حقیقت را گفت و حتی آن را در اطراف پخش کرد.

محمود تاجر با این کلام خلاف انتظار ناگهان داستانش را قطع کرد چون جیغ مؤذن که هوا را می‌شکافت به گوش رسید. برادرزاده‌ها برخاستند و تعظیم کردند. بزرگ‌ترینشان گفت اعتماد داریم دفعه بعد که حاضر می‌شویم خواهیم دید، شما عموی عزیزم در داستانی که هنوز باید بازگو کنید از عظمت به عظمت صعود می‌کنید.

پیر فرزانه گفت: افسوس، فرزندان من، متأسفم که هنوز تا رسیدن به مقصود باید از نامرادی‌های بیشتری بشنوید! از این سخن، کوچکترین پسر لب پایینش را آورد پایین که لرزید و شروع کرد به پیچاندن چشم‌هایش. تاجر با عصبانیت گفت کوچولوی من نکن! دیگر حوصله این کار را ندارم! پسر گریه‌کنان گفت عمو تحمل این را ندارم که فکر کنم شاید تمام این ثروت تازه را از شما بدزدند. محمود با عصبانیت و به حال نیمخیز فریاد زد می‌گویم نکن! به تو می‌گویم که دیگر حوصله این کار را ندارم! انگیزه تو را درک می‌کنم. قضاوت تو را تحسین می‌کنم. در کودکی به این خردسالی شگفت‌انگیز است. ولی من نمی‌توانم با اشک‌های بیهوده برای چیزهایی که مدت‌ها از آن‌ها گذشته خود را ناراحت کنم. تو همدردی خیلی زیادی از خود بروز می‌دهی. عزیز من تو خیلی حساس هستی.

کودک سلام داد، ظاهر آرام‌تری به خود گرفت و به دنبال برادرانش از اتاق خارج شد. محمود که از این پیش آمد، تعادلش کمی به‌هم‌ریخته بود، مشتی سکه از یک آستین درآورد، آن‌ها را به‌آرامی شمرد و در آستین دیگر ریخت: مشغولیاتی که او را همیشه سرحال می‌آورد.

فصل نهم

الجمل والنّخل، یا شتر و خرما

آن‌گاه که وقت اعدام‌های درملأعام سررسید، پسرها با ترس‌ولرز به حضور عموی ثروتمندشان رسیدند و روی قالی‌های گران‌قیمت پایین نیمکت او، آماده به شنیدن دنباله ماجراهایش نشستند. آن پیرمرد نیکو چنین آغاز کرد: فرزندان من به شما هشدار می‌دهم که راه رسیدن به ثروت که (به رحمت الهی) به من اجازه داده شد در آن پای بگذارم، متنوع و مشکل است. از بدبختی‌های من سود ببر! حتی در بدترین مصیبت‌ها هم مصرانه به دنبال کسب ثروت برای خود باشید! بله! پس از ثروت و فقر (مانند خود من) تجدید ثروت و (افسوس!) تجدید فقر، هرگز نومید نشوید. باز هم طلا را محکم بچسبید و باز هم سرنوشت خود را رقم بزنید. باز هم تشنه پول باشید. لکن در تمام این احوال خاضعانه او را ستایش کنید، خدای متعال، قهار، دهنده کیسه‌های سکه. هیچ مهارتی در فریب اشخاص یا گول‌زدن مردم به‌خودی‌خود نمی‌تواند ثروت عظیم بیاورد. به‌دست‌آوردن آن مبالغ هنگفت که شکوه عمده انسان است مثل هر چیز دیگر در دست خدا ست.

برادر من، پدر ارزنده گرچه مفلس شما، به‌قدر کافی از اصول‌دین مبین ما به شما تعلیم داده است. اگر معلوم شد شما یکی از آن نود و نه‌تایی هستید که زندگی‌شان به منجلاب فقر و فلاکت می‌افتد، نه آن یک در صد نیکبختی که به داشتن قصر و غلامان بی‌شمار می‌رسند که من رسیده‌ام، هیچ شکوه نخواهید کرد.

تاجر سالخورده، پس از آنکه چنین گفت، خم شد و لمحه‌ای در سکوت دعا کرد، سپس ادامه داد: یادتان هست که در پایان آخرین ماجرای من در وضعی بودم که ناز و نعمت نبود ولی دست‌کم ثروت نسبتاً خوبی بود. من صاحب یک قطار شتر، هرکدام حامل یک جفت خورجین بزرگ مملو از خرما و شتربانانی که آن‌ها را هدایت کنند بودم. بازهم یادتان هست که

موقع ورود به «لکنس» چون دلواپس بودم حداکثر استفاده را از فرصت بکنم، آزادانه با همه راجع به کالایم حرف زده و کیفیت آن را ستودم و توضیح دادم که قصد دارم روز بعد آن را برای فروش در بازار عمومی عرضه کنم و اسم «اسماعیل تفته‌ای» را که اتفاقاً در آن لحظه اسم من بود، در اطراف پخش کردم.

همان‌طوری که منظور من بود شایعه پخش شد. بعد از غروب آفتاب در کوچه‌های باریک شهر به قدم‌زدن پرداختم و با خوشحالی شنیدم که ورود من به شهر و کالاهایم را بحث می‌کنند. فردا، روز خوبی در انتظارم بود. نزد افراد خودم برگشتم. تازه رختخواب خودم را گوشه حیاط پهن کرده بودم که غلامی در لباس‌های فاخر وارد شد، تعظیم غرایی کرد و درحالی‌که به حضور من می‌رسید پرسید آیا افتخار و سعادت این را دارد که تاجر پرآوازه، اسماعیل را موردخطاب قرار دهد. او حامل دعوتی بود از جانب بزرگترین تاجر شهر که اسمش را ده دوازده بار در «تفته» شنیده بودم که به‌خاطر دارایی‌های هنگفتی که داشت، در اطراف‌واکناف مورداحترام همه تجار آنجا بود: یوسف بن احمد نامی که به اسم «الظفری» یعنی پیروز هم مشهور بود. هرچند دیروقت بود لباسی فاخر خریدم، با آخرین سکه طلا که برایم باقی‌مانده بود یک الاغ که ابهت عجیبی داشت کرایه کردم و در لباسی که استطاعتش را نداشتم ولی آن را یک نوع سرمایه‌گذاری به‌حساب می‌آوردم، خودم را به قصر یوسف رساندم.

انتظار داشتم در داخل این قصر، آن سادگی رفتار که ستودنی و از مشخصات جدایی‌ناپذیر ثروت‌های واقعاً کلان است مواجه شوم: اشتباه نکرده بودم. اتاق اندرونی که مرا به آن راهنمایی کردند تماماً از مرمر سیاه پوشیده بود، هیچ تزیینی نداشت جز سه خمره از رخام سپید به قامت یک مرد و قدمت بی‌حدوحصر. قبلاً متعلق به اشراف‌زاده جوانی بوده که از سلطان به او رسیده بود، ولی یوسف او را از هستی ساقط کرده بود. در آن میان تنها شعله صاف چراغ نقره‌ای عظیمی می‌درخشید که از مقبره امام زاده‌ای به غارت رفته بود و اکنون با زنجیری از همان جنس آویزان بود که ادامه آن در تیرگی طاقی رفیع محو می‌شد.

فواره آب خوشبو ــ که عطر آن را نتوانستم دقیقاً تشخیص بدهم، ولی به گمانم «فیور دو گویم» [۱۶] بود - بالطافت به حوضچه‌ای از سنگ سماق می‌ریخت که در انتهای اتاق قرار داشت.

یوسف و دو میهمان دیگر (که فقط برای ملاقات با من دعوت شده بودند) از روی قالی‌های بسیار گران‌قیمت ایرانی که لم‌داده بودند برخاستند و خیلی رسمی به من سلام کردند. صاحب‌خانه بعد از سلام و خواندن دعای خیر دور سر من برای رحمت الهی، گفت که شام حاضر است ولی قبل از این‌که بیاورند، قدم رنجه فرموده و در این فرصت از تزیینات فقیرانه منزل بازدید کنم.

صریح بگویم از لحن او خوشم آمد. همان لحنی بود که قبلاً شنیده بودم ذاتی شاهزادگان تجارت است. در فاصله همین چند سال از زمانی که برای امرارمعاش در کوچه‌ها رفتگری می‌کرد، یاد گرفته بود حرکات خود را به طرز مؤدبانه‌ای کنترل کند و هنگامی که سخن می‌گفت با لحن آدمی بود که فکر می‌کرد کل جهان ازجمله میهمانانش بی‌اهمیت‌اند. من درحالی‌که گام‌های فارغ‌البال میزبان بزرگ را دنبال می‌کردم، از صمیم قلب دعا می‌کردم اگر روزی چنین ثروتی به دست آوردم من هم این رفتار مشخص بزرگان را به همین سرعت یاد بگیرم. او را به دقت زیر نظر داشتم تا بتوانم (وقتی‌که از حضورش رفته‌ام) آن جزئیات کوچک خاصی که نشانه توانگری است و به هنگام مذاکره خیلی مفید هستند را تقلید کنم. اغلب، کلمات خودش را در میان جملات دیگران جا می‌انداخت. خوشش می‌آمد که بعضی پرسش‌های تکراری را جواب ندهد. هر وقت میلش می‌کشید گفتگو را تغییر می‌داد بدون این‌که اهمیتی بدهد من داشتم چه می‌گفتم. همچنین هرگاه او را مخاطب قرار می‌دادم به میهمان دیگری رو می‌کرد و به هر طریقی برتری خودش را به من نشان می‌داد.

سر شام که نشسته بودیم از اطلاعات گوناگون و فرهنگ وسیع میزبانم بیشتر مستفیض شدم. صحبت را می‌کشید به مطلبی که اخیراً از منشی‌های متعددش یاد گرفته بود و به حدی آن را کش می‌داد که اگر فردی از طبقات پایین چنین می‌کرد می‌گفتند ملال‌انگیز است. اما تمام این‌ها را در فضایی چنان مملو از پول انجام می‌داد که جایی برای احساس ملال نمی‌گذاشت، گرچه شرح جزئیات چیزهایی که همه ما از حفظ بودیم بیش

---

[۱۶] Fior de Goyim

از یکبار ربع ساعت تمام به طول انجامید. خوشحال شدم که ارباب متشخص منزل در اثنای آن شام ملکوتی حتی برای یکبار هم موضوع کاروبار مرا پیش نکشید.

در این موقع محمود گفت برادرزاده‌های عزیزم باید به شما خاطرنشان کنم که برای تاجر، مخصوصاً تاجری که موفقیتش مسلم شده است هیچ‌چیزی بدتر از این نیست که موقع غذاخوردن، سخن از نفع و ضرر به میان آورد. زیرا نفع و ضرر حائز اهمیتی چنان ژرف است که ذکر آن به‌تنهایی کافی است که لذات مشروع سفره را متشتت کند. فقط دیروقت، هنگامی‌که دو میهمان دیگر (که اسامی بی‌اهمیتشان را سعی نکرده‌ام به‌خاطر بسپارم) بلند شدند بروند بود که صحبت درباره کاروبار شروع شد. میزبان من باظرافت زیرکانه یک نابغه تجارت دست مرا گرفت و نگاهداشت. حالا که تنها شده بودیم دل به دریا زدم که چند کلمه درباره مطلبی که برایم خیلی اهمیت داشت حرف بزنم. پرسیدم خرماها چطور بودند؟

با خوشحالی دریافتم که آدم خوش برخوردی است. بیش از آنکه این قضیه کوچک ارزش داشته باشد، راحت نشست و با توجه بسیار به داستان ساده من گوش داد. صراحتاً به او گفتم که در حال حاضر فقط چندتایی شتر با خود دارم (هیچ لزومی نداشت اقرار کنم که هیچ مال‌ومنال دیگری در این دنیا ندارم). با لحن بی‌تفاوتم می‌خواستم نشان بدهم که این تعداد آن‌قدر نیست که بتوان کاروان نامید و چیزی است در حد یک سرگرمی که در مسافرت‌هایم خود را با آن مشغول می‌کنم. سپس اضافه کردم که – بازهم من‌باب تفریح، نه چیز دیگری- کمی خرما بار آن‌ها کرده‌ام.

این دفعه از شنیدن کلمه خرما چهره یوسف خوش‌شانس ناگهان تغییر کرد. اولاً، به نشانه نگرانی زیاد چشم‌هایش را به پایین انداخت. سپس، درحالی‌که با نگرانی و به طور ثابت به من نگاه می‌کرد گفت: این مطلب ربطی به من ندارد و اگر دخالت بکنم احتمالاً دلخور می‌شوی. به او اطمینان دادم که از جانب شخصی که آن‌قدر مورد عنایت خداوند است هیچ انتظاری به‌جز اشاره‌ای ندارم که اجناس ناقابلم را بهتر است چگونه بفروش برسانم؟ به‌قدری دلم می‌خواهد پاسخ او را بشنوم که از حد بیان خارج است!

آه عمیقی کشید، سرش را جنباند و با لحنی چنان خودمانی که جایی برای دلخور شدن باقی نمی‌گذاشت جواب داد: دوست بیچاره من... بازهم آه کشید و اضافه کرد: واقعاً نمی‌دانم که من چه راهنمایی می‌توانم به شما بکنم... حقیقت این است که از این به بعد، خرما در این جا تقریباً غیرقابل‌فروش است. اخیراً – درواقع همین هفته قبل – وضع خارق‌العاده‌ای پیش‌آمده است. مادر امیر ما – ملکه مادر – وصیت کرده تمام نخلستان‌های وسیعش را در یک بنیاد وقف ملت بکنند و دستور داده که هر هفته به طور منظم و مجانی بین تمام شهروندان خرما تقسیم بشود. به ما گفته‌اند که سخاوت او را ستایش کنیم و توده مردم هم البته خوشحال‌اند. اما برای تجار بیچاره‌ای که موجودی خرمایشان آن‌قدر بی‌ارزش شده باعث خانه‌خرابی است. به همسایگانمان در کشور آن طرف مرز هم نمی‌توانند بفروشند چون‌که آن‌ها فکر می‌کنند خرما شوم است زیرا دندان‌درد می‌آورد. قانون جدیدشان هم که قانون تحریم خرما نامیده می‌شود از نوع قوانین بسیار سخت‌گیرانه است. خود من (از برای خدمت به خلق) سهم عمده‌ای را با ضرری خانمان‌برانداز خریده‌ام تا از ورشکستگی افراد خرده‌پا و ایجاد وحشت جلوگیری کنم. من خودم را فدای خدمت به خلق کرده‌ام. بازهم آه عمیقی کشید و ساکت شد.

شما برادرزاده‌های عزیزم می‌توانید تصور کنید که این خبر چه اثری روی عموی بیچاره‌تان گذاشت! خورجین‌های خرما (دوتا بار هر شتر) به‌غیراز خود حیوان‌ها، تنها مایملک من در این جهان بودند. با زحمت زیاد، حرمان بی‌حدوحساب و مخاطرات مرگبار، بیابان را طی کرده بودم، دقیقاً به این دلیل که این ناحیه شهرت داشت که به‌مراتب بهترین بازار فروش خرما است. حالا من مانده بودم و دشمن از پشت سر، در این دنیا تنها و بی‌کس و تنها قمارم بربادرفته بود. تنگدستی وحشتناکم در همین اواخر را به یاد آوردم و وقتی‌که خرماهای غیرقابل‌فروش و آینده‌ای نامعلوم را به یاد آوردم از وحشت به خود لرزیدم! کشوری که در آن خرما طبق قانون به شدت ممنوع بود در پیش داشتم و در پشت سر بانگ و فریاد بگیروببند. به منتهای عجز و درماندگی رسیده بودم!

گرچه اطمینان دارم به‌قدر کافی از هنرهای لازم در حرفه خودمان برخوردارم، ولی یوسف حتماً افکار من را حدس زده بود. گفته‌های مرا که اجناسی که با خود آورده‌ام تفننی بیش نیست و چه بر سر آن‌ها بیاید برایم بی‌تفاوت است را به روی خود نیاورد و در مورد گرفتاری من

صمیمانه ابراز همدردی کرد و از من خواست صبر کنم تا او خوب فکر کند چطور می‌تواند به من خدمتی بکند.

بعد از گفتن این، صورتش را با دست راستش پوشاند، سرش را خم کرد، آرنجش را روی زانویش تکیه داد و برای لحظاتی به‌رسم تجار به فکر فرورفت. وقتی‌که سرش را بلند کرد از قیافه‌اش که آن‌قدر خسته و رنجور شده بود تکان خوردم و متعجب شدم که شخصی در موقعیت او باید تا این حد برای بدشانسی‌های یک غریبه اهمیت قائل بشود. ولی یک جایی خوانده بودم که این «شاهزادگان تجارت» اغلب قلب خیلی مهربانی دارند و هرگز نباید از بروز سخاوتشان متعجب شد.

حالا خودتان قضاوت کنید که من چقدر خوشحال شدم که شنیدم یوسف با لحنی مصمم گفت که فقط به یک نتیجه رسیده و خودش خرماهای مرا خواهد خرید! او صراحتاً اضافه کرد که قیمتی حتی به‌خوبی یکی دو روز پیش نمی‌تواند به من بپردازد؛ ایده ملکه پیشین به خرمای مجانی همه چیز را در خود غرق کرده است. ولی من یک‌چهارم قیمت معمول را می‌پردازم که خیلی بیشتر از قیمتی است که حالا جای دیگری به تو بدهند. من خیلی متمولم. شما غریبی و هرچه باشد در این شهر میهمان ما هستید. عمل خیر هیچگاه گم نمی‌شود. شاید یک روزی هم من از کمک تو خشنود بشوم. من شما را فقط چند ساعتی است که می‌شناسم ولی فکر می‌کنم که حالا دیگر از مکنونات قلبی یکدیگر آگاهیم. علاوه‌برآن، از شما پنهان نمی‌کنم، ممکن است قسمت اعظم ضرر را جبران کنم. من رابطه‌های خاص در اغلب شهرهای دور دارم و فرصت‌های فروش که دیگران ندارند... بیا! من این کار را می‌کنم! من به تو یک‌سوم قیمت را پیشنهاد می‌دهم. او گفت البته قیمت بدی است و باز هم آه عمیقی کشید، ولی خیلی، خیلی بهتر از هیچ است.

آسودگی من قابل‌بیان نیست. به چشم خود می‌دیدم که کالای من فروش نرفته یا به ثمن بخس رفته. آنچه یوسف به من پیشنهاد کرد تفاوت بین استیصال بود و بارقه‌ای از امید و گرچه ضرر خیلی وخیم بود ولی حداقل سرمایه کوچکی برای معامله بعدی برایم باقی می‌ماند.

مردان بزرگ در معاملات خود نوعی سادگی به کار می‌برند. یوسف هنوز چیزی از حق‌شناسی و قبول فوری هدیه خود به من (چون اسم دیگری روی آن نمی‌توانستم بگذارم) نگذشته بود که شازده وار دستانش

را به هم کوبید و فرستاد دنبال خزانه‌دار و همان جا یک‌صد سکه طلا شمرد و به من داد. من هم یادداشت تحویل جنس را به او دادم که او هم آن را به دست غلامی داد و یواشکی چند کلمه به او گفت. سپس به حرف‌زدن با من ادامه داد چون تصمیم داشت مرا تا خیلی دیروقت تا آخر شب نگه دارد. در واقع تقریباً چیزی به طلوع نمانده بود که او را که حالا دوست خود می‌خواندم و احساس می‌کردم که با شدیدترین عواطف الفت و قدرشناسی، برای تمام عمر به او وابسته هستم، گذاشت که از دربخانه‌اش بیرون بیایم و به مهمان‌خانه‌ام برگردم. وقتی آنجا رسیدم، دیدم که خورجین‌هایم را جابه‌جا کرده و محتویات آن‌ها را به انبار خریدار منتقل کرده‌اند. به‌سرعت عمل در معامله که غالباً با قلبی کریم همراه است آفرین گفتم.

روز بعد، اول وقت، قبل ازآنکه آفتاب خیلی سوزان بشود در بازار مشغول به قدم‌زدن شدم. از فکر ضرر چندان افسرده نبودم چون به یاد می‌آوردم که بالاخره صاحب یک‌صد قطعه طلای ناب هستم. به‌منظور تفریحی شیطنت‌آمیز به یک دکه میوه‌فروشی نزدیک شدم یک سکه کوچک مسی گذاشتم و از او خواستم مشتی خرما به من بدهد. گفتم پیمانه پر لازم ندارم فقط مشتی بده همین‌طور که قدم می‌زنم بجوم. چون فکر می‌کردم که در آن وضع بازار با یک شاهی می‌شود یک حلب خرما خرید. می‌خواستم نشان بدهم که مبلغ کم برای من ارزشی ندارد.

با تعجب دیدم که میوه‌فروش به من خیره شد و گفت: خرما؟! اهل کجایی که در شهر ما خرما می‌خواهی؟ پرسیدم چرا؟ آیا بازار از خرما اشباع نشده؟ به من گفته‌اند که اینجا از آن سرشار است. میوه‌فروش به حال تسلیم جواب داد خدا می‌داند، اما در تمام شهر یک‌دانه خرما هم نمی‌توانی پیدا بکنی؛ محموله ماه گذشته‌مان را دزدان سر گردنه غارت کردند. اگر فقط یک حلب خرما برای من گیر بیاوری باکمال‌میل بابت آن دو سکه طلا به تو می‌دهم، تقاضا به این حد است. هیچ ذخیره‌ای به‌هیچ‌عنوان وجود ندارد و افسوس! امیدی هم نیست که وضع بهتر بشود.

به‌قدری برآشفته شدم که اصلاً نمی‌دانم چه گفتم که آن آشنای جدید من پاسخ داد که در واقع سوءظن می‌رود مقداری خرما در تملک یوسف الظفری است، (و اضافه کرد) که همه خوش‌شانسی‌ها از آن اوست. سپس گفت: همچنین، شایع شده که غلام‌های یوسف را دیده‌اند که در اواخر شب پشت‌سرهم با تعدادی خورجین بار قاطر به سمت انبار یوسف در حرکت

بوده‌اند و اشخاصی که این خبر را آورده قسم‌خورده‌اند که بوی خرما شنیده‌اند و در آخر گفت: سه هفته است که اینجا غیر از همین بو، هیچ خرمایی در کار نبوده و اگر شما با عادت ما در مورد غذا آشنا بودید به حال ما غصه می‌خوردید!

برادرزاده‌های عزیزم، قبلاً از تحسین و تمجید خودم نسبت به یوسف الظفری برایتان تعریف کرده‌ام. مدت‌ها قبل از آنکه او را دیده باشم، شهرتش از راه دور مرا ملتهب کرده بود. آشنایی کوتاهم با او آن احساس را به نظر خودم تا بالاترین درجه بالا برده بود؛ اما حالا از حدوحصر گذشت. مردی به این حد زیرک در مذاکره! به این حد آماده امور! به این حد سریع و قاطع در چانه‌زدن! با چنین تسلط شگفت‌انگیز چهره و صدا! مردی، در یک‌کلام، بی‌نهایت برتر از من در این حرفه تجارت که خداوند، تمام ارواح شریف را به آن دعوت می‌کند و من هم بدان اشتغال داشتم! هرگز باور نداشتم که به دیدار چنین انسانی نائل شوم! نه – هرگز تصور نمی‌کردم چنین انسانی روی این کره خاکی وجود داشته باشد. حاضر بودم بر زمینی که روی آن پا می‌گذاشت بوسه زنم یا ریسمانی از کیسه‌اش را برسم یادگار برای همیشه نزد خود نگاه دارم.

با خود گفتم این است تاجر واقعی! این است نمونه همه آن چیزهایی که یک مرد تاجر باید باشد! آه! محمود تو خیال می‌کردی که در حرفه خود چیزی هستی ولی تو مرشد خود را یافته‌ای و بالاتر از مرشد خود! تو به دیدار کسی نائل شده‌ای که در برابر تو به‌سان مقدس‌ترین قدیس در مقایسه با پست‌ترین کافر باشد. او در روی زمین مثل و مانندی ندارد. خداوند او را برتر از همگان آفریده است.

پیرمرد که حالا نوعی نور روحانی در چشمانش می‌درخشید، چنین ادامه داد: اما برادرزاده‌های عزیز من، کافی نیست، کافی نیست که ما اشخاصی را که برای ما بهترین سمبول‌ها را از خود به جا می‌گذارند فقط تحسین کنیم. ما باید از آن‌ها تقلید هم بکنیم. من تصمیم گرفتم که بعد از تجربه‌ای چنین نادر، تا آنجا که برایم امکان دارد پا جای پای مردی بگذارم که نشان داد فراتر از مقام انسان فانی صعود کرده است.

به خود گفتم او، او را سرمشق خود قرار خواهم داد! او رهنمون من خواهد بود! طرز رفتار و لحن گفتار او در ان شب فراموش‌نشدنی، سرمشق دقیق من خواهد بود! سپس شاید باگذشت زمان من هم مانند او

چنان گنجینه بزرگی از پول فراهم آورم که مرا در زمره بزرگان نسل بشر در بیاورد.

باعجله غلامانم را احضار کردم. حساب اسطبل را پرداختم و وقتی به سرمایه مختصرم نگاه کردم و چهارپایانم را در نظر آوردم تردید کردم چه باید بکنم. یوسف الظفری که الطاف خاص الهی بر سرش سایه افکنده بود مال‌ومنال مرا برد و چیزی برای من نماند به جز شترها. در این تنگنا فکرکردن به آدمیان را از سر بدر کردم و بی‌تأمل روی به درگاه باری آوردم. دلم را به درگاه خالق گشودم و برای رهنمود استغاثه کردم. او که هیچ‌گاه بنده خود را برای مدتی دراز فرونگذارده با فوریتی یگانه دعای مرا مستجاب کرد؛ زیرا حتی درحالی‌که هنوز مشغول دعا بودم شنیدم دو نفر که از آنجا عبور می‌کردند زیرلبی با هم حرف می‌زدند. درحالی‌که باعجله می‌رفتند اولی با لحنی متوحش می‌گفت: هنوز شتر ندارند! اما باید تعدادی شتر داشته باشند وگرنه آن حکم مخوف صادر خواهد شد.

همره او وحشت‌زده زمزمه کرد: بله، من خیلی نگران اقوام خود در آن شهر هستم و دارم می‌روم آنجا که مطمئن بشوم در چنین وقت مخوفی حداقل یک شتر داشته باشند! چون اگر تا ظهر فردا شتر به‌قدر کفایت موجود نباشد، آن‌طور که می‌گویند تمام آن‌ها را به صلابه خواهند کشید!

ازبس که مقهور ترس و وحشت می‌گفتند و می‌رفتند، هیچ متوجه نبودند که من از پشت سر آن‌ها می‌شنیدم و کلمه‌به‌کلمه آن را به‌خاطر می‌سپردم. فوراً تصمیم خودم را گرفتم. طوری که متوجه من نشوند دنبال آن دو موجود نگران که آن‌قدر غرق در مصائب موطن خود بودند راه افتادم. تا این‌که رسیدیم به یک فضای خالی سر یک سه‌راهی، خودم را به آن‌ها رسانده جلوشان را گرفته و گفتم: آقایان، آیا شما دارید به فلان و بهمان جا می‌روید؟ (شهری را نام بردم که آن‌ها هرگز نمی‌توانستند اسمش را شنیده باشند چون در واقع وجود خارجی نداشت).

آن‌ها ایستادند و با تعجب به من نگاه کردند و با هم جواب دادند نه خیر آقا، ما عجله داریم به موطن خودمان برویم که در خطر بلای عظیمی است. اسم آنجا «ماوور» است ولی اسفا که خیلی از ما دور است ـ فاصله‌ای حدود بیست فرسنگ ـ بیابان در راه ـ و بعید است که در ظرف یک روز که فرصت باقی‌مانده به آنجا برسیم. چون ما فقیر هستیم و فقط

با شـــترهای تندپا (وبا گفتن این کلام نگاهی به هم انداختند و از ترس لرزیدند) می‌توان به‌موقع به آنجا رسید.

من مؤدبانه از آن‌ها تشـــکر کردم و از این‌که برای امری بی‌اهمیت مزاحم آن‌ها شده‌ام عذرخواهی کردم و در حداکثر سرعت به سمت کاروان خود رفته و درباره راه «ماوور» جویا شدم (که از میان دشت پوشیده از خار و شـن می‌گذرد) و با حداکثر سـرعت در آفتاب سـوزان روز و تمام شـب بعد بدون خفتن رفتم تا سـحرگاه با کاروان خسـته خود از دروازه شـهر گذشتم. در ظرف بیست ساعت چهل فرسنگ پیموده بودم.

پنج تا از چهارپایان در راه ماندند؛ و چندتایی از غلامان من – چند تا؟ هنوز نشمرده بودم – در راه افتاده بودند و لابد در بیابان تلف شده بودند. ولی تعداد خوبی باقی مانده بودند.

متأسفانه، فقط من نبودم که به این کار دست زده بودم. چون دیدم علی‌رغم آنکه هنوز خیلی زود وقت بود، شـخص دیگری هم قبل از من با دو شـتر وارد شـده بود و در سـپیده‌دم کنار آن‌ها در بازار ایسـتاده بود. حیوان‌های بدحالی بودند و تمام آثار خسـتگی در آن‌ها نمایان بود. ولی من در صـدد انحصـار بودم. از مکالمه‌ای که به گوشم رسیده بود، من امیدوار بودم که حتی یک شتر هم در اینجا وجود نداشته باشد. خودم را باید در برابر حتی کمترین رقابت هم محافظت کنم. به جلودار دو شتر مفلوک نزدیک شده و بدون معطلی پرسـیدم برای حیواناتش چند می‌خواهد. برای یک‌لحظه به من خیره شد ولی باکمال تعجب دیدم که قیمت مضحک ده سکه طلا را که من فقط برای شروع گفته بودم، فوراً قبول کرد، سکه‌ها را در کیسه‌اش گذاشت، نیشخند موذیانه‌ای زد و با گام‌های سریع از آنجا دور شد.

باکمال اندوه در ظرف چند لحظه بازهم دهاتی دیگری سررسید، ولی این دفعه با یک شتر، حیوانی روی‌هم‌رفته بهتر از دو شتر قبلی. امیدوار بودم او آخرینش باشد. فوراً همان تاکتیک قبلی را با او به کار بردم. او هم مثل اولی پنج سکه طلا را بدون هیچ چک و چانه‌ای گرفت اما سراپای مرا به طرز عجیبی ورانداز کرد، شـانه‌هایش را بالا انداخت و در یک کوچه فرعی به‌سرعت ناپدید شد.

سـپس (با آغاز روز مردم شـروع به گردش در خیابان‌ها کردند) مردی ظاهر شد که حداقل ده شتر به صف دنبال خود داشت. جداً نگران شدم ولی خواننده‌های خود را به یاد آوردم که چگونه تمام ثروت‌های عظیم از

راه احتکار به دست آمده‌اند که احتیاطکاری و تنگ‌نظری هلاک تجارت واقعی است. با جسارت پیش رفتم و بقیه سکه‌های طلایم را برای تمام شترهایش عرضه کردم. بجای این‌که برگردد و مبلغ بیشتری بخواهد از من خواست که سکه‌ها را به دقت نگاه کند و با همان دقت هم به قیافه من نگاه کرد. یکی از سکه‌های طلا را گرفت، زیر دندان گذاشت و فشار داد. خم شد و آن را روی سنگ‌فرش کوبید. ظاهراً راضی شد که حقیقی هست و بدون کلمه‌ای سکه طلاهای مرا گرفت، اشخاصی را که دوروبر ما بودند به شهادت گرفت، طناب شترها را به دست من داد، قهقهه‌ای زد و خیلی سریع از آنجا دور شد.

حالا من مانده بودم و سیزده شتر دیگر و آنچه از کاروانم به‌جای‌مانده بود. انکار نمی‌کنم که پیش خودم تا حدودی نگران بودم؛ ولی فقط به خدا امیدوار بودم، با اشتیاق بسیار، و استغاثه می‌کردم که خدایا بنده خود را در یاب و مگذار که قبل از آنکه من شروع به فروختن کنم، شتر دیگری به شهر وارد شود.

اما آدمی چه‌کاره است؛ او کیست که بخواهد حرکات باری‌تعالی را تنظیم کند؟ چشمانم را گشودم و در خیابان باریک، صفی از حداقل یک‌صد شتر به رهبری دسته بزرگی از مردان ژنده‌پوش دیدم و آن حالت گستاخ و ابلهانه‌ای که این حیوان راه می‌رود در چنین لحظه‌ای مرا تا سرحد جنون عصبانی کرد.

سپس یک برده که از ترس این‌که مبادا من ناراحت بشوم به خود می‌لرزید از من خواهش کرد که با او به سمت پله‌های منتهی به دیوار شهر بروم. از پله‌ها بالا رفتم و از آن بالا منظره‌ای دیدم که قلبم فروریخت. زیرا آنجا در سرتاسر دشت اطراف شهر چنان جمعیتی از شتر به سمت ما می‌آمدند که تصور نمی‌کردم در این جهان وجود داشته باشد. در دسته‌های بیست، پنجاه، دویست‌نفره گله و رمه شترها، سواره، با جلودار، به حال راندن یا هدایت‌کردن به هر شکل و از هر طرف، در بیابان و در زمین‌های کشت شده، از کوره‌راه و از جاده، انبوه و سیلی از شتر. مثل این بود که تمام شترهای عربستان، هند، باختر و سوریه به این مکان احضار شده بودند. افسوس که همین‌طور هم شده بود! یا حداقل همان تعدادی که پادشاه آن دیار می‌توانست فرمان دهد... زیرا این توضیحی بود که...

در این موقع چشمان پیرمرد از اشک تیره شد و صدایش به لرزه افتاد و علی‌رغم ثروت‌هایی که اکنون داشت از یادآوری بدبختی‌های گذشته‌اش از فرط غصه به گریه افتاد.

با صدایی شکسته گفت آه ای برادرزاده‌های عزیز من، بعید است میزان بدبختی مرا دریابید! چون وقتی‌که من با اشتیاق از مردم آن محل جستجو کردم، معلوم شد که به علت تحریم خرما که قبلاً راجع به آن برایتان گفته‌ام، جنگ بر علیه پادشاهشان درگرفته و آن فرمانروای ستمگر، امر کرده بود تا ظهر آن روز و تا آنجا که برایشان امکان دارد هزاران شتر در داخل دیوار شهر جمع‌آوری کنند وگرنه قتل‌عام خواهند شد. اگر کل تعداد موردنظر فراهم نیاید تمام مردان، زنان و کودکان به قتل خواهند رسید. زیرا از این اعلان‌جنگ توأم با معضل کمبود حیوانات بارکش، ناگهان به وحشت افتاده بود. اُمرای سلطان به عرض رساندند مصلحت در آن است که تمام حیوانات بارکش به شعاع فرسنگ‌ها به طور رایگان ضبط شوند.

به همان نسبت که روح من افسرده شد، قلب مردم شهر شادمان گشت که دیدند تعداد موردنظر به‌تدریج فراهم آمد. ظهر که رسید اوضاع برای آن‌ها رضایت‌بخش ولی برای من بسیار بد بود. مأمورین پادشاه وارد شدند، چهارپایان را شمردند و جدا کردند بدون این‌که یک شاهی برای هیچ‌کدام بپردازند! تماماً ضبط شدند! و گله بیچاره من هم در میان آن جمع عظیم به سرنوشت بقیه گرفتار شد و از همه بدتر، تمام غلامان من را هم برای شتربانی بردند.

در آن سرزمین دورافتاده بدون حتی یک سکه طلا در کیسه یا یک شتر، تنها مانده بودم؛ بار دیگر کاملاً مفلس و مستمند. بقیه روز با خود در جدال بودم که خود را از تیری حلق‌آویز کنم یا از مناره‌ای به زیراندازم. استدلال بر له هرکدام از این دو به‌قدری با هم یکسان بود که خورشید غروب کرد و من نتوانستم یکی از آن دو را انتخاب کنم تا این‌که وقت غروب از رحمت الهی فرج تازه‌ای ظاهر شد.

دومین برادرزاده با اشتیاق گفت: آیا چنین شد؟ ولی پیش ازآنکه عمویش بتواند جواب دهد بانگ دلخراش مؤذن به گوش رسید و پسرها بدین نشان برخاستند، به عمویشان تعظیم کردند و رفتند.

فصل دهم

الحصان یا اسب

وقتی‌که برادرزاده‌ها، سر ساعت اعدام‌های درملأعام، دوباره در حضور عمویشان گرد آمدند، او به طرز پر عطوفت مخصوص به خودش به آن‌ها خیره شد، بازهم ریش‌های بلندش را نوازش می‌کرد تا جواهرات روی انگشتانش را بهتر در معرض تماشا بگذارد و حکایت ثروتش را ادامه داد.

فرزندان عزیزم دفعه آخری که برایتان شرح ماجرا می‌گفتم مرا در وضعیتی خیلی اسفناک ترک گفتید. به یاد دارید که در اثر برتری توانایی‌های تجاری یک تاجر که در قدرت سازمان‌دهی، تسلط بر جزئیات، هوشمندی در امور و چها و چها شهرت داشت، تمام دارایی من منحصر شده بود به چندین شتر و شتربان و این‌که حتی همان بقایای ناچیز اموالم را هم به علت اشتباه محاسبه از بازار شتر به هنگام بروز جنگ از دست دادم.

عواطف فرزندانه شما نیز به یاد دارد که در چه وضع روحی تلخی بودم که نمی‌دانستم خود را از مناره‌ای فرو اندازم یا از تیری حلق‌آویز کنم. نکات مثبت و منفی هر دو روش مساوی به نظر می‌رسید و گرچه تجربیات درازمدت من در تجارت به من آموخته‌اند که سریع تصمیم بگیرم (که مطمئن‌ترین روش پیش‌دستی از رقبا است) مع‌هذا اعتراف می‌کنم که در این جدال تقریباً به مدت نیم ساعت مردد بودم. چقدر خوب که این‌چنین بودم زیرا در این نیم ساعت، رحمت الهی به طرزی پیروزمندانه بر آنان که مطیع و خدا ترسند [۱۷] تجلی کرد.

درحالی‌که در دیار غربت و بدون این‌که حتی یک سکه در این دنیا برایم باقی مانده باشد و کاملاً بدون هیچ اعتباری، بدون این‌که حتی بدانم فردا غذایم را چگونه تأمین کنم، صدای فریاد و هلهله سم اسبان به گوشم رسید و دیدم که اسبی خاکستری‌رنگ و بسیار اصیل با یال افشان و دهنه آزاد از ته خیابان چهارنعل به‌سوی من می‌آید. زین نفیسی کار استادکاران هند بر

[۱۷] بخشی از سوره فاطر

آن ولی بدون سوارکار بود. درحالی‌که چند صد متر پشت سر او، مرد تنومندی که از لباسش معلوم بود صاحب ثروت و مکنتی باشد، عاجزانه می‌دوید و با حرکت سر و دستش اشاره می‌کرد. اولین واکنش غریزی من این بود که مانند هر بی‌سروپای دیگری اسب فراری را بگیرم و به صاحبش برگردانم، به امید پاداش ناچیزی، چند شاهی که خرج نان شبی باشد و سرپناهی برای یک شب.

لکن خالق بخشنده فوراً افکار دیگری در ذهن بنده خود گذارد. من در واقع اسب را گرفته بودم. صاحبش که نفس‌نفس می‌زد دویدنش را کند کرده بود و با وضع موقرتری به سمت من می‌آمد که به ذهنم رسید اگر من سوار بر اسب (که ناآرام بود) بشوم بهتر می‌توانم آن را مهار بکنم.

برادرزاده‌های عزیزم چنان‌که سه مرتبه برایتان گفته‌ام من چنان اسب‌سواری نیستم. مرکب عادی من خر است، و گرچه از وقتی‌که به درجات عالی رسیده‌ام، در مراسم رسمی و حتی شکار که اعلیحضرت از روی تفقد مرا دعوت می‌فرمایند، شرکت می‌کنم، ولی باید اعتراف کنم که حالا هروقت مجبور باشم سوار اسب بشوم، ترتیباتی می‌دهم که اسب نه‌تنها دقیقاً تربیت شده باشد بلکه از قبل با دادن داروهایی او را آرام کرده باشند.

اما همان‌طوری که دیده‌اید زمانی که نیاز حکم می‌کرد بر زین نشسته بودم. در این موقع گرچه اسب بی‌نهایت چموش‌تر از هر اسبی بود که تابه‌حال جرئت کرده بودم با آن مواجه بشوم، خطر را پذیرا شدم. جرئت از عرش اعلی به من اعطا شد. با تقلا پریدم روی زین ولی فهمیدم که مهارکردن آن موجود، ساده‌تر از وقتی‌که دهنه‌اش را در دست گرفته بودم نیست. قسم نمی‌خورم که در سردرگمی آن لحظه، اسب را کاملاً مهار کرده باشم. حتی قسم نمی‌خورم که اهمیت آن وضع را درک کرده باشم. اما مطمئن هستم که چندین لگد محکم با پاشنه‌های پا به دنده‌های حیوان رام‌نشدنی کوبیدم. سپس چند دقیقه طول کشید که طی آن (باید بگویم تحت هدایت من) چنین به نظر رسید که دارد چهارنعل هرچه بیشتر از صاحبش دور می‌شود و با حداکثر سرعت در خیابان اصلی شهر به‌پیش می‌رود. شنیدم که پشت سر من از همه طرف صدای فریاد برخاسته و وقتی‌که خواستم پشت سرم نگاه کنم (کاری سخت برای شخصی که به زین عادت ندارد) متوجه جمعیت کثیری شدم که از فاصله دور در بین آن‌ها صاحب ثروتمند اسب را دیدم که دارد سراسیمه داد می‌زند و با حرکت سر و دستش اشاره می‌کند.

برادرزاده‌های عزیزم هیچ‌چیزی احمقانه‌تر از آن نیست که بخواهی با جمعیت هیجان‌زده موجودات بشر با بزرگواری یا حتی منطقی رفتار کنی. تمام مورخین و فلاسفه به شما می‌گویند انسان در این حالت با حیوان وحشی تفاوتی ندارد. باید از آن‌ها گریخت یا برحسب توانایی‌هایمان تحت سلطه درآورد.

چون من توانایی تسلط بر آن‌ها را نداشتم بنابراین واضح بود که بایستی از دست آن‌ها فرار کنم. علاوه‌برآن، در آن حال که اسب را می‌زدم که سریع‌تر بدود در عین سردرگمی، می‌دانستم اگر سعی کنم به عقب برگردم چقدر مشکل بود که وضع خودم را برایشان شرح بدهم. رعدآسا از دروازه باز شهر گذشتیم و به زمین‌های خارج شهر رسیدیم و در آن موقع چاره‌ای نداشتم جز آنکه بی‌هیچ تردیدی مسیر دشت را پیش گرفته و برای همیشه خودم را از دست افرادی که در تعقیب من بودند نجات بدهم.

برادرزاده‌های عزیزم، ستایش کنید مشیت الهی را. آن‌گاه که اراده کند فریادرس یکی از خاصان خود باشد، چگونه او را از یک توالی به‌توالی دیگر می‌برد تا بالاخره با داشتن مقادیر متنابهی پول امنیتش تثبیت می‌شود! حالا من را در نظر بگیرید، کمتر از ده دقیقه پیش، تنها راه نجات خود از فقر را مرگ می‌دانستم و حالا سوار بر اسبی اصیل با زین قیمتی بودم تا به دنبال هر ماجرای تازه‌ای که می‌خواهم بروم.

اسب نازنینم را چهارنعل تاختم تا از دروازه شهر خیلی فاصله گرفته و غوغای آشفته تعقیب‌کنندگانم را تماماً پشت سر گذاشتم. اسب را یورتمه راندم تا از اولین تپه‌ماهورهای کم‌ارتفاع که مرا از دید شهر پنهان می‌کرد گذشتم. بعد از آن دیدم بهتر است با سرعت کمتری حرکت کنم که برای حیوان بیچاره که با من خوب اخت شده بود طاقت‌فرسا نباشد. از تازه‌نفس بودنش معلوم بود که تازه سواری شده بود. بی‌محابا ولی با توقف‌های گاه‌به‌گاه برای استراحت، تمام روز راندم تا هرچه بیشتر از آن سوءتفاهم تأسف باری که از خود به جا گذاشته بودم فاصله بگیرم.

شامگاهان، ساعت‌ها آشنایی با اسبم باعث شده بود از داشتن او بیشتر احساس غرور بکنم و تمام ملاحظات ناخوش درباره صاحب قبلی‌اش را از ذهنم زدوده بود. تنها نگرانیم از بابت شب بود؛ بنابراین می‌فهمید چقدر خوشحال شدم که یک ساعت تمام قبل از غروب، زمانی که از جنگل

بزرگی بیرون آمدم، خود را روبروی دیوارهای شهری یافتم که دروازه‌های آن یک فرسنگ با من فاصله داشتند.

در این مرغزار دلپذیر در حاشیه جنگل مدتی درنگ کردم، تنگ اسبم را شل کرده و دهنه‌اش را درآوردم تا آزادانه در علف‌های خوش‌طعم چرا کند. خودم هم برای استراحت روی همان علف‌ها لم‌داده و از دورنمای گنبدها و مناره‌ها زیر نور ملایم به فکر فرورفتم. افکار من طبیعتاً به حدس و گمان‌هایی برمی‌گشت که از شهروندان داخل آن شهر، در مدتی که مشمول مهمان‌نوازی‌شان خواهم بود چه‌قدر وجه نقد ممکن است به دست آورم.

خورشید هنوز کاملاً غروب نکرده بود که به شهر وارد شدم. روی دیوارها متوجه اعلامیه‌های معمول در منع خوردن خرما شدم و آن‌طور که شایسته سواری تا این حد مجهز و اسبی به این اصالت بود نگاه‌های احترام‌آمیز رهگذران و خیره‌شدن‌های متواضع ولی طولانی دروازه‌بان را دیدم. درحالی‌که برخورد آن‌ها را می‌دیدم، نمی‌توانستم برای رحمت دیگری که در آن لحظه برمن تجلی کرد، شکرگزار خداوند نباشم. اگر تصادفاً این اسب را پس از چند روز فلاکت پیدا می‌کردم ظاهر من با او جور در نمی‌آمد. چه آشکار بود مشیت الهی که یک ساعت پس از ازدست‌دادن سایر مایملکم، درحالی‌که هنوز در لباس شایسته تجار، تمیز، با صورت تراشیده و آراسته بودم آن را یافتم!

در میدان مرکزی این شهر، جوی آبی روان بود که برای آب دادن چهارپایان اختصاص‌داده‌شده بود و اسب من (ما در تمام طول سفر آن روز فقط یک‌بار در یک نهر به آب زده بودیم) با اشتیاق به سمت آن رفت. من هم با مهربانی گردنش را نوازش کردم و با لذت به این فکر افتادم که چه دوست نجیبی پیدا کرده‌ام. چون آن طوری که حتماً خوانده‌اید نوعی همبستگی بین انسان و اسب وجود دارد که حتی در ظرف مدت کوتاهی آشنایی، با هم صمیمی می‌شوند علی‌الخصوص که آن انسان ذهن تجاری داشته و اسب هم خیلی گران‌قیمت باشد.

از این حالتی که در آن افتاده بودم درحالی‌که مَرکب نازنین من نوشیدنی ساده‌اش را می‌خورد، شاید حدس بزنید گرفتار چه اضطرابی شدم که صدایی شنیدم کنار دست من که ملتمسانه ولی تعمداً طوری یواش حرف می‌زد که غیر از من کسی صدایش را نشنود. صدا مملو از نیازی مبرم

بود و از من می‌پرسید آیا برای من امکان دارد حالا، هم اینجا، فوراً مرکبم را به انسانی بدهم که زندگی‌اش به آن وابسته است.

من برگشتم و در تاریکی غروب، مرد جوانی دیدم که کلاهش را به شکل نقاب روی صورتش کشیده بود و اضطراب او من را خودبه‌خود به این فکر انداخت که استفاده‌ای از او ببرم. شتاب‌زده زمزمه کرد آقا، تقاضای من از شما نه‌تنها گستاخانه بلکه خارق‌العاده است. می‌دانم که شما این را نمی‌فهمید. من باید فقط به درگاه ایزد متعال برای معجزه استغاثه کنم. فرصت تنگ است. نمی‌دانم آن‌ها که در تعقیب من هستند چه‌قدر با من فاصله دارند. جان من برایم خیلی عزیز است و از جانم عزیزتر شرف من است. شب دارد سر می‌رسد. اگر این فرصت را از دست بدهم دیگر چیزی برای من باقی نمی‌ماند. بلافاصله یک کیف چرمی به من داد که وقتی باز کردم، در آن نور کم مقداری سکه طلا دیدم و چنان نگاه ملتمسانه‌ای به من انداخت که دلیل این‌همه گشاده‌دستی را روشن می‌ساخت.

اگر خود من در شبانه‌روز گذشته گرفتار این‌همه ماجراهای حیرت‌انگیز نشده بودم حتی برای یک‌لحظه به اولین پیشنهاد خرید گوش نمی‌کردم. بلکه سعی می‌کردم (چون درواقع وظیفه‌ام چنین حکم می‌کرد) قیمت را بالاتر برده و بدون هیچ ملاحظه‌ای، علاوه بر کیف پول، چند تا از لباس‌هایش، و در صورت امکان، یک تعهد کتبی برای پرداخت پول بیشتر هم از او می‌گرفتم. زیرا او از فرط وحشت پریشان شده بود و اشخاصی که به چنین وضعی افتاده‌اند را می‌شود به‌راحتی دوشید. اما سرعت اتفاقاتی که در زندگی من رخ‌داده بود یعنی یک سری حوادث پی‌درپی، ابتدا مصیبت بار سپس خوش اقبال، به من نشان دادند و مرا به طرز عجیبی متقاعد کردند که انگشت الهی آشکارا پشت همه مساعدت هایی بوده است که از صبح تا به حال به نفع من بوده اند. بدون این‌که کلمه‌ای بگویم کیف را گرفتم و از اسب پیاده شدم.

مرد جوان با حالت تازه‌ای که تابه‌حال در چهره هیچ‌کس ندیده بودم، هیچ نگفت، نه، نه حتی برای تشکر از کسی که به او خدمت کرده بود. سر اسب را به سمت خیابان اصلی شهر گرداند و موقع خروج از شهر، عاقلانه از سرعت زیاد خودداری کرد که کسی عبور او را به‌خاطر نسپارد و فقط با یورتمه از دروازه گذشت و به تاریکی روبه گسترش بیرون شهر پیوست. آخرین اثری که از او دیدم شبح مبهمی بود که به‌سرعت در آسمانی که روبه سیاهی می‌گذاشت ناپدید شد بسان نعل‌اسبی که بر سر باب الاسود

نصب شده. لکن در همان لحظه‌ای که به او چشم دوخته بودم، گروه سواران را دیدم که رعدآسا از جلو من گذشتند و از همان دروازه به تاریکی شب پیوستند.

دیگر به او فکر نکردم و به سمت مرکز شهر برگشتم. با پولی سه برابر قیمت اسبم در جیب، موقعیت مستحکمی داشتم که برای آینده در آنجا مستقر شوم. اولین کارم این بود که دنبال یک شام عالی بگردم و بعد محل سکونت مناسبی برای شب پیدا کنم. در هر دو مورد شانس یاری کرد. اما قبل از آنکه نماز عشایم را بخوانم، دوراندیشی کرده و به یک مأمور گشت که از آنجا می‌گذشت اطلاع دادم که اسبم را دزدیده‌اند؛ زیرا در تجارت از هیچ فرصتی نباید غفلت کرد. سپس خود را به پناه خدا سپرده و به خواب شیرینی فرورفتم.

صبح روز بعد، پس ازآنکه نماز صبح را عاجزانه و مخلصانه به‌جای آوردم، فکر کردم قبل از آنکه دنبال کار پردرآمدی بگردم بهتر است کمی خودم را سرگرم کنم تا بعد بتوانم با ذهن بازتری به کارهای جدی بپردازم. هرگاه برای رهایی از گرفتاری‌های تجارت به تفریح نیاز دارم، رسم من بر این است که بارها به دادگاه‌های جنایی رفته و موقعی که احکام محکومین را صادر می‌کنند حاضر باشم، علاوه بر آنکه هنگام اجرای اعدام‌های متعاقب صدور حکم هم جزء تماشاچیان باشم. هیچ تفریحی به این اندازه مرا از دور مکرر کسل‌کننده خرید و فروش‌های روزمره رهایی نمی‌بخشد؛ درحالی‌که مقایسه وضع دلپذیر خودم با وضع آن گدایی که قرار است سرش را ببرند، چنان طعم شیرینی بر آن می‌افزاید که من به تمام اهل تجارت توصیه می‌کنم.

بنابراین، به سمت محکمه‌ای رفتم که شنیده بودم قرار است آن روز صبح بعضی مجرمین را سریعاً بررسی کرده و از قرار معلوم کارشان را یکسره بکنند. در بدو ورود به دادگاه خیلی متعجب شدم که دیدم درست همان لحظه‌ای رسیده بودم که داشتند برای همان مرد جوانی که شب قبل اسب مرا از روی بی‌عقلی خریده بود، آخرین شواهد را شنیده و می‌خواهند حکم صادر کنند! گفتم از روی بی‌عقلی؟ خوب! مشیت‌های الهی از ما پنهان است و برعهده من نیست که در مورد کسی قضاوت بکنم! گرچه دلم به حالش می‌سوخت، دلیلی هم نمی‌دیدم که خودم را سرزنش کنم زیرا من به شرافتمندانه‌ترین وضع به تعهدی که داشتم عمل کرده بودم. تعقیب‌کنندگان در فاصله‌ای کمتر از یک فرسنگ از شهر او را دستگیر کرده بودند. او

متهم بود که خرما خورده است، کاری که همان‌طور که شما به یاد دارید در تمام آن قلمرو ممنوع بود. صاحب‌منصبان سلطان یک هفته قبل او را در حین ارتکاب جرم دیده و اسم و مشخصات او را به تمام شهرها فرستاده بودند. در واقع شب قبل همان موقع که به من نزدیک شد و برای اسب من التماس می‌کرد، یک دسته سواران نزدیک به دستگیری او بودند. حکم صادر شد و جوان بدبخت را برای اعدام بردند.

علاقه طبیعی من به این‌گونه مناظر حکم می‌کرد که دنبالش بروم اما یکی دیگر از کارهای الهی (جرئت نمی‌کنم آن را به الهام به جان ناتوان خود نسبت بدهم) به ناگهان فکر بی‌نهایت پرمنفعتی به ذهن من انداخت. با صدای بلند قاضی را موردخطاب قرار داده در مورد اسب خود شکایت کردم. قاضی، اول ناراحت شد و خواست که مرا ساکت کند چون نمی‌فهمید من در این مورد خاص چه ادعایی می‌توانم داشته باشم. ولی من جسارت به خرج داده توجه او را به خود جلب کردم و گفتم شواهدی که من تصادفاً شنیده‌ام به‌وضوح ثابت می‌کند اسبی که جوان بدبخت با آن قصد فرار داشته همان اسبی است که فقط چند ساعت قبل از من دزدیده شده بود. این را حاضرم ثابت کنم. از مأمورین محکمه بازجویی به عمل آمد و آن‌ها پذیرفتند که توصیفات من از اسب، و چیزی که مدرک قطعی و بی‌چون چرا بود از جزئیات زین و هنر استادکاری آن که آن‌ها متوجه شده بودند دقیق است.

مضافاً، به قاضی اطلاع دادم که من شب قبل، سواره وارد شهر شده بودم و حاضرم نگهبانان دروازه را که هنگام عبور مرا دیده بودند به شهادت بیاورم. وقتی‌که آن‌ها را احضار کردند آن‌ها قبول کردند که من سوار اسبی با مشخصاتی که گفته بودم وارد شده بودم. معلوم بود که قاضی متمایل به حقانیت ادعای من است و مأمورین محکمه هم طبیعتاً با تمایلات او همدلی می‌کردند. فکر می‌کنم او را بیشتر سر لطف آوردم که به او اطمینان دادم حتی به ذهنم هم خطور نمی‌کند که تمام حقوق حقه‌ام را ادعا بکنم. همین‌قدر که اسب را به من برگردانند راضی خواهم بود و ادعایی از بابت اتلاف یا صرف وقت نخواهم داشت. گفتم مایه کمال مسرت است که خدمت کوچکی به دادگاه کرده باشم.

قاضی حالا به نشانه خشنودی به من لبخند زد و با تأکید بیشتر روی تصمیمش یادآوری نمود که حتی اگر جبران خسارت هم ادعا می‌کردم نه از جیب خودش بلکه از کیسه دولت می‌رفت. شکی ندارم که همین استدلال گرچه آشکارا بیان نمی‌شد از ذهن تمام مأمورین دادگاه هم می‌گذشت؛

بنابراین قاضی حکم کرد که اسب را به من برگردانند و با خوشحالی حرف‌هایی زد که متعلق به من نیستند. خود من مسئول گفتن آن‌ها نیستم ولی خوشحالم که او این کلمات را به کاربرد.

او گفت: این تاجر شرافتمند که شرح خیلی روشنی از رفت‌وآمدهای خود داده است، به دلیل ضرری که برای مدت کوتاهی در نتیجه ربودن مَرکب او به دست آن جانی که اکنون تکلیفش را روشن کرده‌ایم متوجه او شد، به‌هرحال ما مدیون او هستیم. او به طور غیرمستقیم باعث دستگیری آن جنایت‌کار شد؛ بنابراین کمترین کاری که ما می‌توانیم بکنیم این است که مال او را، در حد امکان با کمترین تأخیر، به او برگردانیم. من حکم می‌کنم که اسب او را با تمام ساز و برگش، پس از آنکه به‌خوبی تغذیه و تیمار شده باشد به او بازگردانند.

من با خضوع تمام تعظیم کرده و از محکمه برای حکم عادلانه‌اش تشکر کردم اما دردسر تازه‌ای بروز کرد. سرکرده افسران دادگاه، یعنی فرمانده گروهی که مرد جوان را دستگیر کرده بودند (که حالا سرش را بریده بودند و احتمال خطری از جانب او نمی‌رفت) پس از تبادل نظر با همکارانش، خودش را مقابل قاضی به خاک انداخت و استدعا کرد و اجازه خواست که توضیحی بدهد. قاضی حالت مشوش به خود گرفت و از او خواست که خلاصه بگوید. او برخاست و با اندوه آشکار قبول کرد که در جوش‌وخروش هنگام دستگیری و در تاریکی (چون تمام این‌ها در شب اتفاق افتاده بود) اسب رها شده و فرار کرده است.

من چون دیدم قاضی دارد عصبانی می‌شود فوراً مداخله کرده و گفتم هیچ نیرویی را تابه‌حال به‌اندازه پلیس سوار شایسته تحسینی که برای آن‌ها قائلم نمی‌شناسم که شهرت لیاقت و کاردانی آن‌ها حتی تا سرزمین دوردست خود من هم رسیده است. گفتم که به‌هیچ‌عنوان نمی‌خواهم باعث کمترین حق‌کشی یا حتی ناراحتی برای کسی بشوم. استدعا کردم که حضرت «شیخ»[۱۸] (زیرا لقب قاضی در آن مملکت به همین سادگی بود) حادثه تأسف‌بار گم‌شدن اسبم را نادیده انگارد. در خاتمه گفتم من کاملاً به آنچه ما تاجرها «حداقل قیمت‌گذاری» می‌نامیم راضی هستم، یعنی قیمتی که کسی که ما تاجرها او را «فروشنده راغب» می‌نامیم روی اسب می‌گذارد. با عبارتی که اذعان می‌کنم باطناً از آن احساس غرور می‌کردم به آن‌ها فهمانده بودم

[۱۸] در متن انگلیسی کلمه Importance بکار برده شده

که اجرای عدالت در این مورد نه‌تنها هیچ خرجی برای دادگاه نخواهد داشت بلکه منافعی هم برایشان دربر خواهد داشت. چون می‌دانستم که بدون شک حق‌الزحمه‌هایی بابت انتقال و ثبت و فلان و بهمان در کار خواهد بود. به‌عنوان یک فرد معمولی از مقدار آن‌ها اطلاع نداشتم اما می‌دانستم که در این‌گونه موارد حتمی‌اند و از محل مالیات‌ها تأمین می‌شوند.

قاضی و مأموران دادگاه و تمام وکلای حاضر به حرکت درآمدند. مدارک جورواجور به امضا رسید (که در آن‌ها من اسم علی نوشتم، چون اولین اسمی بود که به ذهنم رسید). مبلغ سی سکه طلا به من دادند که پس از تعظیم غرا و ادای احترام به همه حضار مخصوصاً به بانی خیر یعنی شخص قاضی، اما پول‌دارتر از وقت ورود، از دادگاه خارج شدم.

*****

فرزندان من، بعد چه؟

در تجارت قانون کلی این است که به فکر منفعت خود باشی و از ضرر هم اجتناب کنی و افراد حرفه من صاحب نوعی غریزه هستند که به آن‌ها می‌فهماند که موج تا به کی در جهت آن‌ها در حرکت است و کی بر می‌گردد. من به این نتیجه رسیدم که برای من هنوز یک کار دیگری باقی‌مانده بود که بایستی انجام می‌دادم.

آن جوان را در محلی دستگیر کرده بودند که چندان فاصله‌ای از حاشیه جنگلی که من بار اول شهر را از آنجا دیده بودم نداشت. اسب من شب قبل در آنجا چراگاه خوبی پیدا کرده بود. آنجا بود که من زینش را سست کرده بودم. در آنجا بود که او مکانی عالی برای استراحت یافته بود؛ بنابراین با هوشمندی فرض کردم که رفیق گم شده من به آنجا برگشته است. به‌آرامی از شهر به بیرون خرامیدم مثل این‌که فقط قصد قدم‌زدن دارم و البته یک فرسنگ دورتر زیر درختانی که سایه ارجمندشان را حق‌شناسان قدر می‌نهند آن حیوان نجیب لمیده بود که تنها مخل آسایش او زینش بود. تنگ او را سست کردم. او حق‌شناس بود و رفاقتمان از نو آغاز شد. اما گرچه محبت من از بازیافتنش زیادتر شده بود قلب خود را برای منظوری که قصد انجامش داشتم پولادین کردم.

یکی از اصول تجارت سالم این است که هر چیزی را هرچند دفعه که بشود باید فروخت و برای من روشن بود که حالا برای من فرصتی فراهم آمده

که این موجود دلربا را برای سومین بار بفروش برسانم. به همان اندازه هم برایم روشن بود که اگر تأخیر کنم فرصت از دست خواهد رفت. زیرا داستان حضور من در دادگاه در شهر پخش خواهد شد، مأمورین با دوستانشان درباره زین و وصف حیوان حرف خواهند زد؛ من حتی ممکن است درگیر مشکل سختی با مقامات بشوم.

اما تمام این روز فرخنده به دست پروردگار بود. چون درحالی‌که خورشید هنوز بالابود از میان مرغزار چوپانی را دیدم که با گوسفندانش به سمت من آمد. برایش داستانی گفتم که ارباب من مرا فرستاده که این اسبی را که با خود دارم با زینش به یک دلال که قبلاً آن‌ها را دیده و قیمت گذاشته بفروشم. یک نوشته‌ای هم با اسم آن دلال در شهری در این حوالی به من داده بودند ولی من نوشته را گم کرده‌ام، نه اسم را به یاد دارم نه جهت را.

چوپان به من گفت او فقط گاه‌گاهی به آن شهر می‌رود ولی خوب با آنجا آشنا است. خریدار هم نمی‌تواند شخص دیگری باشد مگر «عبدالابلیس». به مجردی که این اسم را به زبان آورد من برایش دست زدم و گفتم عبدالابلیس! اسمش همین بود! از چوپان برای این‌که این‌ها را به یاد من انداخته تشکر کردم و بااحتیاط در کنار اسب به راه افتادم، همان‌گونه که یک نوکر بایستی در کنار مال گران‌قیمت اربابش راه برود. از دروازه اصلی شهر نرفتم (که تابه‌حال دومرتبه از آن عبور کرده بودم و احتمال داشت مرا خیلی خوب بشناسند) بلکه از درب کوچک کناری وارد شهر شدم. راه طویله‌های عبدالابلیس را از مرد کوری پرسیدم که کار عاقلانه‌تری بود.

هیچ نقشه‌ای نداشتم که باید چه‌کار بکنم، زیرا در روزهایی که من مخصوصاً مورد لطف الهی هستم می‌گذارم که اراده الهی رهنمون من باشد و آنهایی را هم که با من معامله می‌کنند راهنمایی فرماید. پا فراتر از آن نگذاشتم جز این‌که به مهتر گفتم من آمده‌ام که خریداری برای این اسب پیدا بکنم، فی‌الواقع نه در این شهر که به من گفته‌اند بازار بد است، بلکه در محلی که دو روز تا اینجا فاصله دارد و اخبار ورود اسب مشهور از قبل در آنجا پخش شده است. سپس شروع به قدم‌زدن در شهر کردم که در هوای خنک سر شب نفسی تازه کنم. همان‌طوری که انتظار داشتم شد. وقتی برگشتم که ببینم اسبم را خوب خوراک داده باشند، عبدالابلیس در طویله حاضر بود و مشتاق به معامله.

او مزایای فروختن اسب به خودش، خطرات سفر دورودراز که از آن با مهتر حرف زده بودم و امکان آنچه را که در زبان آن خطه «یک کاروکاسبی» مینامند، همه را برشمرد. او چیزی را به یاد من آورد که من از روی صاف و سادگی احتمالاً فراموش کرده بودم که اینجوری نبود که اسب مال خود من باشد که درهرصورت من برنده بودم که ارباب من از هیچچیزی مطلع نخواهد شد که من میتوانستم وانمود کنم هر حادثهای اتفاق افتاده باشد (که در واقع چنین حادثهای هم محتمل است اگر به راه خود ادامه بدهم). او همچنین اصرار داشت بارها یادآوری کند که من میتوانم قسمتی از قیمت فروش را برای خودم نگه دارم و به من اطمینان خاطر میداد که او در این مورد سکوت خواهد کرد. در نهایت به او قول دادم که اسب را در مقابل شصت سکه طلا به او خواهم داد.

برادرزادههای عزیزم، اشخاصی هستند که حتی در چنین شرایطی هم برای قیمت بیشتری شروع به چانهزدن میکنند. اینها افرادی هستند که عاشق منفعتهای جزئی هستند و اهمیت عظیم بلندپروازی و شانس را در امور انسان درک نمیکنند؛ بنابراین بهجای چانهزدن برای قیمت بیشتر از او تشکر کردم و گفتم تا آنجا که به من مربوط میشود حاضرم قیمت کمتری هم بگیرم ولی کمی از خشم اربابم میترسم و نمیتوانم با کمتر از پنجاه سکه طلا پیش او برگردم و اضافه کردم فکر میکنم ده سکه پاداش برای خودم کافی باشد. درعینحال به عبدل نصیحت کردم که زین را با اسب نفروشد و فراموش نکردم به او یادآوری کنم که اسبهای رنگ روشن را راحتتر از اسبهای تیره فام میتوان رنگ کرد.

با این پیشنهادهای من چند لحظه سوگوار به من نگاه کرد سپس آرام شصت سکه طلا شمرد. از آن حیوان مهربان، صبور و زیبا که در مدت کوتاه یک روز این ثروت را نصیب من کرده بود وداعی طولانی کردم و در تاریکی شب از شهر خارج شدم و فرصت اقامت در جنگل را ترجیح دادم تا سرنوشت بینظیری را که تابهحال به من همراهی کرده بود بیش از این نیازمایم.

هوا گرم بود و از روی تجربه میدانستم که جنگل نزدیک پذیرا است. میخواستم چند ساعت تاریکی را در آنجا صرف کنم، آتش کوچکی بر پا بکنم تا جانوران نزدیک نشوند و تنی بیاسایم. بدینسان، تردیدی نداشتم که فردا صبح با سرمایهای آنقدر کافی که اکنون داشتم میتوانستم اقدام به بازسازی ثروت خود بکنم.

به تپه جنگلی مشرف به شهر رسیدم. نمازهای شبانه‌ام را خواندم. قبل از آنکه آتش را روشن کنم و خودم را برای خوابیدن آماده کنم، به نمای دیوارها و گنبدها و مناره‌های باشکوه در تاریکی آنچه از شبانگاهان مانده بود نگاه می‌کردم، و آن فکری را در ذهن خود می‌چرخاندم که هر‌وقت هر شهری را ترک می‌کنم به ذهنم خطور می‌کند. فرزندان عزیزم بگذارید که در فکر شما هم در تمام مسافرت‌هایتان باشد.

چون درست در آن موقعی که صبحگاهان به شهر تازه‌ای وارد می‌شوید قبل از ورود و بعد از‌آنکه به‌سوی خدا نماز خواندید، باید با خود بیندیشید که امیدوارید چه‌قدر پول از ساکنین آنجا بلند کنید. پس هرگاه شامگاهان شهری را ترک می‌کنید، هیچگاه فراموش نکنید (بعد از شکر به درگاه خالق!) حساب کنید که حقیقتاً چه مبلغی از افرادی که با آن‌ها وداع می‌کنید کسر کرده‌اید.

هنگامی‌که تاجر پیر از سخن باز ایستاد شبیه پایان‌یافتن تنش یک موسیقی سنگین بود که انعکاس آن در خاطر بجای می‌ماند و ادامه پیدا می‌کند. کلماتی عجیب تکان‌دهنده که گفته بود، اثری ژرف در روح جوانشان به حرکت آورد و آن‌ها با سرهای افتاده نشستند تا ندای هولناک مؤذن آن سکوت مقدس را ضایع کرد.

با این نشانه پسربچه‌ها برخاستند و به ترتیب و با نک پا عمویشان که چشم‌هایش بسته و لب‌هایش دعایی زمزمه می‌کرد را ترک کردند.

فصل یازدهم

الولی یا ولی

هنگامی‌که ساعت اعدام‌های درملأعام سررسید (که تعدادشان از حد معمول بیشتر بود) برادرزاده‌های جوانش با احترام در خدمت میلیونر سالخورده جمع آمدند و به دنباله حکایت ثروت‌های او گوش فرادادند.

چنین شروع کرد: فرزندان من شما ممکن است تصور کنید که چون این سرمایه کوچک در مدت کوتاه فقط یک روز، خوشبختانه این‌چنین از برکات الهی به من اعطا شد باز هم به دنبال فعلیت‌های تجاری می‌رفتم. چنین اقدامی در حقیقت می‌بایستی برای من امری طبیعی باشد. اما باید به یاد داشته باشید که من بدون خطرات عظیم نمی‌توانستم به شهری که به‌تازگی آنجا را ترک کرده بودم برگردم، مبادا که معاملات ماهرانه من مرا با افرادی در تماس بیاورد که قبلاً هم به ضرر آن‌ها تمام شده بود. به‌اضافه، من در سرزمینی بیگانه بودم بدون این‌که هیچ شناختی از آن حوالی داشته باشم و هیچ‌چیزی که رهنمون من باشد مگر این دلخوشی که هنوز در قلمرو دین مبین خودمان هستم؛ بنابراین بیشتر افرادی که با آن‌ها برخورد خواهم کرد از مؤمنین صدیق خواهند بود که نقاط ضعفشان را بهتر از نقاط ضعف کافرها درک می‌کنم و بنابراین (تحت رهنمون‌های توانمند الهی) آسان‌تر می‌توانم از آن‌ها سوءاستفاده کنم.

درحالی‌که با خلوص تمام، کرامات الهی را که در مدت کوتاه روز گذشته برمن تجلی کرده بود به یاد داشتم، تصمیم گرفتم که به همان نمط، مانند زمانی که آن‌همه خوش‌شانسی نصیب من شده بود ادامه دهم – یعنی منفعل باقی‌مانده، خودم را به دست توانای باری‌تعالی بسپارم که مرا رهبری می‌کند، و به بخت و اقبال اعتماد کنم.

آن شب کنار آتش مدتی به خواب رفتم اما سحرگاهان هنوز درست بیدار نشده بودم که متوجه گروهی شدم که داشتند از راه جنگل به من نزدیک می‌شدند. گروهی بودند شامل دوازده نفر یا همین حدود، نیمی پیاده و نیمی

سوار که از سرووضع لباس‌هایشان معلوم بود مکنت و اعتبار چندانی ندارند که برادرزاده‌های عزیزم، در اکثر موارد در زندگی، از ظاهر افراد می‌فهمیم که آن‌ها را گرامی داریم یا خوار و حقیر بشماریم. چهارپایان و افراد این گروه هم گرد راه برتن داشتند مثل این‌که از راهی خیلی دور آمده باشند.

چون قبل ازآنکه مرا ببینند، من آن‌ها را دیده بودم بنابراین طبیعی بود که محض احتیاط از وسط درخت‌ها پشت سر آن‌ها خزیدم که بشنوم هدفشان از سفر چیست. به نظر می‌رسید به زیارت مرقد آدم خیلی مقدسی می‌روند تا درباره مسئله‌ای که به ده مفلوکشان مربوط می‌شد استخاره کنند.

فوراً تصمیم خودم را گرفتم. از راهی پیچ‌واپیچ از میان درختان، قبل از آنکه آن‌ها برسند، تشک کوچک خود را در نقطه‌ای روی علف‌ها پهن کرده و خودم را به حال نماز به سجده انداختم. بدین ترتیب من با یک تیر در واقع دونشان می‌زدم، زیرا هنوز نماز صبح بجا نیاورده بودم. نماز صبح مؤمنین صدیق را که من در تمام عمر هرگز فراموش نکرده بودم، مگر مواقعی که تصادفاً از دست عدالت در حال فرار بودم و از فراغت محروم.

وقتی شنیدم که دارند پشت سر من می‌آیند فوراً سر برداشتم و با صدای بلند، کاملاً در خلسه نیایش فرورفتم که آن کوه‌نشینان ساده‌لوح را حسابی تحت‌تأثیر قرارداد. با احترام توقف کردند تا این‌که من دیدم موقعش رسیده که گفتگوی خود با خدای متعال را قطع کنم. وانمود کردم آن‌قدر مجذوب مکاشفه در عوالم ربانی هستم که متوجه حضور آن‌ها نشده‌ام: تا آن‌ها را با حفظ احترامات دینی و دنیوی‌شان در انتظار نگاه دارم. آن‌ها با حرمت و حتی هراس به من نزدیک شدند. گفتم دارم به‌سوی مرقد انسان خیلی مقدسی می‌روم که اسمش را هم به آن‌ها گفتم. آن‌ها از این‌که فهمیدند همرهی دارند که سرشار از احساساتی شبیه خودشان است غرق شادی شدند. سرکرده آن‌ها گفت آن‌ها هم مشغول همان مأموریت مقدس هستند. زیرا قاصدی (که ماه قبل از ده خودمان فرستادیم) به ما اطلاع داده که آن «حضرت» ما را ازسرلطف می‌پذیرد و پاسخش را در مورد مسئله مورد شک خارپشت وحشی که قبیله ما را خیلی به هیجان آورده، خواهد داد که آیا این‌ها خوک هستند یا نه.

از عبارات جسته و گریخته‌ای که گفتند فهمیدم از چه راهی باید رفت و فاصله تا مقصد چقدر است. خیلی خوشحال شدم که دیدم مسیر ما از آن شهر نمی‌گذرد و ان‌شاءالله قبل از غروب به آن حضرت می‌رسیم.

سفر کسل‌کننده‌ای بود. از سرزمینی سوخته گذشتیم که فقط چند روستای مفلوک سر راهمان بود. ولی حوالی عصر، در دوردست، زیر اشعه خورشید که رو به افول می‌گذاشت ساختمان کوچکی با گنبد سفید پدیدار گشت. مقبره امامزاده‌ای که مدت‌ها پیش فوت کرده بود که در کنار آن تعداد زیادی چادر برافراشته و جمعیت قابل‌ملاحظه‌ای در فضای باز اطراف چادرها مشغول پختن شام شب بودند. چهارپایان و تمام جنب‌وجوش اردوگاه حاکی از آن بود که داریم به آخر سفر روزانه‌مان می‌رسیدیم.

وقتی‌که به اردوگاه رسیدیم، از گروهی که همراهشان آمده بودم جدا شده و به شلوغ‌ترین قسمت جمعیت پیوستم. نمازهای شبانه‌ام را در نقطه‌ای که اکثراً می‌توانستند مرا ببینند و در حد افراط طولانی به‌جای آوردم که دوروبری‌های جدیدم را بیشتر تحت‌تأثیر قرار بدهم. سپس دراز کشیدم ولی مطمئن نبودم فردا باید چه روالی در پیش گیرم.

خوابی که دیدم بر من تجلی کرد.

در خواب دیدم موجودی نورانی و نیکوکار ظاهر شد که با یک‌دست از ثروت‌های زائد زائری ازهمه‌جابی‌خبر که در طرف چپش بود برمی‌داشت و با دست دیگرش دقیقاً همان مقدار را به زائر دیگری در طرف راستش عطا می‌کرد. هر دو زائر صورتشان را از آن روح خجسته که همچنان مشغول بود، برگردانده بودند و به نظر می‌رسید از آنچه بر آنها می‌گذرد بی‌خبرند. آن روح پرفتوح بدون این‌که کارش را متوقف کند یا از این‌که دست‌هایش را با نظمی مکانیکی در جیب اطرافیان ناآگاه بکند بازایستد، با چهره‌ای خیلی مهربان رو به من کرد، چشمکی زد و از نظر پنهان شد.

از خواب بیدار شدم. هوا هنوز تاریک بود. تا وقت طلوع در این فکر بودم که معنی این الهام چه می‌تواند باشد. اما با طلوع خورشید، انوار باطنی و ظاهری بر من ارزانی شدند. این مکاشفه‌ای که این‌گونه به من تفویض شده بود را به ترتیبی که خواهید دید تعبیرکردنم و وقایعی که پیش آمد ثابت کردند که به تدبیر الهی تعبیر صحیحی بوده است:

برادرزادههای عزیزم در تمام اماکنی که مردم اکثراً به زیارت می‌روند (اگر علائق تجاری‌تان در اواخر عمر شمارا به چنین نقاطی ببرد) دو نوع آدم پیدا می‌کنید. یک دسته افرادی هستند که اوقاتشان را تماماً تحت نفوذ عوالم روحانی گذرانده و در حال ترک‌کردن آن مکان هستند. این‌ها چون احتیاج دارند توشه راهی برای برگشتن فراهم آورند، هر جنس بنجلی را که برایشان باقی‌مانده باکمال‌میل با قیمت‌های خیلی نازل به وجه نقد تبدیل می‌کنند. ازطرف دیگر آنهایی که تازه وارد شده‌اند پول فراوانی دارند و مشتاق‌اند که یادگاری‌های مقدس و یادبودهای روزهای مبارکی را که در پیش دارند خریداری کنند.

با چنین بازارهایی که جلو چشم آدم فریاد می‌زنند که آماده بهره‌برداری هستند فقط کمی فراست لازم است که بفهمی کدام، کدام است، کی به کی است، و چه و چه است. این‌چنین قضاوتی برای موفقیت‌های تجاری اساسی است علی‌الخصوص برای موفقیت با مردمی که در وجد و حال مذهبی هستند. زیرا گرچه این حالت اغلب منجر به سبک‌سری می‌شود، بعضی‌اوقات قوای عقلانی پارسایان را به طور خارق‌العاده‌ای چنان برمی‌انگیزد که هرکس سعی کند کلاه سر آنها بگذارد، ظالمانه‌ترین واکنش‌ها را نصیب خود می‌کند.

من با سایر زوار قاطی شدم. به سراغ آنهایی رفتم که از ظاهر مضطرب همراه با تدارکاتشان برای سفر، فکر کردم فروشندگان مشتاق باشند. از این‌ها با قیمت‌هایی که به طور حیرت‌انگیزی کم بود، همه نوع چیزی خریدم از جمله عصا، تسبیح، نعلین، خیک، لته کهنه و طناب. در عین‌حال چندنفری را که خیلی تمایل به چانه‌زدن داشتند و حتی "مجاور شدن" در مرقد هم آن‌ها را کاملاً از طمع تزکیه نکرده بود، خیلی بامهارت از بقیه مجزا کردم. بقیه برای منظور من کاملاً کافی بودند.

سپس با اجناسی که بدین ترتیب با قیمتی کمتر از یک‌دهم سرمایه‌ام فراهم آورده بودم پیشرفتم و قاطی تازه‌واردهای پول‌دارتر شدم. با اصرار، این جنس و آن جنس (نعلین، قیطان، تکه‌های استخوان و چرم) را به‌عنوان اشیایی که دارای تقدس خاص هستند به آن‌ها عرضه می‌کردم چون وقف مرقد امامزاده مرحوم، یا در تماس با امامزاده زنده بوده‌اند. بازار بسیار رایجی کشف کردم که این آت‌وآشغال‌ها را صد تا هزار برابر قیمت اصلی می‌خریدند و بادقت بسیار زیاد به هرکدام از این لته کهنه‌ها، استخوان‌ها یا هر چیز دیگر، شجره‌نامه‌هایی که با دست‌خط‌های متفاوت نوشته شده بود

منتسب می‌کردم که اصالت آن‌ها را اثبات می‌کرد. درازنا این چک‌وچانه زدن‌ها مواظب بودم که با کوچک‌ترین احساس سوءظن، وانمود به بی‌طرفی کامل بکنم و حتی فداکاری کرده و یک متر طناب کهنه یا یک جفت نعلین بی‌نهایت فرسوده را هم به یکی دونفری که بیش از معمول مزور بودند می‌دادم و اضافه می‌کردم اشیای تبرک شده نباید زیردست و پای عابرین بیافتند.

چهار روز بدین روال گذشت که در طی آن چنان غرق در علائق شغلی بودم که (اشتباهی از جانب من) کاملاً فراموش کرده بودم در میان صفوف مشتاقانی حضور یابم که روزانه فریاد می‌زدند تا فرصتی به دست آورند که خودشان را در پیشگاه مقصد زیارتمان به خاک انداخته و زمین خدمت ببوسند. اشتباهی بود که نزدیک بود به قیمت گرانی برای من تمام بشود، چون‌که «مردم قدس» مراقبینی در بین جمعیت گماشته بود.

شب روز چهارم درحالی‌که داشتم در خلوت، زیر یک بوته دور از همه که امیدوار بودم کسی نبیند، درآمدم را می‌شمردم، از ضربه محکمی که روی شانه‌ام خورد و صدای پیرمرد بلندقدی که هنوز قدرتمند بود و چماق ترسناکی در دست داشت از جا پریدم. این شخص بدون این‌که هیچ توضیحی بدهد از من خواست که به دنبال او بروم و به من گفت این لطف بی‌همتا شامل من شده است که به طور خصوصی خدمت «مرشد» برسم.

با احساسات متضادی بود که همراه راهنمایم رفتم. به‌زور آرنج از میان زائرین جلو جمعیت به آن اندرونی‌ترین مکانی رسیدیم که «مرد مقدس» با خالق خود مشغول رازونیاز بود. زائرین برمن رشک و حسد می‌بردند و باهیبت به من نگاه می‌کردند که موقعیت شامخی دارم، ولی من به سهم خود قلبم بیشتر و بیشتر ریخت و با وحشت در انتظار ملاقاتی بودم که این‌چنین کریمانه به من تفویض شده بود.

من را به کلبه محقری بردند که پرده‌ای جلو آن آویزان بود، از خشت گلین ساخته شده بود، هیچ‌گونه تزیینی نداشت و روشنایی آن فقط از دو چراغ دودآلود بود که کف زمین گذاشته بودند. در نور کم این نیمه‌تاریکی هیکل مرد خیلی سالخورده‌ای دیدم که به علت روزه‌های طولانی و عبادت‌های شبانه بغایت نحیف شده بود. دوزانو نشسته بود و تسبیحی در دست داشت. چشم‌هایش را به پایین انداخته بود و ریش‌های سفید بلند ولی کم‌پشتش تقریباً

به زمین می‌رسید. به نظر می‌آمد از کل جهان خارج فارغ است و در راز و نیازی ژرف با خالق خود فرورفته است.

ملازم آهسته ولی با عصبانیت زمزمه کرد که خودم را به خاک‌اندازم. منهم در این کار، کندی نکردم و در آن حالت مدتی منتظر ماندم که به‌قدری کسل‌کننده بود که فکر کردم نزدیک یک ساعت به طول انجامید. اما تمام آن مدت جرئت نکردم از جایم حرکت بکنم. چون گرچه هیچ‌وقت این مرقد به‌خصوص را زیارت نکرده بودم ولی حکایاتی شنیده بودم که چه به سر آنهایی آمده بود که «نیروهای غیبی» را دست‌کم گرفته بودند. بالاخره خیالم راحت شد که شنیدم صدایی مشخص و بی‌رمق با لحنی سنجیده از من می‌خواهد که برخیزم. من بلند شدم و دیدم که تنها هستیم. ملازمین، هنگامی‌که صورت من روی زمین فشرده شده بود، با اشاره‌ای مرخص شده بودند و گرچه شک ندارم که در گوش رس بودند، ترس از تنهایی هم بر ناراحتی‌هایم اضافه شد.

مرد روحانی هنوز هم برای لحظه‌ای در حال نماز فارغ از همه‌جا باقی ماند بعد به‌آرامی روی زانوهایش چرخید، چشم‌های نورانی‌اش را روی من انداخت و با درشتی از من پرسید از معاملات شرم‌آور خود در چند روز گذشته چقدر منفعت برده‌ام. احساس کردم که او همه چیز را می‌داند. سعی نکردم (و خدا را برای رحماتش شکر می‌گذارم!) که او را فریب بدهم و با این کار جان و عقلانیت خود را به خطر بیندازم. تمام قضیه را برایش تعریف کردم و منتظر صدور حکم شدم.

مکثی طولانی کرد که طی آن مختصر جرئتی هم که برایم باقی‌مانده بود زایل شد. احساس کردم برای شنیدن عقوبتی شوم آماده‌ام و خودم را به دست سرنوشت سپردم. اما خوشبختانه دریافتم که اندر عقلانیت متبنی که با قداست همراه است دچار اشتباه محاسبه شده بودم.

«اولیاالله» با صدایی پر عطوفت تر و نرم به من فرمود چهارزانو جلو او بنشینم و خودش هم همان وضع را به خود گرفت و سخنان خارق‌العاده ذیل را بیان کرد:

خدای دادگر مهربان (اسمهوتعالی) به افراد مختلف استعدادهای متفاوت عطا فرموده. ابله برای چیزی تلاش می‌کند که توانایی‌اش را ندارد. خردمند حد خود را می‌شناسد.

در سکوتی که در پی آمد این عبارات پربار را در ذهن خود زیرورو می‌کردم و منتخباتی از «ضرب‌المثل‌های مرحکیم» را تشخیص دادم که حکمت‌های او توسط ایرانی‌ها گردآوری‌شده و از زمان «عمر ثانی» مشهور بوده اند.

بعد از وقفه کوتاهی «صوت» ادامه داد: با قدرشناسی دوجانبه و منافع دوجانبه هر دو طرف سود می‌برند. کوته‌نظران فرصت‌ها را با زیاده‌طلبی به هدر می‌دهند.

این کلمات را که مانند مناجات، نه گفتار، تلاوت می‌شد تشخیص دادم که از مجموعه‌ای بود کاملاً متفاوت که از ضرب‌المثل‌های مشهوری بود که قبلاً در عربستان بین مردم رایج بوده و در قرن اول هجری فضلای رشت آن‌ها را به‌صورت مکتوب درآورده بودند. واضح بود که من در حضور مردی بودم فوق‌العاده مطلع و اعتقاد من بیش‌از‌پیش تأیید شد که بعد از مکث پرمعنای دیگری «صوت» مثل این‌که می‌خواست نتیجه‌گیری کند، چنین ادامه داد:

در پول در آوردن منفعت است ولی اگر بگذاری از دست برود در آن ابداً هیچ نیست.

این گوهر معرفت هم فوراً به یادم آمد که از مجموعه‌ای باز هم متفاوت، یعنی کتب مقدس یهود است و از این نمونه فضیلت عظیم، احترامی که برای این وجود گرامی داشتم سر به آسمان زد.

پس از چنین مقدمه‌ای شاید می‌بایستی بیانات کلی بیشتری در زمینه اخلاقیات از میزبان خود انتظار می‌داشتم که ناگهان متوجه شدم لحن صدا و همچنین برخوردش به‌کلی تغییر کرده. اشتغال ذهنی به مذهب را کنار گذاشت و لحن گفتمان خودمانی درخور امور دنیوی به خود گرفت. صمیمانه لبخند زد و وارد مکالمه‌ای شد که آدم ممکن است در بازار هر شهری یا در میهمانی خصوصی هر تاجری از آن لذت ببرد.

گفت بعضی‌ها هستند که رفتار تو را سرزنش خواهند کرد و به یک معنی منهم می‌کنم. زیرا من نمی‌توانم این را ببخشم که چهار روز تمام هیچ به فکر عرش برین نبوده‌ای. اما بالاخره همه ما می‌دانیم که پیشبرد کسب‌و‌کار مشغله بسیار ارزنده ایست مخصوصاً که فوق‌العاده سریع و پر در آمد هم

باشد. یکی از حسرت‌های من همین است که منحصراً وقف «آن دنیا» شدن، تمام فعالیت‌های مرا در همان راستا محدود کرده است.

هزاران زائر احترام گذار به زیارت من می‌آیند. خیرات مختصری که به خزانه‌دار من لطف می‌کنند را می‌شود به‌سادگی با فعالیت‌های مختلف تجاری افزایش داد.

درحقیقت من گاه‌گاهی سعی کرده‌ام که چنین کاری را در اینجا برقرار کنم ولی متأسفم بگویم که توفیقی نداشته‌ام. همین دو سال پیش یک غذاخوری در این اردوگاه باز کردم که نوشیدنی و خوراک به قیمت سه تا پنج برابر ارزش آن به تازه‌واردین فروخته می‌شد. ولی نوکر نابکاری که اداره این مهم را به او سپرده بودم با همه درآمد فرار کرد. البته رضایت خاطر من حاصل شد که به دستور دوستی در دوردست به قتل رسید ولی هیچگاه نتوانستم دست آوردهای نامشروعش را اعاده کنم.

یکـوقت دیگر با راهزنانی که سر گردنه بسته بودند وارد معامله شدم. طبق قراری که با هم داشتیم روشن بود که آن‌ها می‌بایستی جلو زائرانی را که از مرقد من برمی‌گشتند ببندند و نیمی از باج‌هایی را می‌گیرند به صندوق من بریزند. ولی از آن روز تابه‌حال یک شاهی دریافت نکرده‌ام.

بازهم یک دفع دیگر به نظرم رسید که یک مقرری ثابت به‌جای خیرات داوطلبانه وضع کنم که گرچه قابل‌ملاحظه‌اند امیدواریم بیشتر بشوند. ولی سقوط نگران‌کننده دریافتی و کاهش روزافزون درآمد، مجبورم کرد که بعد از شش ماه این دستور را پس بگیرم.

او به طور خودمانی گفت: مجموع تمام این تجربه‌ها، محمود جان (تا نشان بدهد اسم واقعی من را می‌داند که مرا خیلی نگران کرد) مرا متقاعد کرده‌اند که من آن چیزی را که شما تجار، «شم تجاری» می‌نامید ندارم. ممکن است که من استعدادی نهفته، حتی نبوغ، در مذهب داشته باشم. اگر به تو می‌گویم گاهی سه روز تمام می‌گذرد که در حال نماز هستم بدون این‌که حتی حالتم را تغییر بدهم یا چیزی بخورم یا بیاشامم و همه این اِجرا جلو چشم جمعیت عظیم مؤمنین متحیر، تو قبول می‌کنی که من بدون قابلیت‌های خود نمی‌باشم؛ اما بر خلاف میل خود متقاعد شده‌ام که آن چیزی را که «گبر ها» «شامه خوب برای معامله» می‌نامند، جزء آن قابلیت‌ها نیست.

در اینجا من شروع کردم صحبت‌های او را با تعارفات معمول قطع کردم و می‌خواستم به او اطمینان خاطر بدهم که هر مرد صاحب قابلیت، برای هر کاری که می‌خواهد فقط کافی است ممارست بکند تا به‌خوبی هر کسی آن کار را به انجام برساند که با خوش‌خلقی، با اشاره‌ای مرا متوقف کرد و گفت:

نه، محمود جان (دوباره اسم واقعیم را به کاربرد که مرا خیلی نگران کرد) هر چیزی که هستیم باشیم ولی دو رو نباشیم. بیا صراحتاً به محدودیت‌های خود اعتراف کنیم. تو، تا آن حدی که من فهمیده‌ام می‌دانی چطور خریدوفروش بکنی و تمام ویژگی‌های کشف گران‌ترین و ارزان‌ترین بازارها را دارا هستی. اما من، گرچه خیلی اشتیاق داشته‌ام به چنین قابلیت‌هایی برسم، ناکام مانده‌ام و در سن و سال من (که گرچه ۱۱۰ سال که شهرت داده‌اند نمی‌باشد، به‌هرحال از شصت سال خیلی بیشتر است) دیگر خیلی دیر است که خودم را تغییر بدهم؛ بنابراین چیزی را که به باور من در دنیای شما «پیشنهاد» خوانده می‌شود به تو عرضه می‌کنم.

(چقدر از شنیدن این سخنان خیالم راحت شد! در آن لحظه تشخیص ندادم که چه امتیازی نصیب او شده بود که در ابتدا با ترساندن عموی بدبختتان شروع کرده بود و چه فرصت مغتنمی در مذاکره برایش فراهم آورده بود!)

او گفت من یک پیشنهادی به تو می‌دهم. بادقت روی آن فکر کن و بعد از یک مدت معقول تصمیمت را به من بگو. من به تو دو گزینه پیشنهاد می‌دهم. یکی این است که توبه حرفه خودت مثل گذشته ادامه می‌دهی به شرطی که تحت نظارت مأموران من باشد و زمانی که به جمع کل هزار سکه طلا رسیدی، تو را به صلابه می‌کشند و پول‌هایت را ضبط می‌کنند. گزینه دیگر این است که تو همچنان به استفاده از استعدادهایی که معلوم است دارا هستی برای پیشبرد این حرفه ادامه خواهی داد، اما من به‌عنوان یک شریک خفته محسوب شده و نیمی از درآمد مال من می‌شود. انتخاب با شما است... لطفاً، لطفاً هیچ عجله نکن. عجله بی جا بسیاری قراردادهای عالی بازرگانی را به باد داده است و من نمی‌خواهم که تو فرصت‌هایت را ضایع بکنی. درحالی‌که نگرانی آشکار من برای پذیرفتن شرایطش را تسکین می‌داد، گفت: اجازه نده، اجازه نده که هیچ‌گونه احساس تعهد اخلاقی، قضاوت تو را تحت‌الشعاع قرار بدهد. گزینه‌ها را درست به دقت بررسی کن و سپس تصمیمت را به من اطلاع بده. عجله نکن.

سعی کردم عجله زیادی از خود بروز ندهم. گفتم من تصمیم خودم را گرفته‌ام و مایه افتخار من است که پیشنهاد دوم او را بپذیرم. برخاست و گفت: محمود فکر می‌کنم کار عاقلانه‌ای کرده‌ای هرچند شاید کمی با تعجیل. پس بیا این مطلب را حل‌وفصل شده به‌حساب آوریم. نوکرهای من هر شب برای دریافت نصف درآمد تو سراغ تو می‌آیند و در‌عین‌حال از هر بابتی هم از تو محافظت خواهند کرد. بار دیگر خودم را جلو او به خاک انداختم، بر زمین بوسه زدم و از آن کلبه با حالی خیلی متفاوت از آنکه وارد شده بودم خارج شدم.

حدود یک ماه در اردوگاه ماندم. عملیاتم را توسعه دادم و هر شب نوکران «ولی» به سراغ من می‌آمدند و من نصف عایداتم را به آن‌ها می‌دادم. در طول این مدت ازدیاد سرمایه من به طور شگفت‌انگیزی ادامه یافت. اما هیچ‌چیز خوبی برای همیشه دوام نمی‌آورد. زمانی رسید که این روند آرام به طرز خیلی غیرمنتظره‌ای به خطر افتاد.

سفرایی از جانب فلان یا بیسار «اعظم» که مقیم بارگاه خلیفه بود، به دیدار «ولی» آمدند که به او اطلاع بدهند که اولیای امور مقام او را آن‌گونه که شایسته است شناخته‌اند و فرمان تذهیب شده‌ای هم در تأیید آن به همراهشان آورده بودند. معهذا برکات دنیوی «حضرت اقدس» هم کمتر از برکات دینی ایشان به‌وضوح بر خلیفه آشکار نبودند و بنابراین حضرت اقدس ازاین‌به‌بعد لطف فرموده نیمی از دریافتی‌هایشان را به خزانه سلطنتی تحویل بدهند.

خدا می‌داند که حضرت اقدس با چه کراهتی بدین کارتن درداد که بعد از آن دوباره به دنبال من فرستاد و به من گفت حالا مجبور است که از من سه‌چهارم دریافتی‌هایم را بخواهد. بیهوده سعی کردم به او بفهمانم که تمام امپراطوری‌های بزرگ به علت بالابردن مالیات از بین رفته‌اند. اما او انعطاف‌ناپذیر بود بنابراین برخلاف میلم با قرارومدار تازه تن دادم و سوگند جدی خوردم که حداقل برای یک سال آن را رعایت کنم. ولی از او پرسیدم که پس از انقضای آن مدت، اگر دیدم که این معامله جدید بیش از آن است که بتوانم از عهده‌اش بربیایم، آیا می‌شود از این شهر بروم؟ او با این تقاضا با سوگندی به همان اندازه جدی موافقت کرد.

همان شب تمام اندوخته‌ام را (که حالا بیش از چهار کیسه بزرگ پر از سکه‌های طلا و نقره بود) جمع و بار قاطری کردم که متعلق به زائری بود

که مخصوصاً خیلی متدین و بنابراین منزه و مبرا بود. درحالی‌که دهنه حیوان زبان‌بسته را در دست گرفته و در تاریکی می‌کشیدم تا آنجا که ممکن بود آرام و بااحتیاط از اردوگاه خارج شدم.

در ظرف نیم ساعت پس از خروج من، مأمورینی فرستادند که مرا به قتل برسانند. وقتی صدایشان را شنیدم که داشتند نزدیک می‌شدند قاطرم را برگرداندم مثل اینکه می‌خواستم وارد اردوگاه بشوم و هنگامی‌که از جلو من می‌گذشتند گفتم من زائری هستم که در شب راه را گم کرده‌ام و پرسیدم آیا این راه به سمت مرقد می‌رود. این کلک ساده آن‌ها را فریب داد. آن‌ها به راه خود رفتند و من دوباره تنها شدم. معهذا عبور آن‌ها مرا به‌قدر کافی ترسانده بود. از آن راه خارج شده و مسیری را گرفتم که کمتر کسی از آن عبور می‌کرد و تمام شب را در آن منطقه ناآشنا سرگردان بودم چون حیوان بیچاره من، کیسه‌های گنجینه‌ای را که حمل می‌کرد به‌قدری سنگین بود که نمی‌توانست تندتر از راه‌رفتن برود. هنگام طلوع احساس امنیت کردم و —

اما در این موقع پیرمرد محترم اولین فریاد گوش‌خراش مؤذن را شنید و ناگهان از سخن باز ایستاد و به برادرزاده‌هایش اشاره کرد که وقت رفتن است که آن‌ها با تواضع مرسومشان رفتند و هرکدام در قلبشان متحیر که شاید در آینده رسالتی برای یک زندگی مذهبی داشته باشند.

فصل دوازدهم

المحلة الجدیدة یا محله جدید

محمود در دیدار بعد برای برادرزاده‌هایش چنین ادامه داد: صبح که شد، همچنان که در بیابان پیش می‌رفتم، در ذهن خود جستجو می‌کردم که بهترین راه به کار انداختن سرمایه قابل‌ملاحظه‌ای که حیوان نجیب آن‌قدر صبورانه حمل می‌کند چه هست. اکنون معاش یک سال پنجاه کارگر یا بیشتر‌تر از آن را داشتم، و بااین‌همه پول، آدم می‌تواند بیشتر در بیاورد. زیرا، همچنان که در کتاب مقدس نوشته شده " کارگر سزاوار مزد خود هست ولی بیش از آن حقی ندارد" و ایضاً، " فقرا آمرزیده گان‌اند".

فرصت برای استخدام افراد فقیرتر و به‌جیب‌زدن ثمره زحمات آن‌ها کم نیست. ولی در تمام این امور یک مشکل وجود دارد که در کانون قضاوت است.

برادرزاده‌های عزیزم، شما به یاد دارید که چند بار، دقیق‌ترین سرمایه‌گذاری‌های من درگذشته به هدر رفتند و چند بار فقط یک پیشامد که حتی در اختیار خودم هم نبوده، ثروت‌های غیرمنتظره برای من به بار آورده. چگونه در قضیه گوسفندان حتی تا پای جان از دست پلیس بازار ضربه خوردم. درحالی‌که اسبی که سه مرتبه او را فروختم، هیچ خرجی برای من نداشت و فقط به لطف الهی به دست من افتاده بود. چگونه در مورد خرماها توسط فردی که در شم تجارت، دوراندیشی، قدرت سازماندهی، چشم بصیرت برای بازار، دانش انسان‌ها و سایر فضائل، قوی‌تر بود یک شاهی هم برایم باقی نماند. در مورد «ولی» همچنان که قاطر خسته‌ام ثابت کرد، از یک حادثه کاملاً غیرمترقبه بی‌نهایت خوب بهره‌برداری کردم. حتی وقتی این قضیه آخری به ذهنم خطور می‌کرد، برای اولین‌بار به صرافت افتادم که خود همین قاطر هم علاوه بر سکه‌هایی که حمل می‌کند، یک وسیله تازه کسب ثروت است. چون من زحمت این‌که پولی بابتش بپردازم را به خود نداده بودم. حیوان سرحالی بود و علی‌رغم خستگی هنوز هم اصیل به نظر می‌رسید. قیمت آن را به‌خوبی به ده سکه

طلا تخمین زدم و ذهناً آن مبلغ را در دفاتر خود به ارزش کل دارایی‌هایم اضافه کردم.

به‌قدری غرق در افکار بودم که یک‌مرتبه دیدم رسیده‌ام به یک نیزار بلند و درهم‌پیچیده که راه باریک پرپیچ و خمی از میان آن می‌گذشت و از نظر ناپدید می‌شد. وارد این راه شدم. نی‌ها به‌قدری بلند بودند که مناظر دوردست را از نظر پنهان می‌کردند و چنان متراکم که از میان انبوه آن تا چند متر بیشتر را نمی‌شد دید. شاید یک ساعت بعد از راندن در این وضع، به کناره محکم رودخانه‌ای وسیع و کم‌عمق رسیدیم که سروصدا و خنکا، جریان سریع و زلال آب بعد از ساعت‌ها سفر بی‌آب‌وعلف، لذت بخش بود. آن‌جا بود که فرود آمدم. آن‌جا بود که بار از همسفر صبورم برداشتم و پایش را با طناب بستم. آن‌جا بود که از آب گوارا نوشیدیم و درآن‌جا بود که قاطر ازعلف‌های فصل سرما فراوان خورد. ولی غذا نخوردم زیرا نان جوین و پنیری که از سفره همگانی فقرا دراردوگاه برداشته بودم تمام شده بود.

این وضعیت بود که آنروز مرا کمی نگران کرد. به اطرافم نگاه کردم، در بلند ترین قسمت ساحل رودخانه ایستادم و دیدم که ساحل مقابل را مصنوعاً به صورت یک خاکریز دائمی یا دیوار ساحلی بالا آورده بودند به طوریکه جلگه صاف ورای آن از نظر پنهان بود. تصمیم گرفتم برای بررسی به این نقطه مرتفع بروم. دوباره بار را بر قاطر نهاده و با احتیاط در جریان آب به گدار زدم و از ساحل مقابل بالارفتم.

در مرتفع ترین نقطه دیوارساحلی که ظاهراً به تازگی ساخته شده بود زحمات من به خوبی پاداش داده شد، زیرا منظره‌ای دیدم که تمام نگرانی هایم را از بابت غذا و مأوا و مسکن برطرف کرد.

دیواره ساحلی که روی آن ایستاده بودم بشکل نعل اسبی پیش رفته بود. کار ساختمان در تمام نقاط آن به اتمام نرسیده بود ولی طرح آن در همه جا مشخص شده بود. به طوریکه یک شبه جزیره‌ای را در بر می‌گرفت که رودخانه آن را محصورکرده بود: فضای مرداب مانندی پر از برکه‌های آب راکد و گیاهان آبی. حدود هشتصد متر دورتر دیوار سنگی محکم شهر پر رونقی دیده می‌شد که تمام تنگه نعل اسبی مرداب را در برمی‌گرفت و از رودخانه به رودخانه می‌رسید؛ بامهای مسطح و گنبدهای کم ارتفاع آن (برج یا مناره‌ای نداشت) در زمینه آبی پررنگ آسمان، پشته سفید برف

رنگی ترسیم مینمود. خیلی دورتر کوه‌های دوردست بودند که در گرما ارغوانی مینمودند.

دسته‌های کارگران که با بیل و فرغان مشغول به کار بودند در خود مرداب و قسمت‌های ناتمام دیواره ساحلی پراکنده بودند و نزدیک تربه من، مرد جوانی آن‌ها را سرپرستی می‌کرد که پر جنب و جوش و خوش لباس، در جامه‌ای قهوه‌ای رنگ، گران قیمت ولی متناسب با شغلش و با کمربند بسته. نعلین به پا نداشت چون در چنین جایی مانع حرکتش می‌شدند. عصای آبنوس منبت کاری شده‌ای با دسته عاج در دست داشت و اول که اوراادیدم، داشت از راه دور دستور تازه‌ای به گروهی حفار فریاد می‌زد. پشتش به من بود. مرا ندیده بود که به او نزدیک می‌شوم. وقتی برگشت که در کناره خاکریز به سمت گروه دیگری برود چشمش به من و قاطرم افتاد و فوراً به سمت ما دوید و تا برسد به ما، سیلی از درود و اخطار وعتاب نثار ما کرد:

لازم بود ما از خاکریز احتیاط می‌کردیم! این‌ها را همین تازگی بالا آورده‌ایم و هنوز محکم نیستند! به نظر شما کار تمیزی نیست؟ این حالا نیمه تمام است، فقط سه ماه طول کشیده. متوجه شدید چطور رودخانه را کاملاً قطع کرده؟ وقتی از کنار آن بالا می‌آمدید متوجه استحکام آن نشدید؟ لطفاً با احتیاط بروید که حاشیه آن لطمه نخورد؟ و ازاین قبیل...

از این گونه سلام احوالپرسی هاش معلوم بود با چه نوع آدمی باید سرو کله بزنم. او یک «مشتاق» بود. این شخصیتی است که برای تجار بسیار مفیدند. از آن نوع افرادی بود که در قاموس ما «انسان سازنده رام نشده» نامیده می‌شوند و خوشا به حال «ناخدای صنعتی» که یکی از این‌ها به تورش بیافتند. شاید سی سال داشت، قوی هیکل، کوتاه قد، خیلی سیه چرده، با چشمانی استوار ولی مشتاق، با حالتی حاکی از درایت و عزم راسخ و تصمیم آنی که لاجرم به کسب ثروت میانجامد، شاید نه لزوماً برای خودش بلکه برای هرکس که بداند چگونه از او استفاده کند. زیرا او برای چیزی که ذهنش بدان اشتغال داشت مثل یک پسر بچه اشتیاق داشت و درآن لحظه نسبت به هر چیز دیگری بی اعتنا بود.

با آمیزه‌ای از تفاهم، احتیاط و وقار به او پاسخ دادم، و خوشحال شدم که دیدم او را تحت تأثیر قرار داده است. بگونه‌ای مبهم ولی به قدر کافی مؤدبانه کار او را تحسین کردم. اسم رودخانه و شهر و همچنین خودش را

پرسیدم. تمام اینها را به من گفت و سپس ازمن دعوت کرد در نهار که بزودی می‌خواست صرف کند با او سهیم شوم. من گفتم بسیار مسرور خواهم شد، و البته شدم، چون من چشم انداز خورد و خوراک به خرج دیگری را می‌دیدم؛ یعنی فرصتی که برادرزاده‌های عزیز من، یادتان باشد، اشخاص صاحب عقل سلیم در تجارت هیچ‌وقت نباید ازدست بدهند.

من و قاطرم در دنبال، را به جای سایه داری، در قسمت نسبتاً خشک آن محدوده برد که چند درخت وجود داشت. در آنجا غذاهای گوشتی لذیذی خوردیم و بیش از یک ساعت لم دادیم. در تمام آن مدت با توصیف، تحسین و دور نمای پروژه عظیمی که باتمام وجود جذب آن شده بود، من را کلافه کرد.

به من گفت از این سیل بند نعلی شکل که خارج شهر موطن خودش قرار دارد تا به حال هیچ استفاده‌ای نشده است. در فصل بهار که برف‌ها در تپه‌های دوردست ذوب می‌شوند ازآب پر می‌شود. بقیه سال ملقمه ایست از گل و لای خشک ترک خورده و لجن زار، محل پرورش تب ونوبه، هوای ناسالم و شبها پر از حشرات. در کودکی یتیم شده و شاگردی یک چرخ آسیا ساز کرده، از نوع چرخ آسیا هایی‌که در نهر بالای شهر به کار گرفته می‌شوند. یک روزی این ایده به فکرش رسیده که چنین ابزاری را نه فقط برای ساییدن غلات بلکه برای کشیدن آب از گودال یعنی برای خشکاندن زمین هم می‌توان به کار گرفت.

بدین ترتیب بود که این پروژه عظیم به ذهنش خطور کرد. چرا نباید این مرداب را که تابه‌حال منشأ مشکلات جدی بوده تبدیل به یک منبع پر درآمد برای شهر بکنیم؟ حصار ساحلی جلو سیل را می‌بندند که با حفر تعدادی کانال، آب تخلیه و تمام مرداب خشکانده می‌شود. این کانال‌ها را می‌توان با چرخ‌هایی که توسط نهرهای خروجی می‌چرخند مرتباً تخلیه کرده و یک ناحیه زمین قابل‌استفاده به شهر پرجمعیت اضافه کرد. می‌توان روی آن ساختمان‌های تازه ساخت و باغ‌های فراوان به وجود آورد که برای تمام شهروندان بسیار سودمند خواهد بود. چون شهر داشت اهمیت بیشتری پیدا می‌کرد هجوم مردم باعث تراکم جمعیت و مشکلات زیاد و اجاره‌های گزاف شده معهذا زمین قابل‌استفاده برای توسعه بین مرداب و تپه‌ها وجود ندارد.

او برای پروژه‌اش به شورای شهر و کدخدایان مراجعه کرده بود. آن‌ها مدت‌ها معطل کرده ولی بالاخره با کراهت مبلغی از محل مالیات‌ها در

اختیارش گذاشته بودند که او به آن‌ها اخطار کرده بود کافی نیست. باوجود بر این او دست به کار شده بود و نتیجه اش حالا جلو من بود. مرداب همچنان مرداب بود. سیل بند نا تمام، بیش از یک ششم کانال‌ها حفر نشده بودند و همه چیز مخلوط سر در گمی بود از پشته‌های گل و لای، بظاهر خرابی و هرج و مرج، به چشم خیلی ناخوشایند و حداقل در ظاهر امر امیدی نمی‌رفت که به نتیجه‌ای برسد. تمام مشخصات اتلاف و بی خردی را داشت – معهذا مبلغی پول، هرچند کم در مقایسه با بسیاری سرمایه‌های خصوصی، و بی اهمیت در بودجه شهر، کافی خواهد بود که همه این‌ها را به حد کمال برساند و این صحنه فلاکت بار کار ناتمام را با دشتی پرشکوه از باغ‌های سرسبز و خانه‌های نو ساز جایگزین کند. اما کدخدایان شهر بشدت مخالف اینکار بودند و رأی موافق نمی‌دادند، بلکه به خاطر هدر دادن اموال عمومی، او را تهدید به مجازات می‌کردند.

دراثنای این صحبت‌های سیل آسا، غیراز سؤالی جسته و گریخته دربین حرف‌هایش، چیزی نگفته بودم. راجع به اشتیاق او محتاطانه ولی بدون بی احترامی حرف زده بودم. من بقول تجار به او ندا دادم. در خاتمه از او پرسیدم فکر می‌کند برای تکمیل پروژه اش چقدر لازم است. او صحبت از ۳۰۰ سکه طلا کرد، حدود یک چهارم آن‌چه در خورجین‌های من مخفی بود، همان خورچین هایی که روی زمین قرار داشت و به طور گذرا به او گفته بودم پر از جو و ارزن است.

با شنیدن این مبلغ که به خوبی در حیطه امکانات من بود یک نور باطنی بر من پرتو افکند. برخلاف آن‌که در معاملات تجاری مورد تردید مرسوم من است، برای رهنمون دعا نکردم بلکه مستقیماً و فوراً به من الهام شد. تمام موقعیت فعلی من مدیون همین است. چون منشا همه چیزهای دیگری بود که در پی آمد. من دچار فراز و نشیب شده بودم. این سرنوشت انسان است. ولی از آن به بعد، قرار بود روح من با ثروت رو به ازدیاد و پیوسته رو به ازدیاد سرشارشود تا آن‌که بتوانم بگویم، همچنان‌که درحال حاضرمی‌گویم به مراتب ثروتمندترین فرد تمام سرزمین‌های خلافت، بلکه دنیا هستم. این، برادرزاده‌های عزیزم، نقطه عطف بود.

چشم‌های پیرمرد از اشک پر شده بود و صدایش می‌لرزید. پسرهای شگفت زده باورشان نمی‌شد که عمویشان با آن همه عظمت و متانت می‌تواند این‌گونه احساساتی بشود.

او با لحنی شکسته بسته ادامه داد: آه فرزندان من در زندگی خود هیچگاه این پند استاد را فراموش نکنید؛ که از تمام موهبت‌هایی که خداوند برای استفاده بشر عطا فرموده هیچکدام به اندازه «شیفته خلاق» سود آور نیست؛ انسانی که قادر است بسازد و تولید کند و درعین حال هم اداره‌شدنی است! «نابغه‌ای» بدون «خدعه»! او را، این گوهر نایاب را، می‌شود از چشم‌هایش بشناسید.

پیرمرد وقار خود را بازیافت، چشم‌هایش را با دستمال نفیس گلدوزی شده ازابریشم سمرقند پاک کرد، آن را از دریچه به بیرون انداخت و با لحن معمول خود روایت ثروت‌هایش را ادامه داد.

آن جوان حتی به خواب هم نمی‌دید که مسافری اتفاقی و خاک آلود چون من با فقط یک قاطر، بتوانم به او کمک بکنم. او حکات خویش را برای من از سینه بیرون ریخته بود همچنان‌که برای هر شخص دیگری هم که به او گوش می‌داد این کار را می‌کرد. امتیازی که من نسبت به او داشتم در این بود که او از میزان واقعی ثروت من اطلاع نداشت.

وقتی‌که حرف‌هایش تمام شد، با متانت به او گفتم که برای من خیلی جالب است و ایده او به وضوح صحیح است ولی حماقت، نادانی و بدگمانی اعضای شورا فقط اختصاص به این شهر ندارد بلکه در تمام شهرهای دیگر هم همینگونه است – این را آدمی مثل من که در اطراف و اکناف سیاحت کرده است می‌تواند قضاوت کند. به او گفتم از روی تجربیات وسیعی که دارم (که او خیلی بسادگی پذیرفت) اطمینان داشته باشد که نباید از جانب آن‌ها انتظار کمکی داشته باشد. سپس خودم را به حیرت زدم مثل این‌که داشتم با خود میاندیشم چه باید کرد. جوان که حالا، آنهم در فاصله همین آشنایی کوتاه مدت، آرزوهایش در مسیر تازه‌ای افتاده (زیرا این‌چنین است خصلت این شیفته ها) و به کمک از جانب من امیدوار شده بود، خیلی مشتاقانه به صورت من نگاه می‌کرد. من ساکت ماندم.

بالاخره نتوانست بیش از این طاقت بیاورد و بیصبرانه ازمن پرسید چه توصیه می‌کنم، به کجا رو بیاورد؟ چه کار می‌تواند بکند؟ تراژدی است، جنایت است که پروژه بزرگ او شکست بخورد، فقط به این دلیل که فوائد آشکار آن را نمتوان به کسی عرضه کرد که سی‌صد سکه طلا دارد که برای مزد کارگران لازم است تا طرح به انجام برسد. پرید رو پاهاش، با حرارت تمام رفت و برگشت. تمام علائم حالت خودش را بروز داد.

من با تأمل و صلابت بسیار به او پاسخ دادم. گفتم اولاً من چیزی ندارم که جای تأسف است چون من ایده او را کاملاً درک می‌کنم، تحسین می‌کنم. به آن اعتقاد دارم. واقعاً به‌وضوح صحیح است. اگر من استطاعت آن را داشتم، فوراً پیش‌پرداخت را می‌دادم. حتی اگر جزئی از آن را هم داشتم آن را در اختیار او می‌گذاشتم، حداقل برای این‌که قدرشناسی صمیمانه‌ام را نسبت به نبوغ او نشان بدهم. زیرا بی‌توجهی به مردانی مانند او ست که پیشرفت جهان را به تأخیر می‌اندازد. ولی اوضاع چنین است! من فقط شغل خودم به‌عنوان یک تاجر دوره‌گرد غلات را دارم که خودم و عائله خیلی بزرگی را تأمین کنم که آن‌ها را در خانه‌ام در تپه‌ها گذاشته‌ام. من چیزی کنار نگذاشته‌ام... معهذا سفرهای سالیانه من در این ایالت و ایالات همسایه مرا در تماس با خیلی اشخاص مهمی در می‌آورد (این‌ها دقیقاً کلمات من بودند) که دارای اندوخته‌های هنگفت هستند. در خود همین شهر - حالا که اسمش را به من گفته بود - دو سه نفر طرف معامله به یادم آمد که در گذشته با آن‌ها معامله داشته‌ام گرچه هیچ‌وقت خود آن‌ها را ندیده‌ام. به سراغ این‌ها می‌روم و اگر امشب، بعد از غروب با من قرار بگذارد به او خواهم گفت که آیا موفق شده‌ام کاری از پیش ببرم یا نه.

من را غرق تشکر کرد، به مهمانخانه خیلی خوبی در شهر برد و مرا تنها گذاشت که شب سرساعت مقرر یکدیگر را ملاقات کنیم و با خیال راحت به سرکار خودش برگشت.

من به نوبه خود (بعد از آنکه به اسطبل و تغذیه قاطر نجیبم رسیدگی کردم) به اتاق خصوصی که اجاره کرده بودم رفتم، بار و بنه‌ام را زمین گذاشتم و فوراً زانو زدم و با تمام شور و شوقی که در خود سراغ داشتم خداوند متعال را برای رحمت بی‌حسابش شکر گفتم. در واقع وقتی این فرصت کاملاً استثنایی را به‌خاطر آوردم قلبم از سپاس لبریز شد. من درباره این مرد جوان همان احساسی را داشتم که یک کاروان دارد که پس از راهی خسته و مانده در بیابان، دریاچه‌ای زلال را می‌بیند که در فاصله‌ای کمتر از نیم ساعت می‌درخشد. از این لحظه تا شروع مذاکرات باشکوه چقدر کوتاه است!

پس از‌آنکه از سر صدق و با خضوع تمام نماز خواندم، اولاً دقیقاً دویست سکه طلا از خورجین‌هایم برداشته در دستمالی به خودم بستم و سپس روی تشک دراز کشیدم که بخوابم، قبلاً به مستخدمین آن محل سپرده بودم که هروقت آن مرد جوان برگشت مرا بیدار کنند. ساعت‌ها در خوابی عمیق

فرورفتم. وقتی‌که مرا بیدار کردند هوا تاریک شده بود. فوراً بلند شدم و چراغ را روشن کردم و دوست جوانم را به داخل اتاقم دعوت کردم. همه‌جا ساکت بود. ما زیر نور آن شعله خفیف تنها بودیم. ساعت برای امر مهمی که در نظر داشتم میمون بود.

گفتم در این فاصله که او از من خداحافظی کرد، با طرف‌های پول‌دارم تماس گرفته و با نظرات آن‌ها درباره اوضاع‌واحوال شهر و فرصت‌های موجود برای سرمایه‌گذاری آشنا شده‌ام. به طور مختصر و خیلی محتاطانه اشاره‌ای به کاری کردم که هنگام ورود به شهر دیده بودم در مرداب در دست اجرا است؛ و از اهانت‌های تأسف‌بارشان نسبت به پروژه او خیلی زود متوجه شدم که آن‌ها به‌هیچ‌وجه علاقه‌ای به پیشرفت آن ندارند. آن را — مانند سایر همشهری‌هایشان — حماقت نامیدند. از پول مردم که تابه‌حال صرف این کار شده خیلی به تلخی ابراز تأسف کردند. آن‌ها به‌طورقطع، دیگر مساعده نخواهند داد. آن‌ها خیلی واضح می‌گفتند که باید او را به دلیل هدردادن درآمدهای عمومی محاکمه بکنند و از امکان سرمایه‌گذاری خصوصی دارایی‌های خودشان، به‌وضوح دیدم که به‌هیچ‌عنوان ممکن نیست.

در اینجا مکث کردم تا این اطلاعات خوب جا بیفتد و خوشحال شدم که دیدم علائم افسردگی در او تشدید شد. ولی قبل ازآنکه بتواند استیصال خودش را ابراز کند ـ هرچند این‌قدرها انتظار داشت — به نوع دیگری خیالش را راحت کردم. به او گفتم مبلغی جور کرده‌ام، تا حدودی به اعتبار انبارهای غله خودم (که نمونه‌های آن را همراه دارم ـ و اشاره کردم به خورجین‌های محتوی پول‌هایم که کف اتاق بود) و تا حدودی به اعتبار شخص خودم که تاجر شرافتمندی هستم، هرچند فقیر ولی عادت دارم تعهداتم را سر موقع و منظم پرداخت کنم؛ وامی گرفته‌ام که به آن‌ها گفته‌ام به‌منظور توسعه کلی تجارت خودم است ولی به حقیقت واقع می‌خواهم در اختیار او بگذارم — تا این حد به پروژه او اعتماد دارم. متأسفانه مقدار آن کافی نیست ولی برای شروع خوب است — بعدها ممکن است امکانات بیشتری پیدا بکنیم.

در همان حالی که من حرف می‌زدم، چهره شریف و مشتاق او تغییر کرد. برایم مایه سرور بود که احساس کردم توانسته‌ام باعث این‌همه شادی، هرقدر گذرا، برای چنین وجود منزهی شده باشم. مع‌هذا یک محذور اخلاقی داشت. او گفت به او مربوط نیست، ولی ترجیح می‌داد که هیچ ابهامی در

کار نبود و مقصود از پولی که قرض داده شده بود برای وام‌دهندگان روشن بود.

من شرف این‌همه اکراه را ستودم ولی خاطرنشان کردم که خطر متوجه من است: که من فقط خیلی کلی راجع به هدف توسعه تجارت خودم حرف زده بودم و دروغ هم نگفته بودم؛ و آن‌قدر از موفقیت خودمان مطمئن هستم که وام به‌هرتقدیر تضمین شده است. به‌هرحال، به او اطمینان دادم تجارت (که او از آن هیچ سر در نمی‌آورد) همیشه بدین روال انجام می‌گیرد و حامیان من که خودشان هم تاجرند، آدم‌هایی نیستند که وقتی طلبشان را پس گرفتند، بخواهند بر سر این‌گونه نکات اخلاقی مته به خشخاش بگذارند. این حرف او را آرام کرد و حالا برای آنچه به دنبال می‌آمد کاملاً آماده شده بود.

دوباره از او پرسیدم چقدر پول لازم دارد؟ گفت صد نفر کارگر استخدام می‌کند که حقوق آن‌ها هر هفته می‌شود بیست سکه طلا و طبق تخمین او حداقل پانزده هفته طول می‌کشد که تمام آن محوطه پاک و خشک و آماده بشود. تکرار کرد همان‌طور که قبلاً گفته، در مجموع سیصد سکه طلا لازم است. بار دیگر پیش خودم به‌خاطر سپردم که می‌شود یک‌چهارم اندوخته من و پس از آنکه محاسباتش را تمام کرد، به او چنین خطاب کردم:

وضعیت همان‌گونه ایست که نگرانش بودم! مبلغی که فراهم کرده‌ام کفایت نمی‌کند. من فقط دویست سکه طلا جور کرده‌ام! چهره‌اش دوباره غمگین شد. اما من در ادامه گفتم این مبلغ، کارها را خیلی پیش خواهد برد و ممکن است که ما با کمی مراقبت، کار را نزدیک به اتمام برسانیم و آن‌وقت پیداکردن بقیه پول مورد لزوم باید کار ساده‌ای باشد.

همیشه متحیر بوده‌ام که این دسته اشخاص چقدر در قضاوت‌شان دقیق هستند، درعین‌حال تقریباً هیچگاه از استعداد خود به سود خود استفاده نمی‌کنند. او نگران بود. اطمینان داشت که دست‌به‌کار شدن با مبلغی خیلی کم خطرناک است، ولی من او را ترغیب کردم چون گفتم تهیه مبلغ بیشتری به‌هیچ‌عنوان میسر نیست.

آنچه همه چیز را روبه‌راه کرد شرایطی بود که برای قرارداد بین خودمان پیشنهاد کردم. بر طبق این شرایط سخاوتمندانه با وجودی که من پول را فراهم کرده بودم، سود حاصله به طور مساوی بین ما تقسیم می‌شد. گفتم به نظر من، خود او در عرض این مدت باید حقوق کمی بگیرد، در واقع نباید

بیش از حداقل نیاز شخصی او باشد. چون ما حاشیه اطمینان نداریم، نه، از آنچه هم که لازم است کمتر داریم. ولی اگر موافق نیستی لطفاً تو شروط خودت را بگو. او در برابر سخاوت من حرفی نداشت که بگوید! گفت البته که او حاضر است با کمترین مبلغ ممکن زندگی بکند و به حداکثر کار بکند! او گفت حق خود نمی‌داند که نصف منافع را بگیرد! او جویای انجام کار است نه ثروت.

من اصرار کردم، او با حق‌شناسی تسلیم شد. قرارداد را در دو نسخه تهیه کردیم. مخصوصاً خیلی خشنود شد که اداره کار را کلاً به عهده او گذاشته بودم. گفتم من از این امور هیچ نمی‌دانم. من فقط تاجر هستم. تو خالق و هنرمند هستی: من فقط یک ابزار تجاری ناچیز هستم و مفتخرم که در پیروزی شما سهیم باشم. وقتی‌که این را می‌گفتم، حالت تحسین الهام‌بخشی به چشم‌هایم دادم که ما مردمان اهل دنیای تجارت، برحسب آداب، هنگام سروکله زدن با این حضرات به چشم‌های خود می‌دهیم.

صبح روز بعد، در هوای خنک، پیش ازآنکه آفتاب سوزان شود، سند قرارداد ما به تصدیق امضا رسید. به او اخطار کردم که درباره منبع سرمایه‌گذاری مطلقاً سکوت اختیار کند. گفتم من شایع خواهم کرد که مختصر پس‌اندازی که خودش داشته به کار انداخته است. متوجه منظور من شد ولی علی‌رغم وسواسی که داشت قبول کرد. کار به‌پیش رفت.

من نقشه اقدام بعدیم را از قبل کشیده بودم و مبلغ معینی هم معادل آنچه به شریکم داده بودم، برای آن در نظر گرفته بودم. خانه باصفای کوچکی با باغ و چشمه آب زلال در حیاط سایه‌دار آن، در شهر اجاره کردم. تعدادی لباس‌های خوب و حتی یکی دو تا جواهرات نه‌چندان جلف و زننده خریدم و شروع کردم به مهمانی‌دادن.

آشپز واقعاً بی‌نظیری را، به قیمتی که مرا به تأمل واداشت، خریدم. طاس‌بازی را که ثروتمندان محل خیلی دوست داشتند یاد گرفتم. کدخدایان محلات شهر، اعضای عمده شورای شهر و قضات، درباره غذاهای عالی و بازی موردعلاقه من از یکدیگر شنیدند. من با آن‌ها صمیمی شدم. گاه‌به‌گاه از رفاقتم با «مشتاق» و تأسف از این‌که پس‌انداز ناچیزش را در آن آت‌وآشغال خارج دیوار شهر تلف می‌کند با آن‌ها صحبت کردم. آن‌ها با من موافق بودند - ولی در تمام این مدت، آن جوان پر اشتیاق، بر تب و تابش افزود و شانه‌به‌شانه کارگرانش زحمت کشید، نقشه کشید، آن‌ها را تشویق

کرد و شگفتی‌های کاری به وجود آورد. در واقع من از سلامتی او نگران شدم ـ که برای شخصی در موقعیت من طبیعی بود نگران باشم ـ اما به رحمت الهی سلامتش در حد کمال محفوظ ماند.

اما هر روز بیشتر و بیشتر و با نگرانی‌های روزافزون سراغ من می‌آمد. می‌گفت فقط پنجاه سکه باقی مانده، فقط چهل، فقط بیست!... فقط چند روز مانده!... هم اکنون مجبور شده بود دستمزدها را به تأخیر بیندازد، به‌صورت نصف روز کار انجام بدهد حتی عده‌ای را اخراج کند! آیا من نمی‌توانم، آه! آیا من نمی‌توانم مقداری پول بیشتر فراهم کنم؟... همچنان که قبلاً گفته پروژه هنوز حداقل به یک ماه احتیاج دارد و وضع فعلی آن رقت‌انگیز است، هیچ‌گونه تضمینی برای وام به نظر نمی‌رسد، فقط گل‌ولای است و هرج‌ومرج!... تنها پاسخی که از من بر می‌آمد این بود که بگویم من حداکثر تلاش خودم را می‌کنم ولی من خوش‌بین نیستم و قیافه ناامید و غمناک من بر وحشت او می‌افزود.

هرچند که پریشان‌خاطر بود ولی آن‌قدر بزرگوار بود که به‌خاطر ضرر من در این سرمایه‌گذاری تأسف‌بار ابراز تأسف بکند. من هم حالت بی‌تفاوتی پرصلابتی به خود گرفته و به او گفتم که من با مشکلات این دنیای دنی خو گرفته‌ام ولی توکل من به خداوند است!

در نهایت چون روزی رسید که تمام پول نقدش داشت کاملاً به پایان می‌رسید یک مهمانی که اهمیت خاص داشت، برای خزانه‌دار و قاضی‌القضات شهر ترتیب دادم و در ضمن آن صحبت را به کاری که هنوز در جریان بود کشاندم. همان غرولندهای معمول را شنیدم که مبلغی را که از مالیات‌ها در وهله اول به آن اختصاص‌داده‌شده بود در باتلاق فرورفته است که ظاهراً، مرد جوان برای ادامه این کار مهمل، پول‌های خودش را خرج کرده است، و این‌که درعین‌حال شهر نمی‌تواند چیزی از او پس بگیرد. من نظر موافق دادم که آن‌ها فقط به دلیل رنجش خاطر، او را به توقف کل پروژه و زندان تهدید بکنند تا بدهی‌اش را بپردازد یا به‌هرحال از بابت این‌که بدهی‌اش به همشهری‌هایش را نپرداخته مجازات بشود.

در این لحظه بود که ضربت را وارد آوردم زیرا فرصت مساعد بود! من به‌عنوان یک رفیق برای او نزد آن‌ها شفاعت کردم. گذاشتم تأثیر سخن مرا درک کنند و منتظر نظرات آن‌ها شدم ـ که مرا ناامید نکردند. خزانه‌دار

بعد از کمی تردید موقرانه به من گفت: جناب، چون شما این مرد جوان را می‌شناسید و به نظر می‌رسد با او نشست‌وبرخاست دارید، آیا نمی‌توانید بفهمید چه‌قدر برایش باقی مانده و احتمالاً مجبورش کنید سکه‌های طلا را که به شورای شهر بدهکار است پس بدهد؟ از این بابت ما مرهون شما خواهیم بود. من پاسخ دادم که صمیمیت من با «مشتاق» تا این حد نمی‌رسد ولی سعی خودم را خواهم کرد. فقط از آن‌ها خواهش کردم یک هفته به من فرصت بدهند.

پس فردای روز میهمانی، مرد جوان با اضطراب زیاده از حد نزد من آمد. گل‌ولای زحمات طاقت‌فرسا هنوز روی دست‌هایش دیده می‌شد و من نگران شدم که دیدم می‌لنگد (آن‌چنان‌که به من گفت) در اثر یک فرقان سنگین که وقتی‌که آن را می‌برده، واژگون شده و شست پایش را خردکرده. ولی او در اثر نگرانی‌های شدید فکری، دردش را فراموش کرده و به من گفت بعد از پرداخت دستمزدهای آن هفته فقط ده سکه طلا برایش باقی مانده است. اگر خودش هم برای چند روز دیگر فقط نان خشک بخورد و دارونداز ناچیزش را هم بفروشد، از عهده تصفیه‌حساب بعدی برنمی‌آید که فقط هفت روز به آن مانده.

چشم‌هایم را به زمین دوختم و مدتی صبر کردم تا او را بیشتر تحت‌تأثیر قرار بدهم. سپس با لحنی جدی و درمانده به او گفتم خبر بدی دارم. نظری به بالا انداختم و در چشم‌هایش طغیان حاصل این ضربه را دیدم. من دوباره چشم‌هایم را به زمین انداخته و ادامه دادم: یک توصیه محرمانه دارم — شاید نباید آن را برای شما بازگو کنم چون از روی اعتماد با من در میان گذاشته شده، ولی نگرانی و علاقه من به شما خیلی شدید است. به طور محرمانه به من اطلاع رسیده که شورا قصد دارد همین هفته به طور خیلی رسمی از شما بخواهند یک‌صد سکه طلا را که می‌گویند مدت‌ها پیش به شما مساعده داده و اکنون موعدش سر رسیده به آن‌ها بپردازید؛ در غیر این صورت شما را به سیاه‌چال می‌اندازند.

مردجوان ناگهان پرید رو پاهاش، جیغ بلندی کشید و شروع کرد سرش را به دیوار کوبیدن. با دشواری بسیار دست‌هایش را گرفته و او را از اینکار باز داشتم. در تشنجات حاصل استیصال فریاد می‌زد آه! لعنت بر زاده شدن من! و لعنت برنسل من! و میخروشید روز من سررسیده! هذیان گویان از یکسو آرزوی معجزه می‌کرد و از سوی دیگر عدل الهی را انکار مینمود. قدری که آرام‌تر شد ولی هنوز پریشان بود، ازعلائقش ناله می‌کرد.

چیزهایی به من گفت - که قبلاً نمی‌دانستم و علاقه‌ای هم نداشتم که بدانم – که خواهر کوچکی دارد که مثل خود او یتیم است و اگر او به زندان بیافتد، ازگرسنگی هلاک می‌شود یا طعمه بیگانگان خواهد شد. چه باید بکند؟ به کجا پناه ببرد؟ لعنت بر روزی که این رؤیای کشنده بر جانش افتاد! لعنت بر کارهایش! لعنت بر رودخانه! لعنت بر مرداب! لعنت بر شهر! وازاین قبیل – واکنش‌های معمول مشتاقان. خیلی ناراحت کننده بود. دست‌هایش را که هنوز از فرط ناراحتی به خود میپیچید محکم گرفته بودم تا این‌که به‌قدرکافی آرام شد که حرف‌های مرا بشنود و آن‌گاه گفتم:

به من گوش بده. من وضع تو را به دقت بررسی کرده‌ام. فکر می‌کنم می‌توانم تو را نجات بدهم. خودم از عملیات تجاری دو ماه گذشته‌ام در این شهرکمی پس‌انداز کرده‌ام. اعتبارم هم تا حدودی بهتر شده است. من آنچه را که لازم داری پیدا خواهم کرد. زیرا من نبوغ را ارج می‌نهم و با معیارهای معمولی قضاوت نمی‌کنم.

من داشتم ادامه می‌دادم که او شروع کرد به پشت‌سرهم حق‌شناسی‌های بی‌حدوحصر کردن؛ مرا ولی‌نعمت خود نامید، بارها دستم را بوسید و دوباره به طور نامربوطی به خواهر کوچکش گریز زد که واقعاً هیچ ربطی به این قضیه نداشت. جلواش را گرفتم و چنین ادامه دادم:

من از این‌ها بیشتر خواهم کرد. تو قدر خودت را نمی‌دانی – منظورم ارزش اخلاقی و فکری خودت است - و ستایشی که در افرادی که چون من قضاوت می‌کنند برمی‌انگیزد؛ و باقی زائد و بی‌ارزش است. پروژه ما به‌وضوح شکست‌خورده – که او با تکان‌دادن سر تأیید کرد. سرمایه‌گذاری من را می‌شود گفت که از بین رفته: یا بهر تقدیر من باید که هرچه می‌ارزد بپذیرم یعنی چیزی نیمه‌مخروبه و شدیداً مورد تهدید اولیای امور. ولی تو ناکام نخواهی شد. تا زمانی که من برای تجارت اعتباردارم، استعدادهای والای تو ضایع نخواهد شد... بیا. توافق اولیه ما حالا بی‌ارزش است. کاغذباطله است. خوب، ما آن را پاره می‌کنیم.

او گفت آه، آقا! و شما چطور؟ این‌همه اعتماد به من و کار من؛ این‌همه پول که شما در میان گذاشتید! این‌همه محبت و حمایت که من بدون آنها- حرف او را قطع کردم و گفتم کافی است. من تصمیم خودم را گرفته‌ام. من اینجا یک پیش‌نویس از نیات خود آماده کرده‌ام که امیدوارم با نیات شما جور در بیاید و درحالی‌که این را گفتم دو نسخه کاغذ که به طرز خیلی ساده‌ای

نوشته شده بود بیرون کشیدیم. توافق‌نامه اصلی (و حالا فاقد اعتبار) که به امید سودی تخیلی و دست‌نایافتنی بود باطل شد. در پیش‌نویس جدید، من متقبل شده بودم که مسئولیت کارهای ناتمام فلاکت‌بار را (که هیچ ارزشی نداشتند) به عهده بگیرم، آن بدبخت را در برابر هر ادعایی که دولت ممکن است داشته باشد تضمین بکنم، و متعهد بشوم که از بدو امضای قرارداد به مدت یک سال حقوق قابل‌ملاحظه‌ای به او بدهم و اکنون ماده دیگری به آن اضافه کردم. بدین معنی که اگر او در ظرف این یک سال، فوت کرد یا برای مدتی دراز به زندان افتاد، مبلغ یک‌صد سکه طلا به ورثه او بپردازم. به او گفتم که این مخارج زندگی خواهر کوچکش را (که تاکنون به‌قدر کافی درباره‌اش شنیده بودم) تأمین خواهد کرد؛ درعین‌حال باتوجه‌به تندرستی واقعاً نیرومند او و توانایی‌های خودم برای محافظت و جلوگیری از زندانی‌شدنش، این ولخرجی را به خودم بخشودم.

نمی‌توانستم باور کنم که آدمی می‌تواند تا این حد احساساتی بشود. خودش را انداخت رو پاهایم، مرا عنایت الهی خود، همه‌چیز خود، سپر بلا و پناه خود نامید. گفت او نمی‌دانست که این‌همه نیکویی ممکن است در انسان‌ها وجود داشته باشد. از او خواهش کردم که مبالغه نکند. به او یادآوری کردم که جان‌های شریف چگونه در تمام اعصار عاشق حمایت هنر بوده‌اند و یوسف عبدالرحیم، سلیم بن عذب، موصوف، «واوو»، «مه» و سایر بزرگان را نام بردم. بالاخره کارمان که تمام شد اسناد تازه امضا و به تصدیق نوکران من رسیدند و آن انسان والا که هنوز برای شخصیت اصیل او احترامی عمیق قائلم، از فرط خستگی دلچسب روی قالی‌های نرم اتاق پذیرایی من به خواب رفت. او را به حال خود گذاشتم که خواب خواهر کوچولویش و پشته‌های گلولای را ببیند، و خودم رفتم تا حساب‌وکتاب سریعی کرده و بلافاصله نمازهای شبانه‌ام را به درگاه «رحمن و رحیم» که بندگانش را به مکان‌های مطلوب هدایت می‌کند بجا آورم.

صبح روز بعد، مشتاق را با کمی پول فرستادم که کارهایش را ادامه بدهد و خیلی به دقت نقشه‌های خودم را طرح‌ریزی کردم. اولاً، در اولین میهمانی شام، به مهمانانم (که طبق معمول از رؤسای شهر بودند) گفتم که می‌خواهم با کارگزاران «تمبولستان» معامله غلات انجام بدهم: این محل در واقع وجود خارجی نداشت ولی این اسم به دقت انتخاب شده و جذاب بود. گفتم آن‌ها در فاصله‌ای دور ولی با من در مکاتبه هستند. چون محصولات آن‌ها فراوان و من خبر دارم که وطن خودم گرفتار قحط و غلا است از این

فرصت برای معامله باواسطه شخص ثالث استفاده کرده‌ام. انتظار دارم منفعتی حدود صد سکه طلا داشته باشد. گفتم: نه بیشتر، من آدم کم‌توقعی هستم و فقط در معیارهای کوچک معامله می‌کنم. مهمانان من با بزرگواری گفتند چنین نیست و از روی‌ادب به نشان توجه به این مطلب لبخند زدند، ولی نه بیشتر. تا اینکه کمی بعد سر شام گفتم معامله برای من کمی سنگین بوده و دنبال کسی می‌گردم که مایل باشد در پرداخت مبلغ موردنیاز کمک کند و در منفعت هم شریک بشود. به آن‌ها گفتم این منفعت تا حد زیادی قطعی است و پول نقد بیش از آنچه خودم فراهم آورده‌ام لازم نیست اما چون یکی دو نفر بیشتر ضرری ندارد، قبلاً یک وثیقه از یکی از دوستان هم‌ولایتیم گرفته‌ام. تمام این‌ها را به‌صورت صحبت‌های معمولی می‌گفتم.

همان‌طوری که انتظار می‌رفت، قاضی‌القضات شهر (میهمان خاص من) بعد از شام سراغ من آمد و به طور خصوصی گفت که باکمال‌میل حاضر به خدمت است. من گفتم واقعاً آن‌قدرها هم لزومی ندارد و خودم می‌توانم هرقدر که می‌خواهم، یا حداقل هر قدر که برای انجام این معامله کافی است، از حواله‌هایی که از وطن دارم استفاده کنم. اگر او واقعاً علاقه‌مند به شرکت در این سرمایه‌گذاری کوچک است، منفعتی حدود ده درصد مبلغ سرمایه‌گذاری انتظار دارم — اما این خیلی ناچیزتر از آن است که بخواهم از این بابت او را به‌زحمت بیندازم. تعهد او برای یک‌صد سکه طلا را قبول کردم ولی هرگونه نوشته را قاطعانه رد کرده و گفتم که اسم او برای من کافی است و باکمال حق‌شناسی آن را به کار خواهم برد. دوستان من به حرف من اعتماد می‌کنند.

فردا صبح به اطلاع همه رساندم که برای ملاقات با یک قاصد به کوهستان می‌روم. واقعاً از دروازه شهر خارج شدم و تا آن حدی که کاملاً از دید دور شده باشم پیش رفتم ولی چون هیچ معنی نداشت که خودم را خسته کنم در شدت گرما در یک جنگل خوابیدم و در هوای مطبوع شبانه در انتظار ماندم و غروب روز بعد گردآلود راه برگشتم.

صبح روز سوم، قاضی‌القضات را در بازار دیدم: او را متوقف کرده با او گپ زدم و بعد یازده سکه طلا به او دادم و گفتم من قاصد تمبولستان را دیدم، بسته‌هایمان را ردوبدل کردیم و معلوم شد منفعتی کمی بیش از ده درصد نصیبم شده است. این یازده سکه سهم شما از سرمایه‌گذاری محبت‌آمیزتان است. او البته اعتراض کرد که سرمایه‌گذاری در کار نبوده بلکه فقط چند کلمه دوستانه حمایت بوده؛ اما پول را گرفت و معلوم بود که

خشنود شده. به طرز غریبی خشنود شده بود. در واقع آن‌قدر خشنود شده بود که گرچه آدم ملاحظه‌کاری بود، تاب نیاورد این مطلب را برای همسرش تعریف نکند. ثروتمندان، عاشق سودهای مختصر باد آورده‌اند.

بنابراین، در ظرف چند ساعت، مفتی اعظم، سرکرده قراولان و دو نفر از اعضای خیلی مهم شورا، در جریان صحبت‌های کوتاهی که هرکدام جداگانه در بازار با من داشتند، به طرز مخصوص به خودشان، به طور گذرا از تجارت گندم سخن به میان آوردند. کمی بعد، موقعی که سر شب کنار رودخانه مشغول هواخوری بودم زاهد عمده آن ناحیه هم که آمده بود اندک عدس مصرف هفتگی‌اش را خریداری کند، به طور کوتاه راجع به همین مطلب با من حرف زد. به هرکدام از آن‌ها جواب متفاوتی دادم، تلویحاً از محموله‌های متعدد گندم، قافله‌های گندم و گاری‌های گندم – همه این‌ها با اصطلاحات تکنیکی؛ تا ریسک‌های موجود، تا مبالغ لازم تا انتقال از یک منطقه به منطقه دیگر سخن می‌گفتم. در هر مورد هیچ‌چیزی از آن‌ها قبول نمی‌کردم مگر شراکت در معامله‌ای که می‌گفتم بدون مساعدت، تا حدودی از توان من خارج است. در هر مورد، کوچکی ماجرای بی‌اهمیت را به تمسخر می‌گرفتم. در هر مورد پس از گذشت چند روز به یکی تک‌سکه‌ای طلا می‌دادم، به دیگری دو و به دیگری سه. و یک‌یک آن‌ها خیلی خشنود می‌شدند.

روزها که سپری می‌شدند منهم روش خود را تغییر می‌دادم. بعضی‌اوقات اظهار تأسف می‌کردم که استفاده به دست آمده بر خلاف انتظار کم است. یک‌بار عمداً اعلان ضرر دادم و با حالی عبوس سهمیه شرکا را که با اکراه پرداختند جمع‌آوری کردم. اما بلافاصله، موفقیت شایان دیگری در یک معامله خیالی گندم نصیبم شد و سهم حسابی به دوستانم دادم – در واقع این امر به‌خصوص برایم بیست و پنج سکه طلا تمام شد. اما می‌ارزید. بدین روال در عرض مدتی کمتر از یک ماه دویست سکه طلا خرج کردم. آزمایش ظالمانه‌ای بود ولی در نهایت ثابت شد که کار خیلی پرثمری بوده است. زیرا گرچه من هیچگاه سرمایه‌گذاری‌های بزرگ را توصیه نمی‌کنم، مع‌هذا با این روش ساده، شهرت من در امر قضاوت درباره چیزی که برای مردم از همه چیز باارزش‌تر است – که پول است، تضمین شد.

برای این تجربه ۲۵۰ سکه در نظر گرفته بودم و زمانی که ضربت نهایی را وارد آوردم موجودی ذخیره‌ام به سطح پایینی رسیده بود.

اولاً از مابقی، پنجاه سکه طلا به شورای شهر بردم و گفتم که توانسته‌ام این مبلغ را با زحمت زیاد از دوست جوانم بگیرم که هنوز در حول‌وحوش شهر به کندوکاو مشغول است ولی صادقانه قول داده پنجاه تای دوم را دو ماه دیگر بپردازد. بعد، در جرگه دوستانم که حالا بزرگ‌تر هم شده بود باعث بهت و حیرت آن‌ها شدم چون علناً گفتم دارم یک چیزهایی در این طرح خشکاندن مرداب می‌بینم. به آن‌ها یادآوری کردم که مهندس همیشه دوست من بوده که من همیشه در او چیزی می‌دیده‌ام که گرچه آشکارا فاقد شم تجاری است، نمی‌توانم تبحر او در رشته خودش را تحسین نکنم.

اکنون مرداب خشک و هموار شده بود، دیواره تقریباً به طور کامل شیب داده و سنگ‌فرش شده بود. شاخ و برگ‌های بریده شده، کپه‌های گل‌ولای و آشغال‌ها پاک شده بودند. در این موقع بود که من جمعی از این دوستان مهمم را همراه خود بردم تا شبانه از دیوار شهر آن را ببینند و آهسته به آن‌ها گفتم که مال من است. جلو آن‌ها دشت باشکوهی قرار داشت که از آب پس گرفته شده بود و زمین سخت با گل‌میخ‌های چوبی به طور منظم ردیف بندی و خیابان‌های جدید، همه با پلاکاردهای قشنگ و خوانا نام‌گذاری شده بودند.

برادرزاده‌های عزیزم شما تحسینی که در تمام تجار برای شخصی که از آن‌ها جلو زده برانگیخته می‌شود را می‌شناسید. شهرت و اعتبار من نزد همسایگانم به حد غیر قابل‌قیاس افزوده شد. البته از قبل، احترام خیلی عمیقی برای درک زیرکانه من در تجارت داشتند که در این‌همه رهنمودهای ناب به اثبات رسیده بود – در کمیت کم‌اهمیت، اما، آه! در همه حال چقدر دقیق. اکنون، درواقع پس از آگاهی از این شاهکار عظیم (یا چنان که در زبان محلی می‌گفتند «کو») غرق شگفتی و احترام شده بودند.

بعد از غروب پول‌هایم را شمردم. دقیقاً پنجاه سکه طلا برایم باقی مانده بود: یعنی وضعیتی حساس و حاشیه امنی غیرقابل‌اتکا. ولی به قول ضرب‌المثل معروف: شکارچی جسور شیر می‌کشد، ترسو مقهور شیربچه می‌شود.

همان شب دیروقت، قاضی‌القضات خیلی بااحتیاط، فانوس به دست درحالی‌که پنجه پا راه می‌رفت، درب‌خانه‌ام را زد. نجواکنان، از من به‌عنوان دوست قدیمی خواهش کرد که یک قطعه زمین به‌اندازه‌ای که برای یک‌خانه خوب و باغ، متناسب پسرش یا حتی خودش، کافی باشد، در محله

جدید به او بفروشم. گفتم من هرگز نسبت به دوست عزیزی مانند او فرومایگی نمی‌کنم. حداقل کاری که از من ساخته این است که یک چنین قطعه‌ای به او بدهم.

نقشه‌ای را (که مهندس روی آن خیابان‌ها و میادین عمومی را ترسیم کرده بود) بیرون آوردم و در گذرگاه عمومی، قطعه‌ای را که برای او در نظر گرفتم علامت زدم. ثنا گفت و دعای خیر کرد و رفت. هنوز چیزی از رفتنش نگذشته بود که باز هم صدای پای دزدکانه‌تری به درب‌خانه‌ام نزدیک شد؛ مفتی بود که آمده بود و می‌خواست برای خرید قطعه‌ای مشابه، یک‌صد سکه طلا به من بدهد. من سخاوتمندانه قطعه زمینی بزرگ‌تر از آنکه خودش خواسته بود را به پنجاه سکه به او دادم و کمی پایین‌تر از همان گذرگاه عمومی علامت گذاشتم. بر نام و جان من حمد و ثنای بسیار گفت و رفت.

نزدیک نیمه‌شب بود که صدای پای دیگری پشت درب‌خانه‌ام توقف کرد که از آن یکی از اعضای شورا بود. او هم با پنجاه سکه، در همان خیابان، صاحب قطعه‌ای شد که دوبرابر آن ارزش داشت. ساعتی از رفتنش نگذشته بود، شبی بس تاریک که صدای خیلی خفیف‌تر حرکت پای‌برهنه و به دنبال آن صدای ضعیف چفت در به گوش رسید. در به‌اندازه تَرَکی باز و چهره استخوانی و پرصلابت زاهد هویدا شد که به لبه آن چسبیده و به داخل چشم دوخته بود. او را به داخل دعوت کردم. انگشتانش را به علامت سکوت روی لب‌هایش گذاشت و بااحتیاط چفت در را انداخت و درحالی‌که به جلو خم شده بود در گوشم نجوا کرد. از مبلغ کلانی که نام برد کمی متعجب شدم اما البته فوراً قبول کردم. چنین اشخاصی نفوذ عظیمی روی مؤمنین دارند. قصدش این بود که ملک خود را اجاره بدهد یا اینکه صبر کند تا قیمتش بالا برود. البته زندگی در کلبه محقرش، خارج شهر در بیابان را ادامه خواهد داد. به‌سرعت همچون شبح از آنجا دور شد. وقت طلوع باز هم عضو دیگری از شورا آمد، متهور تر از بقیه، و یک پیشنهاد آشکارا تجاری داد که یکجا پنجاه و سه قطعه بخرد و خواسته‌اش فوراً برآورده شد.

این روند روزها ادامه یافت، هرکس به تنهایی می‌آمد که ببیند به او توجهی می‌شود یا نه. نیمی از اعضای شورا بدون پرداخت پول یا با مختصری و نیمی دیگر با قیمت‌های واقعاً خیلی منصفانه‌ای صاحب زمین شدند.

و تمام این مدت به توده خریدارانی که سماجت می‌کردند و دوروبر من شلوغ راه می‌انداختند می‌گفتم که فقط تعداد محدودی را می‌توان فروخت، آن‌هم فقط به‌صورت استیجاری و حتی این‌ها هم مدت زیادی طول خواهد کشید.

در این میان شورای شهر به‌کلی تغییر عقیده داده بودند. اعضاء شورا مخالفت قبلی به این طرح را کاملاً کنار گذاشته، و با اشتیاق و به‌اتفاق آرا، مالیات خاصی برای طراحی و تدارکات این محله جدید تصویب کردند، برای درخت‌کاری، کانال‌کشی برای حوضچه‌های آب شیرین در منازل و در معابر عمومی. گرچه مالیات کمی نبود تمام اعضای شورا که حالا به طور عجیبی به بزرگ‌نمایی شهر خود افتخار می‌کردند، آن را به طیب خاطر پرداختند. حتی در میان توده‌های فقیر عوارض دهنده هم اعدام‌ها صورت نگرفت فقط یک مورد شکنجه ملایم و احتمالاً ده دوازده مورد چوب و فلک.

بودجه عمومی که در این راه صرف شد، کار بسیار با ارزشی بود. ترقی ملک من زائدالوصف بود و وقتی هم که یک جاده زیبا با درخت در هر دو طرف در طول دیواره کشیده شد، بابت استفاده از زمین و قطع راه عبورومرور من به رودخانه، خسارت سنگینی از شهر دریافت کردم.

من هم به سهم خود آدم خسیسی نبودم. قول دادم برای ساختن یک مسجد جدید در مرکز محله یک‌صد سکه طلا بپردازم به شرطی که نود و نه نفر دیگر هم همین کار را بکنند؛ و یک سالن برای تفریح عموم تأسیس کردم که حق ورودی آن به‌سختی برای اداره و مرمت آن کفایت می‌کرد یعنی هزینه‌های نظافت، عوارض، تأمین گرما و روشنایی، سود اوراق‌قرضه (که خود من به‌قدر زیادی مشترک شده بودم) خدمات، تهیه بروشورها، حقوق منشی‌ها، تزیینات، راه‌های ورودی، استهلاک سالیانه و سود حداکثر شش تا هشت درصد. همچنین، خوراک‌پزی‌هایی احداث کردم که همشهری‌های فقیرتر می‌توانستند غذا به قیمت خیلی کمی بیش از ارزش آن خریداری کنند. این‌ها خیلی به درد پلیس می‌خوردند زیرا برایشان در حکم مراکزی بودند که می‌توانستند رفت‌وآمد همسایگان بداقبال مرا ردیابی کنند. به‌اضافه سقاخانه‌های عمومی هدیه کردم که جام‌های مفرغی صلب و سخت با زنجیرهای محکم به دیواره سنگی وصل شده بودند مبادا کسی آن‌ها را بدزدد؛ و حتی تا آن حد پیش رفتم که نقشه‌های محله جدید که جاهایی را

نشان می‌داد که قطعه‌های اجاره نشده هنوز وجود داشتند همراه با شرایط لازمه برای معامله را کاملاً مجانی در اختیار عموم گذاشتم.

قرار گذاشته بودم هرکس که روی زمین من خانه می‌سازد باید تعهد کند که بعد از بیست سال آن را مجاناً به من واگذار کند. اما چون خیلی از مردم فقیرتر از آن بودند که خودشان بتوانند خانه بسازند یک صندوق تأسیس کردم که آن‌ها بتوانند با نرخ بهره معمول و بعضی وجوه پرداختی، کارمزدها، کسری‌ها و غیره که در این‌گونه معاملات اجتناب‌ناپذیرند، وام بگیرند. ایجاد این شهر جدیدم را از هر طریق توسعه دادم و منفعت بردم.

من پاداش خود را از احترام و عزت عمیقی که همشهری‌هایم به من می‌گذاشتند دریافت می‌کردم. شورا درزمان مقتضی تشکیل جلسه داد که ببینند خدمات من را چگونه به رسمیت بشناسند. پس از مباحثات طولانی و گفتمان‌های خیلی بلیغ، در نهایت بر سر یک دست‌نوشته تذهیب شده روی پوست آهو به توافق رسیدند که در میدان عمومی محله جدید در یک چادر ابریشمی ارغوانی که اختصاصاً به همین مناسبت به تصویب رسیده بود و پیشخدمت من بعداً آن را به‌عنوان انعام مخصوص به خودش ادعا کرد، همراه با شادباش‌ها و تصنیف‌های بسیار خوشامدگویانه به من اهدا کردند.

من هم هلهله حضار و خوشامدگویی‌های محبت‌آمیز اعضای شورا را به طرز شایسته پاسخ دادم. ولی در پایان خطابه‌ام به آن‌ها گفتم من بایستی واقعاً ناسپاس باشم اگر در چنین موقعیتی همکار فروتن من در میان شادمانی‌های همگانی فراموش بشود. بی‌درنگ دستم را به‌سوی مشتاق دراز کردم، مهندس جوان سازه‌ها که من از خوش‌شانسی چندین ماه پیش ملاقات کرده بودم و قرار گذاشته بودم که در لحظه معین، نزدیک پله‌های جایگاه خطابه من باشد. او را بالا آوردم و درحالی‌که از شرم و خوشحالی سرخ شده بود با ملاطفت به او لبخند زدم. حتی او را کنار دست خود نشاندم.

در پایان سخنرانی کوتاهم گفتم: دوستان عزیز، خیلی ساده است، به قول شما، از بینش و شم تجاری و قدرت سازماندهی و ازاین‌قبیل که ـ امیدوارم سزاوارش باشم – شما به من نسبت می‌دهید وقتی‌که به من می‌گویید، مثل این‌که با یک عصای سحرآمیز تمام این شهر جدید را از مردابی که قبلاً اینجا بود بنا کردم. ولی این موهبت‌ها چه سود اگر با هنرهایی که اهمیتشان کمتر هم نیست تکمیل نشده بود؛ همان هنرهایی که همه ما در وجود این دوست جوانی که سمت راست من نشسته تحسین می‌کنیم؟ هم او است که

گاهی به معنی واقعی کلمه، بیل زده است. کار او سخت، ناشناخته و زحمت و مراقبت مداوم بوده است که اگر نبود، فعالیت‌های نمایان‌تر من هم باطل بودند!

بعد از چند هورای نصف و نیمه حضار که بیشترشان اسم مرد جوان را هرگز نشنیده و بقیه هم او را از یاد برده بودند، همه متفرق شدند و من فرصت یافتم که در خانه جدید و مجلل خود به استراحت بپردازم.

خوشحالم بگویم که چنین تجلیل علنی از همکار جوان ارزنده‌ام تنها کاری نبود که برایش انجام دادم. چون حقوق مقرری که طبق قرارداد مابین به او می‌پرداختم به‌زودی منقضی می‌شد، با شورا ترتیبی دادم که او دارای شغلی دائمی بشود به‌عنوان متصدی میادین عمومی با حقوقی بیش از دوبرابر حقوق باغبان‌ها و یک حقوق بازنشستگی محدود (به‌شرط خوش‌رفتاری) در سن هفتادسالگی که بابت آن هر هفته مبلغ کمی از حقوق او کسر بشود که چون او هنوز به سی و دوسالگی نرسیده، به بیش از حد لازم سر خواهد زد و مازادی علاوه بر مقرری بازنشستگی او برای هرچه شورا صلاح بداند به‌جای خواهد گذاشت. همچنین یک‌خانه چهار اتاقه کوچک با یک باریکه باغچه زیبا جلو ساختمان و یک آلونک چوبی در کنار آن، بدون پرداخت کرایه در اختیار او گذاشتند. وظایفش او را کمی قبل از طلوع آفتاب تا تاریکی مطبوع شبانگاه مشغول می‌کرد؛ روزانه یک ساعت اجازه برای غذاخوردن و دو هفته مرخصی در پاییز.

حتی خواهر کوچولویش هم فراموش نشد. از دوستانم در بین مقامات مذهبی (به‌ویژه مفتی که در این باره از همه فعال‌تر بود) شغل سرنظافت چی مسجد جدید را برایش جور کردم. حقوقش در آنجا به‌ناچار قدری از حقوق برادرش کمتر بود، تعطیلات نداشت و ساعت‌های کارش هم یک خورده طولانی‌تر بود. اما از طرف دیگر، مسئولیتی هم نداشت.

کمی بعد از همه این‌ها تصمیم گرفتم که موجودی خود در این ملک جدید را فروخته و هَم خود را صرف ماجراهای تجاری دیگر در سرزمین‌های دیگر بکنم. بیش از یک سال در اینجا مانده بودم. دوستان خیلی خوبی پیدا کرده بودم. اینجا صحنه موفقیت‌هایی بود بزرگ‌تر از آنچه که تابه‌حال تجربه کرده بودم. باوجود این احساس می‌کردم نمی‌توانم بیش از این در آنجا باقی بمانم. میدان برای فرصت‌های درحال‌توسعه من خیلی تنگ بود. دیگر چیزی برای بردن نمانده بود.

بنابراین، تصمیماتم را اعلان کردم که بدانند و مدتی فرجه دادم که یک تصمیم عمومی درباره خرید زمین‌های ملکی و استیجاری و سایر دارایی‌های من گرفته شود.

بحث عجیبی در گرفت. عده‌ای عمدتاً مرکب از جوانان ثروتمند اما باهوش، اساتید دانشگاه و محکومین سابقه‌دار اصرار داشتند که شورای شهر بایستی تمام زمین‌های مرا خریداری کند و شهر آن‌ها را برای آینده در تصاحب داشته باشد؛ چون (چنان که آن‌ها می‌گفتند) سپردن اصلاحات زمین و منازل به بخش خصوصی مسلماً کار غلطی است. عده‌ای دیگر که تقریباً همگی بسازبفروش یا دلال بودند خیلی آتشین با این طرح مخالفت می‌کردند که (آن‌ها می‌گفتند) به تمام مبانی اخلاقی و زندگی خانوادگی ضربه می‌زند. این‌ها با قاطعیت مدعی بودند که برحسب مشیت الهی، بایستی بین آنهایی که قیمت بیشتری می‌پردازند تقسیم بشوند.

تا آنجا که به من مربوط می‌شد، مانند اکثریت توده مالیات‌دهنده نسبت به هر دو بحث بی‌تفاوت بودم. به تنها چیزی که علاقه‌مند بودم این حقیقت آشکار بود که در نتیجه رقابت این دو گروه روی شورا ارزش املاک من بالا رفت.

درنهایت گروه اول غالب شدند و شهر تمام دارایی‌های من را یکجا خرید (واقعاً جالب‌ترین تجربه اجتماعی!) و من مبلغ دو میلیون سکه طلا دریافت کردم.

برادرزاده کوچولوهای شگفت‌زده دسته‌جمعی فریاد زدند: دو میلیون سکه طلا!

پیرمرد، با لبخندی محبت‌آمیز گفت: برای شما که از خانواده‌ای مانند خانواده پدرتان، برادر گرامی من، هستید، این مبلغ بایستی محیرالعقول به نظر برسد، گرچه امروزه در نظر من خیلی عادی است. مع‌هذا حق با شما است. از آن لحظه این را تغییری عظیم در زندگی خود و تأییدی بر رحمت الهی شمردم که تا آن زمان پیوسته مراقب من بود همچنان که حالا می‌دانم که ازآن‌پس هم شکوهمندانه در تمام مراحل زندگی من حضور داشته است.

قبل از آن روزی که برای اولین‌بار آن رودخانه و آن شهر را دیدم که مهندس جوان مشتاق را ملاقات کردم که آن نقشه سرنوشت‌ساز را کشیدم، فردی بودم گرفتار نگرانی‌های شدید و رنج و عذاب؛ گاهی موقتاً ثروتمند

بودم، گاهی از گرسنگی در هلاک، باز دوباره به طور نامطمئنی صاحب مقداری پول زودگذر می‌شدم. تا اینکه این سال حیرت‌انگیز پیش آمد که همین‌الان برایتان تعریف کردم. از آن موقع تابه‌حال از حاصل این‌همه پشتکار و مهارت بهره‌مند شده‌ام. ثمرات این ثروت بی‌حساب و روزافزون را بی‌درنگ گردآورده و لذت برده‌ام.

آه، عمو، این‌ها چه باشند؟

تاجر کهنه‌کار با لحنی جدی و متین گفت: احترام همسایگان، فداکاری دوستان، تحسین تمام بشریت، عزت‌نفس دائم و از همه مهم‌تر آرامش خلل‌ناپذیر روح و روان.

بانگ ناساز مؤذن جلو پاسخ برادرزاده‌ها را گرفت و آن‌ها با چشمانی درخشان از شادی، مثل اینکه خودشان دریافت‌کننده آن ارقام میلیونی بوده باشند، در رؤیای طلا به خانه رفتند.

فصل سیزدهم
الفلوس المصنع من القرطاس
پول ساخته شده از کاغذ

هفته بعد در روز موعود، پسربچه‌ها خیلی خوشحال بودند که متوجه شدند تعداد اعدام‌های درملأعام به‌قدری به کمتر از حد متوسط رسیده است که پذیرایی عمویشان از آن‌ها توانست نیم ساعت تمام پیش از وقت معمول شروع بشود. آن‌ها خیلی مشتاق بودند بفهمند که از رحمت الهی چه اقبال دیگری نصیب او شده است.

پیرمرد نازنین دهان گشود و گفت:

دو میلیون سکه طلا مبلغ قابل‌توجهی است. حدود سی تُن وزن دارد... بله، و به‌سرعت با انگشتان پر از جواهراتش شروع کرد به‌حساب کردن و تکرار کرد حدود سی تن. شهر فقط با زیر پا گذاشتن اطراف‌واکناف تا فرسنگ‌ها توانست آن را تهیه کند؛ با گشتن خانه‌های نسبتاً مرفه‌تر و ذوب کردن چراغ‌های عتیقه جورواجور، انگشتری‌های عروسی، مرقدهای مقدس و سایر خرت‌وپرت‌ها.

برداشت این‌همه فلز قیمتی دست و بالشان را برای سکه مصرف روزانه کمی تنگ کرد اما این مطلب واقعاً ربطی به من نداشت. یک‌صد صندوق آهنی محکم را با شمش‌های طلا پر کردم، چند هزارتایی را در یک کیف چرمی نگاه داشتم، همه را در گاری گذاشتم و یک‌صد مرد مسلح به ملتزمینم اضافه کردم و روی بسته‌هایم، ساده و با حروف بزرگ نوشتم «شن ارسالی برای سلطان» و همه چیز برای حرکت آماده بود: اما به کجا؟

ثروت شخص تا زمانی که هنوز آن‌قدر زیاد نشده که بتواند کل دولت را تحت فرمان در بیاورد همیشه به‌نوعی در خطر است. به او حسادت می‌ورزند و آماج مالیات‌های رذیلانه است – نه خیر، آماج مصادره است... درس عبرت دهشتناک آن جزیره را فراموش نکرده بودم! روی چیزهایی

که درباره مناطق مختلف خوانده بودم تأمل کردم و هرکدام را به نوبه خود خطرناک دیده و رد کردم، تا این‌که به طور اتفاقی شنیدم که مردی به همسایه‌اش (که با او در حال مرافعه بود) می‌گفت: یادت باشد! اینجا مملکت «دیرک» نیست که یک قانونی برای ثروتمندان وجود داشته باشد و قانون مجزایی برای فقرا. باور کنید که این حرف‌های تصادفی را عمیقاً بر رسی کردم و ظرف یک ساعت با یک نهار عالی مشغول پذیرایی از مرد فاضلی بودم که در دانشگاه تدریس می‌کرد و به‌خاطر معلوماتش از قوانین اساسی کشورهای بیگانه شهرت داشت. من از فرنگ و مغرب و روم صحبت کردم. سخنانش درباره همه این‌ها جالب و کامل بود. ضمناً درباره بعضی قبایل وحشی کوهستانی هم با تحقیر صحبت می‌کرد که رسم عجیبی دارند که هرسال یک رهبر بازنشسته از میان مستمندان انتخاب می‌کنند با این تصور وحشیانه و غلط که تنگدستی درستکاری می‌آورد و درایت می‌افزاید.

من سرسری گفتم مثل «دیرک».

با تعجب پرسید «دیرک»؟ برای چه! کی توانسته چنین حکایتی برای شما گفته باشد؟ «دیرک» بهتر از همه‌جا اداره می‌شود و شکوفاترین و قدرتمندترین تمام کشورها است!

من پاسخ دادم بدون شک. ولی این چه ربطی با آن دارد؟

او ناگهان با عصبانیت (زیرا این‌گونه فضلا اغلب نیمه دیوانه‌اند) گفت: چرا؟ همه ربطی با آن دارد! چنین دستاوردهایی فقط با حاکمیت مطمئن ثروتمندان امکان‌پذیر می‌شود. هر احمقی می‌تواند این را ببیند!

من فوراً با او موافقت کردم که آرام شود و اعتراف کردم که گنجینه وسیع دانش او را ارج می‌نهم و تمام بعدازظهر از او درباره «دیرک» حرف کشیدم.

به نظر می‌رسید که در این سرزمین قابل‌ستایش، حاکمیت بی‌چون و چرای ثروتمندان بی‌نهایت به سود دولت است. به سلطان یک مقرری معینی می‌دهند که احتمالاً آلت دست تجار عمده، بانکدارها و مالکان زمین باشد که در واقع اربابان کشور و او هستند. طبقه متوسط اجازه کسب معاش دارند ولی حق مالکیت ندارند و به درآمد مختصر خود که معمولاً آنان را در موقعیتی برتر از پیشه‌وران قرار می‌دهد، افتخار می‌کنند. عامه مردم هم راضی‌اند که گله‌وار در کلبه‌های زیر زمینی ازدحام کنند، تمام روز و

در عرض سال برای قوت مختصری، زحمت بکشند و در مراسم رسمی ثروتمندان را با فریادهای آتشین خود تکریم و تحسین کنند. احکام و قوانین، خریدوفروش می‌شوند و اجرای آن‌ها در دست ثروتمندان است که از بین آن‌ها چند نفر از خواص بر مسند قضا می‌نشینند و هر ساله تعداد معینی از عامه مردم و چند نفر از طبقه متوسط را به‌منظور برقراری نظمم و عبرت سایرین، به زندان محکوم می‌کنند. اشخاصی که مالک زمین یا سرمایه به ارزش بیش از یک‌صد هزار سکه طلا باشند را نمی‌توان مجازات کرد و اگر فرد فقیری چیز ناخوشایندی در مورد چنین کسی بگوید، او را آن‌قدر می‌زنند که به‌دروغ خود اعتراف کند و اگر معلوم شد که سرسخت است او را به‌تدریج از گرسنگی هلاک می‌کنند.

آنجا کشوری نمونه و همه چیز در کمال نظم است. قصرهای حاکمان از باشکوه‌ترین قصرهای جهانند. ادارات دولتی کارشان را باصداقت و در موعد مقرر انجام می‌دهند. کشوری است مورد حسد همسایگان و مایه غرور و شادی شهروندان، هرقدر هم که پست و حقیر باشند؛ زیرا مبنای تمام امور بر این بناست که هر فردی در «دیرک» فقط بر اساس میزان دارایی‌اش مورداحترام قرار می‌گیرد؛ نوشتجات و موسیقی و کارهای روی فلز و کاشی‌های منقوش به‌خاطر زیبایی‌شان موردتوجه‌اند. تقدس را واقعاً ارج می‌نهند اما منحصر به متمولین است، و فضل و فراست و ظرافت هرکس را به‌درستی با اموالش می‌سنجند.

ماجراهای من تا حدود زیادی مرا نسبت به شور و هیجان‌های تازه بی‌تفاوت کرده بود. ولی برادرزاده‌های عزیزم، باید اعتراف کنم وقتی این روایت را شنیدم وجودم از شور لبریز شد ولی احساسات خود را پنهان کردم و فقط گفتم "جای جالبی است".

مرد فاضل خودش بدون این‌که من پرسیده باشم گفت یک راه سرراست هست گرچه طولانی است، چون یک ماه تمام طول می‌کشد که کاروان از اینجا به پایتخت «دیرک» برسد. از رودخانه تا مبدأ آن در کوهستان یک هفته به سمت مشرق می‌روی، سپس از جاده‌ای که خوب علامت‌گذاری شده، از یک گردنه گذشته، به یک ناحیه فوق‌العاده زیبا و خیلی سرسبز می‌رسی که به شکل یک پیاله یا تشت طبیعی است که کف آن صاف و در گذشته بستر دریاچه‌ای بوده است. این جلگه از هر طرف با صخره‌های پرشیب سنگ‌آهک احاطه شده که با بریدن آن‌ها جاده به پایین کشیده شده است. این محل که به طرز غریبی دورافتاده و به‌خاطر باغ‌ها و نشاط

ساده‌اش شهرت دارد و دهکده عمده آن «سکندر» نامیده می‌شود و از غریبه‌ها خیلی با مهمان‌نوازی پذیرایی می‌کنند. تنها راه خروج از طرف مقابل است که از گردنه باریکی در میان‌کوه‌ها گذشته و دوباره به دشت‌های وسیع سرسبز می‌رسد که چراگاه قبایل صحرانشین است. آب فراوان و آذوقه هم از دهات ساده ولی مجهز که در فاصله‌های مناسب قرار دارند تهیه می‌شود. این جاده بزرگ از اینجا به سمت شرق ادامه پیدا می‌کند.

مرغزارها هر چه به سمت شرق می‌روی به‌تدریج کم‌آب‌تر می‌شوند به حدی که وقتی به چاه‌های «عین العیون» رسیدی باید برای آخرین روز سفر، ذخیره آب برداری زیرا بیست و چهار ساعت بعد همه بیابان است. به یک‌تیغه کوه می‌رسی که شیب ملایمی دارد و هنگامی‌که به قله رسیدی، در فاصله نصف روز راه، در آن طرف جلگه زیر پای خود، پایتخت باشکوه «دیرک» را می‌بینی. این شهر شریف که نامش «موازن» است توسط عظیم ثروتمند...

بله! بله! من با لحنی بی‌حوصله حرفش را قطع کردم چون آنچه را که لازم بود بدانم فهمیده بودم. گفتم: یک روزی باید به آنجا بروم. بدون شک سفر سرگرم‌کننده‌ای خواهد بود. اما حالا تجارت، تجارت است و من باید فردا صبح خیلی زود به سمت شمال بروم که به وضع غلاتی که خریده‌ام رسیدگی کنم؛ و بیش از این هم نباید وقت شما را تلف کنم.

این آقایان دانشمند اشارات را به‌کندی درک می‌کنند بنابراین من به طور صمیمانه‌ای بازوانم را در بازوان او انداخته و او را با خوش‌خلقی به سمت درب‌خانه بردم که سعی (بی‌نتیجه) کرد که مرا برای صحبت بیشتر این بار در مورد کشور دیگری که خفاش‌های عظیمی دارد معطل کند.

وقتی که بالاخره از دست او نجات یافتم – هوا تاریک شده بود – بدون هیچ معطلی، تمام خدمه‌ام را احضار و کاروانم را به خط کردم و به نوشته‌های روی بسته‌های گنجینه‌ام «دیرک» را هم اضافه کردم (بنابراین برچسب عبارت بود از: شن ارسالی برای سلطان دیرک). نفرات مسلحم را به صف کردم و شبانه از جاده شمالی به راه افتادم. اما مدتی قبل از طلوع دستور دادم که به راست پیچیده به جاده بزرک در موازات رودخانه رسیدیم و در سمت مشرق به‌سوی ارتفاعات پیشروی کردیم.

همان‌گونه بود که مرد فاضل گفته بود: یک هفته راه تا مبدأ رودخانه به گردنه‌ای رسیدیم و سر شب، زیر پای خود منظره با شکوهی دیدیم که دشت

کوچک بیضی‌شکل «سکندر» بود که با پرتگاه‌های عظیم احاطه شده و باغی از درختان میوه و غلات، با دهات پررونق عالی در میان آن و جاده‌ای که از میان صخره‌های دست‌نخورده به ته دره می‌رسید و از آنجا مستقیم به سمت شهر عمده پیش می‌رفت.

دو ساعت از شب گذشته هلال ماه نو به آنجا رسیدیم. در مورد مهمان‌نوازی‌اش اغراق نکرده بودند. روستاییان نیک با مهربانی بسیار از ما پذیرایی کردند. من را در یک‌خانه بسیار راحت منزل دادند. بسته‌ها و غلات من را در حیاط خانه گذاشتند و ملتزمین متعدد مرا در خانه‌های کوچک‌تر در اطراف جا دادند.

روز بعد – از بدروزگار – حادثه دردناکی برای من اتفاق افتاد. نزدیک خانه، قبل از این‌که آماده دستور حرکت به کاروان بشوم، مشغول هواخوری بودم که صدای خوردن فلز روی سنگ صاف کوچه به گوشم خورد. کودکی که از آنجا عبور می‌کرد سکه نقره کوچکی از دستش افتاده بود. درحالی‌که کودک، سربه‌هوا دوید و رفت، من نقطه‌ای را که برق می‌زد زیر نظر گرفتم و طبیعتاً باعجله دویدم تا قبل از این‌که شخص دیگری متوجه آن بشود پایم را روی آن بگذارم. قصدم این بود که صبر کنم وقتی آب‌ها از آسیاب افتاد سرفرصت و باوقار تمام خم شوم و آن را بردارم. اما از شر شیطان که همیشه در کمین است تا بندگان خداوند متعال را از هستی ساقط کند باعث شد که از فرط اشتیاق، روی گل‌ولای لزج لغزیدم و با صدای بلند محکم روی سنگ‌ها زمین خوردم و پایم شکست!

در اثر درد و رنجی که کشیدم، سکه نقره را به‌کلی فراموش کردم. فقدان آن هنوز برایم دردناک است. نمی‌دانم چه کسی آن را پیدا کرد. حتی تصورش هم برایم رنج‌آور است که زیر پا لگدمال گشت و در این جهان گم شد.

به‌هرتقدیر مرا نیمه‌هوش به تخت خوابم بردند و استخوان را با درد طاقت‌فرسا بستند و روزها نمی‌توانستم از جایم بلند شوم و بیشتر رنج می‌بردم که مخارج مضاعف همراهان متعددم هم بر عهده من بود که ذخیره «پول خرد» را به‌سرعت به تحلیل می‌برد.

گنجینه اصلی‌ام که در صد صندوق آهنین انباشته شده بود را جرئت نمی‌کردم دست بزنم زیرا کدخدای سکندر (که هر روز به بالین من می‌آمد)

به من گفته بود که شن‌های ارسالی برای سلطان دیرک، همسایه قدرتمند، را مهروموم کرده و برای محافظت به قلعه خود برده است.

پزشک به من تأکید کرد که حتی موقعی هم که جرئت بکنم با چوب زیربغل راه بروم باتوجه‌به عارضه‌هایی که پیش‌آمده مهلک خواهد بود اگر به فکر مسافرت بیافتم.

بنابراین، من در این دره دلنشین محبوس بودم بدون امکان تجارت، پول نقدم هم که داشت به‌سرعت ته می‌کشید و سه هفته مسافرت خیلی پرخرج که پیش از رسیدن به «دیرک» محبوبم در پیش داشتم!

می‌بایستی چه‌کار کنم؟

برادرزاده‌های عزیزم، شما خیلی حرف‌های زننده‌ای می‌شنوید که درباره افرادی که مانند من ثروتمند شده‌اند گفته می‌شود. از روی حسادت‌های فرومایه به آن‌ها تهمت می‌زنند و داستان‌های خیلی هولناک درباره آن‌ها می‌گویند. ولی آن‌ها تحت حمایت عرش الهی هستند و آن هادی لایزال طاعت آنان را پاداش می‌دهد. هیچ‌کس نمی‌تواند آمادگی آنان به الهامات الهی را انکار کند. بشنوید من چه کردم:

اول با بقیه پول نقد یک‌خانه زیبا که اتفاقاً خالی بود خریدم. بعد در سمت ورودی آن گفتم با رنگ‌های متنوع و زیبا نوشتند «بانک محمود». سپس به کدخدا گفتم که چه مزایایی برای او و بستگانش به‌خاطر اقامت اجباریم در نظر گرفته‌ام که محبت‌های استثنایی آنان را جبران کنم. بعد از آن برای تمام مردان ثروتمند (و بانوان، برادرزاده‌های عزیزم، و بانوان) نامه فرستادم که من عملیاتی شروع کرده‌ام برای خریدوفروش محصولات بازار و هرقدر سرمایه که به من سپرده شود بابت هر یک‌صد سکه، یک سکه در هفته دریافت می‌کنند که سروقت و در ساعت معین پرداخت می‌شود. برای این‌که به نقشه خود رنگ و جلایی داده باشم، تیزهوش‌ترین نوکرم را (که پاداش خوبی هم به او دادم) فرستادم که بازارهای دره را زیر نظر بگیرد، میوه و غلات را باقیمت‌های عالی خریداری کند و ببرد جای دیگر به هر قیمتی که توانست بفروشد.

با گشاده‌دستی به او گفتم نگران نباش موقع فروش چقدر ضرر می‌کنی، دلم می‌خواهد خدمتی به این ملت شریف کرده باشم.

حجم معاملات من رونق گرفت (با هزینه سنگین!) و حتی افراد ترسو و محافظه‌کار هم فکر کردند ممکن است که حقیقت داشته باشد. برای راه‌انداختن کار، یکی از افراد مورداعتمادم را واداشتم یکصد سکه طلا را که خودم محرمانه به او داده بودم، به‌حساب بگذارد. در پایان هفته طبق قرار، یکصد و یک سکه طلا در حضور عده زیادی به او پس دادم؛ و داستان آن به خارج هم رسید.

طولی نکشید که کدخدا، عمو و مادرزنش پول واریز کردند و همان‌گونه سروقت یک در صد در هفته به آن‌ها پرداخت شد. آوازه در گرفت ولی من از نزدیک مواظب سرمایه‌ام بودم که داشت ته می‌کشید: خیلی نزدیک بود! وقتی‌که دیدم تا اینجا وقت کافی صرف پیشرفت کار شده، فکر کردم وقت آن رسیده است که «سیاست توسعه مبادلات ازطریق ادوات اعتباری» را بکار اندازم.

برادرزاده بزرگ‌تر از همه، حرف او را قطع کرد "عمو جان –".

تاجر با بی‌حوصلگی گفت بله، بله می‌دانم این اصطلاح برایتان تازگی دارد اما به‌زودی معنی آن را خواهید فهمید. وقتی‌که لازم می‌دیدم اقلامی برای مصرف شخصی خریداری کنم، یا خرید فوق‌العاده سنگینی از کالاهای عمده‌فروشی بکنم، اغلب دچار شرمندگی می‌شدم و فروشنده را کنار می‌کشیدم و از او خواهش می‌کردم که بجای پول نقد که باید همان موقع پرداخت کنم، یک کاغذی را قبول کند که من امضا کرده و در آن متعهد می‌شدم که هر وقت ارائه بشود سکه طلا پرداخت بکنم. به او می‌گفتم چون گردش کار در معاملات من به‌قدری سریع است که چند ساعتی بیشتر طول نمی‌کشد که دوباره صاحب مبالغ متنابهی پول نقد بشوم.

در ابتدا بااحتیاط دست‌به‌کار زدم. هرگز به‌هیچ‌عنوان حواله‌ای برای بیش از ده سکه صادر نمی‌کردم و هر وقت یکی از این حواله‌ها برای پرداخت ارائه می‌شد، حتی اگر در ظرف یک ساعت از موقعی که آن را صادر کرده بودم چنین چیزی پیش می‌آمد، فوراً آن را از ذخیره سیم و زری که برای پیش برد نقشه‌ام نگاه‌داشته بودم می‌پرداختم. دقت کردم که این حواله‌ها با هم شبیه باشند، آن‌ها را در یک نقطه معین، با مهر فلزی خودم مهر کنم و تا آنجا که برایم مقدور بود آن‌ها را به‌صورت نوعی وجه رایج در بیاورم که تعجب نکنید، خیلی زود همین‌طور هم شد. هرگاه شخصی که یکی از این ادوات اعتباری را با خود داشت و در فاصله‌ای دور از محل تجارت

من لازم می‌شد پرداختی بکند، ابتدا به‌قصد آزمایش، حواله من را به طلبکارش عرضه می‌کرد (احتمالاً با کمی تنزیل). اما چون حالا دیگر امانت من زبانزد شده بود (و پسران عزیز، هرگز فراموش نکنید که امانت جان تجارت است) حواله‌ها هرچه که زمان می‌گذشت بیشتر و بیشتر با طیب خاطر پذیرفته می‌شدند.

سهولت حمل چنین کاغذی در مقایسه با وزن سنگین سیم و زر معادل آن، راحتی معامله و غیره به‌سرعت گردش آن‌ها را بالا برد و در مدت کمی توانستم، به‌اصطلاح متخصصین این علم شیرین «میزان گردش» حواله‌هایم را با اطمینان خاطر محاسبه کنم. دیدم که تقریباً بابت هر پنج سکه‌ای که حواله امضا کرده‌ام دو سکه برای حواله‌هایی که هر آن ممکن است برای پرداخت ارائه بدهند کفایت می‌کند. این تناسب تا به امروز در آن دره فرخنده «نسبت ذخیره طلا» نامیده می‌شود که می‌بایستی پشتوانه نشر اسکناس باشد – اما این‌طور که شنیده‌ام، بعد از رفتن من بدجوری درهم‌وبرهم شده است.

بزرگ‌ترین برادرزاده گفت: داد بیداد، عمو جان، من هم دارم درهم‌وبرهم می‌شوم.

برادرانش هم با هم گفتند: به حرف او گوش مده.

پیرمرد پاسخ داد بله! فرزندانم، واقعاً موضوع مشکلی است. فقط چندنفری متخصص آن را می‌فهمند... که من یکی از آن‌ها هستم... به‌هرحال همه شما متوجه می‌شوید که من می‌توانستم هر وقت که می‌خواهم از هیچ، پول تازه بسازم؟

همگی از جمله بزرگ‌ترین در تأیید گفتند: آه، بله عمو، ما کاملاً متوجهیم!

عموی مکرمشان با لحنی ملایم گفت: خوب، این قدم بسیار مثبتی است. ولی ادامه بدهیم.

بعد از چند هفته فعالیت‌های این‌چنینی، دیدم که مالک رقاب بازار میوه و غلات شده‌ام که بعضی ملحقات هم که طبیعتاً مرتبط می‌شدند به آن‌ها اضافه کردم، مثل تهیه غذاهای آماده، ساختن مساجد، تدارک مراسم عروسی، خاک‌سپاری و طلاق، آتش‌بازی و تعیین دستمزد ثابت برای فالگیرها. این آخری خیلی زود به‌صورت یکی از پررونق‌ترین رشته‌های تجارت من در آمد. تعدادی رمال متخصص را با دستمزدهای متداول استخدام کردم که

به‌اضافه سایر کارمندان من شاید به حدود یک‌چهارم ساکنین آنجا می‌رسیدند که جزء ناراضی‌ترین یا کم‌درآمدترین مردم هم نبودند.

یا خیلی خلاصه، برادرزاده‌های عزیزم، وقتی‌که عملیات من به پایان رسید، دیدم که صاحب دویست هزار سکه طلا شده‌ام درحالی‌که حواله‌های من که در سرتاسر مملکت پذیرفته می‌شدند به سیصد هزار سکه می‌رسید.

پیرمرد ارزنده با لبخند گفت: یک محاسبه ساده نشان می‌داد که کل ثروت تازه به دست آمده من از نیم‌میلیون سکه طلا کمتر نبود. اما بروز رکود اقتصادی و بهبودی کامل پایم، مرا برخلاف میل خود بر آن داشت که زمان آن رسیده است که در جستجوی رشته فعالیت‌های تازه و سایر سرزمین‌های توسعه‌نیافته باشم.

درحالی‌که تاجر در سکوت به چپق خود پک می‌زد، پنجمین برادرزاده اجازه گرفت که دو سؤال که مغز جوانش را به حیرت انداخته بود از او بپرسد.

عمویش با مهربانی گفت: بپرس کوچولوی من، و من سعی می‌کنم هر مشکلی را که داری به زبانی ساده متناسب با سن و سال تو توضیح بدهم.

پنجمین برادرزاده با فروتنی گفت: خوب، عمو، اولاً من نمی‌توانم بفهمم این سیصد هزار سکه‌ای که شما از آن صحبت می‌کنید و آن‌چنانی که شما می‌گویید فقط عبارت از حواله هستند به منزله ثروت واقعی...

عمویش درحالی‌که به جلو خم می‌شد تا سرش را نوازش کند، پاسخ داد کوچولوی عزیزم تو آن‌قدر باهوش هستی که درک بکنی هرجا چنین حواله‌ای موجود بود مردم فکر می‌کردند که ده سکه طلا است، آن‌طور نیست؟

برادرزاده‌اش پاسخ داد بَل-له و احساس کرد که دارد گیر می‌افتد.

پیرمرد با خوشحالی ادامه داد: خیلی خوب، این طرز فکر به حدی در کل جامعه متداول بود که همگی، این تکه‌های کاغذ را به‌مثابه این مبلغ پول به‌حساب می‌آوردند؛ کافی بود آن‌ها را بابت بدهیم دریافت کنم و سپس با آن‌ها طلاهای دیگران را خریداری کنم. بدین ترتیب تمام طلاها به تصاحب من درآمدند. اِه؟ شنیده‌ام که پس از رفتن من، حواله‌های معوقه به مؤسسه ارائه شدند ولی در آن موقع هیچ طلایی موجود نبود که با آن‌ها معاوضه

شود. وضعیتی تأسف‌بار! خیلی‌ها فریاد اعتراض سر دادند و فتنه‌های گوناگون براه افتاد. اما در این موقع من فرسنگ‌ها دور بودم.

پسر کوچولو هنوز مات و مبهوت بود و گفت: ولی عمو، وقتی‌که مردم بعد از رفتن شما حواله‌ها را ارائه دادند لابد فکر می‌کردند ثروت دارند، ولی ثروتی نداشتند، آیا داشتند؟

پیرمرد مکثی کرد و گفت: نمی‌دانم، در بحث پول، نکته بسیار مشکلی است. به‌هرحال من در داستانی که گفتم جسور بودم و طلاهای آن‌ها را تصاحب کردم.

پسر کوچولو سماجت کرد: ولی عمو، در آنجا ثروتی نبود، ابداً نبود.

تاجر باحال و هوایی خوش‌طینت پاسخ داد: علم اقتصاد سیاسی حتی برای افراد مسن و باتجربه هم بغرنج است و برای من غیرممکن است چنین نکته پیچیده‌ای را به‌تفصیل برای تو شرح بدهم. بیا برای تو به همین‌قدر کفایت کنیم که تا آنجا که به من مربوط می‌شد آنجا ثروت وجود داشت. در آنجا به‌صورت پنجاه کیسه بزرگ چرمین... و با لحنی خشن‌تر گفت تو یک سؤال دومی هم داشتی که مطرح کنی؟

برادرزاده‌اش آه آرامی کشید و گفت عمو جان، این بود: چرا در شرایطی چنین مساعد شما فکر کردید لازم است آن‌قدر زود آنجا را ترک کنید درحالی‌که می‌دیدید تجارت تازه شما به این خوبی پیش می‌رفت.

محمود پیر نفس راحتی کشید و گفت پاسخ به این خیلی آسان‌تر است. پای من خوب شده بود. منابع و امکانات سکندر محدود بود. علائمی آشکار شده بود که اشخاصی که سرشان به تنشان می‌ارزید گرچه قادر نبودند دقیقاً ماهیت گرفتاری‌های خود را رمزگشایی کنند، اما زندگی‌شان از عملیات من خیلی جدی به‌هم‌ریخته بود. هرچند من می‌توانستم با آمار ثابت کنم که رفاه و ثروت با گام‌های سریع روبه‌افزایش است، و گرچه کدخدا هم که حالا شریک من شده بود، از روی محبت، و از بودجه دولتی بروشورهایی چاپ می‌کرد که همان مطلب را به اثبات برساند. تعداد زیادی که قبلاً خوب تغذیه می‌شدند اکنون فقط مشتی غله خام دریافت می‌کردند. زندان‌ها پرشده بود، بیشتر مزارع به‌صورت بایر درآمده بودند و شور و هیجان جاهلانه‌ای که این‌گونه دوره‌های انتقالی در توده‌های نادان برمی‌انگیزد ازیک‌طرف و ازطرف دیگر از اسفنجی که قبلاً آن را کاملاً چلانده و خشکانده‌ای دیگر

نتوانی آب بیشتری دربیاوری، مطمئنم کار درستی بود که در این موقع تصمیم گرفتم از این رشته عملیات کنارهگیری کنم.

قبل از ترک آنجا، پیشنهاد دادم که تجارتم را به عموم مردم بفروشم. خوشحالم بگویم سهام آن با اشتیاق بفروش رفت. چون در توزیع سهام (بازهم اصطلاح تکنیکی) برای آنهایی که با حوالههای خود من پرداخت میکردند اولویت قائل شده بودم، تمام اینها را به جز بخش ناچیزی، پس گرفتم و قبل از خروج توانستم آنها را دوباره در بازار بورس با طلا مبادله کنم.

در این میان، هیجان و بلبشوی مردم فاقد اخلاق که میخواستند از تجارت بسیار پرسود من سهمی ببرند، باعث شد که قیمتی بیش از چهار برابر (ولی کمتر از پنج برابر) آنچه خودم حاضر بودم بابت آن بپردازم تقاضا بکنم.

سیصد شتر دیگر از اشیای قیمتی گوناگون، از جمله تقریباً تمام فلزات قیمتی که در کشور یافت میشد، بار زدم. یک لشکر تمام از غلامان تازه خریدم تا کاروان را هدایت کنند (برای خریدشان حوالههای تازه که به نام شرکت جدیدالتأسیس صادر شده بود پرداخت کردم) و در میان هلهله و دعای خیر خیل عظیم مردمی که بیشترشان (متأسفم بگویم) در آخرین مراحل افلاس بودند، در کمال تأسف ازطریق گردنه به راه افتادم و با مردم ساده سکندر دلپذیر و دورافتاده که اینهمه مدیونشان بودم وداع گفتم.

از مردم آن دره که آنها را با امور بانکی آشنا کرده بودم جدا شده و از راه گردنه به مرغزارهای مرتفع ماوراء کوهها رسیدم. دستکم در طی چهار روز راه بعد از دره، در تمام روستاهایی که از آنها عبور کردیم اکثر مردم با نام من کاملاً آشنا بودند. نهتنها توانستم پول تمام کالاهای خریداری شده را با صدور حوالههای جدید بپردازم، بلکه در مقابل ملاحظات خاصی که نسب به من نشان دادند، سهامی از مؤسسه قدیم من در سکندر را که برای سرگرمی در طی سفر نگاهداشته بودم، در برابر دریافت پول نقد به سکنه حقشناس فروختم و با مسرت بگویم که اینها بهسرعت به حد اعلی قیمت رسیدند. اما بهتدریج با قیمتهای کمتری دستبهدست شدند و بعدها شنیدم که این سهام در عرض چند ماه غیرقابلفروش شده بودند. آنهایی که در خرید و فروشهای مراحل آخر آسیب دیدند تقصیر خودشان بود و در واقع به فکر بدگویی از دیگران هم

نیفتادند. اما افرادی که اول بار آن‌ها را به قیمت بالا فروختند هنوز با احترام از من یاد می‌کنند.

چند روز که بیشتر پیش رفته بودم، متوجه شدم روشنفکری و تمدنی که مردم دره را به آن هدایت کرده بودم به‌تدریج تحلیل رفته و ناپدید شده است و در عرض دو هفته به میان مردم صحرانشین خیلی نفهمی رسیدم که مطلقاً از قبول کاغذ به‌جای پول سر باز می‌زدند حتی اگر چنین پرداخت‌هایی توسط ملازمین خاص خود من ارائه می‌شدند. از طرف دیگر فلزات قیمتی در بین این جماعت به‌قدری کمیاب و قیمت ارزاق به‌قدری پایین بود که با صرف هزینه کمی از طلا توانستم ابواب‌جمعی قابل‌ملاحظه خودم را تغذیه کنم.

بدین روال سه هفته در این علفزارهای یکنواخت در میان قبایل صحرانشین سپری شد. جاده هرچه به سمت مشرق پیش می‌رفت مرتفع‌تر و زمین خشک‌تر و خشک‌تر می‌شد. به چاه‌های عین العیون که رسیدیم مشک‌هایمان را از آب پر کردیم و از حاشیه بیابان گذشتیم و نزدیک به قله خیمه زدیم: به هنگام طلوع به پرتگاه رسیدیم و زیر پایمان سراشیبی‌های انبوه از درخت دیدیم که بسان جنگل، پله‌پله به پایین کشیده می‌شد تا این‌که خیلی پایین‌تر به جایی می‌رسید که دشت باشکوه «دیرک» و در وسط آن در مقابل طلوع آفتاب سوزان، نمای مبهم، با برج و باروها و مساجد، مناره‌ها و سروهای مخروطی شکلش پایتخت آن، «مساون» قرار داشت.

چقدر شادی‌آفرین بود که در سراشیب جنگل‌های باشکوه، آرام‌آرام پایین رفته وارد مزارع شورانگیز آن کشور فرخنده شدم! هر ساعت که پیش رفتم شادی‌های تازه‌ای به چشم‌هایم خورد! خانه‌های اعیانی بزرگ در میان پارک‌های باشکوه و همه‌جا چمن‌کاری‌هایی که به دقت از آن‌ها مراقبت شده بود. مردم فقیری که هنگام عبور من با فروتنی سلام می‌دادند و اشخاص ثروتمندی اینجاوآنجا که با بی‌خیالی متکبرانه لحظه‌ای نظر می‌انداختند. اسب‌های نجیبی که یورتمه می‌رفتند که مهتران خدمتکار بر آن‌ها سوار بودند و پشت‌سرهم تابلوهایی با نوشته‌هایی ازاین‌قبیل که «هرکس که در زمین این «لُرد» قدم بگذارد به چله کشیده خواهد شد»؛ «تف انداختن ممنوع»، «یک کلام گستاخانه و جایتان در زندان!». درحالی‌که هر چند صد متر یک مرد مسلحی که مردم مستمند جلو او از ترس دولا شده بودند، به غلامان پیشتاز قافله من اخم می‌کردند ولی به مجردی که گارد مرا که خیلی زیبا سوار بر اسب بود، چهره جدی و جامه‌های پرزرق‌وبرق خودم

را می‌دیدند که از عقب می‌آمدم، لبخند می‌زدند و تعظیم می‌کردند و برای چند سکه ناچیز اشاره می‌کردند ـ که من هم می‌دادم.

در واقع مرد فاضل مرا فریب نداده بود! این سرزمین دیرک بهشت بود!

سوار بر اسب، مانند یک سلطان (که بودم ـ زیرا ثروت من در چنین کشوری مرا سلطان می‌کرد) وارد شهر شدم و شبانه در ساختمان عظیمی که «کاروان‌سرای» نامیده می‌شد، اقامت گزیدم. ولی در کاروان‌سرای تجربیات من به منزله قصر سلطان بود برای اسب.

آنجا، در یک حجره ساخته از مرمر و نقره چکش‌خورده، غذاهایی خوردم که تصور نمی‌کردم روی این کره خاکی وجود داشته باشد؛ درحالی‌که غلامان تربیت شده که با گرسنگی‌دادن‌های طولانی آن‌ها را به انقیاد درآورده بودند، بی‌سروصدا می‌آمدند و می‌رفتند یا از پشت یک حفاظ منبت‌کاری‌شده موسیقی آرام می‌نواختند.

آه! دیرک! دیرک!... ولی کوتاه کنم. طولی نکشید. با طلاهایم قصری در وسط شهر «مساوان» خریدم، از مهمانانی پذیرایی کردم که هیچ از اصل و نسبم نپرسیدند، مقام عالی سر سوپورچی اعلیحضرت را (بعد از بررسی دقیق قیمت‌ها) برای خود خریدم (که اداره خزانه‌داری را نیز همراه داشت) و برای خرید چند قانون که اتفاقاً با منافع من سازگار بود پول دادم ازجمله قانونی که فریادزدن در خیابان را ممنوع می‌کرد و دیگری که برای خفه کردن فقرای مو قرمز بود: این رنگ مویی است که من نمی‌توانم تحمل کنم.

هرازچندی خدمت آن عروسکی که سلطان نامیده می‌شد می‌رفتم و در مراسم دربار تعظیم می‌کردم.

هیچ دلیلی نمی‌دیدم ثروت خود را پنهان کنم زیرا ثروت در اینجا مصون بود و نشان افتخار. آن را آشکارا در معرض تماشا می‌گذاشتم. به مقدار آن مباهات می‌کردم. حتی درباره جمع کل آن اغراق می‌کردم. در ظرف دو سال «شخص اول» مملکت شده بودم.

باوجود این (اینگونه است قلب آدمی!) کاملاً راضی نبودم. از ثروت وسیع من حتی یک‌صدمش هم صرف نشده بود. بااین‌حال نمی‌توانستم تحمل کنم که عاطل‌وباطل بماند. تصمیم داشتم بار دیگر دست به تجارت بزنم! که رحمت بیکران الهی فرصتش را عطا فرمود.

در محدوده دیرک دولت دیگری بود به اسم «حَر» که خیلی متفاوت بود. در آنجا سلطان از همه مردم متمول‌تر و شخص جباری بود. به‌اضافه، در این ویژگی مهم هم با دیرک فرق داشت که در دیرک تمام مقام‌ها خریدوفروش می‌شد، درحالی‌که در «حر» تمام مقام‌ها ارثی بود تا آنجا که مشاجرات خونین بر سر نیرنگ و غرور میان این‌ها پیوسته در جریان بود.

یک روز – که بیش از دو سال می‌گذشت که من والاترین شخص دیرک شده بودم – سلطان حر، از روی رذالت، سفاهت و بی‌آنکه ترسی از خدا داشته باشد، از سلطان دیرک خواست، ضرری که از جانب آن لرد که در دیرک، «لرد دادستانی بازی‌های تقدیر» نامیده می‌شود - بازی‌هایی که طبق قانون در دیرک اکیداً ممنوع است – متوجه برادرزاده «امین‌الدوله خیرات و مبرات» شده است را، جبران کند.

هرقدر که سلطان دیرک با عجزولابه از اشراف خود یاری طلبید، بی‌فایده بود: آن‌ها به او اطمینان می‌داند که هیچ‌کس جرئت نمی‌کند به کشور قدر قدرت او (و آنان) حمله کند.

روز سوم، سلطان حر با یک میلیون و دویست هزار و پنجاه و هفت نفر، نود و هفت پیل و دو منجنیق از مرز عبور کرد. روز دهم فقط سه روز راه با مساوان فاصله داشت.

سلطان بداقبال دیرک که از طرف دشمن تحت‌فشار بود کاملاً مستأصل شده بود که پول برای شروع جنگ را از کجا تأمین کند. او تابه‌حال به‌قدری از مردم فقیر مالیات گرفته بود که به نقطه انقلاب رسیده بودند، درحالی‌که ثروتمندان ترجیح می‌دادند با دشمن کنار بیایند یا فرار کنند تا این‌که از شرافت، وطن‌پرستی و ازاین‌قبیل تمایلات او حمایت کنند.

از این فرصتی که این‌گونه پیش‌آمده بود غرق اندیشه بودم و بار دیگر، آن رحمت فراگیری را می‌دیدم که در تمام مراحل زندگی به طرز حیرت‌انگیزی مرا یاری داده است. در این حال سوار بر اسب و در نفیس‌ترین جامه‌هایم به خیابان آمدم. متوجه بودم که بخشش، به مقداری که قبلاً در دفترچه‌ام یادداشت کرده بودم، به‌سوی جمعیت بیندازم (برادرزاده‌های عزیزم، امیدوارم که پدرتان به شما آموخته باشد که حساب نگاه دارید؟) و سواره به سمت قصر پیش رفتم و به گارد اطلاع دادم که برای خبر مهمی برای سلطان و شورای او آمده‌ام. پس از انجام برخی تشریفات (که متأسفانه به قیمت پانزده دینار بیش ازآنچه در نظر گرفته بودم

برایم تمام شد) مرا به حضور وزیر بردند که به من گفت هر کاری دارم زود تمام کنم چونکه سلطان هر آن منتظر خبر درباره امر مهمی است. من باادب و صلابت گفتم هرقدر خودم صلاح بدانم وقت صرف می‌کنم، و شاید اخباری را که به من داده بوده‌اند بد فهمیده‌ام، اما عملیات مالی که من در نظر داشتم برای انجامش مقداری وقت کافی لازم دارد.

با شنیدن عملیات مالی، برخورد وزیر کاملاً تغییر کرد. بی‌اندازه عذرخواهی کرد و با کمی شرمندگی اعتراف کرد که مرا با یک سرباز، ملا، شاعر یا چیزی ازاین‌قبیل عوضی گرفته و اگر کوچک‌ترین ایده‌ای از نیت من داشت هرگز آن‌قدر که متأسفانه مرا منتظر گذاشته بود نمی‌گذاشت. او با لحنی عجولانه و عادی به بحث درباره هوا، رسوایی اخیر و مطالبی ازاین‌قبیل پرداخت تا بالاخره در لحظه‌ای که خودم می‌خواستم، تصمیم گرفتم آن مطلب مهم را پیش بکشم.

این را باوقار شایسته آن انجام دادم. با اکراه زیاد به او اطلاع دادم که دشمن برای کمک مالی با من تماس گرفته است. گفتم آن‌قدرها هم ریاکار نیستم که وانمود کنم به آن‌ها جواب رد داده‌ام یا اینکه واقعاً هیچ اولویتی مبتنی بر احساسات برای این یا آن طرف قائل باشم. وقتی‌که موضع خود را این‌چنین بیان کردم وزیر بدون وقفه و خیلی جدی، به نشان تأیید سر می‌جنباند، مثل اینکه می‌خواست بگوید به هیچ‌کس به‌اندازه شخصی که نسبت به احساسات عوام‌الناس ابراز بی‌تفاوتی می‌کند احترام نمی‌گذارد. بعد پرسیدم دولت کلاً چقدر نیاز فوری دارد. وقتی شنیدم به مبلغی حدود یک‌چهارم کل سرمایه من سر می‌زند، قیافه خیلی اندوهناکی به خود گرفته و گفتم متأسفانه و باتوجه‌به فقر و پریشانی کشور تیره‌بختش، تأمین فوری مبلغی به این زیادی بعید به نظر می‌رسد.

وقتی بلند شدم با تظاهر به اینکه می‌خواهم آنجا را ترک کنم، وزیر با نگرانی شدید از من خواهش کرد که در این تصمیم ناگهانی تجدیدنظر بکنم. او سوگند خورد حاضر است فقط قسمتی از کل مبلغ را قبول کند؛ پول نقد شدیداً موردنیاز است و اگر من با دانش عمیقی که در امور مالی دارم بتوانم راه نجاتی برای سرورش پیدا کنم، مهم‌ترین نشان‌های قدرشناسی به من اعطا خواهد شد.

۲۰۲

این را که شنیدم، تقریباً ربع ساعت چنین وانمود کردم که عمیقاً به فکر فرورفته‌ام و بعد از آن به‌آرامی پیشنهاد زیر را به‌عنوان طرحی بدیع و استادانه به او ارائه دادم:

از فقرا (خودش پذیرفته بود) بیش از حد تحمل مالیات گرفته شده و حتی به نقطه شورش رسیده بودند. ثروتمندان اندوخته‌شان را پنهان می‌کردند و بسیاری از انواع اموال منقول از کشور خارج می‌شدند. وقت آن رسیده که از این روش‌های خشن و سبع اخذ مالیات دست بردارد و از رعایای دوستدار سلطان که ثروتمندترند بخواهد که آنچه را که مسلماً ابتدابه‌ساکن قبول نمی‌کنند بدهند، با دریافت سود به او وام بدهند. بدین ترتیب سالیانه مبلغی خیلی کمتر ازآنچه اکنون برای رفع نیازمندی‌های اضطراری جنگ جمع‌آوری می‌شود، برای پرداخت تعهدات دولت کفایت می‌کند. مبالغی که بدین ترتیب جمع‌آوری می‌شود صرف لشکرکشی می‌شود. هزینه‌ای که به گردن مردم می‌افتد درست است که همیشگی خواهد بود ولی به‌قدری کمتر از مالیات‌های فعلی است که همه از آن استقبال خواهند کرد.

وزیر اندوهناک پاسخ داد گرچه کاملاً آماده است چنین روشی در پیش گیرد ولی می‌ترسد که اهالی ثروتمند (با اطلاعی که از گرفتاری‌های دولت دارند) هرگز حاضر نشوند پول قرض بدهند مگر با شرایط خانمان‌برانداز.

من منتظر چنین اعترافی از او بودم و فوراً گفتم من حاضرم واسطه بین طرفین بشوم و به‌عنوان ضامن عمل کنم. ثروت عظیم من فوراً نظر آن‌ها را تغییر خواهد داد و مسلماً وام خواهند داد و من بابت هر صد سکه طلا که بدین ترتیب تضمین می‌کنم، سالیانه فقط هزینه صوری پنج سکه طلا مطالبه می‌کنم.

وزیر به‌قدری از سخاوت من شگفت‌زده شده بود که چیزی نمانده بود از عقب به زمین بیفتد ولی خودش را جمع‌وجور کرد و سپاسگزاری‌های خیلی مبالغه‌آمیز نثار من کرد اما با نگاهی که در چشم‌هایش دیدم جور در نمی‌آمد؛ نگاهی که بی‌هیچ تردیدی حاکی از این باور بود که چنین پیشنهادی از جانب فردی تاجر بعید است از روی حسن‌نیت باشد. برای این‌که به او اطمینان خاطر بدهم، متوسل به روشی شدم که در دنیای مالی به لحن هفتم یا صراحتاً بی‌شائبه مشهور است. بی‌هیچ ملاحظه‌ای جمع کل داراییم را به او گفتم (که یک‌پنجم میزان واقعی آن بود) و قول دادم آن را به‌صورت وجه نقد در دفاتری که او باید به من اجازه بدهد در شهر تأسیس کنم بیاورم.

روز بعد با یک میلیون سکه طلا که بار قافله شترهایی که بارهای خیلی سنگین حمل می‌کردند وارد شدم و بانک خود را در شلوغ‌ترین قسمت بازار برپا کردم، اخبار تصمیمم برای حمایت از دولت را منتشر کردم و عموم مردم را برای بازدید از فلزات قیمتی که وام داده می‌شوند دعوت کردم و در عین‌حال اعلان کردم هرکس که علاقه‌مند به سود منظم چهار سکه برای یک‌صد سکه است که سالیانه توسط خود من تضمین می‌شود، پیش بیاید و وام را از روی دست من بردارد. دفینه‌های طلا که هنوز در کشور باقی مانده بود به طور معجزه‌آمیزی دوباره پیدا شدند — به طیب خاطر و با دریافت سود وام‌دادن خیلی لذت‌بخش‌تر از تا ابد تحت شکنجه وام‌دادن است — و بالاخره شهروندان به تعداد ده برابر آنچه لازم بود، در دفتر من برای فرصت وام‌دادن درخواست دادند. شرایط من با دولت ساده و مطمئناً مناسب بود. تنها چیزی که من از آن‌ها خواسته بودم این بود که مأمورین وصول مالیات در آینده تمام دریافتی‌هایشان را به صندوق من واریز کنند و من متعهد می‌شوم که پس از پرداخت سود سالانه به طلبکاران، چهار سکه، و برداشتن سکه پنجم برای خودم که حق‌العمل ناچیز و به حق من را تشکیل می‌داد، اگر مازادی موجود بود آن‌ها را به دولت بپردازم.

بدین ترتیب به‌سرعت طلب خودم را پس گرفتم و از بابت هر صد سکه‌ای هم که سایرین وام داده بودند یک سکه دریافت می‌کردم. دانشمندان محل که قبل از آن، نقشه‌ای این‌قدر ساده و عملی از مخیله‌شان هم خطور نکرده بود، به من احترامی تقریباً ماوراء طبیعی می‌گذاشتند. برای تمام عملیات جنگی با من مشورت می‌کردند، تضمین مرا در سایر سرمایه‌گذاری‌های مخاطره‌آمیز مشتاقانه تقاضا می‌کردند و خوشحالم بگویم قادر بودم حق‌العمل‌های دیگری هم تأمین بکنم بدون این‌که به یک شاهی از دارایی‌های خودم دست بزنم — کافی بود که آن را به نشانه حسن‌نیت ارائه بدهم.

دشمن دفع شد اما پیروزی نصیب نشد. جنگ یک سال به درازا کشید و نتیجه‌ای به دست نیامد. طلا به‌تدریج کمیاب و دولت دوباره مستأصل شد.

من به‌راحتی مشکل آن‌ها را برطرف کردم. گفتم: بنویس، روی کاغذ قول بده که با طلا پس می‌دهی. هر چه گفته بودم نوشتند — نیم‌میلیون ناقابل برای مشاوره (هروقت که من بخواهم) به من پرداخت خواهند کرد. من ترتیب امور را دادم — صرفاً با یک منفعت صوری. برای یک سال دیگر هر حواله‌ای که عرضه شد، سروقت پرداخت کردم. ولی تعداد بسیاری

عرضه می‌شد چون‌که به نظر می‌رسید جنگ را پایانی نیست و وارد سال سوم شد.

باز هم کار حیرت‌انگیز دیگری به فکرم رسید. به سلطان گفتم حواله‌ها را به‌عنوان پول بگیر. بازپرداخت را متوقف کن. ننویس من با دریافت این حواله یک قطعه طلا می‌پردازم؛ در عوض بنویس <u>"این یک قطعه طلا است"</u>.

او هم همین کار را کرد. روز بعد وزیر نزد من آمد و قضیه شخص گستاخی را برایم گفت که پنجاه تا از این نوع حواله‌ها را به‌منظور خرید یک شتر برای جنگ به او داده بودند؛ او شتر نفرستاده بود، ولی برایشان کاغذی فرستاده بود که روی آن نوشته بود: " <u>این یک شتر است</u>".

گفتم سرش را ببرید که بریدند و این هشدار کافی بود. کاغذ پذیرفته شد و جنگ ادامه یافت.

شخص من بود که کاغذها را تهیه می‌کرد و روی هر بسته، حق‌العمل لازم خودم، حق‌العمل اندک، حق خودم را هم می‌کشیدم.

مع‌هذا، برادرزاده‌های عزیز، در طبیعت من نبود که در آن روزهای کار سخت و شرافتمندانه، عاطل‌وباطل بنشینم. وقتی‌که سلطان را روی پای خودش سوار کردم، به فکرم رسید که دولت متخاصم هم به‌احتمال زیاد گرفتار همین تنگناها است؛ بنابراین از یک مسیر غیرمستقیم به دیدار پایتخت دشمن رفته و با وزیر آن کشور ثروتمند ولی آشفته هم معامله مشابهی انجام دادم.

جنگ که بدین ترتیب منابع موردنیازش دوباره تأمین شده بود با تب‌وتاب بیشتر ده سال دیگر بیداد کرد...

چهارمین برادرزاده که ورزشکار و تا حدی هم بی‌شعور بود و از شنیدن معامله دوگانه با هر دو طرف چشم‌هایش از تعجب گرد شده بود گفت: اما عمو، مطمئناً هر دو طرف می‌بایست از دست تو خیلی عصبانی بوده باشند!

محمود والا، دست چپش را به نشان اعتراض بالا برد. فریاد زد پسر جان چقدر از دنیا بی‌خبری! عصبانی! چرا؟ هرکدام در درجه اول من را همچون نابغه‌ای به‌حساب می‌آوردند که غیرممکن است راه‌ورسم او را رمزگشایی کرد. در درجه دوم همچون یک نیاز همگانی، در درجه سوم همچون یک

بانی خیر که در یک‌لحظه معجزه‌آسا وارد میدان شده است؛ و در مورد این واقعیت که من هر دو طرف را یاری می‌دادم، کافی است فقط این را به شما بگویم که در بین مردم آن دیار این تفکر رواج دارد که عمده کارشناسان امور مالی همین‌گونه عمل می‌کنند. اگر من برای امری بدین سادگی، کوچک‌ترین تردیدی از خود بروز داده بودم، آن‌ها حق داشتند با خفت و خواری که سزاوارش بودم با من رفتار می‌کردند. نه خیر، مطمئنم که هر دو طرف خیلی به من اعتماد داشتند به دلیل این واقعیت که عملیات من عمومیت داشت... ولی ادامه بدهیم:

در طی زندگی حرف‌های من، رحمت الهی هیچگاه به این اندازه آشکار نبود که در طریقی که این دو سلطان و رعایایشان مانند سگ‌های درنده بر سر عایدات وام‌هایی که شهروندان ثروتمند هر دو طرف فراهم کرده بودند، و بر سر کوه‌هایی از کاغذ که من نصف روز صرف امضایشان می‌کردم، با یکدیگر می‌جنگیدند.

این وام‌ها ده، بیست، سی برابر شدند. همیشه من بودم که آن‌ها را تضمین می‌کردم؛ لازم نبود که حتی یک دینار ناچیز از اندوخته‌ام را هم به خطر بیندازم یا خرج کنم. باوجود این حق‌العمل من هرساله، در مقادیر بیشتر و بیشتر پرداخت می‌شد تا این‌که با اضمحلال کامل یکی از طرفین متخاصم (پس از گذشت ایام یادم نیست کدام طرف) بالاخره این لشکرکشی‌های طاقت‌فرسا ولی پرشکوه متوقف شدند. سرزمین و پایتخت مقهور مجبور به پرداخت غرامتی عظیم شد (که بازهم من تأمین مالی کردم بدون این‌که کمترین زحمتی در صرف طلاهای واقعی خودم متحمل بشوم). چون دولت مقهور ممکن بود زیر تعهدات خود بزند دقت به خرج دادم که خواسته‌های وطن‌پرستانه ملت پیروز را برآورده کنم و ترتیباتی دادم که سرزمین مغلوب ضمیمه بشود. محمود سالخورده بر سبیل گفتگو رو به برادرزاده بزرگ‌تر گفت: فرزند عزیزم تو وضعیت را درک می‌کنی؟

جوانک درحالی‌که چهره‌اش را درهم می‌کشید، با شک‌وتردید گفت: این‌جور فکر می‌کنم، عمو.

پیرمرد ثروتمند درحالی‌که سینه‌اش را صاف می‌کرد گفت: خیلی ساده است، از مردم هر دو کشور (که حالا با خرسندی متحد شده‌اند) بیش از حد توانشان مالیات اخذ شده بود. دولت واحد و متحد قدرتمند، درآمد منظمی را تضمین می‌کرد. قسمتی از این درآمد سالیانه به‌صورت عایدی ثابت بین

معدود افراد ثروتمندی تقسیم می‌شد که در وام‌های من مشترک شده بودند؛ قسمت دیگری که حالا سالیانه مقدار قابل‌ملاحظه‌ای بیش از سرمایه اولیه من شده بود در صندوق‌های من ضبط می‌شد. مکانیزم این کار خیلی ساده بود چون تمام درآمدهای عمومی ابتدا به دست من به‌عنوان بانکدار حکومتی می‌رسید و هر مازادی که باقی می‌ماند به دولت تسلیم می‌شد.

پیرمرد از سخن باز ایستاد. لب‌های رئوفش دعایی زمزمه می‌کرد.

در این لحظه بانگ کریه مؤذن از مناره مسجد را دیگر نمی‌شد نشنیده گرفت و هفت پسران، غرق افکار عمیق، آهسته به خانه فقرزده پدر پزشکان درآمدند. او را دیدند که از خستگی ازپادرآمده است چون تمام شب را در بالین درویشی که ناله و زاری می‌کرد به سر آورده بود که در آخرین نجوای در حال نزع (با صدایی خشن) اعتراف کرده بود که به‌هیچ‌عنوان نمی‌تواند حق‌الزحمه مرسوم را بپردازد.

فصل چهاردهم

اطمئنان النفس

نفس مطمئنه یا آرامش روان

تاجر پیر والا به برادرزاده‌هایش که بار دیگر برای شنیدن آخرینِ این روایات سرگرم‌کننده به گرد او نشسته بودند گفت: به آنجا رسیده بودیم، برادرزاده‌های عزیزم، در حکایت زندگی من به آنجا رسیده بودیم که ثروت من از طریق کمک‌های مالی که به دو کشور داده بودم، به طور قابل‌ملاحظه‌ای افزایش‌یافته بود یکی از آن‌ها به دنبال جنگی طولانی و فرساینده فاتح شده و دیگری را ضمیمه خودکرده بود.

موقعیت من در پایان این ماجرا (اگر به یاد داشته باشد) این بود که بدون این‌که پولی از خودم خرج کرده باشم، به طور دائم و برای همیشه و همیشه، یک درآمد سالانه خیلی زیادی از مالیات‌های هر دو کشور برای من کنار گذاشته می‌شد. هیچ فردی نبود که درو کند، یا حفاری کند، یا کوزه‌های سنگین آب را زیر خورشید سوزان حمل کند، هیچ مردی که اسبی را تیمار کند یا زیر بار سنگین کمرش خم شود، هیچ مردی که آجر روی آجر بنهد یا ساروج مخلوط کند، هیچ مردی که هرگونه کار سودمندی در این‌سو تا آن‌سوی کشور انجام بدهد که بخشی از حاصل دسترنج او به جیب من نرود و این اوضاع‌واحوال همان‌طوری که گفتم ثابت و دائمی بود آن‌چنان که امور بشری می‌تواند باشد.

بنابراین، من کسی بودم که حتی متخصصین امور مالی هم او را مرفه می‌نامند؛ به هر صورتی که به آن نگاه کنید در این زمان، ثروت من احتمالاً به ارزش بیست میلیون سکه طلا بود: اما این فقط یک تخمین است، شاید هم بیست و پنج میلیون بود. شاید تصور کنید که از آن روز به بعد در ثروت خویش غنودم. خیلی امکان داشت که من بدین کار وسوسه بشوم زیرا یک محبوبیت منحصربه‌فرد و پر اشتیاق هم بر ثروت اضافه شده بود که در جمع و در خلوت از من به‌عنوان مردی یاد می‌کردند که با نبوغ مالی‌اش در اثنای «جنگ بزرگ» کشور را نجات داده است. حتی مغلوب

شدگان هم برای کمک‌هایی که در هنگامی‌که محتاج کمک بودند به آن‌ها کرده بودم با قدرشناسی از من یاد می‌کردند. درعین‌حال چون نمی‌توانستم امیال شخصی خود را برآورده کنم بدون این‌که دست‌کم معاش خیل عظیمی رقاصان، ملازمین و هنرمندان را تأمین بکنم، رئوفت من در فراهم‌آوردن امکان استخدام را همگان می‌دانستند. به‌اضافه (چون ثروت در بین این مردم نشانه بزرگی است) بدون تشریفات معمول پرداخت پول، به عضویت سنا پذیرفته شدم.

در این موقع جهان واقعاً زیر پاهای من بود. محمود با صدایی اندوهناک گفت شما باید بدانید، شما عزیزان معصوم من باید بدانید که ثروت راکد نمی‌ماند. دارایی بزرگ فقط به‌صرف مدیریت، معمولاً زیادتر می‌شود و وقتی‌که کسی سال‌ها کارش اندوختن پول بوده است، ترک عادات قدیم در میان سالگی کار مشکلی است؛ بنابراین گرچه در این موقع آنچه را که زندگی می‌توانست به من بدهد داشتم، باز هم برای سال‌ها به ازدیاد پول و ثروتی که رحمت الهی به من ارزانی داشته بود ادامه دادم. در بدو امر کشف کردم که این حرفه جدید سرمایه‌گذاری که من در آن متخصص شده بودم با این پشتوانه امکاناتی که حالا در اختیار داشتم، موفقیت‌های بعدی من امر مخاطره‌آمیزی نبود بلکه حتمی بود. اگر مایلید شمه‌ای از پیشبرد فعالیت‌هایم در زمینه‌های مختلف را برایتان بگویم؟

کوچولوها با چشمانی پرتلألؤ که خود را در مقام درخشان خویشاوند ثروتمند خویش تصور می‌کردند، گفتند لطفاً، لطفاً بفرمایید. محمود آهی کشید و گفت: بسیار خوب، فایده‌ای به حال هیچ‌کدامتان نخواهد داشت، اما اگر هیچ فایده‌ای هم غیر از معتقد شدن به دین خودتان نداشته باشد، آنچه را که می‌خواهم برایتان بگویم کار بیهوده‌ای نبوده است.

تاجر لحظه‌ای ساکت شد و سپس مقوله اقدامات مالی‌اش را آغاز کرد:

کشورهای همسایه که روش‌های خیلی کارای جدیدی را که من بکار گرفته بودم شنیده بودند، گاه‌وبیگاه برای کمک‌های مالی به سراغ من می‌آمدند. به این‌ها هم همان پاسخ همیشگی را می‌دادم که بر طبق شرایط معینی که خود من تعیین می‌کردم، حاضر می‌شدم وام‌های آن‌ها را به جریان بیندازم، یعنی ثروتمندان کشور خودشان (یا دیگری) مبالغی را که حاضر بودند به چنین کشوری وام بدهند به دفتر من پرداخت می‌کردند و من قسمتی از آن مبلغ، نه تمام آن را که بدین ترتیب جمع‌آوری‌شده بود به کشور موردنظر

می‌پرداختم. خدمت عظیمی که من ارائه می‌کردم یعنی اجازه می‌دادم دفتر من برای این مبادلات مورداستفاده قرار بگیرد را همه‌جا به رسمیت می‌شناختند و با چنین عملیاتی به توسعه خود ادامه داد.

در این مرحله از زندگی حرفه‌ایم بود که با همسرم ازدواج کردم، خاله عزیز شما که همچنان که می‌دانید، معمولاً در یکی از قصرهای ییلاقی من در سواحل دجله، در فاصله تقریباً چهار روز راه از اینجا که به دارالبیضا مشهور است زندگی می‌کند که خوب به یاد دارم جای دل‌انگیزی است گرچه سال‌ها است که آنجا را ندیده‌ام... شاید روزی دوباره برای دیدار بروم ولی نه برای خوابیدن.

فرزندان من، خاله شما زن خیلی خارق‌العاده‌ای بود، و هست: قادر بود با مهم‌ترین شخصیت این روزگار مقابله کند: بله، حتی با خود من. لازم نیست کتمان کنم که در خانواده محقری متولد شده بود. مستخدم روزمزدی بود که در دفاتر من وظیفه داشت ترتیب مکاتبات من را بدهد و فهرستی از آن‌ها تهیه کند. به‌قدری به این امورعلاقمند بود که با زحمت زیاد، خیلی قسمت‌های مخصوصاً مهم و خصوصی را با دست خودش کپی و نمونه‌برداری کرده بود و یک جایی برای خودش نگاه‌داشته بود. من از این‌همه پشتکار و علاقه به کار از طرف یک زن (آن‌هم آن‌قدر فقیر) بی‌اندازه تحت‌تأثیر قرار گرفتم و اشتیاق شدیدی در من پدید آمد که این نمونه‌های مهارت او را به دست آورم. ولی باکمال تعجب و (در ابتدا) حیرت دیدم که با فروتنی پاسخ داد محبت عمیق ولی پنهانی که نسبت به من در او بارور شده است، به او اجازه نمی‌دهد که این هدایای گرامی من را از خود جدا سازد. من به‌قدری مجذوب دست آوردن آن‌ها بودم که ترجیح دادم با این «ملکه امور مالی» ازدواج کنم نه آنکه آن‌ها را از دست بدهم – چون در شخص او نابغه‌ای یافتم مثل خود من. عروسی ما به ساده‌ترین وضع برگزار شد. از این لحاظ هم خوشم می‌آمد که نشان می‌داد من از همه اشراف درباری برتر بوده و اعتنایی به وصلت با فامیل آن‌ها نمی‌کنم.

بلافاصله بعد از عروسی، همسر من، خاله گرامی شما، برای مسافرت تقاضای پول کرد که من باکمال‌میل با آن موافقت کردم. نمی‌دانم چه سرزمین‌های بیگانه‌ای را برای تفریح درنوردید ولی همیشه و با طیب خاطر هرچه لازم داشت از صندوق پول ارزانی داشتم. اما بعدها که به موطن خودم، بغداد برگشته بودم ناگهان پیدایش شد و من با خوشحالی، قصر ییلاقی دارالبیضا را برایش ساختم که قبلاً به زیبایی آن اشاره کرده‌ام.

متأسفانه هوای آنجا به من نمی‌سازد درحالی‌که او (خاله گرامی شما) در هوای بغداد دچار تنگی نفس می‌شود. در سنین پیری اغلب همین‌طور است...

محمود به فکر فرورفت و ادامه داد:

ولی بهتر است برگردیم سر فعالیت‌های بعدی من در آن سرزمین دوردست:

پس از آن طرحی چیدم که به‌موجب آن هرگونه مصائب بشری مثل آتش‌سوزی، بیماری، فلج، جنون، و غیره را، در بدو وقوع فاجعه با پرداخت مقرری به مبتلایان جبران می‌کرد: مبلغ هفتگی برای کمک اگر بیمار یا ناتوان شده باشد؛ یا یک مبلغ قابل‌ملاحظه برای جایگزینی اموالی که ازدست‌داده‌اند، و ازاین‌قبیل امور. با یک بررسی کوتاه و ساده از تعداد متوسط این‌گونه حوادث فهمیدم که طرح خود را چگونه پیاده کنم. بابت این‌گونه بیمه به ارزش ۱۰۰ دینار، مبلغ ۱۱۰ دینار می‌گرفتم و خیرخواهی من حتی خیلی هم بیشتر از ابتکار من مورد ستایش قرار گرفت.

مردم در دسته‌های هزارنفری و بالاخره میلیونی ازدحام کردند که خود را در برابر ناپایداری زندگی بشری بیمه کنند و با طیب خاطر و به طور مقرر به‌قدری پول به من دادند که در هیچ موردی من مجبور نمی‌شدم بابت رسیدن به سن پیری، مصیبت آتش‌سوزی یا ابتلا به بیماری به هیچ‌کدام آن‌ها پرداخت کنم. نه، خود مرگ هم بالاخره وارد این طرح شد و چون کشف کرده بودم افرادی که تازه به سن جوانی رسیده‌اند به طور متوسط چهل سال عمر می‌کنند، از آن‌ها می‌خواستم که سالیانه برای ورثه مبلغی بپردازند که طوری محاسبه کرده بودم که آن مدت، سی‌سال بود و بدین ترتیب به انباشتن ثروت از یک منبع همیشگی ادامه دادم.

یکی از برادرزاده‌ها، هیجان‌زده پرسید ولی چرا...

عمویش با تندی پرسید چرا چی؟

پسرک بیچاره که از لحن عمویش کمی دستپاچه شده بود گفت چرا برای یک چیزی بیش از آنچه ارزش داشت به تو می‌پرداختند؟

محمود ریش سفید درازش را نوازش کرد، به بالا و اطراف به سمت طاق خیلی تزیین شده تالار مجلل نگاه کرد. در همین وضع شاید سی ثانیه در فکر فرورفت و وقتی‌که سکوتش را شکست فقط گفت نمی‌دانم. اما باعجله

اضافه کرد: ولی اهمیتی ندارد، من پول دادم قانونی تصویب شد که بالاجبار تمام غلامان باید بیمه بشوند و بدین ترتیب یک درآمد ثابت از این نوع تضمین می‌شد.

با خوشحالی ادامه داد: و خیلی منابع دیگر هم داشتم. افرادی که خود را برای مرگ، کهولت، بیماری و غیره، بیمه کرده و مرتباً خیلی از این‌گونه پرداخت‌ها به من کرده بودند، اگر به وضع سختی دچار می‌شدند و به وام نیاز داشتند، من همیشه آماده بودم که پول خودشان را باز هم با بهره به آن‌ها قرض بدهم و هیچ‌وقت پیش نیامد که از امضا چنین قراردادهایی سر باز زنند. علاوه‌بر‌آن، خیلی‌ها را مصرانه تشویق و وسوسه می‌کردم که در پرداخت تأخیر کنند که در نتیجه گرفتار معوقات می‌شدند و من تمام‌پرداختی‌هایشان را تصاحب می‌کردم. مبالغ هنگفتی که از این راه‌های گوناگون به من می‌دادند، گاهی زیادتر از آن بود که بشود داخل کشور سرمایه‌گذاری کرد و من ناچار می‌شدم به دنبال نقاط دوردست باشم. اما در این مورد هم از رحمت الهی، الهامات پر منفعتی همیشه بر ضمیر پارسای من خطور می‌کرد.

بارها پیش می‌آمد که یکی دو میلیون صرف خرید یک ملک عالی که در فاصله‌ای دور واقع شده بود می‌کردم که وقتی به مالکیت من درمی‌آمد معلوم می‌شد سرشار از منابع زیر زمینی است، مانند طلا، نقره، الماس، مس، نمک و «خاک چینی» و روی زمین هم مملو از فلفل قرمز و سایر میوه‌های گران‌قیمت است. شک ندارم که این املاک در اغلب اوقات آینده خوبی داشتند گرچه مسافرین به من تأکید کرده بودند که بعضی از آن‌ها فقط بیابان‌اند. در یک مورد مطمئنم که حتی ملکی در کار نبود. ولی حقیقتاً هیچ تفاوت نمی‌کرد که من درباره این‌گونه دادوستدهای مخاطره‌آمیز راست می‌گویم یا دروغ، زیرا روشی که من به این معاملات برخورد می‌کردم، خواه ناچیز خواه گران‌قیمت، بی‌بروبرگرد، علاوه بر خود من برای خیلی‌ها سودآور بودند و موهبتی بود برای کل کشور.

یکی دیگر از برادرزاده‌ها پرید وسط حرفش و گفت: ولی عمو، این چطور ممکن بود؟

محمود با لبخندی ترحم‌آمیز گفت وقتی عاقبت ماجرا را شنیدی به‌سادگی خواهی فهمید. من آن‌قدرها خودخواه نبودم که این املاک را فقط برای خودم نگاه دارم. آن‌ها را برای فروش به عموم عرضه می‌کردم و چون در

موقعیتی بودم که به خیلی از شعرا، کاتبین، و راویان قصه پول می‌دادم که وصف املاک موردنظر را برای مردم بازگو کنند، رقابت شدیدی برای خرید میان هزاران نفر در می‌گرفت. باوجود چنین رقابتی، قیمت سهام یا قطعات ملک بالا می‌رفت. اشخاصی که زودتر خریده بودند بعداً با منفعت به دیگران می‌فروختند و این‌ها هم با منفعت بیشتر به دیگران می‌فروختند. در نتیجه، خریدوفروش پررونق این املاک سهامی در سرمایه‌گذاری‌های من برای مردم باهوش آن دیار به‌صورت یک عادت ثابت درآمده بود و افرادی که در نهایت، این املاک (واقعی یا تخیلی) روی دستشان می‌ماند صرفاً احمق‌ترین و نادان‌ترین افراد جامعه بودند. این‌ها درحالی‌که پیش این‌وآن می‌رفتند بلکه ملک بدی را که خریده بودند بتوانند آب بکنند، درباره قضاوت من بدگویی‌های مذبوحانه‌ای می‌کردند که البته توسط مردان توانایی که سودهای بازار سهام در آغاز معامله را به یاد داشتند مورد تمسخر قرار می‌گرفتند. بدین حساب برای من امکان داشت که تا به ابد هرگونه معامله‌ای را که تصمیم می‌گرفتم به مردم بفروشم به آن‌ها ارائه بدهم: اشخاص هوشمند و موفق مرا همیشه ستایش می‌کردند. فقط افراد بدبخت و حقیر از من بدگویی می‌کردند و این‌ها از نقطه‌نظر عملیات من به‌قدری فقیر بودند که برای کشور کمترین اهمیتی نداشتند و بندرت به فکر می‌افتادم که برای به زندان انداختن یا کشتن آن‌ها ارزش دارد پولی به مسئولین بپردازم.

در ظرف ده سال دارایی‌های من حدی نداشت. در آن زمان گفته می‌شد که خود من هیچ درکی از میزان آن نداشتم و قبول می‌کنم که درست می‌گفتند. هرازچندی جهت احسان به ملایان دین خودم (و مخالفینش) مقادیر هنگفتی وقف یک حوزه علمیه می‌کردم. یا برای تبلیغ یک عقیده بی‌اهمیت خود یا همسرم، خاله گرامی شما - که اعتقادات متعصبانه‌اش در مورد عمامه سبز به سر گذاشتن حاجی‌ها و تذهیب قرآن با جوهر قرمز، بدون شک برای شما آشنا است، به لشکری از جارچیان می‌پرداختم.

همچنین ساختمان‌های وسیعی برای نگهداری از مستمندان سالخورده‌ای می‌ساختم که اسمشان با حرف الف شروع می‌شد، علاوه بر ساختمان‌های دیگری که در آنجا می‌توانستیم مستمندان سالخورده‌ای را که از یک‌چشم کور بودند به کارهای مفید واداریم.

مؤسسه عظیمی روی زمین پارک مانند متعلق به خودش بنا نهادم، آن را وقف و اعضاء و کارمندانش را هم تأمین کردم که در آنجا این نظریه راستین را تعلیم داده و ثابت می‌کردند که سیم و زر به پشیزی نیرزد و

علم، یگانه نیکویی است؛ و مؤسسات دیگری هم که در آنجا به همان قاطعیت ثابت می‌کردند که علم، مانند همه امور دنیوی به هیچ نیرزد و فقط معرفت کامل از کلام‌الله مجید کار ارزنده‌ایست. اما مدرسین این علم، دوبرابر مقرری مطالبه می‌کردند و اصرار داشتند (به نظر من به جا) که اولاً هر ابلهی می‌تواند هرچه دلش می‌خواهد بگوید ولی برای مطالعه متون باید خیلی زحمت کشید. ثانیاً فقط چند نفر هستند که با متون اصلی کاملاً آشنا هستند و اگر آن‌ها را دستکم بگیریم، خودشان را کنار می‌کشند و با انتقادهای بی‌رحمانه، تشکیلات را از هم می‌پاشند.

ضمناً در اوقات بیکاری وسیله جالبی برای پول درآوردن طرح‌ریزی کرده بودم که به دستگاه «خامه‌گیر» مشهور شد. یعنی به سلطان مفلوک و دربارش پولی دادم که قانونی برقرار کنند که تمام مردم مجبور بشوند درآمدشان از کشت و کار یا هر حرفه آبرومند دیگری را برملا کنند وگرنه شکنجه خواهند شد. به‌غیراز قمار و شعبده‌بازی که بی‌اهمیت هستند و پیگیری آن‌ها بسیار مشکل است. بعد از آن مبلغی هم به نویسندگان و یاوه سرایان و سایر گشنگان دادم که تمام معترضین را تقبیح کنند. با کمتر از دوبرابر این مبلغ، قانون جدیدی آوردم که تمام مازاد کشاورزان موفق و سایر اشخاص معتبر را در یک بودجه همگانی ریخت که قسمتی از این ضرر ظالمانه آنان را به‌صورت اعانه‌های ناچیز به افراد خیلی فقیر می‌دادند ولی قسمتی از آن را هم (به دلیل اینکه رعایت مساوات در هر امری واجب است) به‌عنوان اضافه‌حقوق به اشخاص خیلی ثروتمند صاحب‌منصب در دربار می‌پرداختند: من مخصوصاً موافق جناب شعبده‌باز اعظم بودم. بدین ترتیب با توده مردم و حاکمانشان رفاقت عمیقی برقرار کردم و با خوشحالی می‌گویم که طبقه متوسط را نابود کردم که در بهترین شرایط جماعتی هستند بسیار کسل‌کننده، غیرقابل‌اعتماد و ملالت‌آور که ما فوقشان به‌اندازه میمون و زیر دستانشان هم مثل ارباب بالاسر، به حق از آن‌ها متنفر بودند.

و من از تمام این کارها حق‌العمل مختصر خودم را می‌گرفتم... فرزندان من!... فرزندان من!... پیرمرد در خاتمه و درحالی‌که چشمانش از اشک سرد پرشده بود گفت من به اوج حیات انسان دست‌یافته بودم. همه چیز از آن من بود و آن چیزی که فقط ثروت ــ ثروت بی‌کران ــ می‌تواند ببخشاید بر من نازل شد: یعنی آرامش خلل‌ناپذیر روح و روان.

اکنون اشکش سرازیر شده بود و برادرزاده‌هایش که چنین عاطفه‌ای در انسانی چنین بزرگ می‌دیدند، بی‌اندازه احساساتی شده بودند.

چون خیلی احساساتی شده بود به‌سختی ادامه داد: ثروت و فقط ثروت، ثروتی برتر از تمام ثروت‌های دیگر است که می‌تواند برای انسان، آن بینش متعادل جهان، آن تحمل عظیم خباثت، آن امید خلل‌ناپذیر به فردا و آن رضایت ژرف که آرامگاه قلب انسان را تأمین می‌کند، برای انسان فراهم آورد...

در این لحظه میلیونر به‌وضوح به گریه افتاد. دست‌هایش را روی صورتش گذاشت و برادرزاده‌های مؤدبش هم با او هق‌هق و زاری کردند که به‌استثنای سومین، همراه او به سکسکه افتادند.

محمود، چهره با‌صلابت، سال‌خورده و اشک‌آلودش را بلند کرد، اشک‌هایش را پاک کرد و از آن‌ها پرسید (حالا که حکایتش به پایان رسیده) آیا سؤالی دارند که بپرسند.

بعد از وقفه‌ای طولانی، بزرگ‌ترینشان شروع به صحبت کرد و با بیم و هراس گفت:

آه ای عموی مکرم ببخشید اگر جسارت می‌کنم ولی چرا شما این مقر اقتدار خود را ترک فرموده و به بغداد برگشتید؟

عمویش لمحه‌ای سکوت کرد سپس آرام و با کلماتی حساب شده پاسخ داد: از‌این‌قرار بود. نوعی اختلال اخلاقی ـ یک طاعون مرموز درونی ـ مردمی را که در میانشان سکونت داشتم گرفتار کرد. فقرا علی‌رغم ازدیاد حقوق ایام بیکاری به نظر می‌رسید که به طرز مرموزی روز‌به‌روز بیشتر نسبت به کار بی‌رغبت می‌شدند. ثروتمندان و مخصوصاً آن‌ها که در قدرت بودند (نمی‌دانم چرا!) گرفتار هوسرانی‌های مدام شدند. طبقه متوسط هم که من به حق، آن‌ها را چنان مضمحل کرده بودم که از اضمحلال خود غرق بغض و کینه بودند، چون هنوز قدری توان بیان به طریق گفتن و نوشتن برایشان باقی مانده بود، بر مشکلات عمده افزودند. یک شب اتفاق مهیبی روی داد. یک ریگ درشت ـ می‌شد گفت تقریباً یک سنگ ـ از پنجره اتاق پذیرایی من که باز بود به داخل پرتاب شد که چیزی نمانده بود بخورد به قائم‌مقام بازرس کل که پشت کاناپه‌ای ایستاده بود که من در رأس میهمانانم روی آن نشسته بودم.

۲۱۵

این اخطاری بود از عرش اعلی. روز بعد با بررسی همه جوانب متوجه شدم. به یک دلیل باطنی برایم معلوم بود که کشور مسموم شده است. زمین‌ها و سهام شرکت‌ها، اسناد رهن و وام‌هایم را دسته‌به‌دسته و قطعه به قطعه فروختم. این ثروت را به‌توسط قاصد برای خرید املاک در دشت‌های اطراف بغداد، موطن من؛ در حاشیه دجله؛ اوراق‌قرضه خانه‌های موصل و آسیاهای مجتمع‌های زراعی واقع در تپه‌های ایران فرستادم: با تعهد پرداخت به امضای خلیفه و تضمین بزرگان بصره و فرات.

یک‌صدای درونی به من ندا داد " محمود تو به نفس مطمئنه (آرامش روح) دست‌یافته‌ای. آن را در اینجا به خطر نینداز"...

وقتی‌که تمام ثروت عظیم من بدین ترتیب به بین‌النهرین منتقل شد، یک ماه طول کشید که به ساحل دریا رسیدم و کشتی گرفته، از راه خلیج به‌سوی وطن دوران کودکیم رفتم...

درست به‌موقع راه افتاده بودم! در عرض یک هفته بعد از خروج من، سلطان محل سکونت سابق من پیغام بی‌شرمانه‌ای از پادشاه راهزن کوهستان دریافت داشت که باج‌وخراج مطالبه می‌کرد. هرچه مرد بیچاره از پیشرفت‌های هنری‌اش، بدهی عظیم ملی، دستمزد بالای پیشه‌وران و فراغت‌های مسرت‌بخششان، ظرافت و تجمل اشراف، لابه کرد فایده‌ای نبخشید – حتی حمام گرم آن‌ها و تعویض لباس سه مرتبه در روز هم نتوانست آن‌ها را نجات بدهد! فاتحین وحشی بی‌رحم تمام آن منطقه را تاراج کردند، پایتخت را غارت کردند، زمین‌ها را مصادره کردند، تمام اسناد را باطل کردند، یک خراج مخوف تحمیل کردند و اگر من یک سکه مسین در مملکت بجا گذاشته بودم (که خوشبختانه نگذاشته بودم) برای همیشه آن را ازدست‌داده بودم.

اما در زمانی که این وقایع هولناک در آنجا رخ می‌داد، من اینجا در بغداد در امن‌وامان بودم – تقریباً در همان زمانی بود که بزرگ‌ترین شما متولد شد. زمین اینجا را خریدم، این قصری را که شما افتخار می‌دهید که به دیدار من می‌آیید را ساختم (و همچنین قصر دارالبیضا [۱۹] را برای همسرم، خاله گرامی شما، در فاصله چهار روز) و تا حالا با آرامش زندگی کرده به سن پیری رسیده‌ام خدا را شکر می‌گویم و طلب آمرزش می‌کنم.

---

[۱۹] کازابلانکا

برادرزاده‌های عزیزم دیگر چیزی برای گفتن ندارم. شما حالا شنیده‌اید که پشتکار به‌تنهایی اگر با مشیت الهی هدایت و تأیید نشود هیچ ارزشی ندارد، اما بدون شک این را هم فهمیده‌اید که بالاترین موهبتی که عرش اعلی (در اینجا پیرمرد با خضوع سر فرود آورد) می‌تواند بر بنده فانی ارزانی دارد واقعاً فایده‌ای نخواهد داشت مگر آنکه خودش هم برکات الهی را با فعالیت و تزکیه نفس تکمیل کند. در پایان بایستی به شما اخطار کنم که هرگونه تلاش شما در جهت تقلید از مسیری که من برایتان توضیح داده‌ام، به‌احتمال زیاد منجر به این خواهد شد که در بازار شهر دچار همان مرگ خفت‌باری بشوید که در اعدام‌های در ملأعام این‌همه مایه تفریح عوام‌الناس را فراهم می‌آورد. درحقیقت اگر توانستید اولین مرحله حرفه خود را بدون اینکه به مجازاتی مهلک‌تر از فلک دچار آیید، از سر بگذرانید، ممکن است که در نهایت به موقعیتی والا شبیه آنچه که من اشغال می‌کنم برسید. پیرمرد مهربان تأملی کرد و گفت درحقیقت، حارب، شریک جزء من و مختار که شما شنیده‌اید که به شاه اشتران شهرت دارد، هر دو در گذشته، درزمانی که عملیاتشان در معیارهای کوچک‌تری بود، به شدیدترین وجه فلک شده‌اند. اما ما به فراموشی سپردن این چیزها قناعت می‌کنیم.

من دیگر چیزی ندارم که به شما بگویم. تاحدی‌که می‌توانید زحمت بکشید. هوشیارانه و در کمال رعایت قانون زندگی کنید و تا آخرین رمقی که برایتان باقی مانده سعی کنید که سهمی هرچند کوچک از حاصل دسترنج خود را برای حمایت از خود و خانواده خود نگاه دارید. بقیه در مسیر طبیعی امور به دست اشخاصی مانند خود من می‌افتد... و حالا همراه با دعای خیر من بروید به‌سلامت. اما مثل اینکه فکری به خاطرش رسیده باشد گفت صبر کنید، نمی‌توانم اجازه بدهم بروید بدون آنکه به هر کدامتان هدیه کوچکی بدهم.

پیرمرد مهربان درحالی‌که این را می‌گفت رفت به سمت یک قفسه زیبای منبت‌کاری‌شده و هفت عدد انجیر به‌غایت خشکیده و نحیف بیرون آورد و یک عدد به هرکدام از برادرزاده‌هایش داد که هدیه را با ابراز موجی از تشکر و عاطفه گرفتند.

درست همان موقعی که داشتند خارج می‌شدند، کوچک‌ترینشان (یادتان باشد کودکی در اوان زندگی) با ترکیب زیبایی از فروتنی و عشق به سمت عمویش رفت و کاغذی را که لای پیراهنش پنهان کرده بود بیرون کشید و

۲۱۷

از عمویش خواهش کرد که به یادبود این روزهای خوش اسمش را روی آن امضا کند و تاریخش را هم بنویسد.

محمود گفت با صمیم قلب، کوچولوی عزیز من، سرش را نوازش کرد و به یاد آورد که این‌گونه اعمال نیک هیچ خرجی ندارند و در نفس خود هم خوب‌اند.

این‌که تمام شد پسرها خارج شدند.

صبح روز بعد که محمود غلامش را برای پولی که لازم داشت به دست‌های از شکنجه‌گران کُرد بپردازد که می‌خواست آن‌ها را برای زندان بدهکارانش استخدام کند نزد صندوق‌دارش فرستاد، خیلی عصبانی شد که جواب رسید که در حال حاضر هیچ وجه نقدی موجود نیست. زیرا یک حواله بزرگ که خودش امضا کرده، صبح همان روز ارائه شده که فوراً پرداخت شده. چون مبلغ آن قابل‌ملاحظه و فقط چند لحظه قبل پرداخت شده صندوقدار از اربابش استدعا کرد که حدود نیم ساعتی تأمل کند تا بتواند سیم و زر بیشتری از یک صندوق سپرده نزدیک فراهم آورد.

محمود هرچه که در حافظه‌اش دنبال امضاکردن چنین حواله‌ای گشت چیزی یادش نیامد و فکرش به جایی نرسید. مشکوک شد که سند جعلی است. بالاخره تصمیم گرفت که بفرستد کاغذ را برایش بیاورند. وقتی‌که آوردند کاملاً مطمئن شد که امضا از خودش است ولی مبلغ ۲۰۰۰۰ دینار با خط دیگر و خیلی بچگانه نوشته شده بود. سپس «ناخدای کبیر صنعت» ناگهان به یاد آورد که کودک کوچولو، کوچک‌ترین برادرزاده‌اش امضایش را به‌رسم یادگار خواسته بود که آن‌قدرها هم نالایق خونی که به طور جنبی به ارث برده بود نبود... به پدر کودک نوشت و تضمین گرفت که پسربچه را به‌عنوان پادو دفتر بدون هیچ دستمزدی به کار گیرد. استعداد روبه‌توسعه او را خودش زیر نظر گرفت و از این کار هم پشیمان نشد. مدت‌ها قبل از آنکه پسربچه به سن بلوغ برسد تمام منشی‌های آن مؤسسه بزرگ تجاری بدهکار او شده بودند و پس‌اندازهایی دربان، حمال و پیرزن بیوه‌ای را هم که صبح‌ها آنجا را تمیز می‌کرد، با موفقیت کامل به مخفیگاه خصوصی خودش منتقل کرده بود. وقتی‌که به هفده‌سالگی رسید معامله‌ای با غلامان فراری ترتیب داده بود که از متمردین فراری پول می‌گرفت که آن‌ها را پنهان کند و درعین‌حال همان مبلغ را از صاحبانشان می‌گرفت که محل آن‌ها را لو بدهد. در هجده‌سالگی کنترل یک حمام‌عمومی را در اختیار

داشت که جاسوس‌ها مشتری‌ها را زیر نظر می‌گرفتند و از این ممر درآمد فراوانی به دست می‌آورد. قبل از آنکه به سن قانونی برسد عمویش را که حالا به بیش از هشتادسالگی رسیده بود متعجب و شادمان ساخت چون‌که تحت عنوان یک اسم قلابی و به‌وسیله یک واسطه پوشالی، یک کشتی که قرار بود وارد بصره بشود را به او فروخت که در واقع چند روز قبل نزدیکی‌های بوشهر غرق شده بود.

توانمندی‌های تجاری خود را از هر لحاظ، شایسته اعتماد مؤکد عمویش، به اثبات رسانده بود. وقتی‌که جوان به سن قانونی رسید، محمود مکرم میهمانی باشکوه و بی‌نظیری ترتیب داد که نمایانگر منظور او بود.

چون درواقع فقط یک ماه بعد پیرمرد حالش بد شد و پس از چند هفته پزشک او هشدار داد که مرگش نزدیک است. کاتبان را به بالین خود احضار کرد و با صدایی استوار وصیت کرد که بر طبق آن (بعد از بر شمردن تصمیماتی که قبلاً ــ زیر فشار شدید- برای همسرش اتخاذ شده بود) تمام ثروتش را برای جوان‌ترین برادرزاده‌اش به جا گذاشت، در نفس آخر گفت " الله! خالق متعال! مبادا که نعمت به دست نااهل افتد! "

THE MERCY OF ALLAH

By:

HILAIRE BELLOC

D. APPLTON AND COMPANY

NEW YORK 1922

Translated By:

Dr. Bahram Azadeh

(2023)